Rachel Hauck

Es war einmal ein Prinz

Ich widme dieses Buch

Kendall Alexis
Elizabeth Grace (Gracie)
Suzanna Rae
Avery Lillian

Wachst heran zu Frauen Gottes,
denn er ist der wahre König!

Bibliografische Information der Deutschen Nationalbibliothek
Die Deutsche Nationalbibliothek verzeichnet diese Publikation in der Deutschen Nationalbibliografie; detaillierte bibliografische Daten sind im Internet über http://dnb.dnb.de abrufbar.

ISBN 978-3-86506-623-7

Originaltitel: Once Upon a Prince
Erschienen im Mai 2013 bei Zondervan, Grand Rapids, Michigan 49530, USA

Aus dem Amerikanischen übersetzt von Anja Lerz
Einbandgestaltung: Brendow Verlag, Moers
Satz: Brendow Verlag, Moers
Druck und Bindung: CPI – Clausen & Bosse, Leck
Printed in Germany
www.brendow-verlag.de

Rachel Hauck

Es war einmal ein Prinz

Roman

Aus dem Amerikanischen
von Anja Lerz

Brendow
Verlag | Alles, was Sinn macht!

Teil 1

Der Prinz

EINS

Was hat er gesagt? Die Sturmbö über dem Atlantik musste seine Worte verwirbelt haben.

„Ich kann dich nicht heiraten."

Susanna hielt an. Ihre Flipflops baumelten lose an ihren Fingerspitzen. Sie hatte ihn doch missverstanden, oder? Sand wurde unter ihren Füßen weggespült, während die Nachmittagsebbe die Wellen zurück in ihre Ozeangrenzen verwies.

Adam ging weiter, er hatte gar nicht gemerkt, dass sie nicht mehr an seiner Seite war.

„Hey, warte ..."

Am nördlichen Horizont brachen goldene Spitzen durch dunkelblaue Sturmwolken und erhellten den düsteren Nachmittag.

„Adam, was hast du gesagt?" Ihre Füße patschten durch den nassen Sand, wo seine Fußspuren bereits verblassten.

„Das ist jetzt nicht leicht, Suz", sagte er und ging noch einen letzten Schritt weiter. Eine Brise zerrte am Saum seiner Cargoshorts.

„Was ist nicht leicht?" Der Mann hatte in Afghanistan gekämpft, wie konnte da etwas am Strand von St. Simons Island „nicht leicht" sein?

Ihr Haar wehte um ihr Gesicht, als sie den Regenwolken hinterherstarrte, die sich langsam auflösten. Dies würde nicht das erste Mal sein, dass sich in Adam Peters ein Sturm zusammenbraute, nachdem er verstockt und trübsinnig von einem Einsatz im Mittleren Osten zurückgekommen war. Sie würde ihn mit ihm durchstehen. Wieder einmal.

Susanna neigte ihren Kopf, um seinen abgewandten Blick einzufangen. „Jetzt komm schon, was ist los mit dir? Dass du hier in den Staaten bist? Dass du deine Männer zurückgelassen hast? Du hast vier Einsätze in sechs Jahren gemacht, Adam. Es ist in Ordnung, mal etwas für dich selbst zu machen." Sie berührte spielerisch seinen Arm, wollte ihn necken, ihn etwas aus sich herausholen. „Du bist ein ausgezeichneter Marinesoldat. Egal, ob du zu Hause bist oder an der Front."

„Suz?" Sein Tonfall und die Art, wie er seine muskelbepackten Schultern zusammensacken ließ, zogen ihr das Herz zusammen. „Es ist das hier." Mit einer Handbewegung wies er auf sie, auf sich selbst, und als sein T-Shirt-Ärmel dabei verrutschte, konnte sie die Spitze seiner *Semper Fi* Tätowierung sehen.

„Das hier?" Sie sah sich um. „Ein Spaziergang am Strand?"

Er zog eine Grimasse. „Nein, Suz. Warum sollte ich einen Spaziergang am Strand nicht mögen?"

„Das weiß ich doch nicht. Du hast damit angefangen." Ungeduld. Ein Zeichen dafür, dass sich ein Streit zusammenbraute. „Entschuldige, dass ich deine Gedanken nicht lesen kann. Was macht dir denn so zu schaffen? Ist da draußen irgendetwas passiert? Bevor du nach Hause gekommen bist?" Sie versuchte, ihm Bälle zuzuwerfen, versuchte, an die Gefühle heranzukommen, die er so schwer formulieren konnte.

Zwölf Jahre gemeinsamer Geschichte waren auf ihrer Seite, stärkten ihr den Rücken. Zwölf Jahre Freundschaft. Zwölf Jahre, die von Romantik bestimmt gewesen waren wie das Meer von Ebbe und Flut. Fahrten nach Quantico, wo er zur Offiziersschule gegangen war. Wochenenden in Atlanta, wo sie ihre Karriere als Landschaftsarchitektin gestartet hatte. Viermal Abschied zu Einsätzen in den Mittleren Osten. Viermal Heimkehr.

Susanna hatte zwölf Jahre mit Briefen, Emails, Telefonaten verbracht. Zwölf Jahre Spaziergänge am Strand, Lachen auf der Terrasse des „Rib Shack", während sie unter den schaukelnden Lichterketten Rippchen aßen und ihnen die Barbecuesoße übers Kinn lief.

Hochs und Tiefs, Enttäuschungen, Aufschübe, Streitereien und Entschuldigungen.

All das war in ihrem Herzen durch Erinnerungen zusammengeschweißt, all das war Teil eines größeren Ganzen. Dem Versprechen von Mehr. Hingabe. Heirat. Gemeinsam in einem Häuschen auf St. Simons alt zu werden.

Adam hatte Heimaturlaub. Dies war sein dritter Tag zu Hause, und er hatte die meiste Zeit geschlafen, seitdem er zurückgekommen war. Als er sie am Nachmittag im Büro angerufen und sie um ein Treffen hinter dem Rib Shack gebeten hatte, war sie also sofort losgeflitzt. Hatte noch nicht einmal ihrem Chef gesagt, dass sie ging.

Ein Anruf außer der Reihe, um sie am Strand zu treffen? Das reichte ihr schon für ein romantisches Rendezvous. Reichte, um ihre Hoffnungen auf Liebeserklärungen zu wecken, auf einen Marine, der mit einem Diamantring vor ihr im Sand kniete.

Gut, sie hatte immer davon geträumt, sich unter der Liebeseiche zu verloben, aber Pingeligkeit war hier fehl am Platze. Wenn Adam ihr einen Heiratsantrag machte, sagte sie Ja. Egal wo, egal wann.

Aber er machte ihr gar keinen Heiratsantrag, oder? Er schaute sie ja kaum einmal an. Sie musterte seine angespannte Haltung, seine unausgeglichene, dunkle und mürrische Stimmung.

„Adam, sprich mit mir. Was ist da drüben passiert?"

„Ich habe dir doch gesagt, das ist nicht einfach." Adam lehnte seinen Kopf zurück und schaute mit zusammengekniffenen Augen einer Möwe hinterher. „Ich weiß nicht, Susanna ..."

„Was weißt du nicht?"

„Sieht aus, als ob es doch nicht regnen wird." Er zeigte auf die Stellen, an denen die Sonne durch die finsteren Wolken brach und ging weiter.

„Adam, hör auf ..." Sein Benehmen weckte in ihr schlafende Unsicherheiten. Unsicherheiten, mit denen sie sich in ihrer Kindheit angefreundet hatte, wenn sie sich in ihrem Zimmer versteckte, während ihre Eltern stritten, billiges Geschirr an die Wände donnerten und Schimpfworte schrien, die Susanna sich nie getraut hätte zu wiederholen. „Geh doch nicht immer weg."

Sie fasste noch einmal nach seinem Arm, während langsam die Erkenntnis dämmerte, dass der Wind seine Worte doch nicht verwirbelt hatte. Was ihn bekümmerte war sie, war ihre Beziehung. Nicht Afghanistan. „Du hast gesagt, du kannst mich nicht heiraten, oder?"

„Ich habe geprobt, was ich sagen wollte." Er schaute sie an. Weil er sie zusammengekniffen hatte, konnte man die schokoladenbraune Farbe seiner Augen kaum sehen. „Du bist echt super. Das weißt du, oder?"

„Ich nehme es an." Diese Erklärung schürte ihr Misstrauen eher, als dass sie es beruhigte. Was wollte er denn damit sagen? Man konnte ihn so schlecht deuten, wenn er seine Seele verbarrikadiert hatte.

Adam setzte sich auf den Boden und legte die Arme um seine Beine. „Ich habe den Ozean vermisst. Ein paar von meinen Kameraden und ich haben uns Surfboards gebastelt und sind in die Wüste rausgefahren, um in den Dünen zu surfen." Er schüttelte den Kopf, pfiff durch die Zähne, während er seine Hand durch die Luft gleiten ließ, dann folgte eine spielerische Explosion. „Fall hin und du brennst. Wir hatten Sand an Stellen, von denen wir noch nicht einmal wussten, dass es sie gab."

„Klingt lustig." Mit ihrer sanften Antwort gab sie ihm den Raum, um Worte für seinen inneren Kampf zu finden. Susanna suchte sich einen Platz neben ihm, setzte sich und grub ihre Fersen in den Sand, während ihr die steife Brise die Haare in die Augen wehte. „Du hast gesagt, ich sei super?" Sie stieß seinen Arm vorsichtig mit ihrer Schulter an.

Seitdem er zurückgekommen war, hatte er nicht einmal gesagt, dass er sie liebte, aber nach zwölf Jahren war ihre Zuneigung auch nicht mehr ganz so frisch. Aber wenn er sie super fand ...

„Ich kenne keinen anderen Kerl, der eine Freundin hat, die zwölf Jahre auf ihn gewartet hat. Durchs College, Offiziersschule, die ganzen

Einsätze nacheinander. Vier in sechs Jahren." Adam fing ihr flatterndes Haar ein und ließ die Strähnen durch seine Finger gleiten.

„Es ist ja nicht so, dass ich nur herumgesessen hätte in der Zeit, Adam. Ich hab ja auch meinen Collegeabschluss gemacht, für eine große schicke Architekturfirma in Atlanta gearbeitet und meine Karriere als Landschaftsarchitektin gestartet und ..."

„Und jetzt arbeitest du für Gage Stone."

„Ach, jetzt komm aber." Sie sah ihn an. „Das kann es ja wohl nicht sein, was dir Sorgen macht? Dass ich für Gage arbeite?" Susanna und Adam waren mit Gage zur High School gegangen. Sie waren gute Freunde gewesen, ehe Zeit und Raum sie getrennt hatten. „Ich bin wieder nach Hause gekommen, um für Richard Thornton zu arbeiten, das war *der* prominenteste Landschaftsarchitekt hier im Süden. Woher sollte ich denn wissen, dass er einen Monat später einfach sterben würde?"

Sie wäre nie auf die Insel zurückgekommen, wenn Richard Thornton sie nicht überzeugt hätte. Aber mit ihm als Mentor hätte sie ihr Architektenglück gut schmieden können.

„Ja, der Tod war wohl kaum Teil der Gleichung."

„Nein." Ein Aneurysma. Mit sechzig. Er war an seinem Zeichentisch gestorben. In ihrer Trauer hatte seine Frau das Büro geschlossen und alles liquidiert. Susanna bekam ihren ersten und letzten Gehaltsscheck.

„Warum bist du nicht wieder zurück nach Atlanta gegangen?"

Sie sah ihn aus dem Augenwinkel an. „Hörst du überhaupt zu, wenn wir uns unterhalten? Darüber haben wir doch geredet."

„Ja, ja, haben wir. Dir hat es zu Hause gefallen, oder?"

„Als ich einmal wieder hier war", – sie nahm eine Handvoll Sand und ließ ihn durch ihre Finger rinnen – „da fühlte es sich so an, als ob ich hier sein sollte."

Am Tag von Richards Beerdigung hatte Mama Susanna auf den Dienstplan des Rib Shack gesetzt. Sie sagte, es sei ein Familienbetrieb und Susanna sollte nicht zögern, ihren Platz einzunehmen. Es war Mamas Art, ihr Arbeit zu geben, ohne dass Susanna darum bitten musste. Sie hatte einen ziemlichen Aufstand gemacht, um vom Kellnern und Böden wischen wegzukommen. Aber sie nahm den Job gerne an, während sie über ihren nächsten Schritt nachdachte. Und dann war ungefähr einen Monat nach Richards Tod Gage zurück auf die Insel gezogen und hatte sein Architektenschild an die Tür gehängt.

„Wie läuft's denn mit Gage, Suz?"

„Wir beißen uns durch. Er rennt hinter jedem möglichen Auftrag her wie ein Hund auf der Jagd, aber bei der Wirtschaftslage zurzeit halten die Leute ihr Geld zusammen. Meine Rechnungen bezahle ich mit den Schichten im Rib Shack."

Adam lachte. „Ich kann mir vorstellen, dass deine Mama das liebt ... dich wieder im Shack zu haben."

„Sie weiß, dass es nur vorübergehend ist." Betonung auf vorübergehend. Mehr Anlauf für ein Gespräch über ihre gemeinsame Zukunft konnte es nicht geben. Es gab nichts, was sie auf dieser Insel hielt. Sie wartete nur darauf, dass Adam seinen Einsatz beendete und ihr einen Heiratsantrag machte.

„Suz." Er räusperte sich. „Ich habe einen Auftrag mit einer neuen Einsatztruppe in Washington angenommen."

„Washington? Okay ..." Mit Washington D.C. würde sie zurechtkommen. „Ich habe eine Verbindung in Virginia. Eine Architektin, mit der ich mal ein Praktikum gemacht habe, arbeitet für eine Firma dort." Sie zog ihr Telefon aus der Hosentasche. „Ich schreibe mir eine Erinnerung ins Handy und ruf sie morgen an, ja?"

Er legte seine Hand auf ihre. „Ich kann dir nicht geben, was du willst."

„Ich weiß nicht, was du meinst." Ihre Augen wurden feucht. „W-was denkst du denn, was ich will?"

„Heiraten."

„Ich will doch nicht einfach nur heiraten. Ich will *dich* heiraten, Adam." Sie zwinkerte die Tränen weg, während sie ihn ansah. Heiraten war der Plan. Seit ihrem zweiten Jahr im College.

Er seufzte und rutschte im Sand hin und her. Angst setzte Susannas Herz in Brand.

„Vorhin hast du mich gefragt, was in Afghanistan passiert ist." Er griff nach seinem Schuh, zog ihn aus und ließ den Sand herausrieseln. „Ich habe jemanden getroffen." Seine Stimme wurde brüchig, sein Mut ließ nach. „Also, um ehrlich zu sein, haben wir uns in der Offiziersschule kennengelernt."

„Du hast jemanden kennengelernt?" Vor sieben Jahren?

„Sie war mit jemandem zusammen, und ich hatte dich. Aber wir waren immer gute Freunde. Dann wurden wir beim letzten Einsatz in dieselbe Einheit beim Nachrichtendienst beordert." Einen Moment lang saß er da wie der Marine, der er war. Rücken gerade, breitschultrig, die Augen wachsam, zuversichtlich. Aber in der nächsten Sekunde sah er wieder ganz so aus wie ein Mann eben aussieht, der gerade mit seiner Freundin Schluss macht und das verabscheut.

„Es gibt ... du hast ... eine andere?", sagte Susanna, leise, sie versuchte, sein Geständnis durch den Schleier eines Déjà-Vus hindurch zu fassen. Hatte sie von dieser Situation vielleicht schon einmal geträumt?

Ein Windstoß, der nach Regen roch, kühlte ihre Haut und ihre brennenden Augen.

„Ihr Name ist Sheree. Wir –"

„Und du hast mir nichts gesagt?" Sie wühlte mit ihren Zehen im Sand. „Adam, Schlachtfeldromanzen haben selten Zukunft. Das hast du mir doch selber erzählt. Du und ich, wir ... haben Zukunft." Sie versuchte, nicht verzweifelt zu klingen. „Du hast gesagt, kein anderer Marine hätte ein Mädchen, das ihm zwölf Jahre lang zur Seite stand."

„Ich weiß, und es stimmt ja auch, aber komm schon, Suz, hast du denn nie darüber nachgedacht, dass zwölf Jahre eine ganz schön lange Zeit dafür sind, auf jemanden zu warten?"

„Ja, aber wir hatten doch einen Plan." Susanna mochte Pläne. Sie machten das Leben leichter, einfacher. Sie ließen das Leben rundlaufen. Selbst ein *dämlicher* Plan wie der, mit der Hochzeit zu warten, bis Adam mit seinen Einsätzen fertig war, war immer noch ein Plan. Er wollte es bis zum Captain schaffen, deshalb meldete er sich immer wieder freiwillig für Einsätze. Der Plan drehte sich um Adams Karriere und sein Pflichtbewusstsein. Aber das machte Susanna nichts aus. Echt nicht. Sie liebte ihn, und die Liebe ist geduldig. Oder?

„Der Plan. Auf immer und ewig", sagte er und atmete dabei tief aus. „Suz, ist es dir nie in den Sinn gekommen, dass der Plan vielleicht abgeändert werden sollte? Weil wir uns verändert haben? Hast du dir nie überlegt, dass wir vielleicht nur zusammengeblieben sind, weil es bequem war? Dass wir die Vorstellung von uns mehr mochten als uns?"

„Die Vorstellung von uns?"

Wo kam das denn nun her? „Ja, ich mag die *Vorstellung* von uns. Aber es ist doch klar, dass ich *uns* auch mag, wenn ich die *Vorstellung* von uns mag."

„Du bist in den Plan verliebt, Susanna. Nicht in mich." Seine Worte trafen sie wie Silbergeschosse ins Herz.

„Verliebt in den Plan? Red keinen Unsinn." Sie sprang auf und klopfte sich den Sand von den Shorts. „Wenn du mit mir Schluss machen willst, dann schieb den Schwarzen Peter nicht mir oder dem Plan zu. Welche Frau wartet schon zwölf Jahre" – oh, und diese Jahre fühlten sich plötzlich an wie eine Ewigkeit – „weil sie einen *Plan* liebt? Die wäre ja verrückt."

Aber was war der Wert eines Plans, wenn sie sich nicht daran hielt? Schande, wahrscheinlich lag es tatsächlich an dem Plan, dass sie auf Adam gewartet hatte. Dank eines Plans hatte sie ihre Kindheit überstanden. Ihren Weg durchs College gemacht.

Der Plan.

Sie begann, den Strand entlang der Sonne entgegenzugehen, während Adams Worte in ihrem Herzen Karussell fuhren.

Liebte sie den Plan mehr als ihn?

Der Duft von Adams Haut verfolgte sie. Seine Stimme. „Ich verstehe den Plan doch. Du wolltest nicht sein wie deine Eltern, immerzu Streit, die Scheidung –"

„Und dann haben sie wieder geheiratet." Glo und Gibson Truitt waren echte Promis unter den Kirchgängern. Einmal im Jahr erzählten sie in der Kirche ihre Geschichte von der „gescheiterten Scheidung". Sie waren immer noch schnippisch miteinander und lärmten herum, aber sie liebten einander. Jesus hatte gute Arbeit geleistet bei ihrem Daddy und ihrer Mama.

„Aber nicht bevor du gelernt hattest, bei jedem Aufwachen auf alles Mögliche gefasst zu sein. Krieg oder Frieden. Du hast es gehasst, morgens aufzuwachen und nicht zu wissen, was dich erwartete, und deswegen bist du eine Planerin geworden. Schon als Kind."

„Wirfst du mir das vor?"

„Nein, was ich sagen will ..." Er hängte sich bei ihr ein. „Vielleicht hast du dich deswegen so an unseren Plan geklammert. Er gibt dir ein Gefühl von Sicherheit."

„Hast du in Afghanistan einen Kurs in Küchentischpsychologie mitgemacht?"

Er ließ sie los und ging einen Schritt zurück. „Erinnerst du dich an die letzte Silvesterfeier, als mein Vater mich beiseitenahm?"

„Ja, ich erinnere mich."

„Er sagte, wenn ich dich heiraten wollte, sollte ich mal in die Gänge kommen. Es sei nicht richtig, dich noch länger warten zu lassen."

„Ich liebe deinen Vater." Ein wahres, direktes Geständnis.

„Also habe ich einen kleinen Umweg über Europa gemacht, als ich nach Afghanistan aufgebrochen bin. London, Paris ... Ich habe nach einem einzigartigen Verlobungsring gesucht. Ich habe, glaube ich, um die hundert Stück gesehen, bis ich einen in einem kleinen Geschäft vor den Toren von Paris gefunden habe."

„Warte mal ... Du hast einen Ring gekauft ... für mich?" Sie ging zögerlich einen Schritt auf ihn zu.

„Ja", sagte er mit einem langsamen, nachdenklichen Nicken. „Hab meine Kreditkarte auf den Tisch gelegt, aber als der Mann mich nach dem Namen von *mon amour* fragte, hatte ich einen Aussetzer. Mir ist der Name nicht mehr eingefallen."

„Mein Name? Dir ist mein Name nicht mehr eingefallen?"

„Aussetzer." Er tippte sich mit den Fingern an die Stirn. „Ich war abgelenkt, dachte darüber nach, endlich in Afghanistan anzukommen, ich hab mich mehr gefühlt, als würde ich eine Liste abarbeiten, als einen Ring für *mon amour* zu kaufen."

„Und das ist es jetzt? Du machst Städtehopping auf dem Weg nach Afghanistan, und wenn sich das anfühlt wie eine lästige Erledigung, beschließt du, dass ich nicht die Richtige für dich bin? Dass der Plan dir die Liebe geklaut hat?" Sie verlagerte ihr Gewicht, balancierte innerlich auf dem schmalen Grat zwischen Friede und Abscheu, einen Fuß nach dem anderen. Was war mit ihrem vernünftigen Adam passiert? „War Sheree dabei?"

„Nein. Also. Sheree und ich?" Er hatte die Hände in die Hüften gestemmt und schaute herum, überallhin, nur sie sah er nicht an. „In dem Moment, als ich die Kreditkarte aus dem Portemonnaie zog, wusste ich, dass ich den richtigen Ring gefunden hatte, aber nicht die richtige Frau." Sein funkelnder Blick landete auf ihrem Gesicht. „Sheree und ich haben erst seit ein paar Monaten wieder Kontakt miteinander."

„Du hast den richtigen Ring gefunden, aber nicht die richtige Frau?" Sie verschränkte ihre Arme, klemmte die Hände unter die Ellbogen, richtete sich auf und hob ihr Kinn. „Wie kannst du den richtigen Ring haben, wenn du die falsche Frau hast? Das ... das ergibt keinen Sinn."

„Ich wusste einfach, dass ich einen Ring gefunden hatte, den ich gerne eines Tages meiner Verlobten an den Finger stecken würde, aber ... ", er tat sich schwer, den Satz zu Ende zu bringen, „ich konnte ... ich konnte mir beim besten Willen nicht vorstellen, ihn dir zu geben."

„Adam, du bist vor sieben Monaten nach Afghanistan gegangen. Und du erzählst mir das JETZT? Wir haben doch Emails geschrieben und telefoniert?"

„Ich hatte Bedenken. Es hätte ja sein können, dass ich einfach nur kalte Füße bekommen hatte oder so. Außerdem wollte ich nicht über eine so große Entfernung Schluss machen. Du bedeutest mir sehr viel. Nach zwölf Jahren kann mach doch nicht einfach eine Email schreiben oder anrufen, so nach dem Motto: ‚Ach, was ich noch sagen wollte ...'"

„Zwölf Jahre." Sie drehte sich energisch um, zurück zum Rib Shack. „Zwölf Jahre habe ich auf dich gewartet und kriege nur zu hören: ‚Ich hab den richtigen Ring gefunden, aber nicht die richtige Frau?'"

„Suz, ich bin doch nur ehrlich."

Adam rannte rückwärts vor ihr her, ihr zugewandt, die Knie hoch, in Bestform. „Wenn du mal darüber nachdenkst, dann fühlst du doch das Gleiche."

„Sag du mir nicht, was ich fühle, Adam. Lass es einfach." Sie versuchte, an ihm vorbeizurennen, aber er wechselte die Richtung und blieb an ihrer Seite. „Du versuchst doch nur, mir das anzuhängen, damit du dich besser fühlst mit deiner irren Entscheidung."

Nicht die richtige Frau ... Seine Worte gingen ihr durch und durch.

„Du weißt, dass ich recht habe."

Seine Worte, sein Tonfall, ein Weckruf für ihr Herz. Oh, Gnade, wie konnte das sein. Ja, er hatte recht. Er hatte recht. Und das ärgerte sie. „Ich weiß nicht, was ich jetzt sagen soll." Susanna marschierte weiter auf die Terrasse des Rib Shacks zu. Wie konnte sie das nicht gesehen haben? War sie so stur, so steckengeblieben?

„Susanna, als ich das letzte Mal zu Hause war, haben wir uns nur sechsmal gesehen. Du bist nie nach Washington gekommen."

„Ich habe gearbeitet. Ich habe Arbeit, weißt du." Sie machte größere Schritte. „Ich hatte aber auch nicht das Gefühl, dass du dir ein Bein ausgerissen hättest, um nach Hause zu kommen."

„Du hast im Rib Shack gearbeitet." Er machte eine wilde, einarmige Bewegung in Richtung des Restaurants. „Du hättest dir jederzeit freinehmen können."

Sie atmete aus und hielt an. „Wenn du mit mir Schluss machen willst, dann tu's. Aber gib mir nicht die Schuld."

„Ich gebe niemandem Schuld. Ich mache nur Beobachtungen. Du weißt doch, dass ich recht habe. Wir sind nicht die große Liebe des anderen. Wir sind eine High School-Romanze, die uns irgendwie davongerannt ist."

„Davongerannt ist? Wer plant denn eine Hochzeit so?" Susanna presste ihren Handballen an die Stirn und wandte sich dem Atlantik zu, wo die Ebbe langsam von der Abendflut abgelöst wurde. Mit jedem Wellengang, der schaumgekrönt über den Sand spülte, schwappte ihr die Erkenntnis entgegen. Wie konnte sie es nicht gesehen haben! Die Wahrheit erwachte in ihren Gedanken, ihrem Herzen und ihren Sinnen.

„Wir hatten es beide bequem. Unsere Beziehung war gut. Sicher. Wir mögen uns doch, Suz. Sehr sogar."

Sie schaute ihn an.

„Ich bin 29, Adam. Ich will heiraten. Du bist der einzige Mann, mit dem ich ausgegangen bin, seitdem ich beim Herbstball in der siebten

Klasse mit Bob Conway Stehblues getanzt habe.“ Sie breitete die Arme aus. „Und jetzt? Du bist fertig mit deinen Einsätzen, bist bereit, dich hier in den Staaten niederzulassen, und jetzt bin ich plötzlich nicht die Richtige?“

Sie kaute noch einmal durch, was ihr Herz bereits wusste, weil das einfach ihre Art war, Dinge zu verarbeiten. Sie kämpfte, um ihre Würde zu bewahren. Aber so leidenschaftlich sie kämpfen wollte, es klang doch irgendwie lahm.

„Willst du mich wirklich heiraten?“ Er schaute ungläubig und klang beinahe erschrocken.

„Ja, Adam. Ja. Ich will.“

Ihr innerer Kampf kollidierte mit ihrer Entschlossenheit. Zwölf gemeinsame Jahre würde sie ganz bestimmt nicht einfach mit einem „Okay, hast ja recht, mir geht es genauso. Nett, dass wir darüber gesprochen haben. Hab noch ein schönes Leben“ aufgeben.

„Das meinst du nicht so.“

„Wir haben ‚ich liebe dich‘ gesagt. Wir haben eine gemeinsame Zukunft geplant.“

Sie stieß ihm den Zeigefinger in die Brust, während auf einmal Donner grollte. Ihre Seele tobte. „Wir. Hatten. Eine. Abmachung.“

Adam hielt ihren Finger fest. „Ich liebe Sheree. Ich habe erst wieder Kontakt mit ihr, seitdem ich weiß, dass du und ich, dass wir uns nicht lieben, wie ein Ehepaar sich lieben sollte. Wenn du den Richtigen getroffen hättest und ich nach Hause gekommen wäre und dir einen Antrag gemacht hätte, dann wärst du diejenige gewesen, die mir gesagt hätte, dass der Ring richtig sei, aber ich ganz verkehrt. Dann würdest du wissen, dass du mich nicht so liebst, wie eine Frau den Mann lieben sollte, den sie heiraten wird.“

„Hör auf, mir zu sagen, wie ich mich fühle.“ Sie ballte ihre Hände zu Fäusten. Es war typisch für ihn, dass er am laufenden Band

Befehle erteilte. Untergebenen Männern, Susannas Gefühlen. Diese Gewohnheit hatte stets für Konflikte gesorgt.

„Dann schau mich an." Er zeigte mit zwei Fingern erst auf sie, dann auf seine klaren, ruhigen Augen. „Schau her. Sag mir, dass du mich liebst, wie eine Frau den Mann liebt, den sie heiraten will."

„Ich weiß noch nicht einmal, was das heißen soll. Liebe ist Liebe."

„Ich könnte Liebeslieder über Sheree singen."

„Ha, singen. Hat sie dich denn schon singen gehört?"

„Ja, und sie lässt mich singen."

Susanna seufzte. Jegliche Abwehr, die sie in sich suchte, schmolz in ihrem Herzen. „Aber für mich willst du keine Lieder singen."

„Nein, will ich nicht. Tut mir leid." Sein ganzer Blick signalisierte Bedauern.

„Tja, ja, mir tut es auch leid." Sie ging die Dünen hinauf zum Rib Shack. Mama, ihre kleine Schwester Avery, alle warteten auf Neuigkeiten.

Verlobungsneuigkeiten.

„Suz?"

Über die Schulter sah sie nach Adam. „Mir geht's gut." Sie wartete nicht auf seine Antwort, sondern ging um den Seehafen herum über den Holzsteg auf die Terrasse. Sie zog ihre Flipflops an, mied die Küche samt der geballten Erwartungen und ging zum Parkplatz.

Sie war nie ein Typ für Romanzen gewesen, für Märchen, Ritter in glänzender Rüstung oder hübsche Prinzen, die herangeritten kamen, um den Tag zu retten. Alles, was sie wollte, war ein „glücklich bis an ihr Lebensende" mit ihrem starken Soldaten. Und wie sah der Plan für ihr Leben jetzt aus?

ZWEI

„Ich gehe aus.“ Nathaniel warf einen suchenden Blick auf den Esszimmertisch. Er dachte, Liam hätte den Schlüssel für den gemieteten Geländewagen dort deponiert, nachdem er von seinem täglichen Frühstücksrundgang wiedergekommen war.

„Wohin?“ Jonathan, Nathaniels persönlicher Berater, kam mit dem iPad in der Hand durchs Wohnzimmer und runzelte die Stirn.

„Nirgendwohin. Nur raus.“ Wo waren die verflixten Schlüssel? Nathaniel hob die Zeitung an, die Liam gelesen hatte. *Aha* ...

„Liam ist Joggen gegangen.“ Jonathan konzentrierte sich wieder auf sein iPad, tippte, wischte, scrollte wahrscheinlich durch seine Emails. „Warte, bis er zurück ist.“

„Ich brauche Liam nicht.“

Die Aufmerksamkeit war zurück. „Du gehst nicht alleine aus.“

„Ich brauche keinen Leibwächter auf dieser kleinen Insel. Die Leute hier wissen nicht einmal, dass ich hier bin.“

„Mrs. Butler weiß, dass du hier bist.“

„Ja, aber ich bin der Überraschungsgast bei ihrer Benefiz-Veranstaltung, also wird sie es sicher nicht vor der Zeit herumerzählen. Außerdem lieben die Amerikaner die *britischen* Prinzen. Wir Jungs aus Brighton laufen unerkannt nebenher.“

„Die Krone wird meinen Kopf verlangen, wenn dir irgendetwas passiert.“

„Soll ich ihnen eine Nachricht schicken, dass ich mich entschieden habe, alleine herumzustrolchen, um dich deiner Verantwortung zu entheben?“

„Jetzt bist du gönnerhaft.“

„Und du machst dir zu viele Sorgen, Jonathan.“ Nathaniel drehte sich um. Das Gespräch war beendet. Er ging aus – alleine.

Obwohl er bereits drei Tage im Sommerhaus seiner Familie auf der Insel verbracht hatte, hatte Nathaniel noch nicht viel von ihr gesehen. Den Strand, der zugegebenermaßen sehr schön war, die besorgte Miene seines persönlichen Assistenten und die ernsten Blicke seines Sicherheitsoffiziers. Beide gute Freunde, aber eben nicht so besonders schön waren ... das war's.

Drei erwachsene Männer im Urlaub, die in einem hundert Jahre alten Sommerhaus Filme schauten und ein uraltes Brighton'sches Kartenspiel spielten. Nathaniel wurde langsam unruhig.

Gut, im Grunde war er auf einer Geschäftsreise in Amerika, nicht für einen Erholungsurlaub. In königlicher Angelegenheit, um genau zu sein. Aber eigentlich schuldete ihm das Königreich Brighton einen echten Urlaub. Einen mit Sonne, Strand und Wellen und vielleicht der Gesellschaft einer hübschen Dame, mit der er essen gehen konnte.

So gesehen könnten ihm sein Berater und seine geliebte Nation ruhig einmal eine oder zwei Stunden für sich gönnen.

„Weißt du, wohin du fährst?" Jonathan eilte um das Sofa herum, um Nathaniel im Foyer aufzuhalten.

„Zum Glück nicht." Nathaniel trat hinaus in die Sonne und die Freiheit. Er liebte sein Land. Liebte Brightons wolkenverhangene Tage mit einem Hauch Frost in der Luft. Aber die Sonne, die Hitze und den endlosen blauen Himmel Georgias liebte er auch. „Es ist eine kleine Insel. Ich bin sicher, ich werde mich zurechtfinden." Er lächelte Jonathan zu, der so ernst und angestrengt war. Der Mann nahm seine Pflichten als Berater des Kronprinzen von Brighton sehr genau.

„Ich komme mit."

„Jonathan, ich brauche mal einen Moment nur für mich." Nathaniel rutschte hinter das Lenkrad. „Zum Nachdenken."

„Worüber?"

„Ich weiß auch nicht ... Über das Leben."

Der Mann seufzte und ließ seine dünnen Schultern hängen. „Hast du dein Handy dabei?"

Nathaniel klopfte auf seine Hosentasche, in der er das Telefon verstaut hatte. „Mach einfach mit dem weiter, was du bis eben gemacht hast, Jon. Ich werde nicht lange weg sein."

Nathaniel lenkte den Wagen aus der Ausfahrt, schlug den Weg nach Süden in Richtung des Ocean Boulevards ein und öffnete alle Fenster.

Die sonnenheiße Julibrise füllte den Raum und zerzauste ihm das Haar. Der Wind zerrte an den losen Enden seines Hemdes und an den Gedanken, die an seinem Herzen nagten.

Nathaniel legte den Ellbogen ins Fenster und nahm den Fuß vom Gas. Er machte es sich in seinem Sitz bequem und lenkte das große Auto durch das wechselhafte Licht, wo die Helle des Nachmittags bereits den längeren Schatten des Abends wich.

Als er eine alte Frau entdeckte, die auf dem schmalen Lehmpfad neben der Straße Fahrrad fuhr, begann er langsam, sich zu entspannen.

Trotzdem, die Nachrichten von Zuhause waren nicht gut gewesen, als er eben das Haus verlassen hatte. Papas Gesundheit ließ merklich nach. Nathaniel vermutete, dass er nicht nur hierher geschickt worden war, um seiner entfernten Kusine Carlene Butler einen Gefallen zu tun, sondern weil es möglicherweise Nathaniels letzter Ausflug als freier Mann war. Mit 32 Jahren dachte er, er hätte Jahre – Jahrzehnte –, bevor die Königswürde auf ihn wartete.

Stattdessen blieben ihm Monate. Ein Jahr vielleicht, höchstens.

Mit einem Gefühl des Wiedererkennens lenkte er den Wagen um eine Kurve. Er brauchte mehr Zeit. Um Papas Weisheit in sich aufzunehmen. Um seine jugendliche Rebellion und seine Indiskretionen in den Griff zu bekommen.

„Du wirst binnen eines Jahres König sein. Bereite dich darauf vor." Papa war so sachlich. So förmlich. Erst König, dann Mensch.

„Papa, nein, du wirst dich erholen ...“

Als Nathaniel an einer Ampel hielt, atmete er den süßen Duft der Jasminblüten ein. Er erinnerte ihn an zu Hause. An die Sommer seiner Kindheit mit Papa, Mama und seinem kleinen Bruder Stephen in Parrsons House.

Als die Ampel auf Grün umsprang, wählte Nathaniel im Kreisverkehr den Weg über Frederica nach Demere.

Diese Ausfahrt war genau das, was er gebraucht hatte. Eine neue Perspektive. Das Leben veränderte sich. Zu plötzlich. Zu schnell.

Der Druck, sich eine Frau zu suchen, würde immens wachsen, sobald er wieder nach Brighton zurückkehrte. Erst von Mama, dann von Papa. Dann seitens der königlichen Behörde. Vielleicht würde der Premierminister „auf ein Wort“ mit ihm sprechen wollen.

Sag, Nathaniel, hast du dir denn schon Gedanken über die Wahl deiner Braut gemacht? Der Thron braucht einen Erben.

In letzter Zeit hatten die Medien angefangen, ihre britischen und deutschen Vettern nachzuahmen und schlüpfrige Geschichten über die königlichen Prinzen zu drucken. Sie wollten Auflage machen. Deswegen streuten sie abfällige Bemerkungen über die Heiratsabsichten des Kronprinzen, erinnerten die Leute an seine jugendlichen Unüberlegtheiten und daran, dass er in den letzten zehn Jahren keine feste Begleiterin gehabt hatte. Schön, schön ... ein ganzes Jahrzehnt. Obwohl er neuerdings immer öfter mit der schönen Lady Genevieve Hawthorne gesehen worden war.

Nathaniel nahm den Damm von Torras nach Brunswick, folgte den Kurven der Straße und ließ sich von ihr leiten.

Er war gerade scharf rechts abgebogen, als sein Blick auf ein Straßenschild fiel. Prince Street.

Nathaniel nahm den Fuß vom Gas und ließ den Geländewagen langsam im Schatten der Virginia-Eichen entlanggleiten. Eine sanfte

Brise strich vorbei. Prince Street ... Das Schild machte ihm ein bisschen Hoffnung, gab ihm das Gefühl, dass doch alles gut werden könnte. Als ob er tatsächlich zur richtigen Zeit am richtigen Ort sein könnte. Ein ungewöhnliches Gefühl für Kronprinzen.

Herr, ich bin bereit ...

Er wollte gerade wenden, als er auf eine laute, weibliche Stimme aufmerksam wurde. Nathaniel lehnte sich über das Lenkrad, kniff die Augen zusammen, um besser durch das Spiel von Licht und Schatten sehen zu können. Eine Frau ging um ein Auto herum, das unter einem riesigen, knorrigen alten Baum geparkt war. Ein abgerissen aussehender Mann folgte ihr.

Sie hielt an und wedelte mit einem Eisenstab oder etwas Ähnlichem und zeigte die Straße hinunter, als ob sie ihm sagen wollte, dass er gehen soll.

Der Mann trat mit einem wölfischen Grinsen einen Schritt auf sie zu. Sie schwang den Gegenstand in ihrer Hand in seine Richtung. *Gut gemacht, Mädchen!*

Nathaniel fuhr sein SUV unter den Baum, parkte neben dem kleinen grünen Cabrio und stieg aus.

„Kann ich irgendwie behilflich sein?“

Die Frau wirbelte herum und sah ihn mit großen Augen an. Die Lichtstrahlen, die durch das dichte Blätterdach fielen, ließen ihr goldenes Haar leuchten. „Da bist du ja. Was hat dich denn aufgehalten?“ Sie zeigte mit dem Werkzeug auf ihn. „Ich hab diesem Kerl da gesagt, dass du gleich kommst ... *Schatz.*“ Sie zog ein Gesicht. „Unfassbar. Schon wieder einen Platten.“ Freudloses Lachen. „Die Radmuttern sitzen fest.“

„Na, dann müssen wir sie irgendwie lose bekommen.“ Nathaniel nahm ihr den Kreuzschlüssel aus der Hand und schaute ihn nachdenklich an. Er hatte schon so einige Räder gewechselt. Während seines Studiums war es sein Lieblingszeitvertreib gewesen, über die Landstraßen zu jagen, um Dampf abzulassen.

Er wandte sich dem gepiercten und tätowierten Mann zu. Er war dünn, trug abgerissene, schmutzige Kleider, und Nathaniel war beinahe sicher, dass er nur Geld wollte. Er war sich fast ebenso sicher, dass die junge Frau es mit ihm hätte aufnehmen können, wenn er wirklich auf Ärger aus gewesen wäre. „Sie können jetzt weitergehen."

„Ich wollte doch nur helfen." Der Mann ging einen Schritt zurück.

„Aber ich habe gesagt, dass Sie gehen sollen, und Sie sind nicht gegangen." Die Frau lehnte sich ihm entgegen, die Hände in die Hüften gestemmt, Feuer in der Stimme.

Nathaniel lächelte. Er mochte sie.

„Gehen Sie Ihres Weges." Nathaniel steckte die Hand in die Tasche und nahm den zwanzig Dollar-Schein heraus, den er vor seiner Abfahrt eingesteckt hatte. Er ging um die blonde Frau herum. Dann bot er dem Mann die Hand an und drückte ihm die Banknote in die schmutzige Hand. „Kaufen Sie sich eine warme Mahlzeit."

Der Mann faltete den Zwanziger auseinander und hielt ihn hoch, sein Blick verhärtete sich. „Ihr reichen Leute denkt, ihr könnt immer nur machen, was ihr wollt, oder?"

„Und was denken Leute wie Sie sich? Dass Sie eine Dame weiter belästigen können, nachdem sie Sie gebeten hat, zu gehen?"

Der Mann fluchte, steckte das Geld ein und ging weg. Er redete mit sich selbst und warf dabei mit derben Ausdrücken um sich.

„Das hätte ich auch tun können." Jetzt richtete sie ihr Feuer auf Nathaniel. „Ihm Geld geben. Sie wissen schon, dass er sich jetzt Schnaps oder Drogen kaufen wird, oder?"

Nathaniel zuckte mit den Schultern und beobachtete sie einen Moment. Sie schien ihn nicht zu erkennen. Aber wer würde denn schon genau hier, genau jetzt, einen echten Prinzen erwarten? „Oder vielleicht kauft er sich ein leckeres warmes Essen. Er sieht aus, als ob es ihm guttun würde.“ Nathaniel schloss seine Finger um den kühlen Schraubenschlüssel. Sie hatte so etwas an sich. Am liebsten würde er sie einfach umarmen und ihr sagen, dass es ihm völlig egal war, was der Typ mit dem Geld tat, solange es ihr nur gut ging.

„Haben wir uns schon einmal getroffen?“, frage er, obschon er wusste, dass er sie noch nie vorher gesehen hatte. Aber sie hatte so etwas Vertrautes an sich. Warm und vollkommen.

„Nein.“ Sie nahm ihm den Schraubenschlüssel aus der Hand. „Danke fürs Anhalten. Ich weiß das wirklich zu schätzen. Aber von hier aus kann ich das wirklich alleine.“ Ihre Stimme schwankte und Nathaniel sah einen verdächtigen Glanz in ihren Augen, bevor sie ihren Blick abwandte.

„Sind Sie sicher? Was ist mit diesen festgefressenen Radmuttern? Ich habe Erfahrung im Räderwechseln.“ Nathaniel hielt ihr seine Handfläche hin. „Wie wäre es, wenn wir zusammenarbeiteten? Dann sind Sie flugs wieder unterwegs.“

„Flugs wieder unterweg? Wohin?“ Sie ließ sich gegen das Auto fallen, atmete aus, ihr vom Wind zerzauster Pferdeschwanz fiel ihr über die Schulter. „Was für ein dummer, mieser Tag.“

Nathaniel wurde abrupt wieder auf den Erdboden zurückgeholt, als er hörte, wie sie kurz schluchzte.

„Oh, was ist denn los? So schlimm kann es doch nicht sein, oder?“

Sie drehte sich um und bestrafte den platten Reifen, indem sie heftig dagegentrat. „Dummer, mieser Tag.“

„Es ist doch nur ein Plattfuß.“

Sie starrte ihn zornig an. Ihre blauen Augen waren gerötet und voller Tränen. „Es hätte halten sollen, für immer, wissen Sie? Zwölf Jahre ... Wer wartet denn schon zwölf Jahre auf einen Kerl, wenn es am Ende nicht für immer ist?“

„Ah, ein Streit unter Liebenden."

„Streit? Nein. Totalausfall. Alles, was wir von unserem Leben, in unserer Beziehung wollten, ist futsch. Von dem wir dachten, dass wir es wollten." Die ersten Tränen fielen auf ihre hohen, glatten Wangenknochen. Sie wischte sie mit dem Handrücken ab, trat ein letztes Mal gegen das Rad und ging hinter Nathaniel zu dem Baum. „Ich weiß nicht, warum ich hierhergekommen bin. Ich hab mich einfach ins Auto gesetzt und bin losgefahren." Sie bedachte das Auto mit einem weiteren Blick und zog eine Grimasse. „Und jetzt finde ich mich hier wieder, bei der guten alten Liebeseiche."

„Der Baum hat also einen Namen und eine Geschichte?" Nathaniel ging um den Wagen herum und sah sich die dicken, knotigen, medusischen Äste der raumfüllenden Eiche genauer an.

„Der Baum ist legendär. Es heißt, er sei neunhundert Jahre alt. Ein Ort, wo sich die jungen Helden der Eingeborenen mit ihren Mädchen trafen." Sie strich mit der Hand über die Rundungen des tiefsten Astes. Als könnte sie den Puls des Baumes fühlen und die Geschichten der vergangenen Tage herbeirufen.

„Ob etwas Wahres dran ist, was meinen Sie?" Nathaniel war vertraut mit Sagen und Legenden, langen Geschichten von Mut, Liebe und Kühnheit. Sie waren ein Teil von Brighton. Ein Teil seines fünfhundert Jahre alten Stammbaums.

Sie warf ihm einen Blick zu. „Ich wollte mich unter diesem Baum verloben. Eine Lichterkette in den Ästen. Vielleicht ein kleines Streichquartett da drüben." Sie zeigte auf die Kante des Grüns. „Etwas Besonderes, Romantisches."

„Aber Ihr Freund hatte andere Absichten."

Ein neuer Schwung Tränen. „Ich – ich ... wollte ..." Sie schüttelte den Kopf. „Ich war so ein Dummkopf."

„Ich glaube, niemand, der sein Herz verschenkt, ist dumm."

Sie setzte sich auf eine flache Stelle am Fuße des breiten Baumstamms, legte das Gesicht in die Hände und weinte leise.

Was sollte er nun tun? Er kannte die Frau gar nicht. Und Tränen? Mit Tränen konnte er noch nie gut umgehen.

„Es zeugt von Mut. Sein Herz zu verschenken." Was wusste er schon? Er hatte einmal versagt in Liebesdingen und es nie wieder versucht.

Sie trocknete ihr Gesicht mit dem Ärmel ihres T-Shirts. „Ich habe nie viel erwartet. Nur Liebe und Hingabe, wissen Sie? Dass er das tun würde, was er mir versprochen hatte ... mich heiraten. Meine ganze Kindheit über wusste ich nie, was meine Eltern als Nächstes tun würden. Ob sie sich küssen und vertragen oder einander mit Geschirr bewerfen würden. Ich fand es super, es langsam anzugehen. Wir sind beide aufs College gegangen, haben unsere Karrieren gestartet." Sie atmete langsam und tief ein. „Er hat vier Einsätze in Irak und Afghanistan gemacht."

„Ein Soldat."

„Marineinfanterist. Captain."

„Ich habe selbst bei der Marine gedient. Vier Jahre."

„Wurden Sie entsendet?" Sie richtete sich etwas auf.

Wie konnte er ihr das sagen? Sein Geburtsstatus verhinderte, dass er entsendet wurde. Weil er eine größere Gefahr für seine Kameraden darstellte als der Feind. „Ich wurde nie in Konfliktzonen eingesetzt."

„Sind Sie aus England?"

„Aus dem Königreich Brighton."

„Brighton. Da gibt es schöne Gärten."

„Sie haben von unseren Gärten gehört?"

„Auf dem College habe ich den Lecharran Garden studiert. Ich bin Landschaftsarchitektin – naja, jedenfalls wenn ich nicht gerade im Rib Shack Barbecue serviere." Ihre Augen waren klar, sie sah ihn mit einem starken, blauen Blick an. „Am Strand dachte ich, er würde mir einen

Heiratsantrag machen. Vergiss den Baum, die baumelnden Lichter, das Streichquartett. Immerhin ging's voran." Sie boxte die Faust in ihre andere Hand und lachte beinahe.

„Sie sind eine schöne Frau. Ich bin sicher, es gibt eine Reihe Männer?"

„Eine Reihe Männer? Nein, nein ... nein. Schauen Sie ... Wie ist Ihr Name?"

Egal, welchen Prozess sie da gerade durchlief, er schien ihre Tränen zu stillen und ihr neue Kraft zu geben.

„Nate." Er reichte ihr die Hand. „Nate Kenneth." Immerhin ein Teil seines Namens. Sein Reisename.

„Susanna Truitt." Sie schüttelte seine Hand, und er liebte das Gefühl ihres festen Griffs.

„Was sagten Sie?"

„Was? Ja, Sie sagten ... " Ihre Augen verweilten auf seinem Gesicht. Ihre Hand blieb in seiner. „Männer. Eine Reihe Männer, ja?" Sie zog die Hand weg.

Er wollte instinktiv danach greifen, schloss aber stattdessen die Finger zu einer losen Faust.

„Ich will keine Männer. Ich will einen Mann." Sie hielt den Zeigefinger hoch. „Eine wahre Liebe."

„Es gibt nur eine?"

„Ja."

„Wie können Sie sich da so sicher sein?"

Sie legte sich die Hand aufs Herz. „Mein Herz sagt es mir. Es gibt *einen* für mich. Nur einen."

Ihre Worte gingen ihm durch und durch ... heiß, explosionsartig. Sie weckten seine eigenen Gedanken über die Liebe. „Sie haben mich schon fast überzeugt."

„Dann sind Sie genauso dumm wie ich." Sie brach einen toten Zweig ab und zerkrümelte die Blätter in ihrer Hand. „Ich dachte, ich hätte ihn gefunden." Schnipsel brauner Blätter rieselten auf den Boden. „Aber das habe ich nicht." Sie atmete zitternd ein.

„Vielleicht besinnt er sich noch." Wenn der Mann nur halbwegs bei Verstand war. Wie konnte man diese Frau sitzen lassen? Susanna?

„Er hat jemand anderes kennengelernt." Ihre Augen glänzten schon wieder, und ihre perfekt geformte Nasenspitze rötete sich. „Er sagte, er habe den richtigen Ring gefunden, aber nicht die richtige Frau."

„Oh, das hat er gesagt? Er scheint ein ehrlicher Kerl zu sein, wenn auch vielleicht ein bisschen brutal."

Sie schüttelte den Kopf und tippte sich mit den Fingern auf die Brust. „Das Schlimmste daran ist, dass ich langsam kapiere, dass ich so darauf aus war, dass er mir endlich einen Antrag macht, dass ich mir nie meine Antwort überlegt habe. Als er mir so ehrlich sagte, dass er den richtigen Ring, aber nicht die richtige Frau gefunden hat, war ich wütend. Mann, war ich wütend. Aber je mehr wir redeten, desto mehr wurde es mir klar ... Wir waren ein romantischer Plan aus der High School, der nicht funktioniert hat. Jetzt muss ich die ganze Zeit daran denken, was gewesen wäre, wenn er mich gefragt hätte." Sie brach einen neuen, toten Zweig vom Baum ab. „Ich bin mir nicht sicher, ob ich Ja gesagt hätte."

„Sie sind sich nicht sicher?" Nathaniel schluckte das *Hurra*, das ihm auf der Zunge lag, schnell herunter. Welches Recht hatte der Mann denn auf diese Schönheit, wenn er ihr das Herz mit so einer groben Beichte gebrochen hatte?

„Aaach. Ich weiß nicht." Ihre sanften Worte dehnten und bogen sich unter ihrem Akzent. „Ich hing so sehr an ihm ..." Sie boxte in die Luft. „Er sagte, ich würde den Plan mehr lieben als ihn. Aber wer macht denn so was? Ich habe ihm gesagt, dass er spinnt. Aber er könnte vielleicht recht gehabt haben, Nate. Ich habe alles auf die ‚Heirate-Adam-Peters-Karte' gesetzt, und das war's. Ende der Geschichte."

„Also lieben Sie ihn auch nicht?"

„Ja ... nein ... Ich weiß es nicht." Sie funkelte ihn an. „Sie sind ganz schön frech dafür, dass wir uns gerade erst kennengelernt haben." Eine Mischung aus Lachen und Weinen entfuhr ihr. „Nur, dass ich ... Frieden fühle." Sie lehnte sich gegen den breiten, geteilten Stamm des uralten Baums. „Das habe ich lange nicht. Wissen Sie, wie es ist, wenn man an etwas so feste festhält ... dass man so nah dran ist, dass man gar nicht mehr sieht, woran man da eigentlich festhält?"

Ja, das wusste er.

„Und dann lässt du los und siehst, dass deine Hände ganz kaputt und verbrannt sind von dem Seil, an dem du festgehalten hast. Dass der Topf mit Gold am Ende deines Regenbogens nur ein Haufen Schokoladenpapier ist, das in der Sonne geglitzert hat."

Nathaniel grunzte ein leises Lachen, verkniff es sich aber, so gut es ging, weil er nicht sicher war, ob sie tatsächlich komisch sein wollte. „Aber die Zukunft liegt doch nun in Ihren Händen. Sie können sie gestalten."

Sie betrachtete ihre Handflächen, als erwartete sie, dort Brandspuren eines Seils zu sehen. „Was für eine Verschwendung." Sie richtete ihre Aufmerksamkeit wieder auf Nathaniel. „Und jetzt schauen Sie mich an, wie ich meinen Kummer einem Fremden erzähle."

„Nicht so fremd, hoffe ich. Nur neu." Gerade hatte Nathaniel sie noch gemocht. So langsam fing er an, sie zu verehren. „Sie sind berufstätig?"

„Es ist gerade nicht so viel los im Landschaftsbau. Die Leute bauen nicht um. Sie sparen Geld." Sie sah nach dem Himmel, an dem der Abend dämmerte und hielt die Hand nach dem Kreuzschlüssel hin. „Sie haben bestimmt Besseres zu tun, als sich mit mir zu unterhalten. Ich kann das Rad selbst wechseln."

„Es ist mir ein Vergnügen, mich mit Ihnen zu unterhalten."

Nathaniel ging zu dem platten Reifen und kniete sich hin. Sie hatte das alte Rad getreten. Er hätte es küssen können. Weil es platt war, hatte er die bezaubernde Susanna kennengelernt. „Ich beneide Sie, Susanna. Sie haben Ihr Leben vor sich und können frei entscheiden, was Sie tun wollen. Sie können neu anfangen, gehen, wohin Sie wollen, tun, was Sie wollen."

„Sprechen Sie weiter, Kumpel. Vielleicht glaube ich Ihnen irgendwann." Sie schob den Wagenheber unter das Auto.

Er lockerte die Radmuttern. „Denken Sie an diejenigen, deren Leben schon bei ihrer Geburt durchgeplant wurde. Die keine Möglichkeit haben, etwas zu verändern, oder etwas zu tun, was sie wollen."

„Ich kenne hier keinen, auf den das zutrifft. Vielleicht Mose Watson, der irgendwann mal den Immobilienhandel seines Vaters erben wird, aber die sind Millionäre und ich denke nicht, dass Mose sich beschweren wird."

„Aber wenn Mose weggehen wollte, könnte er das?"

„Theoretisch schon. Obwohl sein alter Herr dann bestimmt einen hysterischen Anfall kriegen würde."

Sie brachte ihn zum Lachen. Innerlich und äußerlich. Sie ließ ihn vergessen, dass es eine Last war, dass seine Zukunft bereits verplant war ... nicht nur von seinen Eltern, sondern durch fünfhundert Jahre Geschichte.

Wenn er nachts wach lag und über seine Bestimmung nachdachte, nahm ihm diese Last beinahe den Atem.

Aber in diesem Moment spielten das Königreich Brighton und seine durchgeplante Zukunft keine Rolle. Nur die Sommerbrise, die die Blätter der Liebeseiche zum Rauschen brachte, und Susanna zu helfen, das zählte.

Nathaniel entfernte die Radmuttern und hievte den platten Reifen von der Achse. „Meine Freunde und ich haben während des Studiums

Dampf abgelassen, indem wir auf den Landstraßen Rennen gefahren sind." Er ließ seine Erinnerungen wach werden. „Einer von uns hatte immer irgendwann einen Platten. Aber es war gut, mit meinen Freunden unterwegs zu sein."

„Klingt, als würde es Ihnen fehlen." Sie sah ihn durch die Haarsträhnen hindurch an, die sich aus ihrem Pferdeschwanz befreit hatten.

„Es war eine andere Zeit. Wir waren jung und ungestüm, wir dachten, wir wären unbesiegbar."

„Und jetzt?"

„Bin ich ganz respektabel und weder ungestüm noch unbesiegbar."

„Ist das schlecht?" Sie zerrte das Ersatzrad aus dem Kofferraum und ließ es neben Nathaniel fallen.

„Im Moment überhaupt nicht." Er zögerte. „Überhaupt nicht." Und für einen süßen Südstaatenmoment ließ er das Licht und das Leben von Miss Susanna Truitt in den geheimsten Ort seines Herzens sickern.

DREI

Bis Samstagnachmittag, als Susanna das Auto in die Werkstatt brachte, um ein vernünftiges neues Rad montieren zu lassen, hatte die halbe Insel bereits davon gehört, dass Adam „den richtigen Ring, aber nicht die richtige Frau" gefunden hatte. Bis Montagmorgen hatte es die ganze Insel gehört. So kam es ihr jedenfalls vor.

Beinahe erwartete Susanna, es auf der Titelseite der Tageszeitung zu sehen. Im Ehemaligen-Blättchen der Glynn Academy würden sie sicher auftauchen.

Adam und Susanna ... aus dem Pärchen, von dem alle dachten, sie wären's, wird nichts.

Auf dem Weg zu Gage Stone Associates wünschte sich Susanna, sie hätte ihren Eltern nicht mehr erzählt als: „Wir haben uns getrennt."

Aber Mama ... oh, Mama. Sie hatte schon gewusst, wie sie es anstellen musste.

„Was ist los? Ach, du meine Güte, Susanna, du siehst ja aus wie ein Geist."

„Danke, Mama. Ist Absicht."

Susanna war an diesem Morgen über einem Teller mit Rühreiern und Toast zusammengebrochen, als sie in der Küche des Rib Shack beim Frühstück zusammensaßen. Sie hatte geweint und jedes Wort, jedes verletzende, bohrende Wort aus ihrem Gespräch mit Adam berichtet. Sie fühlte sich wund und echt, hatte nichts von ihrem Austausch zurückbehalten.

Aber dann hatte sie Nate getroffen. Und diese Neuigkeit hatte sie für sich behalten. Er war ihr Lichtstreif am Horizont gewesen an diesem dunklen Freitagnachmittag. Vielleicht ein kleiner Schulterklopfer von Gott.

Nicht verzweifeln.

Am Sonntag ließ sie den Kirchgang ausfallen. Adams Eltern besuchten die Gottesdienste der Christ Church. Susanna konnte den Gedanken nicht ertragen, ihnen so früh über den Weg zu laufen.

Am Sonntagabend hatte wie immer das Familienabendessen im Rib Shack stattgefunden. Das Restaurant war voller Lachen, Musik, voller Familie und Wärme.

Susanna wollte sich lieber einigeln als dorthin zu gehen, aber ihre kleine Schwester Avery hatte darauf bestanden, dass sie mitkam. Mit ihren siebzehn Jahren war Avery weise, jung und überschwänglich. Und gelegentlich ganz groß im Überreden.

Großeltern, Tanten, Onkel und alle Kusinen und Cousins bis hin zu diversen Urgroßnichten und -neffen kamen an jedem ersten Sonntag im Monat ins Rib Shack. Daddy schloss das Restaurant für das Familientreffen. Es gab kaum jemanden, der die Treffen verpasste. Nicht einmal die Camdens, die möglicherweise nicht einmal blutsverwandt waren mit dem Truitt-Franklin-Vogt-Clan. Aber sie waren schon so lange dabei, dass sich keiner mehr richtig erinnern konnte.

Susanna verstaute ihre Gefühle in ihrem Herzen, versteckte sich in den Schatten auf der Terrasse des Shack und ließ es zu, dass die Gespräche, das Lachen und die Musik ihre Realität für ein paar Stunden verdrängten.

Dann kam der Montagmorgen, und der Wecker riss Susanna aus der besten Viertelstunde Schlaf, die sie das ganze Wochenende über bekommen hatte.

Sie starrte auf die roten Ziffern des Weckers und versuchte, sich eine Entschuldigung auszudenken, um sich krank zu melden und einen weiteren Tag im Bett zu verbringen.

Aber das Häagen-Dazs war ihr ausgegangen, und sie sehnte sich nach Mamas Frühstückseiern und Keksen. Also erlaubte sie sich, aufzuwachen und dem Tag entgegenzutreten.

Auf dem Parkplatz hinter den Büros von Gage Stone legte Susanna ihren Kopf auf das Lenkrad.

So sehr sie es auch versuchte, sie schaffte es einfach nicht, diesen bescheuerten Satz aus Adams Geständnis ... „den richtigen Ring, aber nicht die richtige Frau“ ... auszublenden.

Ja, sie hatte seine Nummer ein dutzendmal gewählt, aber sie hatte immer aufgelegt, bevor überhaupt eine Verbindung zustande gekommen war. Was hätte sie ihm auch sagen sollen? „Nimm mich zurück ... Bitte überleg es dir noch mal, Adam.“ Oder besser: „Warte, ich will zuerst mit dir Schluss machen. Bitte frage mich, ob ich dich heiraten möchte. Ich sag dann Nein.“

Nichts davon hätte ihr weitergeholfen. Dann hatte sie Sonntagnacht in einer Art Anfall alles von Adam aus ihrem Telefon, ihrem Computer und diesem seltsamen digitalen Bilderrahmen, den er ihr vor zwei Jahren zu Weihnachten geschenkt hatte, gelöscht.

Das hatte geholfen, und sie fühlte sich besser. Viel besser. Und sie hatte endlich schlafen können.

Aber die ganze Quälerei hatte sie tief in ihrer Seele erschüttert. Nicht wegen Adam, sondern wegen ihr. Wie hatte sie so blind sein können? So dumm? An einem Mann festzuhalten, den sie nicht wirklich liebte.

Ein leises Klopfen an ihrem Autofenster ließ sie aufschauen. Aurora. „Suzy-Q, geht es dir gut?“

Susanna tastete nach dem Fensterheber. „Aurora ... hey.“

„Alles klar, Mädchen?“ Die Frau lehnte sich an die Autotür.

„Ja, klar, mir geht es gut.“

„Ich hab davon gehört.“ Tiefe Falten prägten die Konturen ihres verwitterten, aber weisen Gesichtes. Ihre grauen, klaren und ruhigen Augen beobachteten Susanna.

„Hat nicht die ganze Insel davon gehört?“ Susanna nahm ihre Tasche, öffnete die Tür und ging auf das Bürogebäude zu.

„Es macht die Runde.“ Aurora fiel in Gleichschritt, ihre nackten Füße krümmten sich auf dem scharfkantigen Kies des Parkplatzes.

„Aurora, wo sind deine Schuhe?“ Susanna zeigte auf die rot bemalten Zehennägel der alten Frau.

„Hab ich verschenkt.“ Sie hüpfte mit einem Seufzer auf den Rasen. „Meine Füße sind nur noch nicht abgehärtet. Ich bin vor lauter Schuhetragen ganz verweichlicht. Aber ich krieg sie schon in Form.“ Die obdachlose Frau sprach mit dem gepflegten Akzent einer Dame, die einst in Washington DC unter Politikern Lobbyarbeit gemacht hatte. Mit Erfolg. Forsch und immer auf den Punkt. „Ein Mädchen ist ins Lager gekommen. Sie war nicht ganz richtig.“ Aurora tippte sich an die Stirn. „Hatte überhaupt kein Kleingeld.“

Susanna hielt auf dem Gehweg neben Aurora an. „Also hast du ihr deine Schuhe geschenkt.“

„Naja, ich konnte ihr jedenfalls keine Tasche voll Kleingeld geben.“ Die Frau kicherte. „Denk nicht, ich hätte es nicht versucht.“

„Kein Zweifel.“ Susanna war sich sicher, dass Aurora mehr Kleingeld besaß als alle Frauen auf St. Simons Island zusammen. „Brauchst du denn Geld für neue Schuhe?“

„Nö. Hab alles Geld, was ich brauche.“

Es war eine rhetorische Frage gewesen. Susanna wusste, dass die Frau genug Geld hatte. Sie wollte nur, dass sie auch ein bisschen davon für ihre Füße ausgab.

Aurora lebte einfach, aber weise. Es hieß, sie habe ein kleines Vermögen angehäuft, ehe sie Washington verließ, um in den Wäldern der Insel ihr Zelt aufzuschlagen.

„Bin eines Tages aufgewacht, als mich der Herr anstupste. ‚Wirklich?‘, fragte er. ‚Das hier willst du also? Mit deinem Freund zusammenleben, trinken, Drogen und Lügen?‘ Mädchen, damals konnte ich so haarsträubend lügen, ich hätte dir die Dauerwelle gespart. Diese ganze Fallenstellerei, von der ich dachte, ich hätte

sie im Griff, hatte eigentlich mich im Griff. Deswegen bin ich zerbrochen ... Aber nur an den richtigen Stellen."

„Kauf dir ein neues Paar Schuhe, Aurora." Susanna lächelte und schlenkerte ihre schwarze Aktentasche in Richtung der Füße. „Du wirst dir die Pediküre ruinieren."

„Nimm mir meine Pediküre nicht übel, Suzy-Q. Du kannst ein Mädchen aus der Stadt holen, aber nicht die Stadt aus dem Mädchen. Es ist meine einzige Prasserei. Ich glaube nicht, dass Gott sich daran stört."

„Ich glaube, das stört ihn so was von gar nicht. Hey, kauf dir doch diesmal gleich zwei Paar Schuhe. Eins zum Anziehen, eins zum Verschenken."

„Vielleicht." Aurora hatte ihr graues Haar zu einem Pferdeschwanz zusammengebunden. Kleine Löckchen ringelten sich um Hals und Stirn. Zehn Jahre Leben in der Wildnis konnten ihre klassische, kultivierte Schönheit nicht verbergen. „Er hat dir nicht das Herz gebrochen, oder? Der Junge ... Ich kann es in deinen Augen sehen."

Ein eiskalter Schauer überlief Susanna von der Kopfhaut bis über ihren Rücken. „Was schnüffelst du denn wieder in anderer Leute Augen herum?" Obwohl sie schon lange vermutete, dass Aurora lange Tage auf den Knien in ihrem Zelt verbrachte und von Gott auf eine Weise hörte, von der andere nur träumen konnten.

„Ich schnüffele nicht. Aber ich sehe auf jeden Fall etwas." Sie zeigte von ihren Augen auf Susannas. „Ich hab die Gabe, weißt du. Deshalb musste ich Washington verlassen. Gott hat mir die Augen geöffnet, und ich konnte die Lügen sehen, die Dunkelheit. Nicht fühlen ... *sehen*. Ich konnte es einfach nicht mehr aushalten."

„Das Gute hast du nie gesehen?"

Aurora lächelte. Ihre Zähne waren weiß und gleichmäßig, ein weiteres Vermächtnis ihrer Zeit in DC. „Ich seh das Gute doch gerade jetzt."

„Ich meine in Washington."

„Ich bin nicht in Washington. Ich bin auf St. Simons und schaue dich an."

Mehr kalte Schauer. Trotzdem brachte das Feuer von Auroras intensivem Blick Susannas Seele zum Brennen. „Hast du mir etwas zu sagen? Dann sag es."

„Okay. Danke dem Herrn für diese Angelegenheit mit Adam. Jetzt kannst du endlich *deinen* Weg gehen und brauchst nicht mehr herumzutrödeln und auf ihn zu warten." Aurora klatschte Hände so laut zusammen, dass Susanna zurückzuckte. Sie hatte einen Punkt hinter ihre Erklärung gemacht.

„Weißt du, was dein Problem ist?"

„Ich hab nur ein Problem?"

Auroras lautes Lachen war völlig unbefangen. „Touché." Sie hielt Susannas Arme fest. „Du hast einfach nicht Schluss ... du wolltest nicht loslassen. Du hast so sehr festgehalten. Ich seh ein bisschen von mir in dir, meine Liebe. Ich war so eng mit allem verbunden, dass Gott nicht mal meinen Namen flüstern konnte, ohne mich zu knacken. Ich musste loslassen. Ich musste zerbrechen." Sie drohte mit dem Finger. „Das ist genau das, was du auch brauchst."

„Ich glaube, ich weiß nicht, wie das mit dem Zerbrechen gehen soll. Jedenfalls nicht an den richtigen Stellen, Aurora."

„Er weiß es." Sie zeigte nach oben. „Und wenn ich mir das Ganze so anschaue, hat er die erste Sollbruchstelle schon richtig erwischt. War nicht allzu schmerzhaft, oder?"

„Willst du mir sagen, dass Gott mir Adam geschickt hat, damit der mit mir Schluss macht?"

„Wenn er dich gefragt hätte, hättest du Ja gesagt?"

„Nein."

„Siehst du. Du wusstest es doch schon die ganze Zeit. Genau wie ich. Damals, mit den Drogen, als ich mich durch alle Betten geschlafen habe, da dachte ich, ich sei frei. Dabei war ich so dermaßen gebunden." Sie griff vor sich in die Luft. „Aber ich habe festgehalten. An meinem Ruf, meiner Karriere, meinem tollen Haus, meinen Kleidern, meinem Schmuck, meinem teuren Auto."

„Deiner Pediküre?" Auroras Heftigkeit forderte Susannas Bequemlichkeit und ihr Verständnis von Gottes Platz in ihrem Leben heraus. „Wie kann ich meine Pläne und Ziele verfolgen, ohne ... "

„Ohne so verklemmt zu sein? Überlass das Ergebnis ihm. Wir machen unsere Pläne, aber Gott lenkt unsere Schritte."

„Ich habe keine Pläne, Aurora." Susanna warf einen Blick auf ihr Bürofenster in der zweiten Etage. „Nix, null, nada. Die sind alle mit Adam verschwunden."

„Fantastisch." Aurora vollführte ein kleines Tänzchen auf dem Gehweg. „Dann kann er ja kommen."

„Wer kann kommen?"

„Der eine ... " Sie bedeckte ihren Mund mit ihren langen, schlanken Händen, und in einem einzigen Moment wichen die Haltung und der Anstand der Lobbyistin aus Washington der süßen Unschuld einer leicht verrückten Frau. „Du glaubst doch an ‚den einen', Susanna?"

Eine göttliche Unruhe erschütterte Susanna. Sie fühlte sich nackt und verletzlich. Sie hatte nie jemandem von ihrem Glauben an „den einzig Wahren" erzählt. Na ja, jedenfalls bis sie sich am Freitagabend bei Nate verplappert hatte.

„Aurora, wovon sprichst du eigentlich?" *Bitte fang jetzt nicht an, Unsinn zu reden.* Susanna sehnte sich danach, etwas Gutes, Tiefgründiges zu hören. Aber Aurora schlug Brücken zwischen den Welten. Zwischen natürlichen, übernatürlichen und manchmal leicht depperten Welten. Sie konnte jederzeit zwischen ihnen hin- und herwechseln.

„Einer. Nur einer." Aurora warf ihre Arme weit auseinander. „Du bist frei, Suzy-Q. Und jetzt mach dich bereit." Sie wandte ihr Gesicht himmelwärts. „Glaub's. Er kommt ..." Überrascht atmete sie ein. „Er ist schon hier, oh wie schön, er ist ja schon hier." Aurora klatschte in die Hände und tanzte weiter.

„Ja, gut, dann." Was als ermutigendes, vernünftiges Gespräch angefangen hatte, war im Laufe eines einzigen Satzes komplett außer Rand und Band geraten. „Wir sehen uns, Auroa. Vergiss nicht, Schuhe zu kaufen."

„Ich seh dich zuerst, Suz. Und lass diesen Adam nun mal ganz raus aus deinem Herzen. Lass los. Lass *looоos.*" Sie hob die Hände und wackelte mit den Fingern. „Gott wird dein Herz mit Wundern füllen, von denen du noch nicht einmal *geträäääuuuumt* hast."

„Oh, okay?" Träume? Susanna konnte keinen Einzigen herbeizaubern. Hatte sie überhaupt Träume? Nein, sie hatte Pläne. Träume waren etwas für Märchen und Romanzen. Sie war praktisch veranlagt, geduldig und ... traumlos.

In den Tiefen ihrer Tasche hörte sie ihr Handy. Das Tonsignal kündigte eine Nachricht von Gage an.

Mitarbeitermeeting in 5 Minuten. Du kommst zu spät.

„Hör mal, Aurora, ich muss mich beeilen." Sie zeigte ihr kurz das Display. „Brauchst du noch was?"

„Nein, mir geht es allerallerbestestens." Aurora lächelte, ganz perfekt und klar, und hüpfte dann über den Parkplatz in Richtung Wald davon, wo sie zwischen Bäumen und Unterholz verschwand.

„Aurora?" Susanna, die plötzlich ihre heilige Zuversicht vermisste, rannte ein paar Schritte hinterher. „Besorg dir ein paar Schuhe, ja? Aurora?"

Aber sie war verschwunden.

„Aurora?"

Wie machte sie das nur? Als hätte sie sich im Nebel aufgelöst.

Susannas Handy machte wieder ping.

Meeting in 3 min.

Gage. Als ob sich seine fünf Mitarbeiter zwingend pünktlich um neun Uhr treffen mussten. Als Susanna es bis in den zweiten Stock geschafft hatte, wartete er dort schon auf sie.

„Und?“ Er verschränkte seine Arme und sah ihr suchend ins Gesicht.

„Und was?“ Sie drängte sich an ihrem Chef ... und Freund ... vorbei und stellte ihre Tasche auf ihrem Schreibtisch ab.

„Wie ist es gelaufen?“ Gage lehnte sich an den reich verzierten Türrahmen und zeigte vage auf ihre linke Hand. „Wie kommt‘s, dass mich kein Glitzern blendet?“

„Ich dachte, wir hätten ein Meeting?“ Susanna griff nach ihrer University of Georgia-Tasse auf der Anrichte. Zeit und Abnutzung hatten das Logo verbleichen lassen, und das UGA sah inzwischen mehr wie ein IGI aus. Und das Maskottchen, eine Bulldogge, hatte keine Schnauze mehr.

„Ja, klar, das Meeting. Haben wir. Aber ich wollte das Glitzern sehen. Adam ist doch nach Hause gekommen? Du bist am Freitag früher gegangen, um ihn zu treffen.“

„Ich brauche Kaffee.“ Susanna glitt an Gage vorbei und die Treppe hinunter. Während des Gesprächs mit Aurora hatte sie sich zusammengerissen, aber Gages Nachfrage kratzte zu sehr an ihrem emotionalen Schutzwall.

Er war ihr ... und Adams ... Freund, seitdem sie zusammengekommen waren, und war die ganzen zwölf Jahre dabei gewesen, hatte zugesehen, manchmal Rat gegeben.

„Suz, was ist passiert?“ Gages Schritte donnerten hinter ihr die Treppe hinunter.

„Nichts ist passiert.“

Als Susanna das Ende der Treppe erreicht hatte, rannte sie fast in Myrna, die Sekretärin, hinein.

„Gage, lass sie."

Myrna ließ ihr Kaugummi schnalzen und schaute auf den Zeitplan auf ihrem Klemmbrett. „Susanna, dein Termin um zehn wurde gestrichen."

„Glenn Cowger? Nein." Ob es zu spät war, sich zu Aurora in den Wäldern zu gesellen? „Hat er gesagt, warum?"

„Keinen Piep, Liebes. Und ich habe wirklich versucht, ihn auszuquetschen." Sie sah Susanna genau an. „Für eine Frau, die gerade sitzengelassen wurde, siehst du gar nicht schlecht aus."

Susanna zog eine Grimasse. „Na toll. Hast du Cowger gefragt, ob er einen neuen Termin machen will?"

„Schätzchen, du weißt schon, mit wem du gerade sprichst? Mit mir. Myrna." Die Frau mit den hennaroten Haaren und der Haltung eines Soldaten auf Wache verzog den Mund. „Natürlich habe ich ihn gefragt. Hab ihm zehn Optionen für einen Termin bis Sonntag gegeben, aber er wollte nicht. Er sagte, er überlegt es sich und ruft dich später an."

„Super." Susanna warf einen Blick auf ihren Chef. „Cowger Homes kannst du von der Liste für unser Morgenmeeting streichen."

„Lasst uns mal nicht so schnell aufgeben", sagte Gage. „Mach einen Plan, Suz. Myrna, du holst dir die Akten über die anderen Architekten in der Gegend. Mal sehen, ob wir nicht daraufkommen, wen Cowger sonst noch in der engeren Wahl hat. Und schau dir die Baugenehmigungen an. Vielleicht gibt es an der Front Schwierigkeiten. Sag Clark und Alexis, dass wir das Treffen um zehn Minuten verschieben."

Myrna wurde geschäftig. „Bin schon dabei, Chef. Und Suz, mach dir keine Sorgen um Adam, der überlegt es sich schon noch."

„Oh, ich freu mich so, dass alle so regen Anteil an meinem Privatleben nehmen." Susanna ging weiter zur Küche. Sie brauchte wirklich dringend einen Kaffee. Gage folgte ihr.

„Hast du irgendeine Ahnung, wen Cowger – "

„Ach komm, Gage, der hat es sich doch ganz offensichtlich anders überlegt."

„Wir wissen nicht, was er tut. Es kann gut sein, dass er seine Baugenehmigung nicht bekommen hat. Also müssen wir dranbleiben. Ihn überzeugen." In der Küche hatte er sie in die Ecke gedrängt. „Ich brauche dein Allerbestes."

„Wie wäre es mit meinem Zweitbesten?"

„Nein, ich will die Oberklasse-Landschaftsarchitektin aus Atlanta, die die dicken Aufträge für Remington & Co. an Land gezogen hat."

„Ich hatte den Ruf von Remington & Co. im Rücken, als ich diese Aufträge bekommen habe." Sie ließ ihren Gesichtsausdruck und ihren Tonfall unterstreichen, was sie damit ausdrücken wollte: Gage Stone Associates war gerade erst dabei, die Firma und ihren Ruf aufzubauen.

„Okay, na gut. Wir haben noch einen langen Weg vor uns, aber du hattest Cowger doch schon."

„Und jetzt habe ich ihn nicht mehr. Willst du meine Meinung hören? Dein Kurs ist zu hoch, Gage." Susanna riss die Glaskanne aus der Kaffeemaschine. Knochentrocken. Sie lehnte sich in die Türfassung und brüllte in den Flur: „Freunde der Sonne! Wer hat den ganzen Kaffee getrunken und keinen neuen gekocht? Es ist erst neun!"

„Was meinst du, mein Kurs ist zu hoch?", fragte Gage.

„Das ist doch keine Raketenwissenschaft, Gage. Du verlangst zu viel." Susanna öffnete den Schrank und suchte nach der Kaffeedose. Die war auch leer. Sie schnaubte, leise, verächtlich. „Es ist eine Verschwörung, ich sag's dir." Sie zeigte ihrem Chef die leere Dose. „Ich geh zu Starbucks."

„Ich brauch dich bei dem Treffen, Suz."

„Ich komme ja gleich wieder. Aber hier ist mein Wort zum Montag: Du willst Cowger zurück? Verlang weniger Honorar."

„Meine Honorare sind marktgerecht."

„Klar sind sie das, wenn du Remington & Co. bist. Du baust dein Geschäft gerade erst auf. Wir sind in der Arbeite-für-Ruhm-und-Ehre-Phase." Susanna stellte die Kaffeedose ab. „Ich brauche Kaffee."

Als sie an ihm vorbeiging, schnappte sich Gage ihre linke Hand. „Adam hat dir also keinen Heiratsantrag gemacht?"

„Nein, und du bist wahrscheinlich die einzige Person auf der ganzen Insel, die nichts davon gehört hat."

Er lief rot an. „Ich hab davon gehört. Aber ich wollte es von dir hören."

„Sodass ich das Ganze noch einmal durchspielen darf?" Wie nett.

„Hat er wirklich gesagt, er habe den richtigen Ring gefunden, aber nicht die richtige Frau?"

„Jap. Er sagte, wir würden den Plan mehr lieben als einander."

„Er ist ja verrückt. Wenn je zwei Menschen – "

„Wenn je zwei Menschen einen Weckruf brauchten, dann Adam und ich. Er hat recht, Gage. Ich wollte es nur nie wahrhaben." Sie eilte die Treppe hinauf, um ihre Handtasche zu holen. „Ich bin rechtzeitig zum Treffen zurück."

„Geht es dir gut?"

„Mir geht es gut." Sie sah schnell auf die unterste Stufe hinunter, während Tränen ihr die Sicht vernebelten. „Ich bin traurig, aber sonst geht es mir gut."

„Bist du sicher?"

„Es wird nur ein bisschen Zeit brauchen, bis ich mich an den Gedanken Susanna ohne Adam gewöhnt habe."

„Der spinnt doch, wenn er dich laufen lässt, ehrlich. Vielleicht hat er in der Wüste zu viel Sonne abbekommen."

„Ach, auf mich hat er einen ganz vernünftigen Eindruck gemacht. Außerdem hat er jemand anderes kennengelernt." Die Worte klangen fremd und machten einen Knoten in ihre Brust.

„Willst du dir den Tag freinehmen?", fragte Gage leise und voller Mitgefühl.

„Nein. Die Arbeit erdet mich. Sie erinnert mich daran, dass das Leben weitergeht. Außerdem ist das ja genau das Leben, das ich immer gelebt habe, während er nicht da war."

„Okay, aber denk daran, dass ich dich heute Abend brauche. Wenn du Zeit für dich brauchst, dann nimm sie dir tagsüber." Gage lehnte sich gegen das Geländer und sah zu ihr auf. In seinem gegelten Haar fing sich das Licht, das durch die Fenster der zweiten Etage fiel. „Die Benefizsache bei den Butlers ... für den Krankenhausflügel. Unsere Chance, den Landschaftsbau zu sichern. Mrs. Butler ist ganz groß darin, Geschäfte mit Leuten zu machen, die sie kennt. Wenn du da bist, können wir beim Auswahlkomitee punkten."

„Das ist heute?"

Abendgeraderobe. Sie würde sich aufhübschen müssen, etwas mit ihren Haaren anstellen.

„Ja, heute Abend. Wir brauchen diesen Auftrag, Suz. Es heißt, das Krankenhauskomitee wird den Architekten nehmen, den Mrs. Butler vorschlägt. Und das werden wir sein. Ein Auftrag wie der macht sich gut in unserem Portfolio."

Susanna starrte ihn an. Er hatte recht. Alle Hände an Deck. Und es war nicht Gages Schuld, dass sie zwölf Jahre mit dem falschen Mann verschwendet hatte.

„Natürlich komme ich." Sie zwang sich, zu lächeln und boxte in die Luft. „Für das Team!"

„Ich hol dich um sieben ab."

„Ich fahre selbst." Susanna sauste in ihr Büro und schnappte ihre Tasche.

„Ich hole dich ab. Ich will sichergehen, dass du dorthin kommst."

Susanna rannte die Treppen wieder hinunter.

„Schön." Vielleicht wäre eine extravagante Benefizveranstaltung ja genau das Richtige, eine schöne Ablenkung wie das Treffen mit Nate neulich. Am Fuß der Treppe piekte sie Gage in die Brust. „Du hast den letzten Kaffee getrunken, stimmt's?"

„Ich schicke Myrna Kaffee kaufen."

Susanna klimperte mit ihrem Schlüsselbund. „Ich bin in fünf Minuten wieder da."

„Wenn es hilft", sagte er, „Adam ist ein Dummkopf."

„Ein Dummkopf?" Sie hielt kurz in der Tür an. „Nein, Gage, Adam ist kein Dummkopf. Aber ich vielleicht? Da bin ich mir nicht so sicher."

VIER

Die Bibliothek des Sommerhauses war ganz in Leder und dunklem Holz gehalten. Sie hatte eine Terrasse, und von dieser aus beobachtete Nathaniel, wie sich langsam das dünne Licht der Dämmerung über die Insel senkte. Er schob seine Hände in die seidenen Taschen seines maßgeschneiderten Smokings. Der Horizont erinnerte ihn an das lila und goldene Licht der Abende in Brighton. Es hieß, ein Mann, der in der Dämmerung eines Sommerabends auf dem Gipfel des Mount Braelor stand, könne den Himmel über Brighton berühren, sein Schicksal einfangen und sein Glück machen.

Nathaniels Schicksal – und auch sein Glück – waren vorbestimmt. Auf dem „Berg" des Hauses Stratton. Durch den in Marmor gemeißelten Stammbaum. Von Zeit zu Zeit überkam ihn ein Anflug von Platzangst. Aber diese paar Tage in Georgia hatten sein Herz etwas geöffnet. Hier an dieser heißen Küste zu stehen, erinnerte ihn daran, dass die Welt ein grandioser, fruchtbarer Ort war. Es ließ ihn glauben, dass alles möglich war. Beispielsweise wahre Liebe zu finden. Oder seine Bestimmung vollständig zu akzeptieren.

Nathaniel kehrte in die Bibliothek zurück und verschloss die Terrassentüren hinter sich. Er überflog die Dokumente und Berichte, die auf dem Schreibtisch seines Ur-Urgroßvaters ausgebreitet waren. So viel Juristerei und Amtssprache, mit dem er sich auseinandersetzen musste.

„Bist du soweit?" Jonathan trat in die Bibliothek und schlüpfte in seine Smokingjacke. „Liam fährt den Wagen vor."

„Hast du meine Rede ausgedruckt?" Nathaniel sortierte die Dokumente in Mappen, stapelte sie ordentlich aufeinander und legte sie auf den Schreibtisch.

Jonathan kam zu ihm herüber und hielt ihm das Papier hin. „Ich habe sie quergelesen. Gut gemacht. Das wird Mrs. Butler gefallen."

„Sie sagte, sie wollte ‚nur ein paar Worte'. Etwas darüber, dass Urgroßvater sich so für den Ausbau und die Modernisierung des örtlichen Krankenhauses eingesetzt hat." Als Urgroßvater St. Simons zu seinem Sommerdomizil erkoren hatte, hatte er dem Krankenhaus ansehnliche Summen gespendet. Wie Nathaniels Großvater und Vater nach ihm.

Nathaniel ging um den Schreibtisch herum und überflog die Worte, die er mit Jonathans Hilfe verfasst hatte.

Wir sind geehrt, meinen Vater, den König und das gesamte Königreich Brighton hier und heute zu repräsentieren ...

... stiften einen Flügel des Krankenhaus zu seinen Ehren ... bitte akzeptieren Sie unsere Spende als die Früchte unserer guten Absichten und Gesundheit ...

Er konnte den Worten in seinem Kopf zuhören. Seine Worte. Aber mit *ihrem* Akzent. Susannas. Ein singender Tonfall, voller Süße.

Das schöne Mädchen von der Liebeseiche. Drei Tage waren vergangen, seitdem er ihr geholfen hatte, das Rad zu wechseln, und sie schlich sich immer noch unerwartet in seine Gedanken.

Wie jetzt, als er seine Rede noch einmal las. Oder als er am Strand laufen war. Oder in den Momenten kurz vor dem Einschlafen.

„Bist du auf etwas Interessantes gestoßen?"

Nathaniel richtete seine Aufmerksamkeit auf Jonathan, der an den Tisch getreten war und den Stapel betrachtete, durch den sich Nathaniel gearbeitet hatte.

„Nur das, was wir sowieso schon wussten. Das Großherzogtum Hessenberg erlangt die Unabhängigkeit von Brighton, wenn wir einen königlichen Erben dafür auftun." Im Moment erschien Nathaniel die Aufgabe, einen verschollenen Hessenbergerben zu finden, der Suche nach der wahren Liebe nicht unähnlich. Unmöglich. „Andernfalls wird das Großherzogtum zu einer Provinz von Brighton." Diese Tatsache schürte die Angst in Nathaniels Herzen. Als jemand, dessen Schicksal schon vor seiner Geburt festgestanden hatte, hatte er volles Mitgefühl mit Hessenberg. Es verdiente seine Unabhängigkeit, wenn es nur irgendwie machbar war.

Freiheit, Unabhängigkeit, war von unermesslichem Wert. Gar nicht zu reden von der Beziehung zwischen den beiden Ländern, die inzwischen sehr der von zwei streitenden Geschwistern ähnelte. Immer öfter gerieten sie aneinander. Und im Laufe des letzten Jahrzehnts waren Hessenbergs wirtschaftliche Schwierigkeiten zu einem greifbaren Problem für Brighton geworden.

Sie konnten es sich nicht länger leisten, Hessenberg weiter finanziell auszuhelfen. Aber die Bedingungen des Erblehens waren eisern. Erbe oder Provinz.

„Ich kann mir nicht vorstellen, wie es gewesen sein muss, König Nathaniel I. zu sein oder Prinz Franz ... Eine Vereinbarung auszuhandeln, während der Krieg sich immer deutlicher abzeichnete, mit den königlichen Cousins ein diplomatisches Tänzchen über Europa zu tanzen ... mit dem Kaiser, König George V., Zar Nicolas II." Jonathan blätterte durch die Kopie des Erblehens. „Russland knickt ein, Deutschland droht, die südlichen und nördlichen Häfen Hessenbergs sind Angriffen ungeschützt ausgeliefert."

„Welche Wahl hat sich Franz denn gelassen? Er hatte Hessenbergs Vermögen und Ressourcen verprasst mit seinem Lebenswandel und gleichzeitig versucht, mit seinen wilden Erfindungen den industriellen Fortschritt zu bringen. Dieses Auto, das er da gebaut hat, Starfire 89, das war wirklich nur etwas für Könige. Für die normalen Leute völlig unbezahlbar."

„Jetzt ist der Wagen Millionen wert ... wenn dann mal einer zu kaufen ist."

Jonathan klappte die Dokumentenmappe zu und legte sie wieder auf den Schreibtisch. „Diese ganze Sache wird nicht gerade einfacher dadurch, dass Franz möglicherweise gar nicht lesen konnte." Er sah auf seine Uhr. „Liam wollte den Wagen vorfahren. Bist du so weit?"

„Ja, ja, lass uns fahren." Nathaniel klopfte seine Jacke ab. Wo hatte er seine Notizen eben hingesteckt? Ah, in seiner Brusttasche. „Ich beneide sie nicht gerade darum, im Schatten des Krieges eine Vereinbarung zu entwerfen. Noch dazu eine, die die Aufgabe von Land, Autorität und allen Rechten auf den Thron von Hessenberg verlangte, um die Brightons Souveränität zu gewährleisten."

„Dann sei dankbar dafür, dass du das Ende der Vereinbarung vor dir hast und nicht den Anfang."

„Das Ende tröstet mich nun auch nicht gerade." Nathaniel legte die Hand auf den Stapel aus Dokumenten und Tagebüchern, als er am Schreibtisch vorbeiging. „Ich dachte, meine größte Aufgabe sei es, die wahre Liebe zu finden."

Selbst wenn sich Vaters Gesundheitszustand stabilisieren sollte, war es mehr als wahrscheinlich, dass Hessenberg eine Provinz von Brighton sein würde, wenn Nate König wäre. Seit sechzig Jahren hatte man nichts von einem Erbe des Hauses Augustine-Sachsen gehört hatte.

„Liebe? Ah, du suchst nach einer Frau, die in der Lage ist, gleichermaßen die Königin deines Herzens und deines Landes zu sein? Um dafür zu sorgen, dass das Haus Stratton weiterlebt?"

„Du verspottest mich, mein Freund." Nathaniel klopfte ihm auf die Schulter, als er an ihm vorbei durch die Tür ging.

„Dich verspotten? Nein, ich beneide dich. Es gibt eine ganze Reihe Kandidatinnen, aus der du dir deine Herzkönigin aussuchen kannst."

„Die meine Krone wollen, nicht mein Herz."

„Von denen Lady Genevieve die Unbedeutendste ist." Jonathans Tonfall war neckend, herausfordernd.

„Ich seh schon, es war dumm von mir, das Thema Liebe aufs Tapet zu bringen. Können wir jetzt einfach mit dem Abend weitermachen?"

Draußen in der Auffahrt stand Liam in seinem dunklen Anzug und Sonnenbrille wartend neben dem Wagen. Er sah aus wie eine Figur in einem Film. Das war einer der Gründe, warum Nathaniel den ehemaligen Major der Sondereinsatzkräfte mochte. Er sah so sehr danach aus, dass man kaum glauben konnte, dass er wirklich ein königlicher Sicherheitsbeamter war.

Auf dem Weg zu Mrs. Butler schwieg Nathaniel nachdenklich, während sie durch das rosige Abendlicht fuhren, das durch die Blätter der mächtigen Eichen fiel, die die Straße säumten. All das Reden über seine Vorfahren und das Abkommen von 1914 befeuerte die Zweifel, die ihm in den Knochen saßen. War dieser Ruf, König von Brighton zu sein, eine menschliche oder eine göttliche Idee?

Welche Wahl hatte er? Welche Wahl hatte Gott? Nathaniel war der Sohn eines Königs, der der Sohn eines Königs war, der wiederum der Sohn eines Königs war ... und so ging es weiter, fünfhundert Jahre in die Vergangenheit.

Und was war mit Vaters Gesundheitszustand, der sich immer weiter verschlechterte? Würde er König werden, bevor er überhaupt bereit dafür war?

Und als wären seine Gedanken noch nicht wirr genug, tauchte *sie* auf einmal darin auf.

Susanna.

Jon blickte forschend auf den Beifahrersitz. „Weißt du was? Vergiss das Abkommen. Ich glaube, du hast recht. Deine größte Herausforderung ist wirklich, eine Frau zu finden. Du und Prinz Stephen, ihr seid die Hoffnung des Hauses Stratton."

Hatte er seine Gedanken irgendwie über den Äther geschickt? „Ich würde mich lieber weiter durch das Abkommen wühlen." Er wollte heiraten. Aber nicht, weil das zur Stellenbeschreibung eines Kronprinzen gehörte.

Er wollte aus Liebe heiraten.

Susanna blieb in seinen Gedanken, bis er das Bild, das er sich von ihr gemacht hatte, einfing und es in seinen Gedanken ganz nach unten schob. Von ihr zu träumen war komplette Zeitverschwendung. Er würde mehr Glück dabei haben, einen Erben für den Thron von Hessenberg zu finden, als Susanna Truitt zu heiraten.

Aber er wollte sie sehr gerne wiedersehen, er sehnte sich regelrecht danach. So sehr sogar, dass Jon am Sonntag gefragt hatte, warum er so ein Gesicht mache. Nathaniel hatte es schnell auf Sodbrennen wegen zu viel Pizza geschoben.

Am Sonntag war er zweimal fünf Meilen gelaufen - morgens und abends - um sich von ihr abzulenken. Warum sollte er an etwas denken, was so ganz und gar jenseits des Machbaren lag?

Als er dann heute versuchte, den Text des 99 Jahre alten Abkommens zu lesen, rebellierte sein Verstand. Er weigerte sich schlichtweg, ein weiteres „Infolgedessen" und „bis dato" anzunehmen, um von einer Frau mit tiefblauen Augen und einem Lächeln zu träumen, das sein Herz blendete.

Er war in Geschäftsdingen seines Vaters auf diese Insel gekommen und um ein bisschen auszuspannen. Nicht mehr, nicht weniger. Romantik überhaupt in Erwägung zu ziehen war unklug.

Weil sein Name, seine Bestimmung, alles, was mit ihm zu tun hatte, dem König und dem Königreich Brighton gehörte.

Bis hin zu seinem Herzschlag.

FÜNF

Um halb sieben schlüpfte Susanna in das schwarze Etuikleid, das sie – samt einem passenden Paar Schuhe – für Hochzeiten und Militärbälle im Schrank hatte.

Schwarz. Wie passend. Nachdem sie herausgefunden hatte, dass sie so schnell wohl kein weißes Kleid tragen würde, erschien ihr ein eleganter Abend ganz in schwarz, in Gesellschaft der Elite des südlichen Georgia, fast ironisch. Aber sie beschloss, das Ganze eher als einen therapeutischen Ansatz zu betrachten.

Sie bekämpfte einen Anflug von Traurigkeit, als sie sich im Badezimmer ihrem Spiegelbild entgegenlehnte. „Du wirst darüber hinwegkommen. Adam hat nur das gemacht, was du schon lange hättest tun sollen – er hat die Wahrheit gesagt."

Aber zwölf Jahre? Bäh. In ihrem Magen formte sich ein Knoten, der allerlei saure Bedenken absonderte. Warum war sie still geblieben, obwohl sie tief in ihrem Inneren ... ganz tief in ihrem Inneren Bescheid gewusst hatte? Sie stellte ihre Integrität und ihr Urteilsvermögen infrage. Ihren Mut.

Aber sie hatte sich von der Aussicht auf ein sicheres Leben an der Seite des kontrollierten und ehrbaren Adam Peters blenden lassen. Natürlich hatten auch sie ihre Auseinandersetzungen und Konflikte gehabt, aber am Ende war er immer ihre sichere und verlässliche Zukunft gewesen. Jemand, auf den sie sich verlassen konnte.

Ein Hupen in der Einfahrt teilte ihr mit, dass die Zeit zum Nachdenken vorbei war. Sie schnappte sich ihre silbrige Clutch von der Frisierkommode und stopfte eilig einen Zwanzig-Dollar-Schein, einen Lippenstift und ihr Handy hinein.

Zeit, auszugehen – und weiterzugehen.

Gage empfing sie an der Haustür mit einem Blumenstrauß in der Hand, den er ihr mit einem unbeholfenen „Hier“ entgegenstreckte.

„Oh-okay.“ Ihre Hand zitterte, als sie die Plastikfolie umschloss. Das Adrenalin und jegliche Hoffnung, schnell über Adam hinwegzukommen, ließen schlagartig nach. Sie fühlte sich schwach und sehr nah am Wasser gebaut. „Gage, ich ... danke dir.“

Das ganze Thema Blumen kaufen, schenken, geschenkt bekommen war mit Adam immer eine heikle Geschichte gewesen. Gage wusste das, oder jedenfalls hatte er das vor einiger Zeit einmal gewusst. Damals hatte er sich auf Susannas Seite gestellt, als Adam auf Heimaturlaub war.

„Schenk der Dame mal ein paar Blumen, Adam.“

Der geradlinige Marine betrachtete Blumen als Geldverschwendung. In aller Regel sah Susanna das ja auch ein. Außer an Jahrestagen, Geburtstagen und am Valentinstag. Besonders, weil er die meiste Zeit der letzten sechs Jahre im Ausland verbracht hatte. Bis auf einen einzigen hatte er ihre letzten sieben Geburtstage verpasst.

„Ja, also, vergiss es einfach. Ich hab sie bei Publix gesehen. Die orangenen Blumen gefielen mir. Hör zu ... “ Gage machte eine Kopfbewegung zum Auto hin und bot ihr seinen Arm an. „Heute Abend sollten wir folgendermaßen vorgehen –“

„Gage, warte mal, vielleicht solltest du doch ohne mich dorthin gehen.“ Susanna ging zurück ins Haus und legte das Bouquet auf ein Beistelltischchen neben der Tür. Sie konnte das nicht bringen ... Sie brachte es einfach nicht ... Die ganze Insel wusste Bescheid.

Den richtigen Ring gefunden, aber nicht die richtige Frau.

„Jetzt komm schon, Suz. Lass uns diesen Auftrag gewinnen. Dieser Krankenhausflügel wird uns ein Jahr lang solide schwarze Zahlen schreiben lassen.“

„Uns?“

„Ja, *uns.* Die Firma." Er bot ihr einmal mehr den Arm an, aber Susanna ging alleine die Treppe hinunter. So gut er in seinem schwarzen Smoking und mit seinem sorgfältig frisierten Haar auch aussah, war Gage doch einfach nur ihr Chef. Einfach nur ihr *Freund.*

Bei den Butlers reihte sich Gage ein, um das Auto einem dienstbaren Geist zu überlassen. Er überprüfte sein Aussehen im Rückspiegel und wandte sich Susanna zu, bevor er die Autoschlüssel einem Mann in roter Uniform übergab.

„Einschmeicheln, Honig ums Maul schmieren, umgarnen. Das ist die Strategie für heute Abend. Ach, und die Veranstaltungsmanagerin hat mir gesagt, dass die Mitglieder des Krankenhauskomitees Anstecknadeln mit roten Schleifen tragen werden."

„Die Veranstaltungsmanagerin?" Susanna öffnete die Autotür.

„Mit einem Abendessen und einer Fuhre Komplimente kann man ganz schön viel in Erfahrung bringen."

„Gage, es ist ein Auftrag. Verkauf deine Seele nicht dafür."

„Wir brauchen diesen Auftrag, Susanna. Wir. Brauchen. Diesen. Auftrag."

Das Herrenhaus der Butlers war schön. Es war aus alten Flusssteinen gebaut, und das Foyer war ganz in Marmor gehalten. Ein Kristalllüster hing über der handgearbeiteten Mahagonitreppe und Damastgardinen zierten die sechs Meter hohen Fenster.

Susanna war vor vielen Jahren schon einmal im Haus gewesen, als Mrs. Butler sie eingeladen hatte, bei den „Debütantinnen" mitzumachen, einer Hilfsorganisation. Jedes Jahr im Frühling pflanzten sie Blumen auf der ganzen Insel und hielten an einem Samstagabend einen Abschlussball mit einem jeweils passenden Motto.

Aber die Opulenz und der marmorne Reichtum des Herrenhauses, die Anmut und der offenkundige Wohlstand der anderen Bewerberinnen für die Debütantinnen hatten Susanna schnell wieder zu sich kommen lassen. Zu ihren Wurzeln. Dorthin, wo sie hingehörte ... ins Volleyballteam der Schule und zum Kellnern ins Rib Shack, wo ihr Surfbrett an der Außenwand der Küche lehnte.

Dann, im gleichen Sommer, war Adam mit seinen Eltern zum Abendessen ins Rib Shack gekommen. Die Eltern waren irgendwann gegangen, aber Adam hatte auf dem Parkplatz auf Susanna gewartet, um sie ins Kino einzuladen.

„Lasst das Schmeicheln beginnen!" Gage führte sie in den Ballsaal, in dem es nur so wimmelte von Smokings und paillettenbesetzten Kleidern, die über einem schimmernden Tanzboden aus Walnussholz glitzerten.

Warme Luft umhüllte Susanna. Sie wollte am liebsten sofort wieder gehen. Ein vorübereilender Diener gab ihr ein Glas Wein, und sie trat weiter hinein in die aristokratische Welt Georgias. Beinahe sehnte sie sich nach ihrem Surfbrett und einem Hauch Barbecue.

Als sie eine Frau mit einer Schleife am Träger sah, atmete Susanna tief ein und arbeitete sich durch die Menschenmenge zu ihr vor. *Lasst das Schmeicheln beginnen.*

„Hallo", sagte Susanna. Sie waren zu dritt ... in Kleider gezwängt, die zu eng und zu tief ausgeschnitten waren.

„Hi", antworteten die anderen und warfen ihr einen kurzen Blick zu.

„Glaubt ihr *wirklich*, dass er kommt?", frage eine füllige Blondine in einem blauen trägerlosen Kleid, das ihre sehr sichtbaren Vorzüge kaum verhüllte. „Carlene Butler behauptet schon seit Nixons Zeiten, sie habe königliche Wurzeln. Aber ich habe noch nie den kleinsten Beweis dafür gesehen." Die Frau trank den Rest ihres Weins und leckte sich die Lippen. „Nicht den kleinsten."

„Nicht nur königliche *Wurzeln,* Süße. Sie ist mit der königlichen Familie *verwandt.*" Die Brünette mit der roten Schleife unterdrückte ein Kichern. „Ich kann mir schon denken, was die Royals zu Carlene Butlers Ansprüchen zu sagen haben."

„Jetzt reißt euch aber mal zusammen, ihr alle!“ Die Rüge kam von einer Frau mit leuchtend roten Haaren und einem kanariengelben Kleid. „Carlene ist eine tolle, aufrechte Frau. Behaltet euren Tratsch für euch, bis wir wissen, ob *er* hier ist oder nicht.“

Er – wer? Susanna stellte ihren Wein auf ein Tablett mit leeren Weingläsern, das gerade an ihr vorbeischwebte. Das Letzte, was ihr verletztes Herz jetzt gebrauchen konnte, war Rebensaft. Sie brauchte ihre Sinne bei sich.

Der Rotschopf reckte seinen Kopf zu Susanna hin: „Bist du nicht Glo Truitts Tochter?“

„Ja, Ma'am.“

„Liz Cane.“ Sie nahm ihr Weinglas in die linke Hand und bot Susanna die rechte an. „Erinnerst du dich an mich? Ich bin mit deiner Tante Jen befreundet. Das hier sind Cybil und Babe.“ Die Blondine und die Brünette. „Egal, meine Liebe. Es tut mir *so* leid für dich.“ Die Frau presste ihre Hand auf Susannas Arm. „Dieser Peters gehört erschossen.“

Holla die Waldfee. Scham und Verlegenheit trieben Susanna den Schweiß auf die Stirn.

„Warum? Was hat er getan?“ In Babes Augen glitzerte die Gier nach Tratsch, als sie näher an Susanna heranrückte.

„Nichts“, sagte Susanna. Das ging sie nichts an. Aber sie war dankbar, dass wenigstens eine Person auf der Insel anscheinend noch nichts von ihrem Kummer gehört hatte.

„Er hat ihr gesagt, dass er den richtigen Ring gefunden hat, aber nicht die richtige Frau.“

Cybil und Babe japsten gleichzeitig nach Luft und wichen zurück, die Hände in einer dramatischen Geste aufs Herz gelegt.

„Das hat er nicht.“ Cybils Augen hätten vor lauter Schock kaum größer werden können. „Wie in aller Welt kann es sein, dass du nicht komplett außer dir bist?“

„Ach du meine Güte. Ich wäre hinüber ... völlig hinüber." Babe betrachtete Susanna, als könnte sie vielleicht irgendwo einen Riss entdecken, der anzeigte, dass sie kurz davor war, aus dem Leim zu gehen. „Ist das nicht der hochdekorierte Marine, der Kriegsheld und all das?"

„Er war einfach nur ehrlich", platzte Susanna mit dem Geständnis heraus. Im selben Moment wünschte sie sich, sie hätte nichts gesagt, weil es zu Nachfragen einlud. Sie wollte sich wegen des Krankenhausflügels bei der Lady mit der roten Schleife einschleimen. Nicht ihr kaputtes Liebesleben diskutieren.

„Ehrlich?", höhnte Cybil und hielt eine Servierkraft an, um sie mit einer weiteren Runde Wein zu versorgen. Sie nahm zwei Gläser und gab eins an Babe weiter. „Es gibt ehrlich, Schätzchen, und es gibt brutal."

„Aber ich bin nicht die richtige Frau." *Hör auf zu reden, Susanna.* Diese Frauen waren ihre Bekenntnisse nicht wert. Sie waren Fremde mit einem ausgeprägten Hang zum Voyeurismus. „Babe, Sie sind im Komitee für den Krankenhausflügel?"

„Versuch es gar nicht erst, Süße. Wir wissen, dass du für Gage Stone arbeitest." Babe sah sie über den Rand ihres Weinglases an. „Was denkt der sich eigentlich dabei, dich hierherzuschleppen, um uns in den Hintern zu kriechen, während du in einer solchen Liebestragödie steckst."

Meine Herren. Na gut. Kein Honig um Babes hübsches Schnütchen. Susanna sah sich nach Gage um und entdeckte ihn schließlich an der Seite einer majestätischen Frau mit silbernem Haar, die ein elegantes cremefarbenes Kleid trug. Carlene Butler. Er fing ihren Blick auf und winkte sie zu sich herüber.

„Bitte entschuldigen Sie mich." Susanna schob sich durch die dichte Menge. Es konnten sich kaum weniger als dreihundert Menschen in diesem kleinen Ballsaal befinden. „Entschuldigung." Sie hielt die

Luft an und zog den Bauch ein, während sie versuchte, sich durch die Ansammlungen kleiner Frauengrüppchen zu drängen.

Wieso rückten die denn noch enger zusammen, anstatt ihr Platz zu machen?

„Lassen Sie mich doch bitte einfach hier durch ..." Sie lächelte Hinterköpfe an. Passierte da irgendetwas Interessantes am Eingang? Jeder einzelne der Körper strahlte so viel Wärme ab. Susanna fühlte sich langsam, als könne sie keinen einzigen richtigen Atemzug mehr tun.

Muss ... hier ... raus.

„Er ist hier."

„Wo?"

„Ist er das?"

„Ach du liebes ..."

In ihrem Kopf dröhnte das Flüstern. Wer war hier? Endlich ergab sich eine kleine Öffnung inmitten der Smokings und Kleider. Susanna kam in einer kleinen kühlen Schneise heraus, als gerade drei dunkelhaarige Männer mit einer greifbaren Aura der Autorität die Gäste zurückweichen ließen. Susanna wurde aus ihrer Schneise heraus wieder in die flüsternde Hitze hineingeschoben.

„Er ist es nicht."

„Oh, wie schade. Bist du sicher?"

„Wahnsinn, er ist es wirklich. Großer Gott, er ist hier."

Ja, nun, sie jedenfalls war draußen. Vergiss Gage und die Schmeicheleien, Susanna brauchte frische Luft. Es war nicht nur der überfüllte heiße Ballsaal, es war das ganze Leben, das sich auf sie stürzte und ihr die Luft nahm. Als ihr Handy in ihrer Clutch klingelte, war es die perfekte Ausrede, sich fürs Erste aus dem Staub zu machen.

„Entschuldigung. Bitte entschuldigen Sie mich." Susanna schlug sich nach Osten zum Ausgang des Ballsaals durch und ließ den geheimnisvollen Gast und die Menschenmenge hinter sich. Außerdem hatten die besonderen Gäste alle Aufmerksamkeit auf sich gezogen, sodass vorläufig sowieso jegliches Einschmeicheln zum Erliegen gekommen war.

Gage hätte sein Abendessen und seine Komplimente besser darauf verwendet, die Veranstaltungsmanagerin nach dem Überraschungsgast auszufragen. Aber so, wie sie ihn kannte, interessierten ihn nur die Namen der wichtigen Entscheidungsträger im Komitee für den Bau des Krankenhausflügels.

„Hallo?“ Ihre Stimme hallte durch das hohe, kuppelüberspannte Foyer, als sie den Ballsaal verließ. Ihre Absätze klackerten auf dem polierten Boden.

„Suzy, wo - wo bist du?“ Avery.

„Ich bin mit Gage unterwegs. Bei einer Wohltätigkeitsveranstaltung bei den Butlers. Aves, geht's dir gut?“ Susanna trat durch die Haustür in die diesige rosa Nacht. Ihre Schwester war 17, athletisch, schlau, beliebt und ein bisschen verwöhnt, aber der Unterton in ihrer Stimme klang nach mehr als der üblichen Teenagerdramatik.

„Was ist passiert?“

„Es geht um Daddy. Er hat in der Küche gearbeitet ... und auf einmal lag er auf dem Boden und hielt sich den Arm.“

„Ruf den Notarzt!“

„Das hat Catfish schon gemacht, aber Suz, Daddy sagt, er will nicht ins Krankenhaus, und Mama ist nicht hier.“

„Erinnere ihn daran, dass sie früher oder später zurückkommen wird.“

„Daddy.“ Averys Stimme klang dumpf. „Suzy sagt, Mama kommt sowieso früher oder später nach Hause.“

Susanna konnte ihren Vater im Hintergrund reden hören.

„Okay, er sagt, er fährt mit.“ Avery klang sehr erleichtert.

„Ruf mich an, wenn ihr im Krankenwagen seid. Ich mache mich auf den Weg zum Krankenhaus." Sie kehrte um und ging zum massiven doppeltürigen Eingangsportal der Butlers. Sie musste Gage finden.

„Suz, ich habe Angst."

„Es wird alles gut werden, Avery. Die Sanitäter werden sich um ihn kümmern. Bleib einfach ruhig."

„Mach ich. Aber bitte, bitte bete."

Susanna lehnte sich gegen eine der Säulen des Portals und konzentrierte ihre Gedanken. Ihr Gebet war kurz, kam aber voller Kraft aus der Tiefe ihres Herzens. *Mach Daddy gesund.*

Durch das Telefon hörte sie Averys Weinen und das Tatütata des Krankenwagens.

„Sie sind hier."

„Dann fahr mit. Sei bei Daddy. Ich treffe euch im Krankenhaus."

Als Susanna das Foyer wieder betrat, klatschten die Gäste gerade und versuchten, an das Stirnende des Raumes zu kommen.

Gut, Gage, wo bist du?

Ihr Lächeln ließ die Gesichter der Gäste warm aufleuchten und ihr ursprünglich zweifelndes Flüstern war nun voller Überzeugung.

„Kannst du das glauben? Und das hier auf St. Simons Island."

„So eine wunderbare Rede."

„Kurz und auf den Punkt. Genau wie ich es mag." Das Kreischen einer Rückkopplung zerschnitt die Luft und ließ die Gäste mit viel „Oh" und „Ah" zurückweichen.

„In 15 Minuten wird das Abendessen serviert. Bitte begeben Sie sich in das Speisezimmer."

Susanna drängte sich durch die Menschenmenge bis dorthin vor, wo sie Gage zuletzt gesehen hatte. Die Gäste drängten sich in den schmalen Türen zum Speisezimmer. In diesem Durcheinander würde sie ihn nie finden.

Sie versuchte, Gage auf dem Handy anzurufen, aber schon nach dem ersten Klingeln sprang die Mailbox an.

Warte. Denkfehler. Gages Auto und die Autoschlüssel waren doch bei der Parkaufsicht. Der Wachmann würde ihren Notfall sicher verstehen und den Wagen vorfahren.

Als sie sich unvermittelt umgedreht hatte, machte Susanna genau einen Schritt, bevor sie in einen Mann hineinrannte.

„Entschuldigung, tut mir leid, aber ich muss wirklich ganz schnell –"

„Susanna?"

Sie sah hinauf in das kantige Gesicht von Nate Kenneth. „Nate? Hallo. Was machen Sie denn hier?"

„Das Gleiche könnte ich Sie fragen." Er lächelte und verbeugte sich leicht. Eine Art Stromschlag fuhr ihr durch den Bauch. „Ich bin hier, um die Finanzierung des neuen Krankenhausflügels zu unterstützen."

„Ich bin mit meinem Chef hier. Er versucht, den Auftrag für die Erweiterung an Land zu ziehen." Sie warf einen Blick zurück in den Ballsaal. Letzte Chance, Gage zu finden, bevor sie sich seinen Wagen auslieh. Er würde wahnsinnig wütend werden, aber wenn er herausfand, was passiert war, hätte er sicher Verständnis. Vollstes Verständnis. Oder? Gut, mal davon abgesehen, dass sein Auto seine erste und einzige große Liebe war.

„Sie sehen besorgt aus."

„Ich muss ins Krankenhaus." *Komm schon, Gage. Wo bist du? Ich leih mir mal schnell dein Auto.* „Meine Schwester hat angerufen ..." Sie sah Nate an, und seine ruhige Aufmerksamkeit ließ ihre Knie weich werden. „Mein Vater ..."

„Wieso stehen Sie dann noch hier? Auf geht's, sehen wir zu, dass wir Sie ins Krankenhaus schaffen. Kommen Sie." Er knöpfte seine Smokingjacke auf und bot ihr die Hand an. „Ich fahre Sie."

„Nein, nein. Darum kann ich Sie wirklich nicht bitten, Nate. Danke." Sie sah sich noch einmal um. „Ich kann das Auto von meinem Chef nehmen. Wenn der Sicherheitsmann seinen Autoschlüssel herausrückt."

„Mein Auto steht genau da drüben." Er schnappte sich ihre Hand, ohne auf ihre Antwort zu warten, und zog sie in einen dämmerigen, schmalen Flur, während er sein Mobiltelefon aus der Tasche holte. „Liam, fahr den Wagen vor. Eine Freundin braucht eine Fahrt ins Krankenhaus."

„Nate, ich kann Sie nicht von diesem Abendessen hier wegholen." Sie musste sich beeilen, um mit seinen langen Schritten mithalten zu können. „Haben Sie mitbekommen, dass ein königlicher Ehrengast erwartet wird?" Sie blieb mit dem Absatz im tiefen Flor des Teppichs hängen und fiel gegen seinen Arm.

Er hielt an. „Ein königlicher Ehrengast?"

„Ja. Das haben jedenfalls die Kunstfaser-Tanten behauptet. Irgendeine königliche Verwandschaft von Mrs. Butler."

Er ging weiter. „Was glauben Sie, von wem sie wohl gesprochen haben?"

„Ich weiß es nicht ... Hey", sagte sie leise. „Sie sind doch aus Brighton. Wäre es nicht lustig, wenn Sie der Ehrengast wären?"

„Ein echter Schenkelklopfer. Sollen wir zusehen, dass wir ins Krankenhaus kommen?"

„Ich hab mich sowieso noch nie für Königshäuser interessiert. Wer heiratet schon einen Prinzen, außer Kate Middleton, meine ich?"

„Ganz genau."

Nate führte sie durch eine Tür unter der Treppe, und sie kamen in einer eingebauten Garage heraus.

„Eine geheime Garage?" Luxuslimousinen standen aufgereiht vor den verschlossenen Garagentoren. Ein Bediensteter hastete auf sie zu.

„Kann ich Ihnen helfen, mein Herr?"

„Öffnen Sie bitte schnell das Tor. Wir müssen ins Krankenhaus."

„Ja, Sir."

„Nate, sind Sie sicher ... Wie ist denn Ihr Auto hier hineingekommen?"

„Ah, da ist ja Liam."

Ein Schrank von einem Mann mit einer sehr stämmigen Erscheinung, der sich in seinem Smoking sichtlich unwohl fühlte, marschierte auf sie zu.

„Gib Gas, Liam." Nate öffnete die Beifahrertür für Susanna, bevor er sich selbst auf den Rücksitz setzte.

Der große Mann sagte keine Silbe, während er den Wagen zügig rückwärts aus der Garage setzte. Als er den Vorwärtsgang einlegte, streifte er Susanna kurz mit einem Blick und fragte: „Southeast Medical?"

„Ja." Hinter ihr legte ihr Nate eine Hand auf die Schulter und lehnte sich in seinem Sicherheitsgurt so weit es ging nach vorne, um die Straße besser sehen zu können.

Der große Wagen donnerte vorwärts, während Liam ihn durch den Verkehr lenkte.

„Danke. Ihnen beiden." Sie hatte nur einen Moment lang Gelegenheit, um die Stimmung zwischen den beiden Männern zu erkunden. Es war, als ob der eine dem anderen *diente*. Aber ihr Telefon klingelte, bevor sie weitere Schlüsse ziehen konnte.

„Avery?"

„Es ist ein Herzinfarkt, Suz. Er ist so blass." Die Worte ihrer Schwester klangen vor Angst ganz vernuschelt. „Bist du auf dem Weg?"

„Ich bin in fünf Minuten da."

Nate machte den Arm lang und nahm ihre Hand. Er tröstete sie ohne Worte und nahm ihr ein kleines Stück ihrer Last ab.

SECHS

Für einen Mann, der sich von einem Herzinfarkt erholte, war Daddy von Chaos umgeben. Sein Zimmer floss bald über vor Tanten und Onkeln, Cousinen und Cousins.

Avery hatte den Kopf auf das Bett neben seinem gelegt und hielt seine Hand. Susanna beobachtete das Ganze aus einer Ecke, sie lächelte, als Daddys müde Augen ihren Blick auffingen.

Typisches Truitt-Tohuwabohu.

Das sagte er immer, wenn sich die Familie über ihn senkte und Mama anfing, alle herumzukommandieren.

„Essen wir jetzt oder nicht?"

„Wer will einen Film sehen?"

„Hört mal alle her, wir spielen eine Runde Karten. Turnier, auf geht's."

Sie war die ganze Zeit am Organisieren. Wenn sie einmal aufhören müsste, andere herumzukommandieren, würde sich ihre Mutter ganz einfach hinlegen und sterben, überlegte Susanna.

Im Moment attackierte sie gerade Cousin Zack mit ihrem Klemmbrett und teilte ihm mit, in welcher Schicht er im Rib Shack zu arbeiten habe.

„Tante Glo, jetzt komm schon." Er lachte. „Ich habe seit meinem ersten Sommer im College nicht mehr im Rib Shack gearbeitet."

Susanna lächelte. Zack, du mutige Seele. Nimmst es mit Mama auf. Er war Direktor des Grünflächenamts, surfte jeden Morgen und ging jeden Abend aus. Seine weißblonden Haare, himmelblauen Augen und sonnengebräunte Haut machte ihn bei den Frauen der Insel sehr beliebt.

„Kannst du mit einer Suppenkelle umgehen?"

„Ja, ich bin ja nicht blöd."

„Dann kannst du auch in der Küche arbeiten." Mama notierte etwas im Zeitplan auf ihrem Klemmbrett. „Komm am Mittwoch um sechs. Dann kommst du wieder in Form, bevor am Freitag der große Ansturm kommt.

„Tante Glo ..." Schmunzeln, Schnauben, ha-ha-ha, aber Zacks Gesicht sagte genug. Er fiel um. „Schau mal, ich hab ... Dinge ... zu ... " Mamas einäugiger Blick ließ seine Abwehr in sich zusammenfallen. Er schickte Susanna einen stummen Hilferuf.

„Schau mich nicht an. Ich habe kein Zaubermittel." Hätte sie das gehabt, hätte sie wohl kaum ihren Weihnachtsurlaub in den drei schönsten Gärten Europas - Keukenhof in Holland, Mirabell in Österreich und den Lecharran in Brighton - während ihres letzten Collegejahrs abgebrochen, um das Restaurant zu führen, damit Mama Daddy mit einem Wochenende im Schnee in Vermont überraschen konnte.

Aber Susanna hatte das Wunder ihrer geheilten Ehe erkannt. Es war Jahre her gewesen, dass die beiden einmal weggefahren waren, deshalb hatte sie sich damit einverstanden erklärt, auf das Shack und Avery aufzupassen. Nichts lag ihr ferner, als abzulehnen, wenn es darum ging, der Liebe auf die Sprünge zu helfen, wenn sie darum gebeten wurde.

Zack atmete aus, ließ sich gegen die Wand fallen und fuhr sich mit den Händen durchs Haar.

„Es ist wie bei den Borg." Silas, Zacks Bruder, klopfte ihm lachend auf den Arm. „Widerstand ist zwecklos."

Aber Silas verging das Lachen schnell.

„Silas." Mama richtete das Klemmbrett auf ihn. „Ich habe dich für Dienstag, Donnerstag und Samstag eingeplant."

„Mich?" Er riss die Augen auf und legte sich die Hände auf die Brust. „Tante Glo, ich habe ja sogar noch weniger Erfahrung als Zack. Ich *war* ja noch nicht einmal in der Küche seit - na, bestimmt seit der zehnten Klasse."

„Schön, dann kannst du Tische abräumen." Mama kritzelte auf ihrem Klemmbrett herum. „Deine Baufirma hat zurzeit sowieso nicht viel zu tun." Mama blitzte ihn an. Sie wusste alles. Und selbst wenn sie vielleicht nicht alles wusste, vermittelte sie einem doch das Gefühl, als sei es so. „Bring mal ein bisschen Kohle nach Hause, dann gibt dir Hadley vielleicht eine zweite Chance."

Silas' Wangen glühten rot. „Wir haben uns nicht wegen des Geldes gestritten."

„Nichts ist heilig, Silas", sagte Susanna mit einem Lachen. „Das weißt du doch." Nicht einmal die Zerrissenheit ihrer eigenen Tochter. „Ich habe den richtigen Ring, aber nicht die richtige Frau gefunden" gehörte schon halb zum Hauswortschatz der Familie. Alles wegen Mama.

Silas sah sie mit zusammengekniffenen Augen an. „Geht's dir gut, Cousinchen? Mit der ganzen, du weißt schon, Adam-Geschichte?"

„Ich komme zurecht, Si." Zack und Silas waren mehr wie Brüder als Cousins für sie. Als sie klein war, hatte ihre Mutter Linda, Daddys Schwester, manchmal einen oder zwei Tage lang auf sie aufgepasst, wenn Daddy und Mama wieder einen ihrer wahnsinnigen Krachs hatten.

„Glo", Daddy hob seine heisere Stimme. „Lass doch die Jungs in Frieden. Wir haben genug Leute in der Küche. Ich bin doch nur ein einziger Mann."

„Ein Mann, der die Arbeit von fünf schafft." Mama lehnte sich über sein Bett und streichelte sanft seine Wange. „Das ist es ja, was dich hier reingebracht hat, Gib. Wir haben Glück gehabt, dass es nur ein kleiner Infarkt war."

„Mach ihnen das Leben nur nicht so schwer", flüsterte Daddy. Seine flatternden Lider schlossen sich.

„Gut", sagte Mama, „alle Mann raus hier. Lasst Gib sich etwas ausruhen."

Die Familie verabschiedete sich einer nach dem anderen von Daddy. Sie versprachen ihm, den Himmel mit ihren Gebeten zu füllen. Mama gab Avery ein Handzeichen, um das Bett herumzukommen.

„Komm, meine Kleine. Wir müssen zusehen, dass du nach Hause kommst. Morgen ist Schule."

„Gute Nacht, Daddy." Avery beugte sich über ihn, um ihm einen Abschiedskuss zu geben. „Tut mir leid, dass ich den Krankenwagen gerufen habe."

Daddys schwaches Lächeln erhellte das Zimmer. „Das hast du gut gemacht, Süße."

„Das hat sie wirklich gut gemacht." Mama gab Avery einen Klaps auf den Hintern, als sie das Zimmer verließ. „Ich komme morgen früh wieder, Gib. Susanna, du auch. Lass uns gehen."

„Bleib." Daddy winkte Susanna mit einer kleinen Bewegung seiner Finger zu sich. „Muss ... mit dir ... reden."

„Bleib nicht zu lange, Suz", sagte Mama und beugte sich über Daddy, um ihn zu küssen. „Werd gesund, Gib. Hörst du mich?" Mama. Sie, der man gehorchen musste. Daddy würde gar nichts anderes übrigbleiben, als völlig wiederhergestellt nach Hause zu kommen. Hundertprozentig.

Die Tür schloss sich leise hinter Mama, die Sanftheit in ihrer Stimme hing noch im Raum. Hinter aller Ruppigkeit liebte Mama Daddy leidenschaftlich. Und ihre Familie auch.

„Sie liebt dich", sagte Susanna und setzte sich auf den Stuhl, aus dem Avery aufgestanden war.

„Ja, das tut sie, das herrische alte Mädchen."

„Was würdest du nur ohne sie tun?" Susanna schob vorsichtig ihre Hand in Daddys, um seine Infusionsnadel nicht zu berühren.

„Dann hätte ich mal einen Moment Ruhe." Er lachte und drückte ihre Hand. Der Monitor piepte kurz, aber als Susanna den Bildschirm studierte, sah sie, dass Daddys Herzfrequenz gleichmäßig und stabil war.

„Du hast uns ganz schön erschreckt.“ Susanna rutschte im Stuhl hin und her und versuchte, es sich mit dem Kleid bequem zu machen. Das enge Etuikleid war schick und perfekt, um darin zu stehen und zu gehen. Bequemes Sitzen war allerdings etwas anderes.

„Das ist nix. Nur eine kleine Verstopfung.“

„Du weiß, dass wir alle ohne dich aufgeschmissen wären. Besonders Mama.“

Susanna strich mit ihrem Daumen über Daddys Handrücken, die Augen voller Tränen.

„Morgen früh machen sie eine Angioplastie. Hinterher bin ich wie neu. Zu stur, zu sterben. Erst 48. Hab vor, dich zum Altar zu führen.“ In diesem Moment sah er ihr in die Augen, klar und fokussiert. „Es tut mir leid wegen Adam, Kätzchen. Du wolltest immer die einzig wahre Liebe, nicht wahr?“

„Tja, das war er dann wohl nicht.“ Schon wieder Tränen. Susanna pulte mit ihrer freien Hand an den Fäden der Bettdecke herum. „Aber weißt du, es wurde ja schon langsam albern. Warten, nicht weiterkommen, sich mehr wie Freunde benehmen als wie ein Liebespaar.“ Sie nahm sich ein Taschentuch vom Nachttisch. „Ich seh's vor mir. Mein vierzigster Geburtstag, und wir sitzen alle auf der Terrasse des Shack, und Tante Jen sagt: ‚Na, Suz, was meinst du, wann Adam dir einen Antrag macht? Das wird so langsam ein bisschen zäh mit euch.‘“

Daddys kurzes Lachen wich einem Keuchen. Während er um Atem rang, stand Susanna auf, kurz davor, nach der Schwester zu klingeln. „Nicht ... so ... lustig, nehme ich an.“

Sie setzte sich wieder, wickelte sich das Taschentuch um den Finger und tupfte sich das Wasser aus den Augen. „Doch, ist es. Lach ruhig. Wir könnten alle etwas Lachen vertragen.“ Wieder schob sie ihre Hand unter Daddys. „Das Einzige, was mich jetzt interessiert, ist, dass es dir wieder besser geht.“

„Nach morgen bin ich wieder fit wie ein Turnschuh." Daddy schloss seine Augen mit einem tiefen, erfüllenden Atemzug. „Was hat es mit deinen schicken Klamotten auf sich?" Er hatte ein Auge zu einem Schlitz geöffnet. „Du siehst hübsch aus."

„Ich war bei einer Benefizveranstaltung mit Gage. Er versucht, den Job für den neuen Krankenhausflügel an Land zu ziehen."

„Gage Stone. Guter Mann. Fleißig. Hat seine eigene Firma ..."

„Hör auf, Daddy."

Seine Lippen verzogen sich zu einem halben Lächeln. „Du durchschaust mich."

„Ja, das tu ich." Susanna zerpflückte die Kante ihres Papiertaschentuchs. „Daddy, sollte ich versuchen, Adam zurückzugewinnen?" Sie kannte die Antwort. Aber sie war so lange mit ihm zusammen gewesen, dass es ihr geradezu unheilig erschien, die Beziehung so sang- und klanglos enden zu lassen.

„Das kannst nur du wissen, Kätzchen."

„Es tut weh wie verrückt, aber ... " Ihre Stimme schwankte unter dem Gewicht der Wahrheit. „Ich glaube, er hat uns beiden einen Gefallen getan."

Je mehr ihr klar wurde, dass sie ihn auch nicht heiraten wollte, desto dämlicher fühlte sie sich. Das Beste wäre, einfach weiterzugehen. Es hinter sich zu lassen.

Das Gespräch verebbte, und Susanna sah Daddy beim Ausruhen zu, dabei, wie er einfach atmete. In den Streitjahren mit Mama hatte Daddy sie immer auf ihr Zimmer geschickt, wo sie sich angstschlotternd in ihrem Kleiderschrank versteckte. Jetzt überwältigte sie die Liebe fast.

Susanna war zwölf, als er Mama wieder geheiratet hatte, und er war danach ein völlig anderer Daddy geworden. Er war sanft und freundlich, ermutigend und unterstützend. Er sagte ihr auf seine Weise, dass es ihm leidtat um ihre Kindheit. Wieder und wieder.

„Was mache ich nur mit all dem Geld?", wagte er einen weiteren Vorstoß durch die Benommenheit, die Augen immer noch geschlossen, die Atmung immer noch etwas angestrengt.

„Welches Geld?"

„Das Geld, das ich für deine Hochzeit beiseitegelegt habe."

Sie lachte durch einen neuen Tränenschwall hindurch. „Kauf dir die Jacht, mit der du Mama schon so lange drohst."

Hochzeit. Jacht. Es war egal. Es gab keine Ersparnisse. Daddy und Mama verwendeten ihr ganzes Geld darauf, das Rib Shack über Wasser zu halten. Das war Daddys Jacht. Verankert im roten Lehm Georgias.

„Ich nehme die Schuld auf mich. Na ja, auf Mama und mich", sagte er, jetzt mit offenen Augen. „Wir haben dich an die Wand genagelt, bevor du dich ducken konntest."

„Hör auf, Daddy. Wir müssen nicht jetzt darüber reden." Sie fing eine schnelle Träne auf, bevor sie auf seine Hand tropfen konnte.

„Du beschützt meine Gefühle nicht, wenn du so tust, als seien wir tolle Eltern gewesen."

„Das mach ich nicht. Ihr wart furchtbar, als ich klein war. Aber Daddy, ich kann wirklich nicht dich und Mama für meine gescheiterte Beziehung mit Adam verantwortlich machen."

„Ich hab immer gedacht, du gibst dich mit ihm nur zufrieden."

„Wirklich ... " Susanna lehnte sich mit großen Augen zurück. „Das wäre mir neu."

„Na, du weißt schon. Liebe ist eine komplizierte Angelegenheit. Es sah aus, als würdest du glauben, er sei die große Liebe, nach der du dich immer gesehnt hast. Er war ein netter, vernünftiger Junge mit guten Karriereaussichten. Aber, Kätzchen, da ist noch mehr für dich drin. Ich fühle das. Was Großes."

„Also, jetzt höre ich aber deine Tabletten sprechen. Alles, was ich will, ist dass es dir besser geht. Das ist mein Großes."

Daddy nickte ein. In der Stille des Raumes erkannte Susanna, wie viel Angst sie auf dem Weg ins Krankenhaus gehabt hatte, aber Nate –

Sie sprang auf. Nate. Ach, du liebe Güte, den hatte sie ja ganz vergessen. Im Wartebereich einfach sitzen lassen.

Die Tür ging auf und zwei Krankenschwestern kamen herein.

„... er sitzt schon den ganzen Abend da", sagte eine der beiden Schwestern.

„Ich kann mich gar nicht von ihm losreißen. Er sieht aus wie ein schönes Gemälde", sagte die Krankenschwester mit dem Namensschild, auf dem *Kasey* stand. „Hallo, Miss Truitt."

„Er schläft", sagte Susanna. „Sagten Sie, ein Mann sitzt im Wartezimmer?"

„Der hübsche." Kasey tippte Notizen in den Computer an Daddys Bettkante. „Hat sich die letzte Stunde nicht wegbewegt. Sagt, er wartet auf eine Frau." Sie hob ihre Augenbrauen. „Sind Sie die Frau?"

„Natürlich nicht." Jedenfalls nicht *die* Frau in *dem* Tonfall. Susanna küsste Daddy sanft auf die Wange und flüsterte: „Ich liebe dich. Alle meine Gebete gelten dir."

Sie eilte auf Zehenspitzen den Flur hinunter und versuchte, die anderen Patienten nicht mit dem Geklacker ihrer Absätze auf dem gefliesten Fußboden zu stören. Ihre Beine kämpften gegen die Enge ihres Rocks. Ihr Herz klopfte gegen die Einschränkung ihrer Erwartungen an.

Warum hatte er so lange gewartet?

Doch als sie um die Ecke des Schwesternzimmers bog, waren die Stühle leer. Susanna blieb abrupt stehen. Also war er am Ende doch gegangen. Die Enttäuschung schmerzte, während sie langsam das restliche Stück zu den Stühlen hinüberging.

Nun, gut für ihn. Er hätte sowieso nicht so lange warten sollen.

Aber, oh, es wäre so schön gewesen, mit ihm zu sprechen.

Noch einmal. Zweimal in vier Tagen war er jetzt ihr Ritter in glänzender Rüstung gewesen.

Vielleicht konnte sie Mrs. Butlers Veranstaltungsmanagerin fragen, ob sie seine Telefonnummer oder seine Adresse herausrückte.

„Danke, Nate", flüsterte Susanna in das leere, kalte Wartezimmer, während sie sich auf den nächstbesten Stuhl setzte und anfing, zu überlegen, wie sie nun nach Hause kommen sollte.

„Susanna?"

Sie sah auf in Nates feines Gesicht. Er stand über ihr mit einer Tasse Kaffee in der Hand.

„Ich dachte, du wärst gefahren." Sie stand auf, um ihn zu begrüßen, eine Hand auf den Magen gepresst, ungefähr in dem Bereich, in den ihr Herz gerade gerutscht war. Er sah wirklich schneidig aus, ein besseres Wort kam ihr nicht in den Sinn, mit seinem frechen Grinsen und dem zuversichtlichen Funkeln in seinen Augen.

„Ich bin immer noch hier, ich habe nur eben Kaffee geholt." Er hob den Plastikbecher aus dem Automaten hoch. „Möchten Sie ... möchtest du welchen?"

„Nein, nein. Danke." Hundemüde sank sie wieder auf den Stuhl. „Warum bist du geblieben?"

Er wählte den Stuhl neben ihrem und es kam ihm so vor, als sähe sie ihn zum ersten Mal richtig an. Als könnte sie hinter seine hohen, feinen Gesichtszüge sehen, hinter das Gefühl, als trüge er ein Jahrhundert Geschichte in seinen Knochen.

Er sah wirklich gut aus, ja, aber *freundlich* war das erste Wort, das Susanna in den Sinn kam, wenn sie an ihn dachte. Bei der Liebeseiche oder wie er sie den Flur entlang zur geheimen Garage der Butlers führte. Wie er sie auf der Fahrt zum Krankenhaus getröstet hatte.

„Ich muss nicht immer gerettet werden", sagte sie, aus dem Blauen und aus der Tiefe ihres Herzens heraus.

Sein Lächeln forderte die Schatten im Wartezimmer heraus. „Wäre es denn schlimm, wenn es so wäre?"

Sie betrachtete ihn mit großen Augen. „Kennst du vielleicht einen Mann, der eine Frau will, die andauernd in der Patsche steckt?"

„Manchmal tut es einem Männerherzen ganz gut, eine schöne Frau zu retten. Es mag ihn daran erinnern, warum Gott ihn gerettet hat." Sein samtenes Bekenntnis berührte ihr Herz.

„Du bist ein sehr interessanter Mann, Nate Kenneth."

„Du bist eine faszinierende Frau, Susanna Truitt." Er nippte an seinem Kaffee. „Sag, wie geht es deinem Vater?"

„Gut. Er hat Glück gehabt. Es ist ein kleines Gerinnsel. Morgen früh machen sie eine Angioplastie."

„Mein Vater kämpft gegen Leukämie." Nate lehnte sich in dem blauen Vinylstuhl zurück.

„Das tut mir sehr leid, Nate." Es war das erste Mal, dass sie überhaupt daran dachte, dass er einen Vater oder Eltern hatte.

„In den letzten Monaten ist es ziemlich bergab gegangen mit ihm." Die starken Empfindungen intensivierten seinen Blick. „Es tut mir ziemlich leid, dass ich mich so viele Jahre mit ihm angelegt habe, im Glauben, ich wüsste es besser. Rebellion." Er lachte über seinen Kommentar. „Bin ich nicht mutig? Meine Jugendsünden einzusehen, jetzt, wo es meinem Vater schlecht geht?"

„Besser jetzt als nach seinem Tod."

Nate lächelte und nickte. „Das mag ich so an euch Amerikanern. Nicht um den heißen Brei herumreden. Einfach sagen, wie es ist."

„Sagen, wie es ist? Ich glaube, ich habe mich in meinen letzten zehn Lebensjahren nicht unbedingt klar ausgedrückt." Sie rutschte im Stuhl hinunter und legte ihren Kopf gegen die Lehne. „Ich bin zu müde, um nach Hause zu fahren."

„Dann sitzen wir einfach hier und ruhen uns aus", sagte Nate.

Susanna atmete langsam aus und ließ die Anspannung des Abends, des Tages, des ganzen Wochenendes weichen und holte sich Kraft aus Nates ruhiger Gesellschaft.

Sie war fast eingedöst, als sein Telefon klingelte. Der durchdringende Ton ließ beide gleichzeitig hochschrecken. „Es ist Liam." Er nahm den Anruf an und ging zum Fenster, dann um das Schwesternzimmer herum, das Telefon am einen Ohr, eine Hand über dem anderen.

Susanna sah seinem aufrechten Rücken hinterher, bis er verschwand, und beschloss, dass sie ihn mochte. Nicht, weil er in den seltsamsten Momenten und immer gerade dann auftauchte, wenn Not am Mann war, sondern weil er so aufrichtig und bodenständig wirkte. Wenn sie wieder mehr Energie hatte, würde sie mit ihm über Brighton reden, über seine Familie und ihn fragen, was er eigentlich arbeitete, wenn er Leute wie Liam brauchte.

„Susanna! Da bist du ja ..." Gage kam mit der Wucht eines zornigen Stiers in den Wartebereich gerannt. „Ich habe überall nach dir gesucht."

„Daddy hatte einen kleinen Herzinfarkt."

„Ich habe mich den ganzen Abend über bei Mrs. Butler entschuldigt ..."

„Entschuldige mal, Gage, aber Daddy hatte einen *Herzinfarkt*." Jetzt war sie wach und zitterte fast vor Adrenalin.

„Den Auftrag kriegen wir nie", schnaubte Gage mit den Händen in den Hüften. „Ich habe einen Kredit aufgenommen ... hab 'ne Lohnabrechnung gemacht ... weil ich so sicher war, dass –"

„Bitte behaupte jetzt nicht, dass wir den Auftrag wegen mir nicht bekommen. Bitte."

„Nein, nicht wirklich." Gage ließ sich auf den nächstbesten Stuhl fallen. „Sie hat noch nicht einmal bemerkt, dass du gegangen bist. Ich bin einfach nur wütend. Ihr Gastsprecher ist verschwunden, und sie war so außer sich, dass ich kein Wort darüber anbringen konnte, dass Gage

Stone Associates die Architekten ihrer Wahl sein sollten. Bestimmt kriegen Hayes & Associates in Savannah unten den Job." Sein Tonfall veränderte sich, wurde niedergeschlagen und schwach. „Ohne diesen Auftrag werden wir untergehen. Hörst du mich, Susanna? *Untergehen.*"

„Weißt du was, Gage?" Susanna sah ihn an und nahm ihren Mut zusammen. „Ich mach dir das Leben ein bisschen leichter. Ich kündige." Wenn sie überhaupt etwas aus der Trennung von Adam gelernt hatte, dann loszulassen. Ihr Herz für neue Möglichkeiten zu öffnen. Zu springen.

„Kündigen?" Mit einem harten Lachen verspottete er ihre Erklärung. „Jetzt komm schon. Sei mal realistisch. Wo willst du denn hin, wenn du mich verlässt?"

„Ich weiß es nicht, Gage. Ich weiß es nicht." Sie stärkte sich mit einem tiefen, befreienden Atemzug. Pustete den ganzen Schrott von wegen *nach Plan leben* einfach weg. „Aber das erste Mal in meinem Leben ist es mir egal."

SIEBEN

Nathaniel joggte den Strand entlang einem Möwenschwarm hinterher. Bilder von Susanna geisterten ihm im Kopf herum. Schon beim Aufwachen hatte er an sie gedacht und sie seitdem nicht aus seinen Gedanken verbannen können.

Als er von seinem Telefonat mit Liam zurückgekommen war, hatte er sie zitternd vorgefunden. Sie tigerte hin und her und diskutierte murmelnd mit sich selbst. Ihr Chef war vorbeigekommen, und sie hatte den Mut aufgebracht, ihm zu sagen, dass sie kündigte. Warum, wusste Nathaniel nicht, und er fragte sie auch nicht danach, während er sie nach Hause brachte. Aber er liebte ihren Mumm und das im Schatten der Trennung von ihrem Möchtegern-Verlobten.

„Ich kündige.“

Wie unglaublich befreiend. Nathaniel hatte diese Worte noch nie in seinem Leben gesagt. Er hatte seine Indienststellung bei der Marine zurückgezogen. War als Geschäftsführer seiner Kommunikationsfirma zurückgetreten. Alles für das Wohl der Krone.

Aber kündigen? Das war ihm nicht erlaubt.

Zu kündigen war eine Freiheit, die die meisten Leute für selbstverständlich nahmen. Die Chance, die Ruder in die Hand zu nehmen und eine andere Richtung einzuschlagen.

Als das Sommerhaus in Sicht kam, bahnte Nathaniel sich einen Weg durch das Strandgras und wuchernde Palmettopalmen und sprintete den Pfad entlang. Unter seinen Laufschuhen gab der Sand nach, sodass er sich auf jeden der langen Schritte konzentrieren musste.

Eine niedrige Steinmauer umgab das Sommerhaus, das recht typisch war für St. Simons. 1902 war es der königlichen Familie von Brighton, genauer Ur-Ur-Großvater Nathaniel I., geschenkt worden. Vor dem Krieg hatte die Familie jedes Jahr die Reise nach St. Simons

Island unternommen. Aber in den letzten Jahrzehnten ... Die rostigen Scharniere des schmiedeeisernen Gartentors quietschten, als Nathaniel es aufschob und den Vordergarten betrat.

Er hielt an, um seine Umgebung zu betrachten. Der Garten war ein ganz schönes Durcheinander und ziemlich heruntergekommen, kümmerlich und vernachlässigt.

Nathaniel war zwanzig Jahre lang nicht auf der Insel gewesen, aber er erinnerte sich an Vaters schönen Garten und Rasen. Wo heute das Unkraut wucherte, war einmal ein Rosenbeet gewesen. An der Einfassung der Veranda hatte Vater gemulchte Beete mit Hecken und Hibiskus gehabt. Nathaniel erinnerte sich nur wegen der Alliteration daran ... Hecken und Hibiskus. Gärten waren Vaters Zeitvertreib gewesen. Er sagte, die Gartenarbeit helfe ihm, mit Gott Zwiesprache zu halten. Stunde um Stunde kniete er im Dreck, grub und pflanzte, hegte und pflegte. Hielt Zwiesprache.

Als er krank wurde, wurden auch seine Gärten krank.

Nathaniel ging den ramponierten Weg entlang und hielt auf halber Strecke zum Haus an.

Er hatte das Talent seines Vaters im Umgang mit Pflanzen und Blumen nicht geerbt, aber er kannte jemanden, der ein Auge dafür haben könnte, die vergangene Schönheit des Gartens wiederherzustellen. Vielleicht eine schöne Landschaftsarchitektin, die Arbeit suchte.

Jonathan betrat die Veranda vor der Küche und ließ die Zwischentür aus Fliegengitter hinter sich zufallen.

„Du bist in den Nachrichten." Er hielt sein iPad hoch.

„Amerikanische oder brighton'sche?" Nathaniel gesellte sich zu ihm. Salzige Meeresbrise strich unter das Vordach. Mit einem letzten Blick in den Garten entschied er sich. Um seines Vaters Willen würde er etwas gegen den jämmerlichen Zustand unternehmen. Das würde das Herz des Königs erwärmen.

„Brighton'sche. Wir haben dich aus den Lokalgazetten hier herausgehalten. Mrs. Butler hat ihren Teil der Vereinbarung eingehalten."

Jonathan zog einen Stuhl mit einem seiner mit Sandalen bekleideten Füße heran und begann zu lesen, als er sich setzte. „Obwohl sie sehr aufgebracht war über dein Verschwinden."

„Lad sie zum Tee ein. Ich werde mich entschuldigen." Nathaniel saß auf dem Stuhl gleich neben ihm. Er hörte Jon zu, der laut vorlas und spürte, wie sich Spannung in seiner Brust aufbaute.

„... angesichts der Krankheit des Königs stellt sich die Frage, ob Prinz Nathaniel bereit ist, das Königreich zu übernehmen und das Ende des Abkommens zu meistern? Er scheint noch nicht einmal imstande zu sein, Liebe und eine Ehefrau zu finden und dem Hause Stratton einen Erben zu schenken."

„Jon, ganz ernsthaft: Erfindest du das gerade?"

„Ich lese es direkt von der Internetseite der *Liberty Press*."

„Der *Liberty Press*? Und die schimpfen sich eine seriöse, etablierte Zeitung ... Wollen sie auf etwas Bestimmtes hinaus?"

„Ja, ich komme gleich darauf." Er scrollte etwas. „Ah, hier haben wir es. ‚Wir haben dem Prinzen einen Vorschlag zu machen – Lady Genevieve Hawthorne.'" Jonathan machte eine Pause, um Nathaniels Reaktion abzuwarten.

„Ach du liebe Güte. Und wer hat diesen kreativen Text geschrieben?"

„Claudette Hein."

„Ja, natürlich." Sie war eine von Ginnys besten Freundinnen und eine feurige, sehr aktive Reporterin aus Hessenberg, die für Brightons führende Tageszeitung, die *Liberty Press*, schrieb.

„Und ich sollte Ginny heiraten, weil sie eine entfernte Kusine von Prinz Franz ist?"

Jonathan rutschte nach vorne und legte sein iPad beiseite.

„Natürlich. Sie könnte das Abkommen zu einem märchenhaften Ende führen. Eine hessenbergische Prinzessin aus der Linie von Prinz Franz, die dem Land seine Unabhängigkeit zurückgibt und es wieder zu einer souveränen Nation macht. Es würde dir eine Menge Bonuspunkte bei den Menschen einbringen."

„Was ist mit diesem Mensch hier?" Nathaniel tippte sich auf die Brust. „Ich muss mit mir leben und mit den Entscheidungen, die ich treffe."

Er stand auf und lehnte sich gegen die nächste Verandasäule. Heute wollte er nicht über Vereinbarungen und Abkommen oder Pflichtehen reden. Er wollte sich einen üppigen Garten mit einer schönen Frau darin vorstellen. Susanna. Aber seine Gedanken waren in der Diskussion über das Abkommen gefangen. „Ginny ist nicht *die* Lösung für Hessenberg. Sie stammt nicht aus der Linie des Großherzogs, sie ist nur eine sehr, sehr entfernte Kusine aus einer morganatischen Ehe von vor 150 Jahren. Die Hawthornes haben ihre Rechte auf den Thron schon lange vor dem Abkommen aufgegeben."

„Aber das Abkommen endet nächstes Jahr, Nathaniel. Die Leute werden unruhig und suchen nach einer Lösung. Ob es möglich ist, dass Hessenberg wieder unabhängig wird? Die EU hat finanzielle Unterstützung zugesagt, um Hessenberg zu helfen, auf eigenen Beinen zu stehen."

„Ja, und es laufen ja auch Gespräche über großzügige Handelsabkommen mit Großbritannien und Deutschland. Aber wenn es nötig wäre, dass ich Ginny heirate ..." Dann würde er darüber nachdenken müssen, oder? Oder konnte er rundheraus ablehnen?

„Prinz Nathaniel I. und Prinz Franz müssen doch etwas im Sinn gehabt haben, als sie für das Ende des Abkommens einen Erben bestimmt haben."

Nathaniel war entschlossen, danach zu suchen.

„Sicher, Hessenberg war der letzte Autokrat. Prinz Franz, nun, das Haus Augustin-Sachsen besaß ja quasi ganz Hessenberg."

„Deswegen waren sie ja auch nicht in der Lage, den Krieg zu überstehen."

„Aber ein Jahrhundert später", Jonathan schüttelte den Kopf, „scheint Ginny doch als ganz passable Erbin durchzugehen."

„Sie ist vielleicht adelig, aber nicht königlich. Prinz Franz wollte, dass Hessenberg zur königlichen Familie zurückkehrt."

Ausgehend von den Tagebüchern des Königs Nathaniel I. wusste Nathaniel, dass sein Ur-Urgroßvater die Rolle von Königen in Regierung und Kultur sehr schätzte. Deswegen hatte er überhaupt erst zugestimmt, Prinz Franz zu helfen. Um eine Nation zu retten. Jetzt sah es ganz so aus, als würde es dem nächsten König Nathaniel zufallen, das Ende des Abkommens abzuwickeln. Ihm.

„Es spielt keine Rolle, was sie wollten, Nathaniel. Es ist nur wichtig, was du und dein Vater wollen."

„Doch, es spielt durchaus eine Rolle, was sie wollten. Sie mögen vergangen sein, aber ihr Wille wirkt auf uns heute nach. Das Blut des König Nathaniel I. fließt durch meine Adern." Nathaniel setzte sich wieder und griff nach Jons iPad. „Ich werde keine Frau heiraten, die ich nicht liebe. Ich schätze Freiheit und Unabhängigkeit, aber ebenso sehr schätze ich wahre Liebe." Er scrollte durch die Story. „Denkst du, Ginny wusste von diesem Artikel? Sie und Claudette kennen sich seit der Universität."

„Wer weiß? Will Ginny die Erbin sein? Wenn ja, ist der einzige Weg für sie, königlich zu werden, jemanden aus der königlichen Familie zu heiraten. Das bist dann du, Kamerad."

„Meinen Bruder, den wunderbaren Prinzen Stephen, gibt es ja auch noch." Nathaniel gab das iPad zurück. Er wollte nicht mehr lesen. Es verdarb nur seine Gedanken um den Garten und das Mädchen. „Das wäre eine schöne Bescherung."

„Was mich wundert ist, dass du doch seit Jahren mit Ginny befreundet bist, Nathaniel“, sagte Jon. „Zeitweise sogar romantisch verbunden.“

„Wir sind ein paar Mal ausgegangen.“ Außerdem hatte er da noch nicht jemanden wie Susanna getroffen.

„Wieso also *nicht* heiraten? Sie ist eine Ikone in Brighton. Olympiasiegerin. Miss Brighton Universe. Ich glaube nicht, dass ich dich daran erinnern muss, dass sie heiß ist, mein Freund. Unglaublich heiß.“

„Eine Beziehung besteht aus mehr als ‚heiß‘, Jon.“ Da war Susanna. Schön in jeder Hinsicht.

„Ja, aber das ist doch ein fantastischer Anfang.“

Nathaniel sah seinen ehrwürdigen Berater böse an. „Dann heirate *du* sie doch.“

„Ich? Ich habe ja noch nicht einmal einen Titel. Technisch betrachtet hat sie einen höheren Rang als ich.“

„Na gut, dann kümmere ich mich sofort nach unserer Rückkehr darum. Ich sehe zu, dass der König dich zum Ritter schlägt. Sir Jonathan Oliver.“

„Super, aber das bringt Ginny doch auch nicht weiter. Sie will keinen Ritter, sie will einen Kronprinzen.“

„Da kann sie warten, bis sie graue Haare hat.“

Der Gedanke daran, sich mit Genevieve zusammenzutun, wühlte Nathaniel auf. Der Druck, zu heiraten, lastete immer auf dem Kronprinzen, aber der Druck, jemand ganz Bestimmten zu heiraten, war neu und unwillkommen.

„Jetzt komm schon, Nate.“ Jonathan verschränkte die Hände hinter dem Kopf und nahm eine Haltung ein, als würden sie Rugbyergebnisse diskutieren und nicht Nathaniels Leben, sein Herz und die Zukunft zweier Nationen. „Lady Genevieve könnte die einfache Lösung für ein sehr emotionales Problem sein.“

„Leicht für wen?" Ginny war zweifellos ein echter Star in Brighton. Aber nicht seiner. Obwohl Mama und der größte Teil des Königshofes sie zu lieben schienen. „Das Abkommen verlangt einen legitimen Erben mit Anspruch auf den Thron. Ginny ist das nicht."

„Schade, dass du sie nicht einfach zu einer königlichen Prinzessin aufbauen und dem Ganzen ein Ende machen kannst."

„Wenn die Krone sie vor dem Ende des Abkommens zur Prinzessin aufbaut, finden wir uns vor dem europäischen Gerichtshof wieder. Von den Sanktionen unseres eigenen Parlaments ganz zu schweigen. Oder der Tatsache, dass es sehr danach aussähe, als ob man einen königlichen Titel kaufen könne. Verkauft an den höchsten Bieter."

„Wenn du also Ginny nicht heiraten willst, wen dann?"

„Die Frau, die ich liebe." Nathaniel ging ans Ende der Veranda und sah über den Rasen. „Ich denke darüber nach, den Garten neu zu gestalten. Ich glaube, das würde Papa gefallen. Was meinst du?"

„Wir? Du und ich? Ich kann noch nicht mal Unkraut züchten, ganz zu schweigen von echten, richtigen Blumen."

„Susanna ist Landschaftsarchitektin."

„Das Mädchen, mit dem du von Mrs. Butlers Abendessen verschwunden bist?" Jonathan gesellte sich auf den Stufen der Veranda zu Nathaniel. „Bitte sag mir nicht, dass du für sie schwärmst."

„Sie ist momentan arbeitslos. Ein kleiner, schnell erledigter Gartenbauauftrag könnte genau die Ermutigung sein, die sie braucht."

„Ein Ausweichmanöver kommt einem Geständnis gleich."

„Ich gebe gar nichts zu."

„Du hast mir noch nicht einmal erzählt, wie du sie kennengelernt hast."

Er bewahrte die Erinnerung an ihr erstes Treffen unter dem Baum wie einen Schatz auf. Wenn der Rest seines Lebens schon in den Zeitungen von Brighton und Hessenberg breitgetreten wurde, wollte er Susanna für sich behalten. „Ich glaube, sie würde mit dem Garten gute Arbeit leisten."

„Wenn du den Garten neu gestaltet haben möchtest, werde ich Angebote von anderen Landschaftsgärtnern und Architekten einholen." Jon sprang die Stufen hinunter und trat gegen die braune, moosige Rasenkante.

„Kein Bedarf. Meine Wahl ist Susanna." Nathaniel wies mit einer Geste auf die kleine, eingezäunte Fläche. „Es ist ein Garten, Jon."

„Du stehst auf sie!" Jon starrte ihn an. „Nathaniel, was denkst du dir eigentlich? Sie weiß, wer du bist und ..."

„Sie weiß es nicht." Nathaniel griff nach den grünen Blättern eines tiefhängenden Astes, die in der Brise schaukelten. „Ich habe mich als Nate Kenneth vorgestellt."

„Was ist mit deiner Rede bei der Benefizveranstaltung?"

„Da war sie draußen und hat telefoniert."

„Wie passend."

„Ja, sehr." Nathaniel schnitt eine Grimasse in Jons Richtung. „Aber ich bin ein Prinz, kein Wundertäter. Der Anruf war purer Zufall."

„Du verschwendest deine Zeit."

„Im Gegenteil, wenn ich den Garten neu gestalten lasse, nutze ich meine Zeit sehr gut."

„Du weißt, was ich meine, Nathaniel."

„Rufst du sie an, um einen Termin zu machen, oder soll ich?"

„Ich kümmere mich darum." Jonathan nahm sein iPad.

„Wenn du schon dabei bist, ruf bitte Mrs. Butler an. Lade sie zum Tee ein. Ich werde mich für meine Abwesenheit gestern Abend entschuldigen."

„Bereits erledigt. Steht für morgen um vier in deinem Kalender."

„Gut, gut. Dann bestell Susanna doch für den Vormittag." Oder für heute Abend. Oder für jetzt gleich.

Wenn er könnte, würde Nathaniel jeden einzelnen seiner Urlaubstage mit ihr verbringen.

Ein Gärtnereiprojekt wäre die perfekte Verbindung. Und der perfekte Abstandhalter. Nathaniel war von ihr bezaubert und angetan, sehr sogar. Ihm wurde bewusst, dass Jonathans alarmierte Reaktion gerechtfertigt war. Er musste sich schützen. Er würde mit Susanna Truitt höchstens befreundet sein können, nicht mehr. Nie.

Am Dienstagmorgen wachte Susanna früh auf, zog ein Paar Shorts und ein T-Shirt an, nahm ein paar Kartons aus der Garage mit, die von ihrem Umzug zurück auf die Insel übrig geblieben waren, und fuhr ins Büro.

Gage war dort, aber er machte sich rar, während sie ihre Sachen einsammelte. Nur Myrna versuchte, sie aufzuhalten.

„Suz, bleib. Er braucht dich. Wir alle brauchen dich. Du bist das ruhige Auge im Sturm."

„Selbst wenn ich wollte, könnte ich nicht, Myrna. Ich muss das hier machen. Ich kann nicht erklären, warum. Ich weiß einfach, dass ich es tun muss."

Susanna trug die Kartons beschwingt zum Auto. Sie war frei ... wirklich frei ... und brachte zu Ende, was Adam begonnen hatte. Legte ihre Pläne und ihre Komfortzonen in Schutt und Asche.

Als Nächstes hielt sie am Krankenhaus an, um bei Daddy zu sitzen. Er hatte die Operation schon hinter sich und erholte sich in seinem Zimmer.

„Die Operation ist traumhaft verlaufen", hatte Mama ihr sehr gefühlvoll zugeflüstert, als Susanna früher am Morgen angerufen hatte, um sich zu erkundigen, wie es ihm ging.

Gegen Mittag war sie wieder zu Hause und hatte einen freien Nachmittag vor sich. Sie hatte noch nie einen Tag ohne Pläne gehabt.

Um zwei hatte sie die Küchenschränke saubergemacht und den gefliesten Boden gesaugt und gewischt. Nach einer zweiten Dusche schnappte sie sich eine Orange und ging auf die Terrasse im Hinterhof hinaus.

„Suz, bist du da?“

„Ja, auf der hinteren Terrasse.“ Susanna kniff die Augen zusammen und sah über ihre Schulter durch das helle Sonnenlicht Gracie auf sie zukommen.

Beste Freunde trösteten die Seele wie nichts anderes.

Gracie ließ sich auf den Adirondack Stuhl neben Susanna fallen, nahm ihr dunkles Haar im Nacken zusammen und türmte es sich auf den Kopf.

„Mann, ist das heiß.“ Sie musterte Susannas Orange. „Isst du die noch?“

„Ich esse sie in diesem Augenblick, ja.“ Susanna pulte einen Schnitz ab und reichte ihn Gracie.

„Also, ich hab da mal ’ne Frage.“ Gracie schob das Stück in den Mund. „Wie kommt es eigentlich, dass ich von Mary Jo auf dem Wochenmarkt erfahre, dass meine beste Freundin sich von ihrem Freund getrennt hat?“

„Ich war beschäftigt.“

„Ja? Womit? Gekündigt hast du auch.“

Susanna sah sie skeptisch an. „Woher weißt du das nun wieder?“

„Myrna hat mich angerufen. Du weißt doch, dass sie ganz dicke ist mit meiner Tante Lisa.“

„Sorry.“ Sie gab Gracie noch ein Stück Orange. Das sollte ihr ein paar Gramm Vergebung einbringen. „Ich wollte dich anrufen, aber ...“

„Es ist schon okay, Suz.“ Gracie hob ihr Gesicht zur Sonne. „Nach

15 Jahren Freundschaft weiß ich doch, dass du Zeit brauchst, um das sacken zu lassen. Aber ich will dir sagen, dass ich stolz auf dich bin. Das Mädchen mit dem Plan, das Mädchen, das sogar vor Impulskäufen recherchiert, versucht sich freestyle."

Gracie streckte die Hand nach einem weiteren Orangenschnitz aus. „Erinnerst du dich an das Fahrrad, das du vor ein paar Jahren kaufen wolltest?"

„Das wirst du mir bis zum Sankt Nimmerleinstag aufs Butterbrot schmieren, oder?" Susanna gab reichte ihr mehr Orange. „Ich wollte doch nur das richtige Rad kaufen. Damit ich es auch wirklich benutze."

„Und du hast es ... wann nochmal zuletzt benutzt?" Gracie nickte dem gelben Strandrad zu, das an die hintere Veranda angekettet war.

„Du findest dich total witzig, haha. Ich *wollte* heute Abend Fahrrad fahren." Susanna schnitt ihr eine Grimasse. „Aber Mama hat mich für das Rib Shack eingeplant, solange sie an Daddys Bett sitzt."

„Wenn ich deine Mama nicht so gut kennen würde, würde ich das als lausige Entschuldigung bezeichnen. Im Shack arbeiten. Wie geht es eigentlich deinem Dad? Das hab ich dir übrigens vergeben, dass du mich nicht angerufen hast, als er ins Krankenhaus musste." Gracie streckte die Hand aus und Susanna reichte ihr einfach den Rest der Orange.

„Ich hatte vor, dich anzurufen. Und Rad zu fahren." Eine Radtour über die sonnenbeschienene Insel wäre schön ... Meeresbrise im Haar, Sonne auf den Schultern, den süßen Kuss der Freiheit in ihrem Herzen.

„So, jetzt aber mal wirklich. Wie geht es dir, Suz? Warum hast du gekündigt?"

„Ich weiß es nicht. Ich hab einfach ... ich hab's einfach gesagt. Vielleicht war das meine Reaktion auf Adam, weißt du? Kontrolle zu übernehmen, wo ich doch so lange ihm die Zügel überlassen habe."

„Hast du ein Foto gemacht? Ich hätte so gern Gages Gesicht gesehen."

„Ja, klar, ein Foto zu machen war mit mein erster Gedanke, als ich sagte, ich kündige. Er rannte raus, ich hätte also nur seinen Hinterkopf erwischt. Ich weiß auch nicht, Gracie." Susanna ging langsam auf die Rasenkante zu, wo das ordentlich gemähte Gras das Wildblumenbeet berührte, das sie gepflanzt hatte.

„Heute Morgen um drei bin ich mit einem Ruck aufgewacht und habe mich gefragt, ob ich den Verstand verloren habe. Aber als ich im Büro meine Sachen zusammengepackt habe, fühlte es sich an wie der größte Moment meines Lebens. Gage hatte ehrlich gesagt doch sowieso keine Arbeit für mich. Bei der Wirtschaftslage ist Landschaftsbau ein echtes Luxusgut."

„Was hast du von Adam gehört?"

„Schweigen." Susanna warf einen Blick auf ihre Freundin, die gerade den letzten Orangenschnitz aß. „Was völlig in Ordnung ist. Was gibt es denn noch zu sagen? Ich fühle mich erleichtert. Als hätte ich zehn Jahre lang den Atem angehalten."

„Ich bin mal so frei und sag dir, dass ich mir nie viel aus ihm gemacht habe." Gracie ging zum Gartenschlauch hinüber und fummelte an der Düse herum.

„Du Lügnerin! Du warst doch grün vor Eifersucht, als Adam und ich anfingen, miteinander auszugehen."

„Das war in der High School. Jedes Mädchen wollte mit Adam Peters ausgehen."

„Jetzt ist er wieder auf dem Markt, falls du interessiert bist." Susanna ging ebenfalls zum Gartenschlauch und wusch sich die klebrigen Hände.

„Als ob ich deine abgelegten Sachen wollte", sagte Gracie und ging mit tropfnassen Händen zurück zu ihrem Stuhl. „Aber immerhin hattest du eine Beziehung, die gehalten hat, Suz. Ich habe längere Beziehungen zu meinen Schuhen als zu den Männern in meinem Leben."

„Weil du dir in den Kopf gesetzt hast, dass jeder Mann da draußen wie dein Vater ist." Susanna stellte das Wasser ab und rollte den Schlauch auf.

„Nein, hab ich nicht", sagte Gracie. „Ich bin zu dem Schluss gekommen, dass sie noch schlimmer sind."

„Von diesem Gedanken musst du einfach mal wegkommen." Susanna kehrte zu ihrem Platz auf der Terrasse zurück. „Du hast jeden Mann beurteilt und verdammt, noch bevor ihr euch vorgestellt und Telefonnummern ausgetauscht habt. Du musst mal loslassen, ein bisschen vertrauen. Einem Kerl auch mal 'ne Chance geben." Sie lehnte sich in ihrem Stuhl zurück und ließ sich auf das entfernte Brummen eines Rasenmähers ein, genoss das Aroma des frisch gemähten, sonnengetrockneten Grases.

„Mal loslassen? Ein bisschen vertrauen? Ha! Die Krähe schimpft den Raben schwarz, was?"

„Welche Krähe? Hier ist keine Krähe. Ich war zwölf Jahre mit demselben Typen zusammen."

„Weil du einen Plan hattest."

„Jetzt klingst du wie Adam." Susanna ließ ihren Arm über die Lehne baumeln und grub ihre Zehen in die Kante des Terrassengeländers. „Genug über mich geredet. Was ist mit dem Segler passiert? Mit dem, der mit seiner Jacht um die Welt segeln wollte?"

„Ethan? Den gibt's noch", sagte Gracie leichthin. Ein bisschen zu leichthin.

„Oha, es geschehen doch noch Zeichen und Wunder. Jetzt sind es, warte mal, zwei Wochen?"

„Drei."

„Meine Damen und Herren, ich glaube, wir dürfen einen Rekord vermelden." Susanna setzte sich aufrecht hin und applaudierte ihrer Freundin.

„Okay, du kleine Klugscheißerin, vielen Dank auch. Wenn du es unbedingt wissen musst: Ich mag ihn. Sehr sogar."

Susanna beugte sich in ihrem Stuhl vor, um ihrer Freundin die Hand zu drücken. „Ich freue mich für dich."

„Und was ist mit dir? Was wirst du machen?"

„Über Adam hinwegkommen und Perspektiven entwickeln." Sie überlegte, ob sie ihre Faszination für ihren neuen Freund, Nate Kenneth, beichten sollte. Aber außer den zufälligen Rettungsaktionen gab es nicht viel zu erzählen. Sie hatte noch keine Worte für die Gefühle gefunden, die er in ihr weckte.

Er hatte Susanna am Montagabend zu Hause abgesetzt. Immer wieder hatte sie sich bedankt. Aber zu dem Zeitpunkt, als Liam in ihre Auffahrt fuhr, hatte ihre Beziehung ihren Höhepunkt erreicht.

Sie hatte gerade erst eine Beziehung hinter sich. Und in etwa einer Woche würde er nach Hause fliegen ... ein Zuhause, das viertausend Meilen entfernt war. Was sollte da schon aus ihren Gefühlen für ihn werden?

„Ich bin froh, dass du so gut drauf bist", sagte Gracie. „Weil ich einigermaßen schlechte Nachrichten habe. Tante Rue hat angerufen."

„Oho. Was gibt's?" Susanna setzte sich aufmerksam hin und rieb sich die Sonnenwärme von den Oberschenkeln. „Hat sie das Haus verkauft?"

„Schlimmer. Sie kommt im Herbst auf die Insel." Gracie zog ihre Schultern bis zu den Ohren hoch.

„Und ich muss umziehen." Rue Prather war eine Modedesignerin, die in Alanta lebte. Sie vermietete das Haus an Susanna für kaum mehr als die Nebenkosten. Die einzige Fußangel war, dass Susanna eine andere Unterkunft finden musste, falls Rue eine Zeit auf der Insel verbringen wollte.

„Weil ich gerne Gastgeberin bin."

„Von Oktober bis März."

„Sechs Monate?"

„Du weißt, dass sie nicht so lange bleiben wird, Suz. Sie wird unruhig werden und wieder abreisen. Sie wird von einem neuen Designer hören, der Atlanta im Sturm erobert, und die Biege machen. Ich wette, sie kommt nicht einmal vor Thanksgiving hierher. Und ist an Weihnachten wieder weg."

„Ich kann jedenfalls nicht für ein halbes Jahr ausziehen und hoffen, dass es nur für einen Monat ist. Wenn sie sagt, dass sie im Oktober kommt, muss ich spätestens im Oktober umziehen. Was mal echt lustig werden wird, wo ich doch gerade nur im Shack arbeite."

In fünf kurzen Tagen war alles, was in ihrem Leben stabil und durchgeplant war, mit Karacho in sich zusammengefallen. Verschwunden.

Aber in der Tiefe ihrer Seele glaubte Susanna, dass da etwas Göttliches sich seinen Weg bahnte. Eine himmlische Veränderung geschah. Wenn sie es nur lange genug durchhielt, das Ergebnis zu sehen. Vielleicht hatte Daddy ja recht. Etwas Großes war unterwegs.

„Du kannst bei mir wohnen, wenn du möchtest."

„Nein, vielen Dank. Dafür mag ich dich zu sehr." Sie hatte einmal mit Gracie zusammengewohnt. Gleich nachdem sie ihren Collegeabschluss gemacht hatte. Nie wieder. „Da zieh ich vorher mit in Auroras Zelt ein."

„Ach wirklich, Suz. So schlimm war es auch wieder nicht."

„Doch, das war es."

Gracie lebte sehr raumgreifend. Grenzen waren verhandelbar. Sie breitete sich in der ganzen Wohnung aus. Susanna blühte mit Grenzen erst auf. Wenn alles an seinem Platz war. Vorhersehbar. Geordnet. Routine.

Nach ein paar Monaten war sie ausgezogen, um ihre geistige Gesundheit und ihre Freundschaft zu retten.

Ihr Gespräch drehte sich und verfiel in den leichten Rhythmus einer lebenslangen Freundschaft. Susanna brauchte Gracie nicht jedes Detail ihres Seelenlebens haarklein auseinanderzusetzen. Sie wusste darum. Sie wusste es einfach.

Gracie versorgte Susanna mit den letzten Neuigkeiten aus ihrem Schönheitssalon und darüber, dass ihre neu eingestellte Stylistin dachte, dass es eine freiwillige Sache sei zu arbeiten, wenn man für eine Schicht eingetragen war. „Sie sagte mir, sie ‚mache in Haar', weil sie gehört hätte, da könnte man seine Arbeitszeiten selber festlegen."

Susanna lachte. „Ist das nicht derselbe Grund, warum du in ‚Haar' machst?"

„Ja, aber immerhin habe ich genug Anstand besessen, erst einmal meinen eigenen Laden aufzumachen. Du, ich muss mich beeilen." Die Frau, mit der sie seit der sechsten Klasse befreundet war, nahm Susanna in ihre langen, schlanken Arme. „Ich muss noch ein paar Sachen erledigen, bevor ich den Segler zum Abendessen treffe." Sie warf Susanna im Gehen einen Blick über die Schulter zu. „Möchtest du auch kommen?"

„Ich habe doch Dienst im Rib Shack. Außerdem muss ich selber auch noch was erledigen."

„Okay ... Suz, geht es dir gut?"

Wieder alleine.

„Ja, doch, mir geht es wirklich gut."

Susanna blieb auf der Terrasse sitzen und dachte nach, bis die Sonne am späten Nachmittag lange Schatten über den Hinterhof warf.

ACHT

Nathaniel kannte die Christ Church aus Kindertagen auf der Insel. Er parkte an der Straßenseite, sprintete über die Fahrbahn und duckte sich unter dem efeubewachsenen Rankgitter hindurch.

Nach zwei Schritten auf dem roten Ziegelpfad begegnete er einer überraschenden, körperlich spürbaren Präsenz. Etwas Göttlichem. Ehrfurcht regte sich in seiner Brust, als er die Grünanlagen und die weiße holzvertäfelte Kirche betrachtete.

Abseits des Ziegelpfads bahnte er sich einen Weg durch das Licht, das durch das immergrüne Laub der Virginia-Eichen fiel.

Tränen kamen ihm, als er sich auf dem herrlichen Rasen lang hinwarf. Über ihm rauschten die Blätter und Nathaniel spürte, dass Gott ihn daran erinnerte, dass alles auf dieser Erde Gottes Wohnort war, auch das endliche Herz des Prinzen Nathaniel.

Der einzige andere Ort, an dem er sich der Heiligkeit so nahe fühlte, war die fünfhundert Jahre alte St. Stephen's Chapel im Norden von Brightons Hauptstadt, Cathedral City.

Nathaniel atmete den schweren Geruch der Erde unter seinem Gesicht ein. Seine Tränen wurden lebendig.

Was, Herr? Was möchtest du?

Nathaniel wartete noch ein oder zwei Minuten, dann fühlte er, wie der Moment der Ehrfurcht verstrich und erhob sich wieder. Er klopfte sich Gras und Schmutz von der Hose. Ein bisschen Zeit blieb ihm noch vor dem Ruf zum Abendgebet an diesem Dienstag.

Durch einen kleinen Seiteneingang betrat Nathaniel die lange, rechteckige Kirche und setzte sich in eine Bank in der Mitte.

Die Gegenwart des Herrn verstärkte sich. Diese Erfahrung hatte nichts mit ihm oder seinem irdischen Status als Prinz zu tun, aber alles mit der Güte Gottes.

Als der Priester den Mittelgang hinaufgegangen war und die erste Schriftlesung bekanntgab, zog Nathaniel sein Taschentuch aus der Hosentasche, wischte sich die Augen und öffnete das Gebetbuch.

> *Herr, über deine Macht freut sich der König, ja,*
> *wie sehr jubelt er über deine Hilfe!*
> *Du hast ihm gegeben, wonach er sich von Herzen sehnte,*
> *den Wunsch, den er aussprach, hast du ihm gewährt.*
> Psalm 21, 2-3

König Davids Worte trafen wie Pfeile in Nathaniels Herz. Er beugte sich nach vorne und legte den Kopf auf die Rückenlehne der Bank vor ihm, während er das Buch schützend in den Händen hielt.

„Herr, ich brauche deine Weisheit", flüsterte er. „Ich weiß noch nicht einmal sicher, wonach ich mich sehne und was ich von dir bitten soll." Wie hatte David das gemacht? Gottes Volk regiert? Er hatte noch nicht einmal den Segen eines Parlamentes. „Wenn ich ehrlich bin, wäre es mir viel lieber, du würdest Papa heilen, als mich zum König zu machen. Ich bin nicht bereit dafür. Hast du mich berufen oder meine Vorfahren?"

Von der Kanzel aus rief der Priester den stillen Altarraum zum Gebet auf. Nathaniel versuchte, sich auf das nächste Gebet zu konzentrieren. Er wollte gerne seine Verbindung zu der Präsenz wieder herstellen, aber Politik mischte sich unter seine Gedanken.

Konnte er Genevieve für König und Königreich heiraten? Sie zur Erbin des Hauses Hessenberg von Augustin-Sachsen machen? Sie Hessenberg erben lassen? Selbst wenn er sie heiraten wollte, würde der Hof überhaupt zu dem Schluss kommen, dass sie die Bedingung erfüllte, eine wahre Erbin des Hauses Augustin-Sachsen zu sein? Nathaniels innerer Frieden verflüchtigte sich. Er musste unbedingt das Abkommen vergessen und Zwiesprache mit seinem Herrn halten.

Als er die Augen schloss, atmete er seine Zweifel aus und einen süßen Duft ein. Einen sehr vertrauten Duft.

Nathaniel sah sich vorsichtig um. Mehr Gemeindemitglieder waren zur Gebetsstunde dazugekommen, einschließlich Susanna Truitt. Sie saß ganz rechts außen in der Reihe vor ihm.

Er rutschte ein bisschen rüber und flüsterte: „Oh, du bist auch hier."

Sie hielt ihren Kopf gebeugt. „Wir müssen aufhören, uns auf diese Art zu treffen."

„Ich glaube, du verfolgst mich."

Er sah sie flüchtig lächeln. „Psst."

Grinsend setzte sich Nathaniel ordentlich hin und nahm seine Gebete wieder auf. Er dankte Gott dafür, dass er ihn an diesem Abend in die Gebetsstunde geführt hatte. Als der Priester den Gottesdienst beendete, rutschte Nathaniel aus der Kirchenbank und gesellte sich in dem schmalen Mittelgang zu Susanna.

„Ein schöner Abend."

„Ein bisschen warm vielleicht, aber ja, es ist schön." Sie lächelte ihn an. Ah, sie freute sich also auch, ihn zu sehen.

Sie reihten sich mit den anderen Gemeindemitgliedern ein, die dem Pastor unter dem Vordach einen guten Abend wünschten. Als sie ins Freie traten, hatte die untergehende Sonne ein Bild geschaffen, wie es Monet nicht besser gekonnt hätte. Ein bildgewordenes Gebet, und jetzt, in diesem Moment, war in Nathaniels Welt alles in bester Ordnung.

„Kann ich dich auf eine Tasse Kaffee einladen?", fragte er, während er hinter Susanna herging.

„Ich bin auf dem Weg zur Arbeit." Sie hielt kurz an und wies auf das Logo des Rib Shack auf ihrem Hemd. „Mama hat in den letzten beiden Tagen alle Hände an Deck beordert, um für Daddy einzuspringen. Ich übernehme für sie, damit sie bei ihm sein kann. Außerdem bin ich sonst ja auch arbeitslos, wie du weißt."

„Wie geht es deinem Vater?"

„Super geht's ihm." Sie ging weiter den Ziegelpfad hinunter. „Er wird uns wahrscheinlich alle überleben."

„Susanna, der Garten unseres Sommerhauses braucht deine Hilfe. Hat ein Mann namens Jonathan dich wegen der Landschaftsgärtnerei kontaktiert?"

„Nein." Sie ging einen Schritt zur Seite, um ein älteres Paar durchzulassen. „Hallo, Mr. und Mrs. Scott."

„N'Abend, Susanna", erwiderte die Frau. „Lange nicht gesehen."

„Ja, Ma'am."

„Tut mir leid mit dir und Adam Peters."

„Danke." Susanna sah zu Nathaniel hinauf. „Wenn man auf einer kleinen Insel wohnt, wissen alle immer alles."

„Das kenne ich, glaube mir." Versuch mal, Prinz eines Inselstaates zu sein. Also hatte Jon sie noch nicht angerufen?

„Susanna, würdest du den Garten meines Vaters neu anlegen?"

„Woher weißt du, dass du mich bezahlen kannst?"

„Das weiß ich eben nicht." Es gefiel ihm, dass sie ihm mit einer Frage antwortete, anstatt mit einer direkten Erwiderung. „Darüber können wir verhandeln. Morgen früh um neun? Komm zum Sommerhaus. Ich führe dich herum und dann können wir feilschen." Nathaniel wusste, dass er ihr jeden Preis bezahlen würde. „Fair?"

„Mehr als fair." Sie bot ihm die Hand an, die er gerne annahm. „Hast du jemals das Gefühl gehabt, Nate, dass irgendwas direkt um die Ecke auf dich wartet, aber du weißt noch nicht, was es ist?"

Oh, wenn so was doch nur möglich wäre. Er sehnte sich nach einem solchen Gefühl. Aber er hatte jedes Licht und jeden Schatten hinter jeder erdenklichen Ecke seines Lebens gekannt, seitdem er ein Kind gewesen war. Obwohl er hin und wieder ... doch auf eine Überraschung traf. Wie auf die, die vor ihm stand.

„Morgen also?“ Seine Hand fühlte sich kalt und leer an, nachdem sie ihre weggezogen hatte.

„Morgen. Aber jetzt gerade wartet das Rib Shack. Das ist wie mein persönliches Monopoly-Spiel. Gehen Sie zurück auf Los. Geh zurück zum Rib Shack, Susanna, und fang neu an.“

Nathaniel lachte und begleitete sie bis zu ihrem Auto. „Manchmal ist ‚zurück auf Los' die einzige Möglichkeit.“

„In meinem Fall ist es tatsachlich die einzige Möglichkeit. Also, Nate, was genau arbeitest du eigentlich in Brighton?“ Sie ging unter dem Rankbogen der Umfriedung um die Christ Church durch und am Straßenrand entlang.

„Ich arbeite sozusagen für die Regierung.“ Nathaniels Auto war auf der anderen Straßenseite und in der anderen Richtung geparkt, aber er begleitete Susanna.

„Politik?“ Sie zog die Schlüssel aus ihrer Handtasche.

„Nicht, wenn ich es nicht verhindern kann.“ Er lachte. „Ich bin mehr so eine Art Ratgeber, wenn man so will.“

„Ein Lobbyist?“

„Nein, nein. Nur ein Freund, ein Ratgeber eben.“ *Sag schon, Nathaniel. Kronprinz. König auf Abruf.* Aber er konnte es nicht. Es würde alles verändern.

Sie hielt an der Fahrertür eines grünen Cabrios an. „Morgen um neun also?“

„Ja, Ocean Boulevard Nummer 21.“ Nathaniel sprang vorwärts und öffnete ihr die Tür. „Suz, wenn deine Mutter extra Hände gebrauchen kann, darf ich dann meine anbieten?“ Er hielt sie hoch, drehte sie vor und zurück. „Ich habe in der Navy Küchendienst gemacht. Ganz gut, glaube ich.“

Sie warf ihre Handtasche auf den Beifahrersitz und sah ihn einen Moment lang an. „Klar, warum nicht. Komm mit, wenn du dich traust." Sie winkte ihm zu, er solle ihr folgen. „Mama wird mich noch ein bisschen doller dafür liebhaben, dass ich ihr Hilfe mitgebracht habe. Aber sei gewarnt ... sie zahlt Aushilfen nur den Mindestlohn und einen Anteil am Trinkgeld."

„Geld ist kein Problem." Das würde Spaß machen. „Alles ist besser, als mit Jon und Liam herumzusitzen."

„Behalt den Gedanken besser für dich, bis du die erste Schicht hinter dir hast."

Nathaniel joggte zu seinem SUV und als Susanna hupend an ihm vorbeigefahren war, schoss er direkt hinter ihr in die Spur.

Als sie im Schatten des großen Leuchtturms der Insel auf den Parkplatz gefahren waren, rief Nathaniel Jon an. Die Mailbox sprang an, und Nathaniel war froh, eine Nachricht hinterlassen zu können anstatt mit ihm darüber debattieren zu müssen, dass der Kronprinz von Brighton keine Tische abräumen oder Böden schrubben konnte.

Nathaniels Tage auf der Insel waren begrenzt, und er wäre schön blöd, wenn er nicht so viele wie möglich davon bei, mit und in der Nähe von Susanna Truitt verbringen würde.

Am Mittwochmorgen fuhr Susanna zum Ocean Boulevard und ließ die Hand durch das Fenster im Wind fliegen.

Was für ein wunderbarer Morgen. Nicht theoretisch, sondern in Wirklichkeit.

Im ersten Licht der Morgendämmerung war sie mit einem Gefühl großer Erwartungen aufgewacht. Also rief sie laut „Freude!" und schmiss ihr iTunes an, um bei voller Lautstärke Bethel Live zu hören, während sie sich fertigmachte.

Wie hatte sie vergessen können, dass ein Inselmorgen so viele starke Farben mit sich brachte? Sie musste mehr rauskommen, der Schönheit um sie herum mehr Aufmerksamkeit schenken.

Das brachte die Freiheit von Angst mit sich ... sie öffnete ihr das Herz.

Die Erinnerungen an den Vorabend ließen sie lächeln.

Mama war gerade dabei, ihre Tasche zu packen, um bei Daddy zu sein, als Susanna mit Nate hereingekommen war. Sie hatte begonnen zu leuchten wie ein Glühwürmchen, ihn gründlich in Augenschein genommen und ihm dann auf die Schulter geklopft. „Das wird schon gehen."

Klaglos hatte Nate Böden gewischt, die Kommode und den Vorratsschrank sauber gemacht, eine Wagenladung Vorräte hereingetragen und das Lager in Ordnung gebracht. Fünf volle Stunden lang hatte Susanna ihn auf den Beinen gehalten. Er war nie zurückgeschreckt oder hatte aufgegeben. Nicht einmal, als sie ihn zum Kloputzen geschickt hatte, nachdem sie das Restaurant geschlossen hatten. Er nahm einfach den Putzeimer, ging los und pfiff dabei noch ein Liedchen.

Er war Balsam auf ihrem wunden Herzen. Nur an ihn zu denken, brachte sie bereits zum Lachen.

Susanna drosselte ihr Tempo, als sie den Ocean Boulevard erreichte. Die Häuser lagen von der Straße abgerückt zwischen Eichen, Pinien und Palmettopalmen. Die Anwesen waren schwer auszumachen, aber sie fand Nates Haus anhand der Nummer, die an seinem Briefkasten angebracht war.

Am Ende einer schmalen, baumbepflanzten Auffahrt stieß Susanna auf eine Lichtung, auf der ein schiefergraues Strandhaus in der Morgensonne stand. Das blaue Ufer des ruhigen Atlantiks säumte das grüne Gelände.

Sie parkte unter einer Baumreihe, hängte sich ihre Tasche um und trat aus ihrem Auto heraus in das Rauschen der morgendlichen Brandung.

Einen Moment lang fühlte sie sich, als gehörte ihr die ganze Welt. Ihr erster eigener Auftrag. Sie hätte schon längst anfangen sollen, in ihrem eigenen Namen zu arbeiten.

Als sie gerade auf das Haus zugehen wollte, hielt Susanna inne, weil sie hinter sich einen Zweig brechen hörte, gefolgt von einem Rascheln im trockenen, toten Unterholz.

„Hallo?" Susanna ging um das Auto herum auf die bewaldete Absenkung zur Straße zu. „Nate?"

Aurora, die ihr pinkfarbenes Fahrrad schob, schaute um einen Baum herum.

„Hey", sagte Susanna. „Was machst du denn hier?" Sie lächelte, als sie die jungfräulichen roten Leinenschuhe der Frau sah.

„Ich fahre Rad."

„Im Wald?"

„Wald, Straße, Strand." Aurora zuckte mit den Schultern. „Wie ich sehe, hast du es geschafft."

„Was geschafft?" Aurora konnte doch nicht von ihrem Termin mit Nate wissen?

„Hierhin zu kommen." Auroras T-Shirt baumelte lose um ihre Taille, als sie auf das Sommerhaus zeigte.

„Soll ich denn hier sein?", testete Susanna ihre Freundin, die Zeltbewohnerin. Aurora schien klar bei Verstand, obwohl sie in Rätseln sprach.

„Oh ja." Aurora schob ihr Fahrrad aus dem Schatten der Bäume hervor und stieg auf. „Aber sicher." Sie fing an, in die Pedale zu treten. „Entspann dich. Er hat die ganze Welt in seiner Hand."

„Redest du von Gott, Aurora?"

„Aber sicher."

„Hat er *mich* denn auch in seiner Hand?" Susanna wusste, dass der Herr auf sie aufpasste ... das glaubte sie fest. Aber das von jemand anderem zu hören, und wenn es nur die schrullige Aurora war, versiegelte den Gedanken noch etwas tiefer in ihrem Herzen.

„Genau hier." Aurora warf ihre Hand hoch über ihren Kopf und zeigte mit der Handfläche auf Susanna. „Bis dann."

Susanna sah ihr hinterher und beneidete die Frau um ihre Freiheit. Sie fragte sich, ob sie dieselbe Freiheit auch erleben konnte, obwohl sie in einem festen Haus wohnte und Auto fuhr? Oder war dieser tiefe, beständige Frieden nur dann möglich, wenn man alles aufgab?

Aber sie hatte keine Zeit, darüber nachzudenken. Sie kam zu spät. Susanna eilte zum Haus und schüttelte sich Sand und Schotter von den Schuhen, als sie auf Nates Veranda ankam und klingelte.

Die Vordertür schwang auf. „Sie haben sich verspätet." Jonathan trat kurz angebunden und förmlich zur Seite.

„Tut mir leid. Ich habe mich noch kurz mit Aurora unterhalten."

„Mit wem?"

„Mit Aurora." Vergiss es. Jonathan kannte Aurora nicht. Außerdem ging er gerade weg und Susanna musste sich beeilen, um aufzuholen.

Das Sommerhaus war schön. Das graue, schindelgedeckte Äußere verbarg seine inneren Qualitäten, die ganz im Stil der Craftsman-Bewegung gehalten waren. Halbmondförmige Fenster, leuchtendes Rotholz, runde Torbögen und das Gefühl, dass die Zeit an diesem Ort stillstand.

„Ist das ein Craftsman-Haus? Die waren ziemlich beliebt um die Jahrhundertwende."

„Sie haben ein gutes Auge. Das Haus wurde 1901 gebaut und der ...", er hielt kurz inne, als sie die Küche erreicht hatten, „... und der Familie ein Jahr später geschenkt. Es ist eines der ersten Craftsman-Häuser im

Süden." Jon führte sie hinaus auf die weiße, luftige Veranda mit ihrem steinernen offenen Kamin und dem gebeizten Betonboden. Und Nate.

„Willkommen", sagte er, als er aufstand. Er hatte dasselbe Leuchten in den Augen wie am Abend zuvor. Heute Morgen sah er anders aus in seinem frischen durchgeknöpften Hemd und seinen zerknitterten Kakishorts. Sein dunkles Haar hing ihm frisch gewaschen und geföhnt in die Stirn. Was für ein Unterschied zu dem Mann in Schürze und Haarnetz, der mit einer ausgemusterten Zahnbürste die schwer zugänglichen Stellen hinter den Klos putzte.

Susanna atmete tief ein und aus und stützte sich an einer Stuhllehne ab. „Es ist schön hier." *Er* war schön. Gnade.

Sie stellte ihre Umhängetasche auf den Tisch und wich vorsichtig Nates Blick aus. Er sah sie an, als würde er sie durchschauen.

„Also ... Das ist also der Garten?" Susanna trat an die Schwelle der Veranda und betrachtete die welken Sträucher, das wuchernde Unkraut und die niedrige Steinmauer.

„Was denkst du?" Nate stellte sich neben sie, die Hände in den Hosentaschen.

Oh, Nate ... Sie verließ die Veranda. *Was machst du nur mit mir?* Er brachte sie dazu, dass sie sich am liebsten an ihn anlehnen wollte, als sei sie nach einer langen Reise endlich zu Hause angekommen.

Ein Trennungsreflex. Das war's. Ein reiner Trennungsreflex. Nate war aufgetaucht, als Adam die Bühne verlassen hatte, und jetzt bündelte sie all ihre Gefühle auf ihn. Zum Glück war er nur für einen kurzen Urlaub hier.

„Das Grundstück hat eine Menge Potenzial."

Sie ging ein paar Schritte den Weg hinunter und versuchte, sich auf das zu konzentrieren, wofür Nate sie überhaupt und in erster Linie eingeladen hatte.

„Was stellst du dir denn vor?"

„Ich habe keine Ahnung, Suz." Er hatte gestern Abend unter dem Einfluss von Catfish, Bristol, Avery und der restlichen Crew angefangen, ihren Spitznamen ganz selbstverständlich zu verwenden. „Du bist der Profi hier." Nate gesellte sich auf dem Gartenweg zu ihr. „Ich hatte eine famose Zeit gestern."

Sie lachte. „Eine ‚famose' Zeit? Ist das jetzt die brightonische Höflichkeitsform? Du hast die Klos geputzt, Nate."

„Es gibt doch kaum etwas, das das Herz eines Mannes so sehr aufheitert wie glänzend weißes Porzellan."

„Du spinnst." Als sie ihm auf den Arm tippte, fing er ihre Hand ein.

„Ich könnte eine große Portion Spinnereien vertragen", sagte er und sah sie lange an, zu lange, während er ihre Hand hielt, ebenfalls zu lange. „Sollen wir uns den Garten ansehen? Wie du siehst, ist er ziemlich groß, mit vielen Beeten und Raum für schöpferische Freiheit."

„Wie eine frisch grundierte Leinwand." Seine Berührung raubte ihr den Atem. Warum hielt er ihre Hand? Warum konnte sie ihr Herz in der Handfläche schlagen spüren? Sie machte einen großen Schritt auf die Mauer zu, die den Garten zum Ozean hin abgrenzte, als gäbe es dort irgendetwas Wichtiges zu untersuchen, und senkte ihren Adrenalinpegel etwas, indem sie ihm ihre Hand entzog. „Es ist ein zauberhafter Ort, Nate. Wirklich bezaubernd."

„Ich sehe Unkraut. Was siehst du?"

Susanna ging über den Rasen und fuhr sich mit den Händen über die Beine ihres Hosenanzugs. „Ich sehe Winkel, Beschaffenheit und Räumlichkeit. Ich sehe Rosen und Fingerhut, Heide und Stauden, vielleicht ein Gartenweg aus Kopfsteinpflaster und vielleicht eine Buchshecke drumherum."

Wie der Garten der Christ Church hatte auch Nates Garten eine mystische Aura, als ob die Flora und Fauna dort verstanden hatte, dass Gärten für Frieden da waren. Für Zwiesprache.

Hier könnte sie sich bergen. Hier könnte sie Gott finden. Sogar zwischen den brachliegenden Beeten. Sie hielt an und strich mit der Hand über die ungemähten Grashalme. „Ich könnte mich hier hinlegen und einen Grasengel machen."

„Wie ein Schneeengel, meinst du?"

„Genau." Sie ließ sich auf den Rücken fallen, drückte sich ins Gras und flatterte mit Armen und Beinen. Es war ihr gleichgültig, ob das nun Flecken auf ihrem Anzug geben würde oder nicht.

Nate beugte sich über sie. Wusste er eigentlich, dass sein Lächeln ein ziemlich starker Zaubertrank war? „Du siehst lächerlich aus."

„Das solltest du mal aus meinem Blickwinkel sehen."

„Das sollte ich dann wohl mal schnellstens einrichten." Er ließ sie neben sie fallen und strich mit Armen und Beinen über das Gras. „Okay, bei drei springen wir auf und schauen uns unsere Kreationen an."

„Eins."

„Zwei."

„Drei." Sie katapultierte sich hoch, vertrat sich den Knöchel und stolperte in Nate hinein. Er fing sie auf, legte ihr den Arm um die Taille und hielt sie fest.

„Also, was denkst du?" Er wies mit seinem Kinn auf ihre engelhaften Abdrücke im Gras.

„Ich denke, ähm, dass mein ..." Wenn er sie nicht bald losließe, würde ihr das Herz wie eine Rakete aus der Brust schießen und wahrscheinlich bis auf den Mond fliegen. „Mein Engel hat einen recht beachtlichen Hintern. Schau dir das mal an." Sie beugte sich hinunter, entzog sich seinem Griff und legte ihre gewölbten Hände in die gräsernen Ausbuchtungen ihres Allerwertesten.

„Sieht mir doch ganz annehmbar aus." Er zwinkerte, und ihr wurde beinahe schwarz vor Augen. „Da hast du dich doch einfach nur abgedrückt, um aufzuspringen." Mit einem Grinsen auf den Lippen ließ er seine Hand über dem Gras schweben. „Siehst du?"

Siehst du? Oh, sie sah, sie sah sehr wohl ...

Susanna presste sich den Handballen gegen die Stirn. „Der Garten. Wir sollten wieder auf den Garten zurückkommen."

„Du hast den Auftrag", sagte er, leise und ernsthaft.

„Du kennst meinen Preis noch nicht. Du hast noch keine Zeichnungen gesehen."

„Das brauche ich auch nicht, Susanna. Ich vertraue dir."

Rote Vögel flatterten in einem Schwarzkirschenbaum herum, während zwei Eichhörnchen sich mit einigen Kirschen durchs Gras davonmachten, um ihre Vorräte für den kommenden Winter zu füllen.

„Du kannst das nicht dauernd machen, Nate." Sie seufzte und ging in Richtung Veranda. Auf der Grundlage dessen, was sie über die Häuser auf dem Ocean Boulevard im Allgemeinen wusste, hatte sie nach der Arbeit gestern Nacht noch einen groben Kostenvoranschlag gemacht.

„Was machen?"

„Mich retten."

„Ich protestiere." Er folgte ihr und breitete die Arme aus. „Ich tue nichts dergleichen."

„Du hast Mitleid mit mir." Jetzt war die Wahrheit raus und hatte auf dem Weg nach draußen ihrem Herzen noch eine Ohrfeige verpasst.

„Mitleid? Mit dir?" Er ließ sich in einen Weidenstuhl fallen. „Nein, Suz. Nicht mit dir." Das Funkeln in seinen Augen verblasste, als er über den Garten starrte. „Ich habe kein Mitleid mit dir." Er richtete seinen Blick auf sie. „Ich beneide dich."

„Du beneidest mich? Willst du heute Abend die Küche übernehmen, solange ich die Fugen im Waschraum mit der Zahnbürste bearbeite?" Wie konnte er sie beneiden?

„Heute Abend?" Seine Miene leuchtete auf.

„Oh ja." Susanna saß auf der Stuhlkante. „Mama hat heute früh angerufen. Sie sagte, sie hätte dich in den Dienstplan mit aufgenommen. Ich habe ihr gesagt, dass du ein Mitarbeiter der brightonischen Regierung bist und dass sie dich nicht einfach in den Dienstplan aufnehmen kann, wo du dich nur einmal freiwillig gemeldet hast."

„Freiwillig gemeldet? Es hieß, ich kriege einen Lohnscheck." Er klopfte auf den Tisch. „Den habe ich mir redlich verdient. Ich habe gestern hart gearbeitet."

„Mama sagte, Mitarbeiter von Regierungen aller Art sollten grundsätzlich zusehen, dass sie verstehen, wie hart der kleine Mann arbeiten muss, um für sein Auskommen zu sorgen."

„Sie hat recht. Ich werde da sein."

„Okay, aber ich warne dich ... sie wird dir vermutlich die Müllcontainer zu reinigen geben oder dich den Schimmel aus schäbigen, dunklen Ecken chloren lassen."

Mit den Armen auf den Oberschenkeln lehnte sich Nate nach vorne. „Ich schrubbe den Schimmel aus den Ecken, wenn du meinen Garten neu gestaltest."

„Tut mir leid, Kumpel, aber die Arbeit im Shack hat nichts mit unseren Verhandlungen zu tun. Außerdem weißt du doch noch nicht einmal, ob ich eine gute Architektin bin, Nate." Die Wahrheit ließ etwas die Luft aus ihrer morgendlichen Hochstimmung. „Du kennst mich doch kaum."

„Warum kommt es mir dann so vor, als ob ich dich sehr gut kennen würde?"

„Heldenkomplex?" *Ha.* Aber er lachte nicht. Er studierte ihr Gesicht, während eine leichte Brise aufkam und die Veranda mit angenehmen Morgendüften füllte, und hörte ihren Worten nach.

„Ich habe dir gestern bei der Arbeit zugesehen, Suz. Du bist die Tochter des Chefs, aber du hast alles gegeben. Du hast allen das Gefühl gegeben, sie seien ein wichtiger Teil des Teams. Sogar mir. Du hast nichts von ihnen verlangt, was du nicht auch tun würdest. Sie respektieren dich, weil du eine aufrichtige Frau bist. Deshalb weiß ich, dass du einen ganz prächtigen Garten gestalten wirst."

„Und das alles hast du in einer Fünf-Stunden-Schicht gesehen?"

„Es ist verblüffend, was man alles sehen kann, wenn man sich nur die Zeit nimmt, richtig hinzuschauen."

Sie warf erst einen prüfenden Blick in den Garten und dann in Nates Gesicht. „Ich mach's."

Er lächelte. „Gut. Ich wusste doch, dass du zur Vernunft kommen würdest."

„Ja, egal, Herr Schlaumeier." Sie nahm Skizzenblock und Stifte aus ihrer Tasche. „Aber wir feilschen noch über den Preis und machen einen ordentlichen Vertrag ... das volle Programm." Sie reichte ihm den groben Kostenvoranschlag hinüber, den sie gemacht hatte.

Nate blätterte durch die Seiten. „Bist du sicher, dass du genug berechnet hast?"

„Nate, ich *bin* mir sicher, dass du versuchen solltest, den Preis zu drücken und nicht zu steigern." Susanna setzte sich auf die oberste Stufen der Verandatreppe und machte ihren ersten Strich auf dem jungfräulichen Blatt Papier, hielt die schattigen Stellen fest und die sonnenbeschienenen, stellte sich alle Aspekte eines Gartens am Meer im südlichen Georgia vor.

Gebet.

Picknick.

Partys.

Politik.

Sie stellte sich einen Weg durch die Magnolien aus perlfarbenem Mondschein vor. Glyzinienranken, unter denen ein Liebespaar sitzen und Händchen halten könnte, Herz an Herz.

Sie atmete den Duft von Pinien, Palmettos, getrocknetem Gras und Meersalz ein. Und den frischen Geruch von Nates Haut.

Sie drehte sich um und sah, wie er fast aus seinem Stuhl fiel, während er versuchte, einen Blick auf ihre Skizze zu werfen.

„Ich zeichne doch nur ..." Sie wandte sich ab.

„Ich gucke doch nur."

„Nathaniel, du hast einen Anruf", sagte Jonathan, der in der Küchentür stand.

„Wer ist es?"

„Dein Vater."

„Bitte entschuldige mich, Suz." Nate strich mit den Fingerspitzen über ihr Haar, als er die Veranda verließ.

„Oh-okay." Seine Berührung jagte ihr einen kalten Schauer über die heiße Haut. Er musste aufhören, sie zu berühren. Etwas im tiefsten Inneren ihrer Seele zu wecken.

Sie versuchte, sich wieder auf das trockene Unkraut und die brachliegenden Beete zu konzentrieren. Aber ihr Herz drängte ihre Gedanken wieder zurück zu dieser Berührung.

Ein Trennungsreflex. Das ist einfach nur ein Trennungsreflex. Da schenkt dir ein Mann ein bisschen Aufmerksamkeit und schon bist du bereit, dein Herz abzugeben ...

Zurück zum Garten. Was er brauchte, war Freiheit. Raum. Feinsinnige Schönheit. Als sie die Skizze vollendet hatte, setzte sie einen schönen Schriftzug über das Ganze.

Der Garten eines Königs.

Es würde ihr helfen, sich den endgültigen Entwurf vor Augen zu führen. Susanna war sich nicht sicher, ob Nate die Verbindung zwischen seinem Garten und einem so hochtrabenden Namen verstehen würde, aber sie sah sie. Schon jetzt nahm *„Der Garten eines Königs"* in ihrem Kopf schillernd Gestalt an.

NEUN

„Du stehst auf sie", sagte Jonathan, als er Tassen und Kuchen nach dem Nachmittagstee abräumte.

„Das kommt jetzt ein bisschen aus dem leeren Raum, aber falls du Susanna meinst, ja, die mag ich", antwortete Nathaniel. „Als eine Freundin." Nichts lag ihm ferner als einzugestehen, dass er nicht in der Lage gewesen war, *nicht* an sie zu denken, seitdem sie am Morgen mit ihrem Skizzenblock und aufgeregt leuchtenden Augen weggefahren war.

Ihr Entwurf beeindruckte ihn. Sie hatte ein fast perfektes Replikat von Vaters altem Garten gezeichnet, den Nathaniel so geliebt hatte. Es war, als könnte sie Leben und Farben in den verblichenen Schatten des Gartens lesen.

Einfach. Geräumig. Aber umsäumt vom blühenden Leben.

„Freund? Nathaniel, ich habe diesen Blick nicht mehr in deinen Augen gesehen, seitdem du Adel Gardner bei unserer Herbstsause an der Uni geküsst hast."

„Adel? Wirklich? Jon, du musst endlich von ihr wegkommen. Die Uni, das ist doch lange her. Zehn Jahre."

„Ich und von ihr wegkommen? Wer hat sich denn hier seit unserem vierten Jahr an der Uni nicht mehr verliebt?" Jonathans stechender Blick unterstrich seinen sarkastischen Tonfall.

„Immerhin bin ich nicht wie du, der sich jedes Frühjahr verliebt und dann im Herbst wieder entliebt. Ich bezweifle, dass es dir damit besser geht."

„Immerhin versuche ich es."

„Du hast auch keine dicke fette Krone auf deinem Kopf." Immer mal wieder fühlte sich Nathaniel dazu berechtigt, den Kronprinzen-Joker zu ziehen.

Jons Lachen klang lauter als das Klappern des Geschirrs, während er zur Küche ging. „Das stimmt, da gebe ich dir recht. Das ist vermutlich auch der Grund dafür, dass du deiner neuen Freundin immer noch nicht erzählt hast, dass Nate Kenneth in Wirklichkeit Prinz Nathaniel Henry Kenneth Mark Stratton, der zukünftige König von Brighton, ist."

„Das braucht sie nicht zu wissen."

„Vielleicht musst *du* dich dann mal wieder daran erinnern. Du schwärmst für sie. Ich sehe es in deinen Augen."

„Ich weiß, wer ich bin, und ich kenne meine Grenzen." Wie könnte er das auch vergessen? Jonathan, Mama, Papa, das gesamte Parlament Brightons würden es ihn nicht vergessen lassen. „Bitte lass Liam wissen, dass ich das Auto heute Abend brauchen werde."

„Wo willst du hin? Und egal, wohin du willst, Liam wird mitkommen."

„Ich kann meinen Sicherheitsoffizier nicht mit mir herumschleppen, wenn ich im Rib Shack arbeite."

„Schon wieder?" Jon kam um die Kücheninsel herum. „Wozu?"

„Ihre Mutter hat mich auf den Dienstplan gesetzt. Seitdem ihr Vater ins Krankenhaus gekommen ist, brauchen sie jede verfügbare Hilfe."

„Nathaniel, du bist ein Kronprinz. Du hast es nicht nötig, in einem amerikanischen Barbecue-Bistro zu kellnern."

„Ich kellnere nicht." Nathaniel machte sich auf den Weg zur Treppe. „Ich schrubbe Böden und putze die Toiletten."

Jon fluchte unflätig. „Die königliche Behörde wird mich feuern, wenn sie das mitbekommen."

„Du hast keine Wahl." Nathaniel zog sich auf dem Weg die Diele hinunter das Hemd aus. Susanna und der Rest der Mannschaft trugen Shorts und Rib Shack T-Shirts. Er hatte gestern Abend Jeans getragen und sie durchgeschwitzt. Heute würde er ihrem Beispiel folgen und ein Paar kurze Hosen tragen, die schmutzig werden durften, dazu ein T-Shirt.

„Dann sag ihr, wer du bist, Nate", rief Jon hinter ihm her.

„Wozu? Um ihr meine Überlegenheit zu beweisen?" Er hielt auf dem ersten Treppenabsatz an und sah über das Geländer zu seinem Berater hinunter. „Oder um sie zu beschämen, weil sie einen königlichen Prinzen dazu verdonnert hat, auf seinen Händen und Knien den Boden zu schrubben?" Nathaniel joggte die Treppe hinauf. „Was ist, wenn sie es von alleine herausfindet?" Jonathan folgte Nathaniel hinauf in seine privaten Räumlichkeiten.

„Und wie soll das passieren? Wirst du es ihr sagen? Oder Liam?"

„Dreihundert Leute haben dich vorgestern Abend gesehen, als du deine Rede gehalten hast, Nathaniel. Ich wette, dass mindestens ein oder zwei von ihnen zwischendurch gerne mal ein schönes Barbecue essen. Und was ist, wenn ein Urlauber aus Brighton oder Hessenberg zufällig in dem Restaurant vorbeischaut?"

„Dann ist es eine gute Sache, dass ich die Müllcontainer säubere oder sonst etwas mache, bei dem ich außer Sicht bin. Und du hast doch Mrs. Butlers sozialen Dunstkreis gesehen. Ich kann mir nicht vorstellen, dass die so schnell einen Tisch im Rib Shack reservieren."

„Ich habe es schon einmal gesagt, und ich sage es gerne wieder. Sie gefällt dir."

„Was mir gerade jetzt sehr gut gefallen würde, wäre, wenn du mich einen Moment alleine ließest, damit ich mich umziehen kann."

Nathaniel schob seinen Berater zur Tür hinaus.

Ja, er mochte Susanna. Sehr. Und er hatte heute Morgen mit ihr geflirtet, war über seine persönlichen Grenzen hinausgegangen. Hatte ihre Hand gehalten, ihre Taille umfasst. Die ganze Zeit hatte er befürchtet, sie könnte seinen Herzschlag für das Donnergrollen eines nahenden Gewitters halten.

Aber es war weder richtig noch fair, eine Liebe zu wecken, die er nicht erwidern durfte.

Er nahm sich eine Handvoll Kleingeld von der Anrichte und rief sich ihr Bild vor Augen. Dann stellte er sich vor, wie er dieses Porträt an einem geheimen Ort verwahrte, an dessen Tür er ein Schild anbrachte: Nur für Nathaniel.

Unten gab ihm Liam die Autoschlüssel. „Ich würde es vorziehen, Sie zu begleiten, Sir."

„Ich würde es vorziehen, wenn du überhaupt gar nicht erst fahren würdest", sagte Jon. „Du bist ein Prinz."

„Ich mache Urlaub, und das ist meine Vorstellung von Unterhaltung. Bleibt meinetwegen nicht auf."

„Bevor du gehst – hier sind noch die letzten Neuigkeiten aus der *Liberty Press*."

Jon bot Nathaniel sein iPad an.

Nathaniel öffnete die Haustür. Warmes, herrliches Licht durchflutete den Eingangsbereich. „Wenn es keine Bombendrohung oder eine andere Katastrophe ist, will ich es nicht wissen."

„Auf jeden Fall eine *Katastrophe*", sagte Jon.

„Eine tödliche, unaufhaltsame Epidemie. Krieg. Ein terroristischer Anschlag."

„Würde die Schlagzeile, du seist mit Genevieve Hawthorne verlobt, in diese Aufzählung passen?"

„Verlobt?" Nathaniel schlug die Tür wieder zu und griff nach dem Tablet. Er hatte geglaubt, dass Brightons führende Zeitung sich bei jeder königlichen Verlobung erst einmal bei der königlichen Behörde rückversichern würde.

Prinz Nathaniels Heirat mit Lady Genevieve löst alle Probleme. Wettchancen 3:1 bei den Buchmachern für einen Heiratsantrag am Jahresende.

„Kommt das vom *Informanten?*“ Nathaniel überflog den Artikel. Schrott. Jedes Wort. Der *Informant* war das Klatschblatt, vorsätzlich hetzerisch und schlüpfrig. Aber das war sogar unter ihrer Würde.

„Das ist die *Liberty Press*. Der *Informant* ist noch nicht auf diesen Zug aufgesprungen.“

Die *Liberty Press*? Nathaniel gab Jon das Tablet zurück. „Hier stimmt doch etwas nicht.“

„Selbst die *Liberty Press* druckt gelegentlich reißerische Artikel. Erinnerst du dich noch, wie es war, als Prinz Stephen es in seinem ersten Jahr an der Universität nicht ins Rugby Team geschafft hat?“

„Furchtbar. Und dann war es noch demütigender für meinen armen Bruder, als Papa die Presse darum bat, ihn endlich in Frieden zu lassen.“

Der arme Stephen. Wochenlang waren Fotografen und Reporter ihm auf den Fersen gewesen und hatten seine erfolglosen Versuche, sein Spiel zu verbessern, dokumentiert. Sie machten allerhand „ausgefallene“ Bemerkungen.

„Morris Alderman hat Verbindungen nach Hessenberg. Ganz zu schweigen von seinen Freunden in der politischen Landschaft Brightons, die Hessenberg losschlagen wollen, damit wir unsere wirtschaftliche Haut retten können“, sagte Jon, der sich an der Rückseite der Couch anlehnte. „Der Druck kommt jetzt von allen Seiten, Kamerad. Alderman scheint nicht davor zurückzuschrecken, dich für das Wohl der Nation in eine arrangierte Ehe im Stile des 19. Jahrhunderts zu stecken.“

„Na toll, schön für ihn. Soll er seine Zeitung doch machen, wie er will“, sagte Nathaniel und machte sich wieder auf den Weg zur Tür. „Wir alle wollen doch Hessenbergs Unabhängigkeit und einen Schlussstrich unter dem ganzen wirtschaftlichen Tohuwabohu.“

König Nathaniel und Prinz Franz waren nicht ganz so weise gewesen, als es darum ging, die Finanzen der beiden Länder vorherzusehen. „Ich jedenfalls gehe jetzt arbeiten, bevor ich mir noch einen Rüffel einfange, weil ich zu spät komme."

Das emotionale Ringen um das verflixte Abkommen verdunkelte sein Herz. Konnte er es nicht einfach vergessen und sich in Susannas Strahlen erholen - nur für ein paar Tage?

Um fünf Minuten nach elf nahm Susanna die Schürze ab und schaute bei Mama im Büro vorbei. „Ich weiß nicht, wie Daddy das jeden Abend macht. Alleine heute müssen wir zwölfhundert Teller rausgeschickt haben."

„Mehr. Ich rechne das gerade durch." Mama gestikulierte in Richtung Hintertür. „Schau mal nach, was der Engländer macht. Ich habe ihn mit dem Müll rausgeschickt."

„Er ist kein Engländer. Er kommt aus Brighton."

„Er hört sich jedenfalls englisch an." Mamas Finger flogen über die Tasten, während sie die Quittungen zusammenrechnete. „Werde den Jungen vermissen, wenn er nach Hause fliegt. Obwohl ich noch nie jemanden gesehen habe, der so dermaßen langsam Gemüse schneidet. Herr im Himmel!"

Mama war beinahe Amok gelaufen, als Nate nach einer Stunde am Vorbereitungstisch nur eine Dose geschnittener Tomaten vorweisen konnte.

„Aber er ist der Meister der Spülmaschine. Das zählt doch auch."

„Das zählt, ja. Und nachdem er den Waschraum aufgedonnert hat, hätte ich da drin beinahe ein Gedeck aufgelegt." Die Maschine ratterte Mamas endgültige Tagesbilanz zusammen und spuckte ein langes, weißes Band aus.

Susanna griff nach einem Handtuch und trocknete sich die Hände ab. „Ich sehe mal nach ihm." Sie nahm sich zwei große Rib Shack Gläser, füllte sie mit Eiswürfeln und Cola und ging durch die Fliegengittertür nach draußen.

Die hintere Terrasse ging unter dem stets wachsamen Auge des Leuchtturms auf die Südseite der kleinen Bucht hinaus.

Ein paar Gäste waren noch an ihren Tischen geblieben und hörten Mickey zu, dem älteren irischen Sänger, der die hintere Terrasse des Shack fünf Abende in der Woche mit seiner Musik beehrte.

Gracie war mit ihrem Freund da, mit Ethan-dem-Segler. Sie hatten die Köpfe völlig hingerissen zusammengesteckt und unterhielten sich leise und vertraut.

Susannas Blick glitt suchend über Terrasse und Strand. Waren es wirklich erst fünf Tage, seitdem sie mit Adam hier spazieren gegangen war? Seit sie erfahren hatte, dass es das Leben, auf das sie gewartet hatte, nicht geben würde?

Manchmal fühlte es sich so an, als hätte sie in einer wirklich schlechten Geschichte festgesteckt, ohne zu wissen, dass andere Bücher oder Geschichten überhaupt existierten.

Dann hatte jemand ... Gott ... ihr ein neues Buch gegeben. Eines mit cremefarbenen, leeren Seiten, die darauf warteten, mit einer neuen Geschichte gefüllt zu werden.

Dieses Bild stand ihr noch vor Augen, als Nate aus der Dunkelheit auftauchte, der sich die Hände säuberte.

„Ich wollte gerade anfangen, mir Sorgen zu machen." Sie bot ihm eines der Gläser an. „Wäre nicht das erste Mal, dass der Müllschlucker jemanden gefressen hätte."

„Keine Sorge, ich bin darin ausgebildet, menschenfressende Müllschlucker unschädlich zu machen." Er nahm einen langen Schluck Cola. „Ich habe das Biest unterworfen."

„Hurra!" Susanna reckte eine Siegesfaust in die Luft. „Aber wo, oh wackerer Ritter, ist Euer Schwert?"

„Das steckt selbstverständlich in den Eingeweiden des Untiers." Nate schlug eine Schneise in die Luft und hielt ihr dann die Augen zu. „Schaut nicht hin, edle Maid! Es ist ein gar grausamer Anblick."

Mit einem Lachen schob sie seine Hand weg. „Hast du einen Ritter-Komplex?"

„Nein, aber ich habe einen Prinzen-Komplex."

„Dann ist es ja gut, dass du keiner bist."

„Ja, nicht wahr?" Er nahm noch einen Schluck und wandte seine Aufmerksamkeit Mickey zu, der gerade ein Lied beendete. Der letzte Ton seiner Gitarre hallte noch nach.

„Ich liebe Mickeys Musik", sagte Susanna.

„Ja, er ist ziemlich gut." Nate sah zu ihr hinunter und wollte etwas sagen, überlegte es sich dann aber anders und ging auf die Terrasse, wo er sich an den nächstgelegenen Tisch setzte.

Susanna folgte ihm, setzte sich neben ihn und wartete darauf, dass Mickey das nächste Lied begann. Mit Nate zusammen zu sein war das Netteste, was sie seit Langem erlebt hatte.

„Mir gefällt es hier", sagte er und beschrieb mit seinem Blick die ganze Terrasse, den ganzen Abend. Dann sah er sie an. „Es ist charmant. Ganz charmant."

Charmant. Sein Bekenntnis sank tief ihr Herz, warm und seidig, obwohl sie manchmal das Gefühl hatte, er spräche in Metaphern und forderte sie heraus, zwischen den Zeilen zu lesen.

„Komm schon, Nate, es ist verrückt hier, und du weißt das auch." Sie nippte an ihrer Cola und rückte ein kleines Stück von ihm ab. *Trennungsreflex, Suz, denk daran.*

„Warum arbeitest du nicht hier? Also richtig?" Nate drehte sich so, dass er ihr ins Gesicht sehen konnte. „Den Laden übernehmen?"

Sie schüttelte den Kopf. „Als ich ein Kind war ..." Ihr Tonfall war ganz für ihn alleine bestimmt. „Als ich ein Kind war, haben sich Mama und Daddy gestritten. Nicht nur kleine Kabbeleien über meine Erziehung oder über die Ausgaben, sondern so richtig mit fliegenden Fäusten und Flüchen, dass sich die Tapete von der Wand kräuselte. Daddy brüllte mir damals immer zu, ich solle in mein Zimmer verschwinden. Ich habe mich in meinem Wandschrank versteckt und so getan, als wäre das mein geheimer Garten. Keiner konnte mich finden, weil der Wandschrank eine Geheimtür hatte."

„Da begann also deine Liebe zu Gärten."

„Ja, ziemlich genau. Das war mein sicherer Ort. Als sie ihre Ehe wieder gekittet hatten, war ich zwölf und hatte ungefähr hundert Bücher über Gärten gelesen. Sachbücher, Geschichten. Die Gartenspalte in der Tageszeitung. Ich wollte Gartenbau studieren und in einem der großen Gärten der Welt arbeiten ... dem Biltmore oder dem Botanischen Garten in Brooklyn oder in Monets Garten in der Normandie. Aber Adam hat mich davon überzeugt, dass es nicht so viele Arbeitsplätze von der Sorte geben dürfte und dass das alles ja auch ganz schön weit weg sei. Er sagte, Landschaftsarchitektur sei der bessere Weg."

„Da könnte er recht gehabt haben." Nate blickte direkt in ihre Seele. „Aber er hat deinen Traum nicht wahrgenommen, oder?"

„Ich glaube, er hat es gut gemeint." Längst vergessene Erinnerungsschnipsel an Diskussionen mit Adam boxten sich an die Bewusstseinsoberfläche. Sein Traum gegen ihren. Ein Tauziehen darum, wann seine Saison beendet war und wann ihre, oder eher: *ihre gemeinsame* beginnen würde. Dunkle Momente, die sie um ihrer Beziehung willen beiseitegeschoben hatte. Des allmächtigen Planes wegen. „Ich hatte mich dafür entschieden, zu glauben, dass Adam alles für mich tun würde." Die Beichte zerschlug eine weitere Fessel ihres bisherigen Lebens. „Aber das lag an meinen Erwartungen, nicht an ihm."

„Eine Frau, die liebt, hat das Recht darauf, zu glauben, dass ihr Mann sein Leben für sie geben würde."

Sie starrte ihn mit unverhohlener Skepsis an. „Erde an Nate."

„Was ist mit deinem Vater? Und mit seiner Liebe für deine Mutter?"

Seine sanfte Anspielung rührte sie zu Tränen. Wie konnte er in so kurzer Zeit so viel erkennen? „Er ist Mama sehr hingegeben, aber sie fordert das auch ein."

„Und er gibt dem gerne nach. Wenn er wollte, könnte er das auch einfach sein lassen. So, wie er es in der Vergangenheit ja auch schon gemacht hat."

„Ich habe das noch nie so gesehen", sagte sie, als Mickey eine Ballade fast nahtlos in die nächste übergehen ließ. Eine Ballade in Moll, die Susannas Seele aufwühlte. „Aber ja, Daddy wurde ungefähr alles für Mama tun."

Susanna sah Nate forschend an. Vielleicht lag es an seinem Akzent oder seiner brighton'schen Herkunft oder ihrer ausgeprägten Vorstellungskraft oder auch einfach an zu vielen Stunden in der Küche des Rib Shack, aber es kam ihr vor, als habe sie ihn schon einmal gesehen.

Er fing ihren Blick ein und hob die Hand, als ob er ihr Gesicht berühren wollte, zog sie dann aber doch weg. „Darf ich dich etwas fragen?", sagte er.

„Ich bin 29", sagte sie, ohne die Frage abzuwarten. Er ging ihr unter die Haut. Zu sehr. Zu schnell. Also rückte sie wieder ein Stück mehr von ihm und seinen forschenden Analysen ab, indem sie sie mit einer frechen Antwort quittierte. „Und ich sage dir nicht, wie viel ich wiege." Sie nippte an ihrer Cola und beobachtete ihn über den Glasrand hinweg.

Er lachte sein melodisches, leichtes Lachen. „Okay, das wollte ich zwar beides nicht fragen, aber es ist gut zu wissen."

„Wie alt bist du?"

„32. Und fast 13 Stone schwer."

„Stone, Pfund oder Kilo, ich sage dir immer noch nicht, wie viel ich wiege."

„Was hat dich dazu veranlasst, so lange mit Adam zusammenzubleiben?"

Ah, eine gute Frage. Sie zuckte mit den Schultern. „Die Vorstellung, dass ich wüsste, was das Morgen bringen würde. Adam. Am Ende die Heirat. Ich brauchte mir keine Sorgen zu machen, verstehst du? Ich mochte es, dass die Dinge unter Dach und Fach waren. Eine Nebenwirkung davon, dass meine Erzeuger sich in den prägenden Jahren so furchtbar gestritten haben. Darf ich dich was fragen?"

„Ich habe einen kleinen Bruder. Ich mag Hunde und Katzen, und ich hatte mal eine zahme Maus, die Clint Eastwood hieß." Er drehte sich mit weit ausgebreiteten Armen Susanna zu und grinste.

Sie lachte. „Clint Eastwood? Das ist ein mächtig großer Name für eine Maus."

„Er hat ihn mit Fassung getragen."

„Warum hast du heute Morgen gesagt, dass du mich beneidest?"

„Darum." Er wandte sich wieder nach vorne und führte das Glas zum Mund, um zu trinken und seine Antwort zu kaschieren. „Weil ich es einfach tue. Du hast Möglichkeiten. Ein leeres Tagebuch, in dem du dein Leben ganz neu zeichnen kannst."

Wieso konnte er ihr Herz nur so gut lesen? „Und du nicht?"

„Menschenskinder." Mama trat mit Mickeys Freimahlzeit (Rippchen natürlich) und einem Besen durch die Hintertür. „Was macht denn meine ganze Hilfe hier draußen? Bitte schön, Mick. Hast fein gesungen heute Abend." Sie zielte mit dem Besen auf Nate. „Keine Müdigkeit vorschützen, Tellerwäscher. Jetzt bist du gerade richtig eingearbeitet. Susanna, ich fahr nach Hause, um mich um deinen Daddy zu kümmern.

Kannst du den nachher Laden dicht machen? Avery ist vorne herum fast fertig.“

„Das wird dich Überstunden kosten.“

„Wie wäre es, wenn ich dich einfach deinen Job behalten lasse?“

„Hör mal, Mama. Nate hier hat mir den Auftrag gegeben, den Garten seines Vaters neu zu gestalten.“ Susanna klopfte Nate auf die Schultern und ließ ihre Hand über die Konturen seines breiten, festen Rückens gleiten. Nate lehnte sich ganz vorsichtig in ihre Berührung.

„Schön für dich. Lass dir eine Vorauszahlung geben, Suz.“

Die Fliegengittertür klappte hinter Mama zu, die in die Küche zurückkehrte. Ihre Stimme füllte jeden Winkel des Shack. „Aves, Süße, sieh zu, dass du fertig wirst und komm dann gleich nach Hause. Morgen ist Schule.“

„Eine Vorauszahlung?“ Nate sah sie entgeistert an. „Meint sie das ernst?“

„Über Geld macht Mama niemals Witze.“ Susanna klopfte ihm ein letztes Mal auf die Schulter, bevor sie ihre Hand wegzog. Der Stoff seines T-Shirts gab einen leicht erdigen Geruch ab.

„Meine Güte, ich glaube, ich bin beleidigt.“

„Na, es ist jedenfalls gut, dass du mich angestellt hast, um den Garten machen zu lassen, und nicht Mama.“ Susanna räumte ihre leeren Gläser ab. Sie würde viel lieber die ganze Nacht hier sitzen und mit ihm reden, aber es wurde Zeit, wieder an die Arbeit zu gehen. „Warum fährst du nicht nach Hause? Wir sind hier so gut wie fertig, wir müssen nur noch in der Küche die Listen abhaken und abschließen.“

„Bist du sicher? Ich kann noch bleiben und mithelfen.“

Er war süß. So unglaublich süß. „Avery und ich sind ein eingespieltes Team. Wir schaffen das. Zehn Minuten und wir sind raus. Jetzt hau schon ab.“ *Bevor ich mich vorbeuge und dich küsse.* „Du hast heute Abend hart gearbeitet.“

Er zog seine Schürze aus. „Was machen wir mit dem Garten?"

„Morgen früh fange ich an, ordentliche Pläne zu zeichnen."

Er klopfte sich mit der Hand auf die Brust. „Das freut mich." Sein Lächeln stahl ein weiteres Stück aus ihrem Herzen, und als er sich vorbeugte, um sie zum Abschied zu umarmen, schmiegte sie sich in seinen Arm. „Gute Nacht, Susanna."

„Nacht, Nate."

Er ging an Mickey vorbei und lobte seine Musik, während er in seiner Hosentasche nach Kleingeld für die Trinkgeldkasse wühlte. „Erinnert mich an die Heimat."

Mickey nickte Nate zu, den Mund voll mit saftigem Fleisch. Er kümmerte sich nicht darum, dass ihm Barbecue-Soße über das Kinn lief.

„Nochmal gute Nacht, Susanna." Nate stand jetzt vor der Terrasse.

„Gute Nacht, Nate."

Sie wartete auf der Terrasse, bis sie den Motor seines SUV hörte und das Glühen der Rücklichter auf der Straße sah.

Und sie vermisste ihn.

„Du magst ihn."

Susanna fuhr zu Mickey herum.

„Wir haben uns gerade erst kennengelernt." Sie räumte Mickeys Teller mit abgekauten Knochen und einem Haufen fettiger Servietten ab.

„Und? Hast du noch nie einen Mann gemocht, den du gerade erst kennengelernt hattest?" Mickey warf noch einen letzten Knochen auf den Teller.

„Mick, ich bin doch erst seit Kurzem von Adam getrennt."

„Ausreden, lauter Ausreden. Gib's doch zu. Ich hab für dich und diesen Peters sowieso nie eine Zukunft gesehen."

„Was ist denn bloß mit euch allen los?" Susanna schnappte sich sein Glas. „Zwölf Jahre mit einem Mann, und die ganze Zeit hat es keiner über sich gebracht, mir zu sagen, was er wirklich über Adam denkt? Er macht mit mir Schluss, und praktisch die ganze Insel applaudiert. Willst du noch was zu trinken?"

„Eistee." Mickey öffnete einen kleinen Beutel mit einem Erfrischungstuch mit seinen Zähnen. „Oh, und nimm ein bisschen Kleingeld aus der Trinkgeldkasse. Schmeiß die Jukebox an, während du schließt."

„Ich *mag* ihn nicht, Mickey. Nicht so, wie du es meinst." Susanna stellte das schmutzige Geschirr ab und fischte in der Trinkgeldkasse nach Vierteldollarmünzen. „Selbst wenn es so wäre ... und ich wiederhole, das ist nicht der Fall, lebt er vierundzwölfzigtausend Meilen weit weg. Über den Atlantik und halb die Nordsee hoch."

„Du weißt also, wo er herkommt?"

Susanna stürmte in die Küche und ließ Mickey und sein amüsiertes Glucksen auf der Terrasse zurück. Was wusste der schon? Alter singender irischer Kauz. Er war noch nicht mal ein echter Ire, Herrschaftszeiten nochmal.

Susanna stellte das Geschirr bei der Spülmaschine ab und sah nach Avery und dem vorderen Teil des Hauses. „Bist du bald fertig?"

„Ich muss nur noch den Boden im Foyer wischen", sagte Avery ohne aufzusehen, während sie den Mop gleichmäßig über den gebeizten Betonboden gleiten ließ. „Dann noch die Checkliste abhaken und den letzten Müll rausbringen."

„Mickey hat mir Wechselgeld für die Jukebox gegeben." Susanna ging zu der Musikbox hin. „Was möchtest du denn hören?"

„Blake Shelton."

Okay, aber erst ihr altes Lieblingslied. Susanna warf den ersten Vierteldollar in den Schlitz und drückte A10. Patsy Cline mit „Crazy".

Avery trat hinter sie und legte ihre langen, schlanken Arme um Susannas Schultern. „Geht es dir gut?"

„Crazy, crazy for feeling so lonely ..."

„Mir geht es besser als gut." Susanna sah in die braunen Augen ihrer Schwester. So braun wie Mamas Augen. So ernsthaft, ihre Strenge vom Mitgefühl gemildert. „Jetzt sag mir, welches Lied von Blake Shalton."

„‚God gave me you.'" Avery schob sich eine lose Haarsträhne hinters Ohr und klopfte gegen das Glas.

Vielleicht waren es die Nachwirkungen von Mickeys Balladen oder Patsys Text, der Erinnerungen heraufbeschwor, aber Susanna wusste in diesem Moment, wie sehr sie ihre Schwester liebte. Wie das kleine Baby Avery, das Überraschungskind, sie alle gerettet hatte.

Sie gab ihrer Schwester einen Kuss auf die Stirn.

„Hey, wofür war der denn?" Avery hob ihr Kinn und tippte ihre Finger auf Susannas Kuss.

„Dafür, dass du du bist."

„Ach, da nicht für."

Avery winkte ab und zog eine Grimasse. „Es ist leicht, ich zu sein." Sie lachte. „Du hast den Weg gebahnt, weißt du."

„Es tut mir leid, dass ich nicht so richtig für dich da war, Aves." Das Bedauern trug einen Stachel, dem die Zeit nicht die Schärfe genommen hatte.

„Crazy for feeling so lonely ..."

„Du warst im College, hast gearbeitet."

„Ich habe mich zu sehr auf Adam konzentriert."

„Also, wenn du das wieder gutmachen willst, ich habe neulich ein Paar tolle Schuhe im Einkaufszentrum gesehen."

Susanna lachte. „Klar hast du das. Da bin ich mal emotional und überschwänglich, und du versuchst das Ganze zum Shopping hinzudrehen."

„Egal. Selbst schuld." Avery ging zu ihrem Putzeimer zurück. „Ich wollte dir nur ein paar Möglichkeiten aufzeigen."

Schlaues Mädchen. Mamas Tochter, keine Frage. „Wie wäre es damit: Du darfst dir noch ein Lied aussuchen?" Susanna ließ den letzten Vierteldollar aus der Trinkgeldkasse blitzen.

„Ich hätte aber lieber die Schuhe."

„Such dir ein Lied aus."

„Miranda Lambert. ‚The House That Built Me'."

Patsys Stimme verklang, während Susanna die Titelliste nach „The House That Built Me" durchsuchte und nach einem Lied, das ihr gefallen würde. Vielleicht etwas aus den Achtzigern.

Blakes sanfter Tenor weckte die Melodie in Susannas Herz. Sie summte mit, flüsterte den Text.

Sie wollte gerade den nächsten Vierteldollar in den Münzschlitz der Musikbox werfen, als sie bemerkte, dass die Münze anders war als die anderen.

Sie ging zu einer Lampe, um besser sehen zu können, und untersuchte das Geldstück. Das Profil eines jungen Mannes war darin eingeprägt. Ein Profil, das sie wiedererkannte. Eins, neben dem sie vor zehn Minuten auf der Terrasse gesessen hatte.

Blake sang: *„God gave me you for the ups and downs ..."*

Sie drehte die Münze um.

Königreich Brighton. Prinz Nathaniel. Viertel Pfund Sterling.

Nate. Sie starrte auf die Münze, und die Erkenntnis überfiel sie eiskalt. Prinz Nathaniel? Nate Kenneth war Prinz Nathaniel?

Sie sah zu den Waschräumen, der Küche und dem menschenfressenden Müllschlucker. Sie hatte ihn Freundchen genannt. Mama hatte ihn die Klos desinfizieren lassen. Fettecken schrubben lassen.

„Suz, was ist los?" Avery kam mit Mop und Eimer vorbei. „Du siehst aus, als wäre dir übel."

„Nein, nein, ich bin ... einfach müde." Sie steckte die Münze in die Hosentasche. Warum hatte er ihr nichts erzählt?

Susanna drückte die Küchentüren auf und spürte Wut in sich aufsteigen. Er hatte nichts gesagt. Kein Wort. Nicht einmal, als sie „Der Garten eines Königs“ auf ihre Skizze geschrieben hatte. Als sie ihn heute gefragt hatte, ob sie sich schon einmal begegnet waren.

Lachte er über sie? Über ihre Familie und ihre Südstaaten-Art?

Aber er war der Mann, der ihr zu Hilfe gekommen war. Aus dem Blauen heraus. Derjenige, der den Landstreicher verscheucht und ihr plattes Rad gewechselt hatte, der sie zum Krankenhaus gefahren und dort den ganzen Abend gewartet hatte. Nate hatte sich *freiwillig* gemeldet, um Mama mit ihrem Dienstplan für das Rib Shack auszuhelfen. Er hatte ihr den Auftrag erteilt, den Garten des Sommerhauses neu zu gestalten.

Es ergab alles keinen Sinn. Was machte ein Prinz aus Brighton auf St. Simons Island? Susanna war mit der Küche fertig und schaltete gerade das Licht aus, als Blake ein letztes Mal den Refrain wiederholte.

God gave me you ...

ZEHN

Brighton, Stratton Palace

„Leo, ruh' dich bitte aus." Campbell nahm die Freitagsausgabe der *Liberty Press* aus dem müden Griff ihres Mannes. Die Schlagzeilen würden ihn nur aufwühlen.

Hessenberg-Abkommen in der Hand des Kronprinzen?
Brightons Fahndung nach Nachkommen der königlichen Familie Hessenbergs – ein schwacher Versuch
Prinz Nathaniels amerikanische Romanze!

Eine dunkle, körnige Fotografie, die durch eine Baumgruppe hindurch aufgenommen worden war, zeigte einen Mann, der mit einer Frau sprach. Es könnte Nathaniel sein. Der Mann sah ihm ähnlich. Aber es könnte auch genauso gut *nicht* Nathaniel sein.

Campbell hielt die Zeitung so, dass das Licht auf dem Fenster besser darauf fiel. Das Paar saß an einer Art Tisch unter kleinen Lichtern und redete. Nichts weiter.

Aber die Story unterstellte, dass sich der Kronprinz in eine Amerikanerin verliebt hatte und Brightons Gesetze auf den Prüfstand stellte.

Verflixte *Liberty Press*. Ein solch aufrührerischer Bericht. Was war nur aus Brightons edler Zeitung geworden, die einst für Wahrheit und seriöse Berichterstattung gestanden hatte? Dieser Artikel basierte ausschließlich auf Hörensagen und Gerüchten.

Der Herausgeber der *Liberty Press*, Morris Alderman, hatte die Prinzen geschützt, als sie jung waren und Schule und Universität besucht hatten. Die Welt kannte die jungen Mitglieder der königlichen Familie von Brighton kaum.

Von Nathaniels Debakel mit Lady Adel abgesehen – das nicht einmal Morris unter Verschluss halten konnte –, war der Kronprinz im globalen Theater der Boulevardpresse hinter den Kulissen geblieben.

Jedenfalls bis vor Kurzem, bis sich Leos Gesundheitszustand verschlechtert hatte und das Ende des Abkommens immer näher rückte.

Leo rührte sich auf seiner Couch. „Campbell?"

„Was gibt es, mein Lieber?" Sie steckte die Zeitung weg und strich mit ihrer Hand über das hagere, blasse Gesicht ihres Mannes. Die Chemotherapie hinterließ deutliche Spuren in seinem dünner werdenden weißen Haar und den hinterhältigen roten Ringen um seine einst strahlend blauen Augen.

„Tagesmeldungen ... lesen ... " Leo versuchte, seine Hand zu heben. Versuchte, auf den Schreibtisch zu zeigen, wo der Marschall des Parlamentes die Regierungsberichte Morgen für Morgen ablegte.

Aber in den letzten Wochen hatte er nicht die Kraft gehabt, sie durchzusehen.

„Leo, du brauchst dich nicht mit den Tagesmeldungen herumzuschlagen. Bitte ruh dich aus, mein Lieber. Bekümmere dich nicht." Sie hatte die Tagesmeldungen gelesen, und sie wusste, dass ihr Inhalt die Kräfte ihres Mannes übersteigen würde.

„Was mich bekümmert ist deine Abwehr. Bitte, Campbell, ich bin vielleicht krank, aber ich bin immer noch der König. Also nimm sie bitte für mich zur Hand und lies mir vor."

Campbell gab nach. Sie hatte vorher gewusst, dass sie nachgeben würde. Ihr ganzes Leben drehte sich nur um ihren Ehemann, ihren König, ihre staatsbürgerlichen Pflichten. Aber sie protestierte noch ein letztes Mal.

„Henry ist sehr gut in der Lage, sich während deiner Genesung um Brightons Angelegenheiten zu kümmern."

„Aber natürlich. Deshalb habe ich ihn ja auch zum Premierminister ernannt."

Leo tippte sich auf die Brust. „Aber ich bin immer noch der König. Es ist meine Pflicht ... ", seine Stimme bebte vor Erschöpfung und Frust, „zu wissen, was ... in Brighton ... passiert."

„Wie du wünschst." Campbell ging durchs Zimmer und holte seine Mappe mit den Tagesmeldungen. Sie nahm an, es stärkte ihn, seine Routinen fortzuführen und seine Pflichten weiter wahrzunehmen.

Leukämie hatte den einst so starken und lebensmutigen Mann welken lassen, aber keine Krankheit konnte seine Hingabe an Brighton schmälern. König Leopold V. zu sein machte ihn als Person aus, war seine ganze Essenz.

„Ich rede, und du trinkst deine Brühe."

Campbell zog einen Stuhl zu dem Sofa, auf dem Leo ruhte. Morgenlicht flutete ins Zimmer, und sie freute sich, dass der Juli mit mehr Sonne als Regen im Gepäck nach Brighton gekommen war. „Du musst deine Kräfte schonen."

Sie studierte die Berichtmappe und wählte sorgfältig aus, zog den Bericht der Regierung über diplomatische Fragen einem Bericht über die Wirtschaftslage vor. Oder noch schlimmer, Spekulationen über das Ende des Abkommens mit Hessenberg von 1914.

Leo hatte den Europäischen Gerichtshof darin unterstützt, das Abkommen fortzuführen, als Anwälte aus Hessenberg darum kämpften, es aufzulösen, ungeachtet der Wirtschaftslage in Brighton.

Aber er hatte schlimme Verunglimpfungen in der Presse aushalten müssen. Jetzt war Nathaniel an der Reihe.

Oh, was hatten Nathaniel I. und Prinz Franz sich nur dabei gedacht, als sie diese Bedingung in das Abkommen aufnahmen? Dass königliche Familien auf zauberhafte Weise immer weiterleben würden, selbst wenn sie hundert Jahre lang über ganz Europa zerstreut waren?

Campbell sah aus dem Augenwinkel von den Tagesberichten auf ihren sterbenden Ehemann. Oh, Leo ... was würden sie nur alle ohne seine Weisheit anfangen? „Campbell? Ich esse meine Brühe, aber du liest nicht."

„Ja, richtig, also, lass uns mal sehen." Sie überflog die Zusammenfassung der Diplomaten. „Die Finalisten für kommende G8 Gipfel stehen fest. Oh, ist es nicht großartig ... Cathedral City hat es auf die Liste geschafft!" Campbell wartete Leos Reaktion ab. Aber seine Augen waren geschlossen. Sein Atem ging schnell und flach. Und er war eingeschlafen.

Leo. Der Löwe. Der unerschütterliche Mann, der die Herzen des Volkes ... und ihres ... mit seinem Charme und seiner Athletik, seiner Zuversicht und seiner Tapferkeit in diplomatischen Fragen gewonnen hatte.

Mit seinen 58 Jahren war er zu jung zum Sterben. Aber oh, er blieb ein brüllender Löwe.

Ruh dich aus, Leo. Campbell sammelte die Berichtmappe wieder zusammen und entschloss sich erneut, stark zu bleiben. Für Leo. Für ihre Jungen. Für Brighton.

Nachdem sie den Klassiksender des Radios eingestellt hatte, ging sie durch die Palastwohnung in ihr Büro. Sie wollte die Zeitung bei einer Tasse Tee lesen.

Die Helligkeit der Amtsstube der Königinnen auf der Südseite von Stratton Palace munterte sie auf. Die moderne Einrichtung, mit Einflüssen aus der alten Welt und Erinnerungsstücken an die Königinnen vor ihr, war ihr eigener Entwurf.

Dieser Raum, samt den Assistenten, die ihr bei der Korrespondenz und ihrer Terminplanung halfen, war mehr als ihr Zuhause. Er war der Ort, an dem sie ihre Bestimmung fand. Wo sie verstand, warum sie Leo geheiratet hatte.

Campbell setzte sich auf eine gepolsterte Fensterbank und starrte durch die weißen durchsichtigen Gardinen auf die dünne Linie, wo ein blauer Himmel die grüne Erde küsste.

Das würde sich alles bald ändern. Nicht nur, weil der Sommer irgendwann Herbst und Winter weichen würde, auch ihre Funktion hier würde sich ändern. Sie war 34 Jahre lang „Ihre königliche Hoheit" gewesen. Die Gemahlin des Kronprinzen, der später König geworden war. Mutter von Prinzen. Eine Verfechterin ihrer Sitten und Bräuche ebenso wie Vorkämpferin für Wechsel und Wohltätigkeit. Sie würde ihr öffentliches Gesicht vermissen, wenn er starb. Aber vor allem würde sie es vermissen, mit ihm alt zu werden. Als sie sich einmal für ihn und für die Heirat mit ihm entschieden hatte, hatte sie ihm ihr ganzes Herz gegeben. Ohne je zurückzublicken.

Aber in diesem Sommer war ihr klar geworden, dass ihre Welt auf Messers Schneide stand, als Leo ihren jährlichen Sommerurlaub in ihrem Landhaus Parrsons absagte. Er fühlte sich der Sache nicht gewachsen. Ihm dabei zuzusehen, wie er sich zunehmend vom Leben zurückzog, zwang sie, sich dem zu stellen, was auf sie zukam.

Wenn er starb, würde sie die Königswitwe sein. Mit 56. Die Zeitungen würden Dinge schreiben wie „Königswitwe Campbell stattete den Schulen gestern einen Besuch ab".

Dabei fühlte sie sich selbst wie ein Schulmädchen. Eines, das sich langsam bewegte, dieses Jahr mit mehr Zipperlein und Schmerzen als noch letztes Jahr, aber trotzdem immer noch ein Schulmädchen.

„Campbell?" Der Premierminister schaute zur Tür herein.

„Henry?"

Sie verbarg ihre Gefühle in ihrem Herzen und begrüßte ihn. „Bitte komm herein."

„Wie geht es ihm?" Henry schüttelte ihr mit einer kleinen Verbeugung die Hand.

„Diese letzte Chemobehandlung hat ihn all seiner Kräfte beraubt."

Campbell bat Henry mit einer Geste, sich auf den Besucherstuhl an ihrem Schreibtisch zu setzen.

„Wir sind bereit für alles, was auf uns zukommen mag, Campbell."

Er wartete, bis sie um den Tisch herumgegangen war und sich gesetzt hatte, bevor er selbst auf dem Stuhl Platz nahm, den sie ihm angeboten hatte.

„Wir? Wer ist ‚wir', Henry? Die Regierung?" Sie zupfte an ihren Manschettenknöpfen herum.

„Ja, die Regierung. Die königliche Behörde. Ich würde sogar sagen, das Volk."

„Aber ich bin nicht bereit, Henry", sagte sie und feuerte die Worte mit Druck und Präzision ab. „Ich würde sagen, dass auch Nathaniel und Stephen nicht bereit sind."

Henry blieb ruhig. Gelassen. „Nathaniel ist stärker, als du meinst." Er wies auf die Ausgabe der *Liberty Press* auf ihrem Schreibtisch. „Hast du den Artikel gesehen?"

„Das habe ich, und es steht nur Humbug darin. Nathaniel ist noch nicht einmal zwei Wochen weg und die Zeitung verkündet, er habe sich verliebt? Letzte Woche haben sie noch darauf gesetzt, dass er Lady Genevieve heiraten würde. Diese Woche ist es ein amerikanisches Mädchen. Wollen sie ihn als wankelmütig darstellen? Nicht in der Lage, den Thron zu besteigen?"

„Ihre Majestät", begann Henry mit förmlichem Mitgefühl, „in diesen Artikeln geht es nicht um Wahrheit. Es geht um Spekulationen. Darum, Verleumdungen zu streuen. Das verkauft Auflagen. Natürlich können wir Morris Aldermans Leitartikel nicht einfach abtun, in denen er nach einem unabhängigen Hessenberg ruft, und auch nicht die Forderung, Brighton von der jahrzehntealten Last zu befreien, Hessenberg immer wieder aus seinen wirtschaftlichen Schwierigkeiten zu helfen."

Campbell machte ihren Gefühlen Luft, indem sie mit der flachen Hand auf die glatte Maserung ihres zweihundert Jahre alten Schreibtischs klopfte. „Das Abkommen kann nicht einfach geändert werden, nur weil es uns nicht behagt, was unsere Ahnen beschlossen haben. Der Europäische Gerichtshof hat Hessenbergs Petition zur Auflösung des Abkommens abgelehnt."

„Ihre Majestät, ich bin ganz auf Ihrer Seite. Hessenbergs Seite. Brightons Seite. Vor allem aber auf der Seite des Gesetzes."

„Bitte nenn mich Campbell, Henry." Er war ihr Freund gewesen, lange bevor sie Königin geworden war. Und ihre Freunde brauchte sie jetzt mehr denn je. „Was also sollen wir tun?"

„Nichts weiter, um ehrlich zu sein. Jedenfalls nichts, außer einer Mitteilung seitens der königlichen Behörde über die Heiratsabsichten des Kronprinzen."

„Ich weiß nur, dass selbst seine Mutter gerne etwas über die Heiratsabsichten des Kronprinzen wüsste." Eine Heirat war keine Option für einen königlichen Erben. Sie war ein absolutes Muss. Leos Gesundheitszustand unterstrich einmal mehr, wie wichtig es war, dass Nathaniel oder Stephen einen Erben zeugten. Um Leos Vermächtnis weiterzutragen.

Mit einem tiefen Ausatmen ließ sich Henry gegen die Lehne seines Stuhls fallen. „Wir könnten zwei Fliegen mit einer Klappe schlagen, das weißt du. Wir könnten die Bedingung für die Beendigung des Abkommens, die einen Nachkommen von Prinz Franz auf dem Thron sehen will, erfüllen und gleichzeitig die Frage nach Nathaniels Heiratsabsichten beantworten."

„Du sprichst von Lady Genevieve?"

„Sie ist ein Abkömmling von Prinz Franz." Henry zuckte mit den Schultern und nahm eine gleichgültige Haltung ein.

„Aber sie ist kein königlicher Erbe."

Leo würde da niemals mitmachen, dessen war sich Campbell sicher.

„Meine liebe Campbell, es gibt aber doch niemanden in der königlichen Erbfolge des Herzogtums. Genevieve ist eine Adlige. Tochter eines Lords. Sie ist selbst eine Lady. Nathaniel heiratet sie, baut sie zu einer königlichen Prinzessin auf, und so“, er schnippste mit den Fingern, „wird sie gleichzeitig Prinzessin und Herzogin von Hessenberg.“

Campbell atmete aus und überdachte Henrys Argumente. Die schöne und gebildete Lady Genevieve würde wirklich eine hervorragende Ehefrau für Nathaniel abgeben. Sie war Olympiasiegerin und besaß eine erfolgreiche Werbeagentur. Sie würde auch eine hervorragende Königin abgeben. Und auch eine Großherzogin von Hessenberg.

Die Brightonier liebten sie. Die Hessenberger ebenso.

„Campbell? Was denkst du?“

„Dass Nathaniel mindestens in Erwägung ziehen muss, Ginny zu heiraten. Sie sind seit Jahren befreundet. Zwischenzeitlich vielleicht sogar mehr als das. Sie würden doch gut zusammenpassen, findest du nicht auch? Sie würde ihn auf den Beinen halten.“ Vielleicht würde sie mit Leo darüber sprechen, wenn er aus seinem Schläfchen aufwachte und sich stark genug dafür fühlte.

„Ja, aber letztlich liegt es doch an ihm. Hat es dir denn behagt, dass dir jemand gesagt hat, wen du lieben solltest? Wen du heiraten solltest?“ Das blaue Glitzern in seinen Augen überschattete sich.

„Ich habe damals die Weisheit darin nicht erkannt, nein. Aber jetzt?“ In ihrem Schoß verschränkte sie die Finger ineinander. Welches Recht hatte Henry eigentlich, hier hereinzumarschieren und alte Geschichten aufzuwärmen?

„Wir leben im 21. Jahrhundert, Campbell. Niemand kann dem Kronprinzen sagen, wen er zu heiraten hat. Es ist nicht gut für die Monarchie.“

Campbell hob die Zeitung auf und drehte das Bild des angeblichen Prinzen mit seiner amerikanischen Verabredung zu Henry. „Aber wir können ihm sagen, wen er nicht heiraten soll."

„Das lass uns mal dann beurteilen, wenn wir mehr wissen." Henry stand auf, um besser sehen zu können. „Ich kann noch nicht einmal sicher sagen, ob das der Prinz ist."

Campbell wollte ihm zustimmen, aber sie wusste irgendwie, dass es Nathaniel war. Doch das Herz ihres Sohnes war nicht einfach zu erobern. Der Gedanke tröstete sie. Genevieve hatte es in vielen Jahren guter Freundschaft nicht geschafft, seine Zuneigung zu gewinnen. Da konnte es dieses Mädchen doch sicher nicht in nur ein paar Tagen geschafft haben. Sie ließ die Zeitung auf ihren Schoß sinken.

„Henry, kannst du glauben, dass unsere Großeltern Babys oder noch nicht einmal geboren waren, als das Abkommen geschlossen wurde?"

„Es ist schwierig, sich das vorzustellen, nicht wahr?"

„Und als der Krieg endete, kümmerte sich keiner um Verträge und Abkommen. Die beiden Nordsee-Nationen waren froh, alles hinter sich zu haben und hielten sich aneinander fest. Wie Zwillinge. Die mit bösen Blicken auf Großbritannien und Deutschland schauten um des Leides willen, das sie ertragen mussten."

„Aber jetzt kümmert es die Leute. Es kümmert die EU." Henry lehnte sich in seinem Stuhl nach vorne, beugte seine stolze Haltung und zeigte seine Sorge um die Situation des Königreichs. „Wenn wir keinen königlichen Erben von Prinz Franz finden, verschwindet eine Nation vom Angesicht dieser Erde. Das Ende einer alten Nation. Das Großherzogtum Hessenberg wird dann zur Provinz Hessenberg von Brighton."

„Bist du dafür, Henry? Für die Provinz?"

„Es spielt keine Rolle, was ich will oder du oder Leo oder die Nation. Es geht darum, was das Abkommen diktiert. Ich fürchte, es wird ein Nachspiel geben, wenn wir versuchen, die Statuten durch eine parlamentarische Prozedur zu ändern. Es wäre ein ganz schlechter Präzedenzfall. Nenn mich einen Feigling, aber ich glaube, dass das Abkommen eingehalten werden muss, und zwar so, wie es geschlossen wurde. Hessenberg braucht einen Erben auf dem Thron, selbst wenn Brighton bei dem Ganzen ins Stolpern gerät. Ich bin bereit, uns durch das Ganze als Premierminister hindurchzuführen. Wenn wir anfangen, daran herumzupfuschen, Campbell ...", er seufzte. „Wer weiß, welchen Ärger wir dadurch heraufbeschwören." Einen Moment lang hielt er ihren Blick. „Wir könnten die Monarchie verlieren. Könnten alles verlieren, was wir an Brighton lieben, unsere Lebensart ..."

„Henry, bei dir klingt es so, als könnten wir zerstört werden."

„Von innen heraus. Ja. Wir könnten am Ende mit einer völlig anderen Regierung und einem sehr veränderten Brighton dastehen, Campbell."

„Aber das wirst du nicht zulassen, oder?"

„Ich tue, was ich kann, um das Schiff auf Kurs zu halten. Aber ich brauche Nathaniel an Deck, der seinen Teil dazutut. Seine Jugend ist vorbei."

„Denkst du denn, er sollte Lady Genevieve heiraten?"

Henry stand seufzend auf und ging zu den Fenstern hinüber. „Das würde die Dinge sehr vereinfachen. Aber ich kann ihn nicht darum bitten, eine Frau zu heiraten, die er nicht liebt." Er blickte zu ihr zurück, und Campbell konnte einen Teil der Last sehen, die Henry mit so viel Würde trug.

„Sollen wir Nathaniel bitten, nach Hause zu kommen? Welche Hilfe brauchst du von ihm? PR mit Hessenberg? Darüber zu sprechen, dass sie immer ein großes Volk waren und bleiben werden? Wie Brighton sich kümmert und das Beste aus unserer dauerhaften Partnerschaft machen wird?"

„Das ist nicht nötig. Lass ihn nur. Wie gesagt, seine Jugend neigt sich dem Ende zu. Das könnte sein letzter sorgenfreier Urlaub für eine lange Zeit sein. Wir können uns auf noch mehr unflätige Spekulationen der Presse einstellen. Mehr Hörensagen und Gerüchte. Neuigkeiten, dass er sich mit der Amerikanerin verlobt hat, gefolgt von einem Aufruf, das Abkommen aufzukündigen, weil der Kronprinz vorhat, das Ehegesetz Brightons zu brechen. Buchmacher, die Wettchancen veröffentlichen darauf, wen und wann er heiraten wird. Es wird Artikel über die Abschaffung der Monarchie geben, die nach einer Republik verlangen."

„Das klingt alles so unmöglich, Henry."

„Manchmal fühlt es sich unmöglich an. Aber es gibt eine Lösung. Ich weiß es. Ich muss daran glauben." Er sah auf seine Armbanduhr. „Ich muss los. Aber lass dir von der *Liberty Press* nicht den Tag verderben, Campbell." Henry ging mit langen Schritten zur Tür, wo er kurz innehielt. „Schnall dich an, Campbell, der Spaß fängt gerade erst an."

ELF

Mit der Absicht, Nate ihre ersten Gartenpläne zu zeigen, packte Susanna ihren Laptop ein, steckte die Münze aus Brighton in die Tasche und nahm den Ausdruck der Freitagsausgabe der brighton'schen Zeitung zur Hand.

Prinz Nathaniels amerikanische Romanze!

Das körnige Bild zeigte kaum Menschen, ganz zu schweigen von Nate und Susanna. Ohne die Überschrift könnten die dunklen Schatten, die da an einem Picknicktisch saßen, alle sein.

Aber Susanna erkannte die Rückseite des Rib Shack. Jemand hatte sie beobachtet.

Die Story zu dem Bild war voller politischer Anspielungen, die sie nicht ganz verstand, und das Ganze bestärkte sie in ihrem Vorhaben, Nate damit zu konfrontieren. Den Prinzen, der seine Lüge über die Türschwelle ihrer Familie getragen hatte.

Als sie rückwärts aus ihrer Auffahrt fuhr, probte sie in Gedanken ihre Zur-Rede-Stellungs-Ansprache ... aha, du bist also ein Prinz? ... und hielt kurz am Briefkasten. Sie hatte ihn ein paar Tage lang nicht geleert, und natürlich war er voller Coupons und Werbezettel für Pizzaservices. Dazwischen lag ein parfümierter Brief von Tante Rue.

Susanna blieb am Straßenrand stehen, während sie den rosafarbenen Umschlag aufriss und den Brief samt einer ausgeprägten Duftwolke (Rose, natürlich) herausnahm.

Liebste Susanna,
Du weißt, dass ich Dich von Herzen lieb habe und dass Du die beste Mieterin bist, die man sich vorstellen kann, aber ich brauche mein

kleines altes Häuschen auf St. Simons im Oktober. Hat Gracie Dir schon Bescheid gesagt?

Rue schrieb, wann sie kommen wollte und warum sie das Haus im Herbst brauchte ... sie musste einfach für eine Weile aus Atlanta herauskommen ... und hatte die Nachricht mit „Ganz viel Liebe und Bussis, Bussis, Bussis, Tante Rue“ unterschrieben.

Susanna warf den Brief auf den Beifahrersitz. Seitdem sie das Häuschen gemietet hatte, war ihr klar, dass so etwas passieren könnte, auch wenn Gracie ihr versichert hatte, dass der Fall nie eintreten würde. „Tante Rue kann sich nicht von der Modeszene in Atlanta losreißen.“

Aber jetzt *war* der Fall eingetreten, und das Timing fühlte sich kaum zufällig an. Es fühlte sich beinahe göttlich an.

Erst Adams Beichte. Dann Daddys Herzinfarkt, der sie irgendwie dazu inspiriert hatte, ihre Arbeitsstelle zu kündigen. Ein impulsiver, aber befreiender Schritt. Jetzt verlor sie ihre Wohnung. *Was ist denn hier los, Jesus?*

Susanna legte einen Gang ein und sah in den Rückspiegel, wo ihr Zuhause im luftigen Licht des Morgens verschwand.

Sie war 29, und ihr Leben wurde gerade neu entworfen. So wie Nates alter Garten.

Apropos – sie hatte ihn im Internet gegoogelt, nachdem sie Mittwochnacht nach Hause gekommen war.

Auf der Internetseite der königlichen Familie von Brighton hatte sie seine offizielle Biografie gefunden. Er war der dreißigste Kronprinz von Brighton und stammte in gerader Linie von König Stephen I. ab, der Brighton 1545 dem englischen König Henry VIII. entrissen und die kleine Inselnation von der Geißel der Leibeigenschaft befreit hatte.

Kein Wunder, dass es ihr so vorkam, als würde sie der Geschichte geradewegs in die Augen schauen, wenn sie ihm in die Augen sah.

Nate hatte eine eigene Werbefirma geführt, bis er letztes Jahr als Geschäftsführer zurückgetreten war. Es hieß, sein kranker Vater bereitete ihn darauf vor, König zu werden.

Aber von ein paar bedächtigen Geschichten und Fotos von ihm bei Staatsessen, königlichen Feierlichkeiten oder beim Anfeuern seines Bruders Stephen, der in der Nationalmannschaft Rugby spielte, hielt sich Nathaniel in den Medien offenbar sehr bedeckt.

Susanna fand eine vulgäre Geschichte über ihn, die etwa zehn Jahre alt war.

Jede europäische Boulevardzeitung hatte seinen desaströsen Heiratsantrag an eine Frau namens Lady Adel Gardner, eine schöne Brünette, breitgetreten.

Susanna las eine Menge abgedroschener Schlagzeilen wie „Stammeshalter für die Adel?"

Dann schien die Zeit stillzustehen, bis er aus seinem eigenen Unternehmen ausstieg und in die „Firma" eintrat, wie die Zeitung *Liberty Press* die königliche Familie zu nennen pflegte.

Ungefähr zu der Zeit, als er seinen Posten als Geschäftsführer aufgab, hatte eine Boulevardzeitung aus Hessenberg, *Der Informant*, Storys und Fotos von Nate veröffentlicht, die ihn in Cathedral City an der Seite einer Schneewittchen-Schönheit mit perlmuttener Haut und leuchtenden blauen Augen zeigten. Lady Genevieve Hawthorne.

Auf einem der Bilder mit Genevieve trug Nathaniel seine Marine-Uniform, geschmückt mit Orden und Medaillen, und hatte seinen Arm lose um ihre Taille gelegt. Sie waren von Fotografen umgeben. Die Überschrift lautete:

Wenn sich ein Prinz verliebt, sieht Brighton einer sonnigen Zukunft entgegen

Die ganze Atmosphäre auf dem Bild fühlte sich traumhaft an. Ein echtes Märchen. Prinz Nathaniel und Lady Genevieve existierten in einer kosmischen Blase, in die nur die Schönen und Talentierten hineingelassen wurden. Gewöhnliche Leute waren an die Erde gekettet, die Füße fest in dem guten alten Boden verankert. Und sie, Susanna Jean Truitt, war so gewöhnlich wie es nur ging.

Aber oh, er sah so toll aus in seiner Uniform. War es das? Hatte sie einfach ein Faible für Männer in Uniformen?

Konnte ja sein, aber sie würde sicher nie ein Faible für diese ganzen Fotografenaugen entwickeln, die auf ihn gerichtet waren. Wie hielt Nate das nur aus, so beobachtet zu werden? Kritiker, die jede seiner Bewegungen auseinandernahmen. Und sie pingelig und sehr verurteilend kommentierten.

Dann fand sie eine Überschrift, die Nathaniels Verlobung verkündete. Jedenfalls fast.

> Prinz Nathaniels Heirat mit Lady Genevieve löst alle Probleme. Wettchancen 3:1 bei den Buchmachern für einen Heiratsantrag am Jahresende.

An diesem Punkt hatte sie sich aus dem Internet ausgeloggt. Er war also so gut wie verlobt?

Mama hatte ihn für Donnerstagabend nicht in den Dienstplan eingetragen, aber Susanna hatte ihn irgendwie vermisst, also hatte sie die Internetseite des Königshauses noch einmal aufgerufen. Ihr erster Blick auf ihn in seinem königlichen Ausgehstaat hatte ihr Herz höher springen lassen.

Dann hatte sie einen Link zu einer Vorschau auf die Freitagsausgabe der *Liberty Press* gefunden und war beinahe von ihrem Stuhl gefallen, als das Bild von ihr und Nate auf dem Bildschirm erschienen war.

Susanna schaltete zurück und passierte den Frederica-Kreisverkehr an diesem herrlichen Freitagmorgen. Sie hatte die Autofenster geöffnet, und immer wieder strömten Schübe der heißen Luft herein.

Wer hatte das Foto an dem letzten Abend gemacht?

Und wie war es in eine brighton'sche Zeitung gelangt?

Schwungvoll fuhr sie auf den Hof von Nates Haus, parkte an der gleichen Stelle wie neulich, unter einem Vordach von Eichenästen, und schoss aufgewühlt und konfliktbereit aus dem Auto.

„Susanna, Holde, schön dich zu sehen." Nate beobachtete sie von der Eingangsveranda aus, wo er, in Shorts, barfuß und entspannt, gegen eine der weißen Säulen lehnte.

„Äh, du auch. Dich auch." Ihn zu sehen ... ihn zu hören ..., seine lässige, aber irgendwie überlebensgroße Zuversichtlichkeit löste ihre stählerne Entschlossenheit auf.

„Komm, setzen wir uns in meinen Garten." Er winkte sie zu sich auf die Veranda. „Oder eben in das, was einmal mein Garten werden wird."

„Ich habe dir ein paar Pläne mitgemacht. Ein paar grobe Pläne." Ihre Stimme klang hölzern und falsch. *Sei einfach du selbst. Was hat sich denn schon verändert?*

Alles.

Während sie ihre Sachen aus dem Auto holte, legte sie sich eine Strategie zurecht. Zuerst die Arbeit, dann das königliche Eingemachte. Er wartete mit einem schrulligen, süßen Lächeln auf sie, das sie ganz weich werden ließ.

Sie stolperte auf den Stufen.

„Hoppla, aufgepasst." Er bot ihr seine Hand an.

„Ich schaff's schon." Aber sie blieb mit dem Fuß an der letzten Stufe hängen und fiel beinahe auf die Knie. Sie griff nach seiner Hand.

„Ganz ruhig. Geht es dir gut?"

Sie hielt sich an ihm fest und richtete sich auf.

„Mit mir ist alles in Ordnung, außer dass du mich die ganze Zeit zu retten scheinst." Dann ... knickte sie in den Knien ein. Runter, wieder hoch. Ein schwacher Möchtegernknicks.

„Susanna." Nate hielt sie weiter fest und gab ihr Halt. „Geht es dir wirklich gut? Was war das denn jetzt gerade?"

„Heikle Angelegenheit ..." Sie klopfte sich aufs Knie. „Alte Volleyballverletzung." Er war ein Prinz. Ein verflixter *Prinz.*

„Eine Knieverletzung? Wirklich? Weil es einen Moment lang so aussah, als ob du versuchst, zu, also ich weiß auch nicht recht, zu knicksen."

„Knicksen, warum sollte ich knicksen?" *Susanna, hallooo, offene Tür. Geh durch.*

„Ich habe genug schlechte Knickse gesehen, um einen zu erkennen."

Okay, jetzt spielte er mit ihr. „Warum hast du mir es nicht erzählt?"

„Wie hast du es herausgefunden?"

„Warum hast du mir es nicht erzählt?"

„Wie hast du es herausgefunden?"

„Ich habe damit angefangen. Warum hast du mir es nicht erzählt?"

Er seufzte, vergrub seine Hände in den Hosentaschen und ließ seinen Blick über den Rasen schweifen. „Weil sich die Leute dann verändern. Übrigens bist du Amerikanerin. Für dich ist es nicht erforderlich zu knicksen."

„Erforderlich? Die Leute *müssen* knicksen?"

„Ja." Er schielte zu ihr hinüber. Der Windstoß, der unter das Dach der Veranda fuhr, nahm Susanna den Atem, indem er Nate das Haar zerzauste. „Es ist Etikette. Ehre. Respekt."

„Ehre?" Das Ehrfurchtsgefühl ließ nach, und Susanna fand ihren Mädchenmut wieder. „Hast du mich denn ‚geehrt', als du mir erzählt hast, dass du Nate Kenneth heißt, wo du doch eigentlich Prinz Nathaniel Henry Kenneth Mark Stratton vom Hause Stratton bist?"

Sie stand ihm auf der Veranda genau gegenüber, Zeh an Zeh, Auge in Auge.

„Hey, ich mach die Regeln nicht, ich lebe nur danach." Sein ruhiges, flirtendes Auftreten verhärtete sich etwas. „Ich benutze den Namen Nate Kenneth, wenn ich privat reise."

„Okay, schön, es ist dein Deckname. Aber warum hast du es mir nicht erzählt?"

„Wann hätte ich es dir denn sagen sollen?"

„Als wir uns kennengelernt haben. Als ich sagte, ‚Mein Name ist Susanna Truitt', hättest du sagen sollen ..."

„Hallöchen, schönen guten Abend, mein Name ist Prinz Nathaniel? Das ist nicht dein Ernst."

„Doch, natürlich ist das mein Ernst. Das bist doch du, oder?"

„Ich bin auch Nate Kenneth." Mit einer Grimasse zeigte er auf die Stelle, wo sie gerade geknickst hatte. „Ich habe dir nichts erzählt, weil ich in deiner Nähe gerne einfach ein normaler Mann sein wollte. Wir haben uns gut verstanden. Wenn ich sage, ‚Oh hey, Suz, ich bin ein Prinz', dann wird alles ganz eigenartig zwischen uns." Nate, oder eher: Nathaniel, schob sich mit wütenden, entschlossenen Schritten an ihr vorbei zur Haustür.

„Es ist eigenartig zwischen uns, weil du es mir *nicht* erzählt hast."

In der Tür quetschte sie sich an Jon vorbei, der ihr mit finsterem Blick im Weg stand. „Seine Majestät ist in den Garten gegangen."

„Danke." Jon war ganz eindeutig auf der Seite des Prinzen. Den fand Susanna auf der hinteren Veranda, wo er vorneübergebeugt mit den Armen auf den Oberschenkeln in einem Terrassenstuhl saß. „Nate?"

Als er ihre Stimme hörte, stand er auf. „Es tut mir leid, Susanna."

„Ja, mir tut's auch leid." Sie legte ihren Laptop auf den Tisch und setzte sich neben Nate. „Ich hatte mir alles Mögliche zurechtgelegt, aber das klang ganz anders als das, was ich dann gesagt habe."

„Ich habe mich angehört wie ein arroganter feiner Pinkel." Er schüttelte den Kopf, sein Ton, sein Gesichtsausdruck voller Bedauern. „Susanna, ich habe dich nicht angelogen. Ich bin Nate Kenneth. Das bin ich seit der Universität gewesen. Glaube mir, Prinz Nathaniel ist kein Name, den du gern im Klassenbuch stehen haben möchtest." Er hielt seine Hände, als würde er von einer Liste ablesen. „David, Misha, Prinz Nathaniel ..." Sein amüsierter Gesichtsausdruck brachte Susanna zum Lachen.

„Ja, ich nehme an, das macht die Dinge ein bisschen kompliziert."

„Nate Kenneth zu sein brachte mich auf Augenhöhe mit den anderen Studenten. Jetzt, wo ich in der Firma bin, verblasst Nate Kenneth in Prinz Nathaniels vielversprechendem Licht. Es ist selten, dass ich mit irgendjemandem, Mann oder Frau, Umgang habe, der nicht weiß, wer ich bin oder sein werde. Bei dir war ich einfach ein Mann, der mit ein paar Freunden Urlaub macht. Bitte verzeih mir, dass ich nicht meine Chance ruinieren wollte, Zeit mit einer schönen, charmanten Frau zu verbringen."

Schön? Charmant? War sie immer noch sauer auf ihn? Im Licht seines Kompliments schien es ihr gar nicht mehr so schlimm, dass er seine Identität nicht preisgegeben hatte. „Ich war ja wohl mehr hilflos als schön oder charmant." Susanna zog die brightonische Münze aus der Hosentasche. „Die hier war in Mickeys Trinkgelddose."

„Ach, ich verstehe." Nate nahm ihr die Münze aus der Hand. „Ich habe mir einfach etwas Münzgeld vom Schreibtisch genommen. Mir war nicht bewusst, dass die mit dabei war."

„Ich wollte sie gerade in die Jukebox werfen, als ich bemerkt habe, dass irgendetwas anders ist."

„Das war die Münze anlässlich meines 21. Geburtstags." Er legte das silberne Geldstück auf den Tisch. „Ich bedaure, dass du dich von mir unehrenhaft behandelt fühlst, Susanna. Das war nie meine Absicht."

„Ich hätte nur gerne vorher Bescheid gewusst. Bevor ich dich Freundchen genannt oder dich zum Kloputzen abkommandiert habe."

Er lachte. „Aber das habe ich doch so gemocht. Dass ich ein Freund war, der einen Job erledigt hat. Bitte sag mir, dass du mich noch nicht bei deiner Mama geoutet hast."

„Nein, hab ich nicht."

„Gut." Nate lächelte. „Ich würde nämlich gerne noch eine Schicht im Shack arbeiten. Und ich finde deine Mutter bezaubernd."

„Bezaubernd? Naja, sie ist ein ziemlicher Hausdrachen."

„Aber ein sehr interessanter Hausdrachen."

„Sie würde das als großes Kompliment betrachten." Susanna angelte nach ihrer Laptoptasche und zog den Artikel aus der *Liberty Press* heraus. „Das hier habe ich auch gefunden."

Nate griff nach dem Ausdruck. „Ja, Jon hat es mir beim Frühstück gezeigt. Es tut mir so leid, Susanna."

„Ich verstehe das nicht. Wer hat das Foto gemacht?"

„Gute Frage."

„Jon vielleicht? Oder Liam?"

Nathaniel wich zurück.

„Ich hoffe aufrichtig, dass sie es nicht waren. Ihre Arbeitsplätze beruhen auf Vertrauen und Diskretion. Wir haben darüber nachgedacht, dass es vielleicht jemand von der Benefizveranstaltung bei den Butlers gewesen sein könnte. Die *Liberty Press* fordert die Leser dazu auf, Fotos und so weiter einzuschicken."

„Bin ich sicher? Meine Familie?"

„Ja, Liebes, ja. Du bist ganz sicher. Hier geht es um mich. Aber ich kann dir versichern, dass die königliche Behörde und der Sicherheitsdienst das Ganze untersuchen." Er warf den Ausdruck auf den Tisch, und seine Körperhaltung versteifte sich etwas. „Ich möchte mich für die Invasion in dein Leben entschuldigen, Liebes."

„Nein, nein, ist schon gut.“ Sie winkte die Entschuldigung ab. Ihr gefiel, wie er sie „Liebes“ nannte. „Ich konnte den Artikel nicht ganz lesen, ohne ein Abo abzuschließen. Um was geht es bei dieser ganzen Sache mit dem Großherzogtum Hessenberg?“

„Das Abkommen von 1914 endet bald.“

„Das, bei dem Hessenberg für hundert Jahre an Brighton überschrieben oder verschenkt wurde oder so was?“ Susanna musste tief in ihrem Schulwissen wühlen. „Der Großherzog hatte Hessenbergs ganzes Geld ausgegeben, und dann konnte er das Land nicht gegen den Krieg schützen. Deshalb hat er sich zum Schutz mit Brighton zusammengetan.“

„Ah, die Amerikanerin kennt ihre Geschichtsbücher. Sehr gut.“ Nate setzte sich aufmerksamer hin, und die Schatten über seinem Gesicht wichen im Lichte der Autorität. „Das Abkommen endet bald und sorgt für großen politischen Druck.“

„Weil ...“ Susanna legte ihr Kinn in die Hand und lehnte sich in die Sommersonne, sie hörte zu und erhaschte einen Blick auf den Prinzen in dem Mann, während er sprach.

„Mein Ur-Urgroßvater und Prinz Franz waren Cousins.“

„So wie die ganzen Königshäuser miteinander verwandt sind.“

„Damals war das so, ja.“ Nate lehnte sich zurück. Er entspannte sich. War zu Hause. „Er fühlte mit Franz, als dieser zu ihm kam und ihn um Hilfe bat. Aber fürchtete, dass er Brightons Souveränität beschneiden würde, wenn er Franz als Großherzog auf dem Thron ließe. Deshalb verlangte er die Herausgabe allen Landes und aller Ressourcen und alle Rechte auf den Thron.“

„Wenn ich mich richtig erinnere, waren der deutsche Kaiser und der russische Zar –“

„Wilhelm II. und Nicolas II.“

„– ziemlich sauer auf Franz, weil er das unterschrieb.“

„Extrem sauer, ja. So sehr, dass sein Leben in Gefahr war. Er floh nach Schweden, während der Rest der königlichen Familie sich in Brighton oder England versteckte."

„Er hat nie geheiratet, oder?"

„Nein, das hat er nicht, deshalb war die älteste Tochter seines Bruders die Thronfolgerin."

„Und jetzt verlangt das Abkommen, dass einer *ihrer* Nachkommen auf den Plan tritt."

Nathaniel lachte leise. „Gute Güte, ich glaube, sie hat's begriffen. Wahrhaftig, Liebes, so ist es. Aber man hat seit sechzig Jahren nichts vom Hause Augustin-Sachsen gehört."

„Wie kann man denn eine komplette königliche Familie verlieren?"

„Erst einmal durch zwei Weltkriege. Prinz Franz' Brüder, Nichten und Neffen flohen während des ersten Krieges. Während des Zweiten Weltkriegs wurden sie anscheinend vom Erdboden verschluckt. Mein Vater glaubt, sie könnten ihre Namen geändert haben, um ganz neu anzufangen."

„Was passiert mit Hessenberg, wenn sich kein Erbe findet?"

„Dann hören sie auf, eine unabhängige Nation zu sein und werden zu einem permanenten Teil von Brighton."

Susanna ließ diesen Gedanken sacken und versuchte, sich ein Bild von der Situation zu machen. „Wow. Das ist ziemlich ernst."

„Viele im Königreich Brighton und in Hessenberg sehen das auch so."

„Und du?"

„Ich stimme ihnen zu. Brighton und Hessenberg sind wie zwei Schwestern, die im Meer treiben. Wenn eine beginnt zu sinken, zieht sie die andere mit hinunter. Sie mühen sich ab, kämpfen um ihr Leben, und eine, meistens Brighton, schafft es, den Kopf über Wasser zu halten und die andere zu retten. Dann vergehen wieder ein paar Jahre und wieder geht eine unter, üblicherweise Hessenberg, und Brighton reicht ihr die Hand, um sie aus ihrer Not zu befreien. Aber nicht, ohne dabei selbst beinahe zu ertrinken." Er atmete aus und sah über die weiß gekrönten Wellen, die hinter der niedrigen Steinmauer kaum zu sehen waren. „Die Theorie ist, dass sich beide Volkswirtschaften erholen könnten, wenn Hessenberg wieder souverän wird. Sie werden als unabhängige Handelsplätze und Produktionsstandorte betrachtet werden."

„Also brauchen sie ihre Unabhängigkeit wirklich."

„Und die würden sie auch bekommen, wenn es diese Klausel mit dem Thronfolger nicht gäbe."

„Es gibt also kein Entkommen?"

„Kein *Ent*kommen, nein, aber ein *Durch*kommen. Obwohl das mit sehr hohen Kosten verbunden sein könnte." Er hatte aufgehört, mit ihr zu sprechen und redete mit sich selbst, mit seiner Umgebung, mit Gott. „Weißt du was?" Mit einem strahlenden Lächeln richtete er seine Aufmerksamkeit wieder ganz auf sie. „Ich möchte nicht über Politik reden. Ich würde viel lieber deine Zeichnungen für den Garten sehen. Hast du einen Vertrag mitgebracht?" Nate ging zur Fliegengittertür. „Jon, bring mir bitte das Scheckbuch."

Er zog seinen Stuhl neben Susannas, während sie ihr MacBook hochfuhr. „Hast du mir verziehen?"

„Dass du mir nicht erzählt hast, dass ... Ja, natürlich." Als sie ihn von der Seite ansah, merkte sie, wie er sie anstarrte und einen Moment lang begriff sie die Schwere der Last, an der er zu tragen hatte.

„Nate." Sie legte ihm die Hand auf den Arm. „Egal, wie hoch die Kosten sind, tu es. Oder hilf den Leuten, es zu tun. Vielleicht wurdest du für Zeiten wie diese geboren. Gott wusste vor 32 Jahren, dass du geboren werden würdest. Er wusste, dass du am Ende dieses Abkommens Kronprinz sein würdest. Dass du der richtige Mann für die richtige Lösung sein würdest, egal, wie sie nun aussieht." Sie boxte ihn spielerisch auf die Schulter.

„Dann wusste Gott auch, dass ich dich treffen würde." Seine Haltung blieb steif und vorgebeugt, seine Augen klebten förmlich am Bildschirm des Computers.

„Mich treffen?" Sein Geständnis schickte ein feuriges Flattern durch ihr Herz. „Was meinst du?"

„Ich meine ..." Er zögerte und zeigte auf den Computer. „Lass doch mal deine Gartenplanung sehen."

Susanna öffnete das Projekt „Der Garten eines Königs" in ihrer Design-Software. Nate war sich dessen bewusst, was er ihr gerade gestanden hatte, und auch der Tatsache, dass sie vielleicht nie verstehen würde, was er damit gemeint hatte. *Dann wusste Gott auch, dass ich dich treffen würde.* „Hier haben wir es ja. Denk dran, es ist noch ein Rohentwurf."

„Ich bin mir sicher, dass er ganz exzellent sein wird." Er sah sie mit einem weicheren Licht in den Augen an und sah gleichzeitig rau und jungenhaft aus mit seinen dicken Ponyfransen, die sich hin und wieder im Wind bewegten.

„Ich hatte ihn schon den ‚Garten eines Königs' genannt, bevor ich Bescheid wusste." Susanna schob ihm den Computer hin, damit er in einem günstigeren Winkel auf den Bildschirm sehen konnte.

„Das ist ein perfekter Titel." Er räusperte sich, als er mit einem feinen Glanz in den Augen ihre Zeichnung studierte. Nach einer Weile sagte er: „Er wird wunderbar." Er hob die Hand und deutete auf seine Brust. „Ich kann es fühlen."

Stille füllte den Raum zwischen ihnen. Susanna musterte ihn und rang mit der Erkenntnis, dass der Mann, der ihr Rad gewechselt, sie zum Krankenhaus gefahren und die Toiletten zu Mamas größter Zufriedenheit geputzt hatte, ein königlicher Prinz aus Europa war.

Ein Schaudern überkam sie bei diesem Gedanken und machte ihren Überlegungen ein Ende. Irgendwie schien das Ganze völlig unmöglich. Sie zog den Mann, der hier barfuß neben ihr auf einer Veranda in Georgia saß und seine Zehen der Sonne entgegenstrecke, einem Prinzen eindeutig vor.

„Kennst du Prinz William?" Ein zufälliger Gedanke führte zu einer zufälligen Frage.

Nate sah mit einem verschlagenen Grinsen zu ihr herüber. „Er ist ein guter Freund, ja."

„Wow ..."

„Wow? Ich werde heruntergeputzt und Prinz William kriegt ein ‚Wow'?" Sein Lachen verwandelte ihn zurück in den Nate, den sie während der letzten Woche kennengelernt hatte.

Eine Woche? Wann hatten sich denn sechs Tage bloß in eine Ewigkeit verwandelt?

„Du hast dein ‚Wow' von Mama bekommen, als du im Waschraum deine Meister-Proper-Superkräfte an den Tag gelegt hast", erwiderte sie mit hochgezogenen Augenbrauen und einem Lachen.

„Das stimmt." Er zeigte auf sie. „Das möchte ich mal sehen, dass Will so gute Arbeit abliefert und das Herz der gloriosen Miss Glo gewinnt." Er benutzte den Spitznamen, den die Mitarbeiter Mama verliehen hatten, als wäre er damit aufgewachsen. „Hey, arbeitest du heute Abend?" Er schob sich vom Tisch weg.

„Nein, ich habe tatsächlich mal einen Abend frei. Ich hatte vor, den Entwurf fertigzustellen und eine Mannschaft zusammenzutrommeln. Also, wenn dir der Entwurf gefällt."

„Es ist Freitag, Suz." Nate breitete seine Arme wie starke, muskulöse Flügel aus. „Arbeit ist für während der Woche. Als dein neuer Kunde sage ich dir, wir schmieren die alten Fahrräder, die Liam in der Garage gefunden hat, und machen eine Radtour. Zeig mir deine schöne Insel."

„Eine Fahrradtour? Wirklich?“ Sie hatte das sowieso schon so lange vorgehabt.

„Als dein Top-Kunde ...“

„Mein einziger Kunde.“

„... verlange ich, dass du mich auf eine Fahrradtour mitnimmst. Was hältst du davon? Lassen wir unseren Kummer und die Alltagssorgen hinter uns.“

„Ich weiß nicht“, antwortete sie und schaute auf ihren Laptop. „Ich hatte geplant, zu arbeiten. Wenn du willst, dass dein Garten schnell fertig wird ...“

„Ich will, dass er fertig wird, wenn er fertig wird.“ Er machte einen lustigen Hopser Richtung Garage. „Radfahren? Ja? Ja? Bitte.“

„Nein, wirklich. Ich kann nicht.“ Sie schüttelte den Kopf. Widerstand leisten. Oder fallen.

„Susanna.“ Nate beugte sich über sie, stützte die Hände auf den Armlehnen ihres Stuhls ab und engte sie ein. „Bitte tu mir den Gefallen und verbring den Tag mit mir.“

Der Mann war Prinz Charming in Person, genauso, wie sie ihn sich immer vorgestellt hatte. Ein sehr ernsthafter Prinz Charming. Das *Nein*, das in ihren Gedanken an die Tür klopfen wollte, fand alle offen vor. Ihr Herz verweigerte jede Antwort. „Ich kenne den perfekten Ort für ein Mittagessen.“

„Super.“ Nate sprang auf, zog sie mit sich hoch und fing sie in seinen Armen auf. Mit einem fröhlichen Lachen wirbelte er sie herum.

ZWÖLF

Der Himmel zeigte sich in seinen schönsten Farben, als sich die Dämmerung wie ein himmlisches Kaleidoskop über St. Simons legte.

Aber für Nathaniel war die allerschönste Aussicht das fließende Gold von Susannas Haar, das hinter ihr herflatterte, als sie ihn zu einem Rennen herausforderte und durchstartete, noch bevor sie „Los" gerufen hatte.

Sie grüßte jeden, den sie auf ihrem Ausflug traf, als seien sie gute Freunde. Sie stellte ihn als ihren Freund Nate Kenneth vor. Aber wenn es nach ihm ginge, wäre er mehr als nur ein Freund. Weit mehr.

Sie hatten angehalten, um sich ein Eis zu kaufen, und zwei seiner Eiskugeln fielen ihm in den Dreck, weil er es nicht schaffte, sein Fahrrad freihändig zu fahren wie ein Schuljunge.

Sie lachte die nächste Meile lang über den Vorfall, den Kopf in den Nacken geworfen, den Mund weit offen, und Nathaniel war kurz davor, das Ganze zu wiederholen, nur um den Klang ihres Lachens wieder zu hören.

Das Bild, das er jetzt vor sich sah, gefiel ihm am besten von allen. Sie saßen auf dem grünen Teppich unter den Virginia-Eichen der Christ Church.

„Das war eine gute Idee, Prinz." Sie hatte irgendwann angefangen, ihn „Prinz" zu nennen, und das gefiel ihm ziemlich gut. Es fühlte sich persönlich an. Aufrichtig.

Mit einem Seufzen schloss sie die Augen, streckte die Beine aus und lehnte sich zurück. Die Hände hatte sie hinter dem Kopf verschränkt.

„Ich habe meine hellen Momente."

Nathaniel legte seine Arme auf die angewinkelten Beine und sah weg. Es wäre so einfach ... sich zu ihr hinunterzubeugen ... sie zu küssen. Aber er konnte nicht. Er wusste es besser. So etwas zu tun wäre egoistisch, weil es möglicherweise eine Liebe wecken würde, die er nie würde erwidern können.

Sie öffnete die Augen. „Ich vergesse die Schönheit und die Geschichte der Insel so leicht. Dann nehme ich alles für selbstverständlich hin. Der Leuchtturm und das Museum, Fort Frederica, die historischen Gebäude.“ Sie setzte sich auf. „Weißt du, was komisch ist?“

„Wenn in der Lärche eine Lerche sitzt?“

Sie lachte und schlug spielerisch nach ihm. Er fing ihre Hand und ihre Berührung stellte ihn erneut vor die Herausforderung, sie nicht zu sich herüberzuziehen und sie zu küssen.

„Witzbold. Nein, ich meine, was an dem Tag heute komisch ist?“

„Nichts. Rein gar nichts.“ Er ließ ihre Hand los. Bisher stand dieser Tag ganz oben auf seiner Bestenliste. Der beste Tag von allen, seit er denken konnte.

„Immer mal wieder kommt es mir in den Sinn ... er ist ein Prinz. Ein echter, waschechter Prinz. Und dann machst du wieder irgendwas Abgedrehtes, wie um den Kreisverkehr herumzufahren, bis dir schwindelig ist. Oder dein Eis zu verlieren. Oder in diesen Baum hineinzufahren.“ Sie zog ein Gesicht. „Ich weiß immer noch nicht, wie du das geschafft hast.“

Hab dich angestarrt.

„Du hast mich so dermaßen zum Lachen gebracht, dass ich vergessen habe, dass du jemand anderes sein könntest als der gute alte Nate.“

Er betrachtete sie einen Moment lang. „Versteh das jetzt nicht falsch, Susanna. Ich meine das völlig ernst. Ich glaube, das ist das Netteste, das jemals jemand über mich gesagt hat.“

„Na schön, egal, ich weiß ja, dass du lügst, Nate Kenneth.“ Susanna lehnte ihr Gesicht zurück, um die letzten Sonnenstrahlen einzufangen, sanft, leicht, entspannt. „Zwing mich nicht, dich zu googeln, um dir zu beweisen, dass schon viel nettere Dinge über dich gesagt wurden.“

„Über mich? Ja. Zu mir? Nein. Und solche Worte kannst du nicht im Internet finden." Die vorsichtige Frau, die heute Mittag auf seiner Veranda gesessen hatte, war verschwunden. Mit jeder Stunde in der Sonne, mit jedem Tritt in die Pedale erschien sie ihm stärker.

„Nate, hast du dir noch nie überlegt, wer du bist und warum dich Gott berufen hat?" Susanna wandte sich ihm zu. Sie hatte sich in den Schneidersitz gesetzt, und ihr Knie berührte seines. „Ich bin immer aus meinem Zimmerfenster geklettert, habe mich auf das Dach gesetzt und in die Sterne geschaut. Da dachte ich immer: ‚Ich bin Susanna Truitt, aus irgendeinem Grund auf St. Simons geboren. Ich bin kein Zufall.'"

Der tiefe Ernst ihrer Frage erschütterte seine Überzeugung, dass er nicht so sehr von Gott als vielmehr durch die Geburtenfolge und seine Ahnen ausgewählt worden war.

„Aber *hat* mich Gott denn berufen? Oder Menschen? Welche Wahl hatte ich denn? Der Erstgeborene eines Königs. Meine Ahnen, und mit ihnen alle Könige Europas, glaubten, sie seien von Gott erwählt, stünden über den Dingen. Wir wissen doch mittlerweile, dass das nicht der Fall ist."

„Was? Natürlich bist du von Gott berufen. Ich doch auch, ich bin auch von Gott berufen. Ich habe zwar keine Ahnung, wozu, aber ich bin genauso berufen wie du." Er beneidete sie um die Sicherheit in ihrer Stimme. Er würde gerne einen Schluck aus der Quelle trinken, aus der sie ihre Zuversicht nahm. „Du bist kein Zufall. Gibt es nicht irgendeinen Punkt in der Geschichte Brightons, an dem ... ich weiß auch nicht ... der Stammbaum einen Knick bekommen hat? Wo ein Zweitgeborener König wurde? Oder ein Neffe? Weil der König keine Kinder hatte? Wie dieser Großherzog, Prinz Franz."

„Mehrfach. In den letzten beiden Jahrhunderten ist es gleich zweimal passiert, was meinen Ur-Urgroßvater dann zum Erben gemacht hat."

„Nathaniel I.?"

„Worauf willst du hinaus, Susanna?“

„Dein Ur-Urgroßvater hätte nicht König werden *sollen*, aber er wurde es, und er hat das Abkommen mit Hessenberg in die Wege geleitet.“

„Und heute, hundert Jahre später, gibt es mich, den zukünftigen König Nathaniel II., der eine entscheidende Rolle bei der Beendigung des Abkommens spielt. Ich verstehe, worauf du hinauswillst, aber ...“

„Das ist kein Zufall, Nate. Du bist in einer Position, in der du zwei Nationen beeinflussen kannst. Du kannst einen von beiden zur Unabhängigkeit verhelfen. Wie unglaublich ist das denn?“ Sie lachte leise, während sie ein paar Grashalme ausrupfte. „Die Leute machen doch die verrücktesten Sachen, um in die Geschichtsbücher aufgenommen zu werden.“

„Es gibt genug Prinzen, die man getrost vergessen kann.“

„Dich aber nicht. Ist dir klar, wie selbstlos du sein kannst? Du hast nichts zu verlieren.“

Diese Unterhaltung forderte ihn heraus. Sie drängelte ihn aus seiner abgenutzten, bequemen Überzeugung, er sei der ärmste Kerl von allen, weil seine hohe Geburt ihm alle anderen Optionen verwehrte.

„Susanna, wir sind doch alle dazu berufen, selbstlos zu sein und unserem Nächsten zu dienen, unabhängig von Rang oder Geburt oder davon, ob und wo unsere Namen am Ende dann in den Geschichtsbüchern stehen.“

„Stimmt, aber für die meisten von uns dauert es ein Leben lang, und ich würde sagen, wir brauchen auch alle einen Kuss vom Heiligen Geist, um das zu verstehen. Du wurdest geboren und wusstest um dein Schicksal. Die meisten Leute erfahren nie, was ihres ist. Also ist es doch einfach für dich, *was* du sein sollst. Naja, einfacher.“

Er lachte herzhaft. „Darf ich mir deine Augen und deine Ohren für eine Weile ausleihen? Du hältst uns für Superhelden. Ein Prinz zweifelt ebenso an seinem Schicksal wie jeder andere auch. Er ist genauso Opfer von Selbstsucht und Zweifeln wie jeder andere auch, wenn nicht sogar noch mehr. Er träumt davon, als Mensch eine Spur auf der Erde zu hinterlassen, nicht nur als Prinz. Nicht aufgrund seiner Familie. Er fürchtet, er wird nie sicher sein, wie seine Berufung wirklich aussieht. Er wacht eigennützig über seine Zeit, seine Gefühle, seine Talente, weil alle, die Regierung, die Monarchie, das Volk, etwas von ihm wollen, an ihm zerren. Er hat Angst, dass er nie, nie mehr wirklich er selbst sein wird, wenn er einmal nachgibt. Falls er je selbst er selbst gewesen ist."

„Oder aber er schmeißt das Ganze in seinem Kopf um und sieht ein, dass ‚er selbst' eben einfach ein Prinz *ist.* Dass ihm einer eine Abkürzung gezeigt hat auf dem Weg zur Erkenntnis, wer er ist und wozu er geboren wurde."

„Du bist also zwölf Jahre lang mit einem Mann zusammengeblieben, der dich nicht geliebt hat, weil du dachtest, das sei deine Bestimmung?" Seine Worte fielen wie heiße Steine auf den Boden. Er konnte sie nicht mehr zurücknehmen. Sie hatte ihn beunruhigt, ihn angestupst, deswegen wollte er zurückstupsen. Aber sie war nett dabei. Er war geradeheraus grob. „Susanna, es tut mir leid, ich bin zu weit gegangen."

„Aber du hast recht." Sie seufzte und drehte sich wieder zur Seite, um die Beine wieder lang auszustrecken. „Ich bin geblieben, weil ich wollte, was du hast. Das Wissen, wer ich bin und wohin mein Weg mich führt. Egal, ob es richtig oder falsch war, die Vorstellung, Adam Peters' Verlobte zu sein, hat mir eine Richtung gegeben." Sie sah zu den Sternen hinauf. „Denk an all das Gute, das du tun kannst, Nate. Wie du ein Volk, ganze Staaten, für den Herrn beeinflussen kannst."

„Ich bin mir nicht sicher, ob Gott Menschen wie mich benutzt. Menschen in so hohen, sichtbaren Positionen. Er mag doch Männer und Frauen, die die meisten Leute nicht einmal wahrnehmen. Oder von denen sie nie gehört haben."

„Er benutzt jedes demütige, bereitwillige Herz, Nate." Sie setzte sich auf. „Denk an David und Salomon, an deinen Vorfahren König Stephen. Er folgte Gott, oder nicht? Vielleicht benutzt Gott Leute wie dich nicht, weil ihr zu beschäftigt damit seid, jemand anderes zu sein."

Bei Gott und allen Heiligen, wie machte sie das nur? In seinen Kopf zu kriechen und seine Gedanken zu sortieren, den Müll hinauszuwerfen und die Edelsteine zu polieren? „Wenn er nach demütigen Herzen sucht, hat er in dir jedenfalls eines gefunden, Susanna."

„Naja, wenn demütig gebrochen heißt ..." Sie rupfte Grashalme und warf ein paar davon in den Wind. „Ich predige ja auch mir selbst. Ich muss erst einmal herausfinden, wie mein Leben von jetzt an aussehen soll. Die Trennung von Adam ändert ja nichts daran, wie Gott ist oder wie sein Plan für mich aussieht."

„Weißt du was ... Warum sagen wir Gott nicht beide, dass wir ihm hundertprozentig zur Verfügung stehen?" Er wartete gar nicht erst auf ihre Antwort, sondern schob seine Hände unter ihre und rückte ein bisschen näher.

Sie verschränkte ihre Finger mit seinen und er wusste bereits, dass es ihm nicht leicht fallen würde, sie wieder loszulassen. „Susanna, du hast ein Land beeinflusst, indem du mich beeinflusst hast."

„Weil *du* mich beeinflusst hast." Sie fasste seine Hände fester. „Vielleicht war es kein Zufall, dass wir uns an dem Abend unter dem Baum kennengelernt haben."

„Nein, vielleicht nicht." Er ließ sein Herz los, ließ es auf sie zustolpern.

Sie sah prüfend in den Abendhimmel, wo das Licht der Dämmerung langsam der Dunkelheit wich. „Wir sollten besser bald aufbrechen. Wir werden im Dunkeln nach Hause fahren müssen."

„Soll ich beten? Oder du?" Nathaniel war vor einem Jahr zum Glauben, zu seinem Herrn, zurückgekehrt, aber laut zu beten fiel ihm immer noch schwer.

„Ich mach's." Sie atmete ein. Atmete aus. „Herr, hier sind wir beide, Nate und ich. Wir stehen dir hundertprozentig zur Verfügung. Wir wissen nicht, was vor uns liegt, aber du weißt es. Egal, was kommt, wir werden es lieben, weil du uns zuerst geliebt hast. Und du bist gut."

Als ihr Amen das Gebet beendete, strich eine sanfte Brise über sie. Susannas Haarspitzen kitzelten mit einem leichten Vanilleduft über seinen Arm. Keiner von beiden bewegte sich oder ließ die Hände des anderen los.

Bei ihrem Gebet und ihrer Berührung kam es Nathaniel so vor, als erlebte er gerade ein Stück Himmel auf Erden.

DREIZEHN

Er war satt. In jeglicher Hinsicht satt. Das Essen im Rib Shack bediente seinen durch Sommer, Sonne, Strand gesteigerten Appetit voll und ganz. Das Lachen und die Geschichten rund um den Tisch stillten seinen Hunger nach Gesellschaft. Die Musik, die Lichter, das sanfte Schlaflied des Regens auf dem Blechdach stellten ihn so zufrieden, dass er das Gefühl hatte, er könnte einfach an Ort und Stelle Wurzeln schlagen.

Dann ging Susanna vorbei oder berührte ihn im Vorbeigehen und befeuerte seine Sehnsüchte und Träume wieder.

Ihre Fahrradtour und ihr Gebet auf dem Gelände der Christ Church waren jetzt eine Woche her. Seitdem war er jeden Tag mit ihr zusammengewesen. In der Kirche. In seinem Sommerhaus, wo sie ihre aktualisierten Gartenpläne zusammen durchgesprochen hatten. Im Rib Shack, wo er eine Abendschicht übernommen hatte.

Er fing an, zu wissen, wie es sich anfühlte, verliebt zu sein, obwohl er sich noch nie ganz so wie jetzt gefühlt hatte. Er kannte starke Gefühle, kannte Gedanken, die immerzu abschweiften, und kannte auch das Gefühl, dass ihm nichts und niemand mehr wichtig war, außer das Mädchen, in das er sich verguckt hatte. Aber dieses Gefühl des Friedens und der Sinnhaftigkeit, der Klarheit, der Freiheit, er selbst zu sein, der selbstlosen Hingabe ... das war ihm neu.

Und er liebte es.

Aber es war nicht nur Susanna, die ihm an diesem fremden Ort das Gefühl gab, zu Hause zu sein, es war ihre ganze Familie. Gib, Glo, Avery. Die Heerscharen von Verwandten und Freunden.

Er war etwas verspätet zum sonntäglichen Familienabendessen im Rib Shack gekommen, weil Jonathan ihn aufgehalten hatte. „Du verfällst ihr doch, alter Freund. Ich sehe es dir an. Du kannst so nicht weitermachen, ihr solltet euch nicht mehr sehen.“

Als Nathaniel sich allerdings weigerte, sie zu versetzen oder sie anzurufen, um abzusagen, verlangte Jon, dass er Susanna die *ganze* Wahrheit sagen sollte.

Aber wozu? Sorgte sich Jonathan um Nathaniels Herz oder um Susannas?

Nathaniel versicherte seinem Berater, dass Susanna ihn nur als Freund betrachtete. Wenn er erst einmal nach Hause zurückgekehrt wäre, würde sein Herz das einzige sein, das heilen müsste. Susannas Trennung von Adam lag erst zwei Wochen zurück. Sie hatte kein romantisches Interesse an ihm.

Aber als sie nun am Tisch neben ihm saß, ihr Arm an seinem, und mit ihrer Freundin Gracie und ihrer Kusine Kendall über den Shopping-Trip einer Bekannten nach New York City lachte, der *etwas* aus dem Ruder geraten war, da fragte er sich doch, ob sie sich etwas aus ihm machte. Vielleicht ein klitzekleines bisschen.

Als er ihrer Erzählung zuhörte, beschloss Nathaniel, dass ihm sehr gefiel, wie Susanna das Gute in jeder Geschichte fand. Wie sie das Gute in ihm sah.

Als er sie so von der Seite betrachtete und sich das strubbelige Haar aus der Stirn strich, fragte er sich, wie er ihr die ganze Wahrheit sagen sollte, wie Jon es nannte.

Es gibt bestimmte Erwartungen an zukünftige Könige. Ich bin durch ein Gesetz gebunden, musst du wissen.

In Nathaniels Rücken grollte Donner über dem Atlantik. Er konnte hören, wie die Wellen des südlichen Atlantiks sich am Strand brachen. Und viertausend Meilen weit weg brachen sich die Wellen der Nordsee an Brightons Küste, und es kam ihm vor wie eine andere Zeit, ein anderer Ort.

Den ganzen Nachmittag über hatte ihn der Gedanke daran, nach Hause zurückzukehren, beunruhigt. Jetzt, wo er seine Aufmerksamkeit dem Donner und den Wellen zuwandte, spürte er eine verstörende Dringlichkeit.

Auf Mickeys Bühne sammelte Susannas Onkel Hudson seine Band zusammen, eine lustige, wenn auch etwas misstönende Mischung aus Banjo, Gitarre und Geige.

Mit einem Zahnstocher im Mundwinkel ging er ans Mikro. „Lasst uns etwas Musik machen." Er klopfte mit dem Fuß auf den Boden, zählte an ... eins, zwo, drei vier ... und zupfte eine muntere Melodie.

Mit einem nasalen Winseln sang er über die Liebe und das Leben und ließ Finger über die Saiten seines Banjos fliegen. Der Gitarrist fand eine schöne Harmonie dazu, und ein vierter Mann sprang auf, um mit zwei Löffeln den Rhythmus gegen seinen Oberschenkel zu klopfen.

Susannas Großeltern tanzten einen Two-Step über die Terrasse.

Nathaniel atmete aus und hatte schon beinahe die Arme ausgestreckt, um Susanna zu umarmen, als er sich gerade noch fangen konnte, weil ihm klar wurde, was er da gerade tun wollte. Dieser Ort ließ ihn sich ganz vergessen. Das war ihm lange nicht mehr passiert. Oder überhaupt noch nie.

Er liebte es, Teil der Familie zu sein, von innen nach außen zu gucken, sonntagabends Barbecue zu essen, Shorts und Flipflops zu tragen.

Es hatte bis zu seinem ersten Jahr an der Universität gedauert, bis er das erste Mal gegessen hatte, ohne sich vorher umzuziehen. Jackett und Krawatte.

Nie hatte ein Banjo-Spieler bei einem Abendessen gespielt. Löffel waren dazu da, Suppe zu sich zu nehmen und Nachtisch zu essen. Und die Angestellten ... die Diener ... scharten sich nie um denselben Tisch wie die Familie.

Aber wenn er den Lauf seines Lebens verändern würde und nach St. Simons Island umzöge, wäre sein Zuhause nie mehr dasselbe. Er würde Papa und Mama verleugnen, seine Großeltern, alles, was er über das Leben und sich selbst wusste. Er würde seine Bestimmung verleugnen.

Er warf noch einmal einen Blick auf Susanna. Aber wie konnte er bloß von ihr weggehen? Sie hatte ihn herausgefordert, hatte ihn dazu gebracht, sein Leben aus einer anderen Perspektive zu sehen.

Auf der Bühne waren zwei weitere Männer mit Instrumentenkoffern dazugekommen und gesellten sich mit einem Kontrabass und einer Mandoline zu Onkel Hudsons Banjo. Als die Band in die Vollen ging, zog Cousin Silas Susanna auf die Tanzfläche und drehte sie zur Musik. Mit einem Japsen, dessen Tonlage perfekt zur Musik passte, warf sie ihren Kopf zurück, und ihr Haar fiel ihr wie ein von der Sonne geküsster Wasserfall über die Schultern.

Oh, Susanna.

Wenn sie sich selbst vergaß, war Susanna am allerschönsten. Weil sie unbefangen lachte und offen sprach. Viel zu oft verhielt sie sich so vorsichtig und betrachtete das Leben mit einer gewissen Scheu. Hatte Angst, loszulassen.

Unter seinem Oxford-Hemd wummerte Nathaniels Herz vor Liebe. Unmöglicher Liebe. Wenn er sie wählte, würde er alles andere, das ihn ausmachte, aufgeben müssen. Eine größere und abschreckendere Konsequenz als die, die die meisten anderen Söhne tragen mussten, wenn sie das Familienunternehmen übernehmen würden.

Aber wenn er sich für seine Bestimmung entschied, dann verweigerte er sie sich. Welche unerträgliche Wahl. Das Lied endete, und Silas lieferte Susanna wieder am Tisch ab, wo er sie noch einmal im Kreis drehte, sodass sie in Nathaniels Arme fiel.

Dieses Mal widerstand er nicht. Sie fiel gegen seine Brust, roch nach frischen Blumen, und er hielt sie fest, wollte sie nicht mehr gehen lassen.

Als er nach Georgia gekommen war, waren alle seine inneren Mauern intakt gewesen, aber die blonde Amerikanerin mit der weisen Seele hatte sie alle übersprungen, und es hatte ihn völlig unvorbereitet erwischt.

Jon hatte recht. Er musste es ihr sagen. Heute Abend. Und wenn nicht heute Abend, dann doch bald. Sehr bald.

„Nate?“ Glo stellte ihren Teller auf den Tisch, wischte sich die Hände mit einer Serviette sauber und tänzelte zu ihm herüber. „Hast du genug zu essen bekommen?“ Sie legte ihm die Hände auf die Schultern. „Wie geht es meinem liebsten Tellerwäscher? Prinz Proper?“

Susanna sah mit funkelnden Augen nach hinten und entglitt ihm, während sie sich die Haare im Nacken zusammenfasste.

„Fordere sie zum Tanzen auf, Nate.“ Avery ließ sich neben Susanna auf die Bank fallen und rutschte so dicht an sie heran, dass sie gegen Nathaniel gedrückt wurde. „Es ist eine regnerische, romantische Nacht.“ Sie lehnte sich um ihn herum nach vorne. „Spiel mal was Langsames, Onkel Hud.“

„Aves, komm schon.“ Susanna schob sie zurück. „Hast du mal was von Privatsphäre gehört?“

Aber die Musik begann schon zu spielen. Ein langsames, sanftes Stück, das zum Regen draußen passte. „Susanna.“ Nathaniel bot ihr seine Hand an. Das hier könnte seine einzige Chance sein. „Darf ich um diesen Tanz bitten?“

Als sie seine Hand nahm, drehte er sie zu sich um und legte ihr leicht die Hand auf den Rücken. Sie passte sich ihm an, folgte seinen Schritten mit Leichtigkeit.

„Hast du Spaß?“, frage sie mit dem Kinn auf seiner Schulter.

„Mehr als Prinz Proper verdient.“

Sie lachte. „Ich habe beinahe gespuckt, als Mama das sagte.“

„Weiß sie Bescheid?“

„Ich habe keine Silbe gesagt. Spinnst du? Mama wäre die erste, die Fotos an die *Liberty Press* schickt. ‚Schaut euch meine Tochter an, Herrschaften, sie ist mit einem Prinzen befreundet.‘“

„Du bist schön, Susanna." Nathaniel sah sie an und fuhr mit dem Finger über ihre warme Wange, strich wilde Haarsträhnen zurück, die der Wind zerzaust hatte. Sein Bekenntnis bewahrheitete sich in ihren Augen, bevor sie ihre Wange an seiner Schulter barg. Nathaniel seufzte und überließ dem Lied die Regie.

Als sie tief ausatmete, raste sein Herz. *Sag es ihr.* Noch mehr von diesen intimen Momenten, und Nathaniel könnte mit Fug und Recht von Betrug sprechen.

„Könnte ich ... könnte ich dich unter vier Augen sprechen?"

Sie studierte sein Gesicht. „Sicher." Sie wies auf den Strand. „Es hat aufgehört, zu regnen. Hast du Lust, ein paar Schritte zu gehen?"

Er nahm ihre Hand und führte sie die nassen, glitzernden Stufen hinunter.

„Du wirkst so ernst." Susanna rempelte ihn an, während sie über den matschigen Weg zum Strand gingen, die Gesichter in der reichhaltigen, salzigen Luft.

„Ah, nein, Liebes. Ich fühle mich gut unterhalten. Sehr gut."

„Ich mich auch." Sie strich mit der Hand über einen Palmenzweig, der in den Weg wucherte. Wassertropfen sprühten ihm von dort auf die heiße Haut.

Als sie am Strand angekommen waren, ließ Nathaniel ihre Hand los. Wie sagte man einer Frau bloß, dass man sie nicht lieben durfte?

„Susanna." Er ging langsamer und warf einen Blick zurück auf das tanzende, blinkende Treiben auf der Terrasse des Rib Shack. „Diese zwei Wochen waren ... einfach wunderbar für mich."

„Für mich auch. Du hast mich wirklich gerettet. Ich weiß nicht, was ich ohne dich getan hätte. Und ich spreche nicht von platten Rädern oder Fahrten zum Krankenhaus."

„Ja, ja ..." Er fuhr sich mit den Händen über die Seitennähte seiner Shorts. „Ich ... ich will mit dir über ... etwas reden." So ein Mist, wie konnte er nur die Einschränkungen seiner königlichen Rolle beichten, ohne wie ein königlicher Vollpfosten zu klingen? Gerade heraus, mit Freundlichkeit. „Susanna, es gibt in Brighton ein Gesetz ... Eines, das aber nur ein paar Wenige betrifft."

Sie fing an, dem Wind entgegen den Strand entlangzugehen. „Du klingst so ernst."

„Mehr traurig als ernst." Er ging im Gleichschritt neben ihr.

„Okay, irgendwas ist dir doch über die Leber gelaufen." Sie drehte sich um und ging rückwärts vor ihm her. „Spuck's aus, Nate."

„Also, dieses Gesetz – das gibt es jetzt seit etwa zweihundert Jahren. Es soll die Monarchie schützen und das Volk. Aber wenn ich ehrlich bin, dann glaube ich, dass es denen wehtun soll, die sich verliebt haben."

„Verliebt? Wovon redest du? Zwing mich nicht, im Internet nachzuschauen."

„Bitte tu das. Dann muss ich es dir nicht sagen."

„Mir was sagen?" Sie ging jetzt wieder vorwärts und hielt das Gesicht in die feuchte Luft.

„Es gibt da diesen brighton'schen Erlass über die Ehe aus dem Jahre 1792."

Er trat auf die Stelle zu, an der sie stehengeblieben war. „Ein königlicher Abkömmling, der in der Thronfolge steht, kann keine Person ausländischer Herkunft heiraten. Königliche Gatten und Gattinnen müssen aus Brighton stammen. Vorzugsweise adelig. Aber eine bürgerliche Herkunft ist auch in Ordnung."

„Was?" Ihre schrille Antwort gellte durch die Nacht. Das Abendessen in seinem Bauch wurde ihm sauer. „Du hast mich hierher gebracht, um mir zu sagen, dass du mich nicht *heiraten* kannst?"

„Das Gesetz will es so, Susanna. Ein zweihundert Jahre altes Gesetz."

„Was in aller Welt hat das mit mir zu tun?" Sie ging weg, ihre langen Schritte trugen sie schnell in die Schatten der Nacht hinaus.

Das lief anders, als er es erwartet hatte.

„Verstehst du, die Krone hat mit dem Parlament ein Gesetz geschaffen, das die Thronanwärter davon abhalten soll, in die anderen europäischen Königshäuser einzuheiraten. Das war, nachdem ein Kronprinz eine Nichte von König Luis dem XVI. geheiratet hat. Sie nutzte ihren Einfluss, um Brightons Armee ihrem Onkel während der französischen Revolution zu Hilfe zu schicken und hat damit beinahe unser Militär zerstört."

Seine schnell hervorgebrachten Worte fielen wie Steine in den Sand. Nathaniel füllte seine Lungen mit der feuchten, salzigen Luft. Er hatte seine Pflicht getan. Gebeichtet. Aber seiner Seele tat das ganz und gar nicht gut.

Er ging wartend neben ihr her. Sie sagte nichts.

„Susanna?"

„Pssst, ich versuche mir, einen Reim auf das Ganze zu machen. Du hast mich auf den Strand rausgezerrt, um mir zu sagen, dass du mich nicht heiraten kannst."

„Ja."

„Habe ich irgendetwas verpasst? Wann haben wir je übers Heiraten gesprochen?"

„Ich wollte ehrlich sein."

„Du hast nicht um mich geworben. Du hast mich nicht geküsst. Ich erinnere mich nicht an Liebesgeständnisse, und das ist doch wohl eine Mindestvoraussetzung für eine Ehe. Du hast ein bisschen geflirtet und vielleicht habe ich auch zurückgeflirtet, aber ich erinnere mich *nicht*, dass von einer Heirat die Rede gewesen wäre."

„Ich nehme an, ich bin dann gleich auf den Punkt gekommen."

„Auf den Punkt gekommen?" Er ließ sie schimpfen, weil er es verdient hatte. „Du gestehst mir also etwas, das gar nicht zur Debatte steht? Willst du mir wehtun? Mich demütigen?"

„Nein, nein. Ich habe gedacht, dass meine Zuneigung zu dir ziemlich offensichtlich geworden ist. Und weil du es nicht besonders gut aufgenommen hast, dass ich dir meine Identität verschwiegen habe, dachte ich, ich sage dir das mit den romantischen Restriktionen lieber gleich." Vergiss es einfach, Jon. Die ganze Wahrheit, ja? Was wusste der schon?

„Romantische Restriktionen?"

„Mir fällt kein besseres Wort ein, ja."

„Nate, dich zu treffen war mein Highlight diesen Sommer. Ich habe dich gebraucht. Und ich glaube, du hast mich vielleicht auch gebraucht. Aber was mir echt unter die Haut geht, ist, dass mich der Mann, den ich heiraten wollte, vor zwei Wochen genau an diesem Strand verlassen hat. Und heute Abend verlässt mich der Mann, den ich überhaupt gar nicht heiraten *wollte*." Sie ging wieder den Strand entlang, in die andere Richtung. Gerade, als es wieder anfing, zu regnen. „Perfekt." Mit weit ausgebreiteten Armen wandte sie ihr Gesicht zum Himmel.

„Susanna, was wäre dir denn lieber. Sollte ich es dir nicht sagen?" Nathaniel rannte hinter ihr her und kämpfte in dem nassen Sand um einen sicheren Schritt. „Den Dingen ihren Lauf lassen und dich dann ohne ein Wort verlassen, damit du dann später aus den Nachrichten erfährst, dass ich mit einer anderen Frau verlobt bin?"

„Nate, Bruder, du hast dich da ganz umsonst in etwas hineingesteigert." Regen sammelte sich in den Konturen ihres Gesichts und tropfte ihr vom Kinn. „Da schneit es vorher auf St. Simons, bevor ich mich wieder verliebe." Sie formte die Hände um den Mund zu einer Tröte. „Hörst du das, Herr? Schick Schnee, wenn es wieder an der Zeit ist, sich zu verlieben, okay?" Sie sah Nate an, und im gedämpften Licht, das vom Rib Shack herüberschien, konnte er ihre glänzenden Augen sehen. „Also, Nate, siehst du, du bist vom Haken. Kein Schnee. Keine Liebe. In diesem Teil Georgias hat es seit ... na ja, bestimmt hundert

Jahren nicht mehr geschneit." Sie schoss den Strand entlang zum Rib Shack, wo sich die Musik ihren Weg durch Pinien und Palmettopalmen bahnte.

„Warte doch, Susanna. Bitte." Er schaffte es, sie zu überholen und rannte rückwärtsgewandt vor ihr her. „Wenn ich nicht der Thronerbe wäre, würde ich dir jetzt ganz andere Dinge sagen. Meine Gefühle für dich konnte ich einfach nicht für mich behalten, und ich wollte dir sagen, warum ich nicht ... an dir dranbleiben kann." Er griff nach ihr, hielt sie an.

Aber sie starrte geradeaus, der Regen durchnässte ihre Haare, ihre Haut, ihre Kleider.

„Susanna?"

In den Schatten konnte er ihr Gesicht und den Ausdruck darauf nicht erkennen. Dann erschreckte ihn ein schneller Klaps auf den Arm. „Du bist so ein Blödmann. Mach das nie wieder mit mir."

„Ich bin ein Blödmann. Ja. Seine Majestät, Prinz Blödmann. Und ich werde das nie wieder mit dir machen. Nie wieder." Erleichterung durchflutete jede Zelle in ihm.

„Danke, dass du mir das erzählt hast, aber ich hatte sowieso erwartet, dass du wieder nach Hause fährst und dein Leben weiterlebst. Nicht ein einziges Mal habe ich mir vorgestellt, ein Teil davon zu sein."

„Nicht ein einziges Mal?" Ihr Geständnis tat ihm mehr weh, als er erwartet hätte. Aber sie war weiser, als ihr Alter annehmen ließ.

„Ich bin klatschnass. Lass uns besser wieder auf die Terrasse gehen. Jetzt schüttet es richtig."

Zusammen beeilten sie sich, zurück zum Rib Shack zu kommen, Susanna auf ihrer Seite des Weges, Nathaniel auf seiner.

Sie hatten die Musik und die Lichter fast erreicht, als sein Telefon klingelte. Jonathan.

„Hallo, mein Freund –"

„Nathaniel, es geht um deinen Vater." Die Musik verklang. Die Lichter verblassten. Und sein Herz wurde im Regen ganz kalt.

„Nate?", fragte Susanna, als er den Anruf beendet hatte.

„Ich muss gehen, Susanna." Er wählte den Weg um die Terrasse herum, der zum Parkplatz führte, wo sein Geländewagen geparkt war.

„Das war Jon. Mein Vater ist gestorben."

Teil 2
Das Problem

VIERZEHN

Dezember, St. Simons Island

„Ich verstehe.“ Susanna hielt das Telefon unter ihr Kinn, sodass ihr entmutigter Seufzer nicht in den Ohren des Mannes widerhallte. „Danke, dass Sie sich die Zeit genommen haben, Mr. Flynn. Es war mir eine Ehre, Ihnen ein Angebot machen zu dürfen.“

Sie legte auf und warf ihr Telefon auf den Schreibtisch, während sie in dem wackeligen alten Stuhl zurückkippelte, die Hände auf die Augen presste und den Drang unterdrückte, laut aufzuschreien.

Als sie ihre Frustration nicht mehr länger für sich behalten konnte, stieß sie einen rebellischen Schrei aus und schoss aus ihrem Stuhl hoch. Dabei stieß sie sich das Schienbein an der Seite des Schreibtischs. Natürlich.

Wie symbolisch. Jetzt wollte sie erst recht schreien. Sie humpelte aus ihrer Bürotür und trat auf die Feuertreppe.

„Was um alles in der Welt ist denn hier los?“

Die Sonne grüßte sie halbherzig mit einem schnellen Aufleuchten zwischen zwei Wolken, die am hohen Blau des Himmels vorbeizogen. Wie sollte sie ihr Leben leben, wenn nie irgendetwas zusammenpasste?

Sie kehrte in ihren Einbauschrank von einem Büro zurück, das sie von einer Anwaltsgruppe gemietet hatte, ein quadratisches Elend, das einmal der Dienstboteneingang auf der obersten Etage einer restaurierten Vorkriegsvilla gewesen war. Das Zimmer hatte ein Fenster ... das schmale Oberlicht über der Tür.

Ihr Zeichentisch und ein kleines Bücherregal passten kaum in den drei-mal-drei-Meter Raum. Wenn sie auf die Toilette musste, musste sie die Feuertreppe hinunterklettern, durch die Küche und am Büro des Seniorpartners vorbei durch einen langen, gefliesten Flur gehen.

Ihre Absätze klapperten laut während des ganzen Unternehmens und verkündeten das Ziel ihrer Reise.

Susanna ist auf dem Weg zum Klo.

Susanna ist auf dem Weg zum Klo.

Es war peinlich. Am schlimmsten war, dass sie achthundert Dollar im Monat für diesen Kasten bezahlte, der im August und im September als Boiler durchging und jetzt im Dezember wie ein Gefrierschrank daherkam.

Wie konnte ein Raum im dritten Stock eines Gebäudes auf einer Insel in Georgia bloß so kalt werden?

Den ganzen Tag über trug sie eine Jacke, außer zwischen zwölf und vierzehn Uhr, wenn der Vorbau kurzzeitig in der Sonne lag und sich das Ganze etwas aufwärmte.

Susanna stellte ihren Heizlüfter an und hielt ihre kalten Hände der ersten Hitzeflut entgegen. Die frühen Dezembertage hatten St. Simons Island einen Frost beschert, der sich einfach nicht wieder abschütteln lassen wollte. Aber vorläufig war noch kein Schnee angekündigt worden. Gott sei Dank.

Dennoch vermischte sich die Kälte in der Luft mit der Kälte in ihrem Herzen. Fünf Monate, nachdem Nate abgereist war, vermisste sie ihn. Ihr Herz sehnte sich nach seiner Wärme, seiner Freundschaft, seiner Gegenwart.

Sie hatte seinen Garten fertiggestellt. Ein gerahmtes, seidenmattes Foto davon hing an ihrer Wand. An manchen schwergängigen Nachmittagen, wenn nicht einmal ihr Emailkonto mit ihr sprach, starrte sie auf ihren Abzug von „Der Garten eines Königs" und stellte sich zwei Liebende auf der Gartenbank vor.

Oh Nate, wie konntest du mir nur so unter die Haut gehen?

Er hatte ihr das Geld komplett in Vorkasse bezahlt und einen Bonus geschickt, als der Auftrag fertiggestellt war. Der Betrag hätte für zwei

Gärten gereicht, aber als sie das Geld zurückschicken wollte, hatte sich Jonathan geweigert, ihr die Bankverbindung zu geben.

Das Geld ermöglichte es ihr, dieses herrschaftliche Büro (ha!) anzumieten und einen neuen Computer zu kaufen, aber seither hatte sie keinen Auftrag mehr landen können. Sie kam zurecht, indem sie sich die Hände schmutzig machte ... im Rib Shack arbeitete und kleine Jobs als Landschaftsgärtnerin annahm, die wenig bis gar keine Entwurfsarbeit benötigten.

Aber der schlimmste Teil ihres Lebens war nicht ihre Karriere. Das Schlimmste war, ihn zu vermissen. Nicht Adam, den Mann, den sie hatte heiraten wollen, sondern Nate, den Mann, den sie eben nicht hatte heiraten wollen. Den sie auch nie würde heiraten können.

Nachdem er gegangen war, hatte sie ihre eigene Recherche zum brighton'schen Erlass über die Ehe aus dem Jahre 1792 durchgeführt. Der Junge hatte die Wahrheit gesagt. Ausländer durften nicht in die Thronfolge einheiraten.

Sie ließ sich gegen den Schreibtisch fallen. „Gott, ich habe nichts. Nichts." Die Tränen kamen schnell, und sie tat nichts, um sie aufzuhalten.

Die Tiefe ihres Nichts hing ihr sogar bei ihrer Wohnungssuche nach. Susanna musste immer noch eine neue Bleibe finden. Tante Rue war wie angekündigt im Oktober gekommen und hatte Susanna großzügigerweise noch zwei Monate bei sich wohnen lassen. Aber angesichts der Menge an Weihnachtsgebäck und Dekoration, mit der Rue das Haus füllte, schlussfolgerte Susanna, dass sie jeden Quadratzentimeter brauchen würde, um ihre Feiertagsgäste zu behergen.

„Ich habe *nichts*." Alle ihre Pläne waren schiefgegangen. „Ich – ich stehe dir hundertprozentig zur Verfügung." Sie bekräftigte das Angebot, das sie Gott an jenem Tag mit Nate zusammen auf dem

Rasen der Christ Church gemacht hatte. „Wen hast du noch, der so ist wie ich? Kein Mann, keine Kinder, keine Karriere, keiner, der mich braucht oder auf mich wartet. Naja, Mama, für den Dienstplan, aber egal, die hat Catfish oder Bristol, die meinen Platz ausfüllen könnten. Die machen das doch gerne."

Susanna war eine Frau, die überall hingehen und alles tun konnte, was der Herr ihr auftrug.

„Jesus, ich muss glauben, dass du gut bist, egal was du von mir willst, ich werde es lieben." Susanna hielt sich an dem tiefen Frieden fest, der mit ihrer Hingabe in ihr aufstieg. „Ich muss glauben ..."

Sie trank von dem Frieden und sprang dann auf und tanzte ein kleines Tänzchen, während sie zum Radio hinüberhüpfte, um es einzuschalten.

Sie wählte einen Sender, der Weihnachtsmusik spielte, drehte lauter und tanzte durch das Büro. Sie war kurz davor „Hark the Herald" zu grölen, als Gage den Türrahmen verdunkelte.

„Was machst du denn hier?" Wie peinlich war das denn? Sie räusperte sich und warf einen flüchtigen Blick auf ihren Schreibtisch. Mit einem schnellen Griff nach der Maus klickte sie ihr Euchrespiel weg. Sie war sowieso dabei, zu verlieren. Große Überraschung.

„Ich habe jedenfalls nicht so viel Spaß wie du." Er grinste und betrat das Büro.

„Du solltest eigentlich wissen, dass man sich nicht an Leute heranschleicht." Sie setzte sich an ihren Schreibtisch, obwohl sie lieber weitergetanzt hätte. „Was möchtest du?"

Gage war die letzten Monate immer wieder hinter ihr her gewesen und hatte sie gebeten, wieder für ihn zu arbeiten. Sie hatte widerstanden. Furcht kroch ihr ins Herz und verhöhnte ihre Freude. War das etwa Gottes Antwort auf ihre Kapitulation? Wieder für Gage zu arbeiten? *Jetzt warte aber mal, Herr ...*

„Ich bin nur vorbeigekommen, um dich vom Haken zu lassen." Er neigte den Kopf, um seine Aussage zu betonen und griff dann nach dem Gummiball, den Susanna in ihrem leeren Utensilo aufbewahrte. Er ließ ihn auf den trockenen, unebenen Hartholzdielen springen.

„Du hast jemand anderen eingestellt?" Sie *war* ja bereit, wieder für ihn zu arbeiten. Oder nicht? Wenn Gott das so wollte. Sicher. Weil Gott gut war und sie ihm vertraute. Außerdem würde sie so langsam alles machen, um ihre Karriere in Fahrt und ihr Leben ein Stückchen weiter voranzubringen.

„Ich habe vor zwei Wochen eine Landschaftsarchitektin eingestellt. Sie ist dieses Wochenende von Charleston hierher gezogen und hatte schon gleich einen Klienten in der Tasche. Wir haben den Deal vor eine Stunde besiegelt. Also ...", er erhob seine Hände und umschrieb mit einer Geste das ganze kleine Büro, „wünsch ich dir und deinem Itsy-Bitsy-Winzi-Büro viel Segen." Er ließ den Ball weiter rhythmisch auf und abspringen. Klack, auf den Boden. Patsch, gegen seine Handfläche.

Susanna kam zu ihm herüber und fing den Ball mitten in der Bewegung ab. „Einfach so? Du gibst mich einfach so auf?"

„Hey, du hast doch gekündigt. Du bist diejenige, die mich monatelang hat auflaufen lassen."

„Aber du hast mir keine Chance gegeben, es mir anders zu überlegen."

„Ich habe dich ein halbes Dutzend Mal gefragt. Hab dir sogar ein paar Aufträge rübergeschickt. Wie ist es damit übrigens gelaufen?"

Sie ließ den Ball auf den Boden prallen. „Sie haben beschlossen, sich in eine andere Richtung zu entwickeln."

„Was, alle?" Gage hätte nicht ungläubiger dreinschauen können. „Suz, diese Aufträge waren todsichere Tipps."

„Du hast mir drei Freunde von Mrs. Butler geschickt. Die hasst mich immer noch, seitdem ich ihr den Ehrengast weggeschnappt habe."

„Denkst du wirklich, dass ich ein so großer Trottel bin? Dass ich dir Jobs schicken würde, die sie sabotiert? Außerdem wusste sie doch gar nicht, dass der Prinz mit dir verschwunden war."

„Sie muss es wissen. Ich bin ihr zweimal über den Weg gelaufen, und sie schickt mir jedes Mal den bösen Blick." Susanna funkelte ihn mit zusammengekniffenen Lippen an. „Glaube mir, ich kenne den Blick. Und wenn sie es weiß, dann werde ich auf dieser Insel nie einen Auftrag bekommen." Was beichtete sie denn da? „Mrs. Butler hat ihre Nase in jedem Garten- und Landschaftsbauprojekt auf der Insel, bis runter nach Südflorida, bis hoch in den Norden Georgias, bis zur Grenze des Universums und darüber hinaus." Das Klacken und Patschen des Balles klang sicher und beruhigend. Aus dem Grund hatte sie den Gummiball ja überhaupt. Um Spannungen abzubauen.

„Willst du, dass ich mit ihr rede?"

„Nein, ja ..." Sie fing den Ball und zeigte auf ihn. „Nur, wenn es sich von alleine ergibt." Sie legte den Gummiball zurück in den Stifteköcher. „Ich bin froh, dass du jemanden eingestellt hast. Du verdienst es, Erfolg zu haben."

Gages Haltung wurde etwas weicher. Er sah gut aus in seinem weißen Hemd mit der dunklen Krawatte und seinem gegelten Haar. „Susanna, ich habe darüber nachgedacht, dass du und ich ..."

Die Bürotür ging auf, und Gracie trippelte herein. Sie brachte einen Schwall kalter Luft und eine große Schachtel mit. „Frohe Weihnachten, Suz. Jetzt wird es aber Zeit, diese Mausefalle zu dekorieren, die du Büro nennst ... Gage ... " Gracie musterte Gage von oben bis unten, während sie den Karton auf den Boden stellte und einen winzigen Weihnachtsbaum herausnahm. „Was machst du hier?"

„Ich bin vorbeigekommen, um Susanna zu besuchen."

„Ich frage dich noch mal, *was* machst du hier?" Gracie und Gage waren während der High School eine Weile miteinander gegangen.

Er hatte mit *ihr* Schluss gemacht, ungefähr eine Sekunde, bevor sie dazugekommen war, ihm zu sagen, „dass es nicht funktioniert". Das hatte sie ihm nie verziehen. Sie klatschte die immergrüne Plastikpflanze auf Susannas Schreibtisch.

„Wie gesagt, ich bin gekommen, um Susanna zu *besuchen.* Was machst *du* denn hier?"

Die dünnen, kahlen Zweige des künstlichen Baumes zitterten. Ein Charlie Brown Baum. Das hatte dem Büro gerade noch gefehlt. Mit den Händen in den Hüften betrachtete Gracie zuerst den Baum und wandte sich dann Susanna zu. „Hat er es dir erzählt, ja? Das Großmaul. Konnte nicht warten ... Musste gleich herkommen und es brühwarm berichten."

„Gracie", sagte Gage in einem leisen und warnenden Tonfall und warf ihr einen vertrauten, wissenden Blick zu. *Was soll das jetzt wieder?* „Ich bin hergekommen, um ihr –"

„Ja, er hat es mir erzählt", sagte Susanna.

„Hat er das, ja? Du siehst ja nicht besonders erschüttert aus. Ich weiß, dass du ganz gut mit der ganzen Sache zurechtkommst, aber ich hätte erwartet, dass du zumindest ein bisschen bestürzt sein würdest." Gracie riss einen Streifen Klebeband ab und befestigte den Baumständer auf dem Schreibtisch. „Ich habe künstlichen Schnee dabei, mit dem kann ich das abdecken."

„Warum sollte ich bestürzt sein?" Susanna warf einen Blick in die Weihnachtskiste. Ein bisschen Weihnachtsdekoration würde sie ja vielleicht wirklich etwas aufheitern. Sie nahm eine Girlande aus silbrigem Lametta und legte sie sich um den Hals. „Er hat versucht, mich zurückzugewinnen, aber ich habe dankend abgelehnt. Ich mache ihm keine Vorwürfe."

„Was?" Gracie nahm sie an den Armen und drehte Susanna zu sich herum. „Wann hat er denn versucht, dich zurückzugewinnen?"

„Seit dem Sommer."

„Seit dem Sommer? Willst du mich hochnehmen? Du hast keine Silbe davon erzählt. Pass mal auf, Süße, ich nehm dir gleich die Beste-Freundin-Karte weg."

„Was? Ich habe ungefähr eine Millionen Silben dazu gesagt. Du hast mich doch noch ermutigt. ‚Ja, mach schon, Mädchen, sag ihm ab.'"

„Wann soll ich das gemacht haben?" Gracie sah sie fragend an, bevor sie wattigen Kunstschnee aus der Box holte.

„Gracie, überleg dir gut, was du jetzt sagst ..."

„Psst, Gage." Gracie warf ihm einen verkniffenen Blick zu. „Hier reden Freundinnen unter sich. Sie hat mir nie erzählt, dass Adam versucht hat, sie zurückzugewinnen."

„Uuuund ... bitte." Gage trat einen Schritt zurück und verschränkte grinsend die Arme. „Jetzt kannst du mich nie mehr Großmaul nennen."

„Adam?" Susanna wickelte sich Lametta um den Finger. „Ich rede von Gage, der mich überreden wollte, wieder für ihn zu arbeiten. Über was redest *du*?"

„Ja, Gracie, über *was* redest du denn?" Gage schob Susannas Sammlung von McDonald's-Spielzeugen an die Kante des Schreibtischs. „Ich bin gekommen, um ihr zu sagen, dass ich jetzt doch eine Landschaftsarchitektin eingestellt habe."

„Oh." Gracies Wangen leuchteten tiefrosa. Ein seltener und ungewöhnlicher Anblick.

„Gracie, was ist mit Adam?" Vor fünf Minuten war Susanna so zuversichtlich gewesen, ihr Leben in Gottes Hände zu geben. Er hatte sie zurück, und sie konnte alles tun, wozu er sie berief. Aber Neuigkeiten über Adam durchbohrten ihre Zuversicht mit Zweifeln.

Gracie widmete ihre Aufmerksamkeit ganz der Weihnachtskiste. „Diese Lichterkette wird das hier alles so richtig schön machen, findest du nicht auch?"

„Gracie."

„Sag du es ihr." Sie richtete sich auf und sah Gage mit einem flehenden Blick an.

„Sicher nicht. Du hast damit angefangen."

„Also bitte, wirklich", sagte Susanna. „Mir doch egal, wer damit angefangen hat, aber einer von euch sollte die Geschichte dann doch zu Ende erzählen."

„Adam heiratet." Gracie und Gage. Im Chor.

„Er heiratet?" Susanna wickelte das Lametta wieder um und ließ es zurück in die Schachtel gleiten. „Sheree?"

„Ja. Du wusstest also davon?" Gracie versuchte, eine Lichterkette zu entwirren.

„Er hat mir von ihr erzählt, als wir uns getrennt haben." Susanna zeigte auf die Weihnachtskiste. „Hast du das hier deswegen hierher gebracht?"

„Nein, ich finde wirklich, dass dieses Büro ein bisschen Weihnachtsfreude gebrauchen kann." Gracie ließ die Lichterkette fallen. „Es tut mir so leid, Suz."

„Es braucht dir nicht leidzutun. Ich bin froh, dass du es mir erzählt hast. Ich hätte es ja sowieso früher oder später herausgefunden."

Adam zog also weiter. Heiratete.

Susanna hatte keine Wohnung, aber sie hatte alles, was sie hatte, Gott zur Verfügung gestellt. Ihre Zeit. Ihren Willen. Ihr ganzes Herz. Jetzt ergab es auch keinen Sinn mehr, es wieder zurückzufordern. Wenn alles andere schiefging, kannte sie ein schönes Fleckchen im Wald neben Auroras Zelt.

Brighton

Der Schnee Anfang Dezember versetzte Nathaniel in eine festliche Stimmung, öffnete sein Herz für die Weihnachtszeit und ließ ihn einen Moment lang das Gewicht vergessen, das angesichts seiner bevorstehenden Krönung auf ihm lastete.

Er trauerte immer noch um seinen Vater und wünschte, er könnte einfach den Flur hinuntergehen und ihm Fragen stellen, von seiner Weisheit profitieren. Er sehnte sich nach seiner Stärke und seiner Erfahrung, seinem Wissen über das Königreich, über die Familie und das Abkommen.

Nächsten Monat um diese Zeit würde Nathaniel König sein. Der Regent des Königreichs Brighton und de facto der Erzherzog der Großherzogtums Hessenberg, Oberhaupt des Staates und der konstitutionellen Monarchie.

Zehn Millionen Einwohner in seiner Verantwortung. Zehn Millionen Herzen, die sich in einem einzigen wiederfinden sollten ... in seinem. Er musste ihnen allen Advokat sein. Sogar den polternden Hessenbergern, deren Schrei nach Unabhängigkeit jeden Tag lauter wurde.

Aber sie waren alle durch die Entscheidungen der Vorväter und das eiserne Abkommen gebunden.

Eine der letzten Schlagzeilen verkündete, Brighton habe die Rechte auf Hessenberg gestohlen. Eine andere behauptete, die königliche Familie des Hauses Augustin-Sachsen sei ermordet oder aber so weit weg ins Exil geschickt worden, dass man sie niemals mehr wiederfinden könnte.

Und trotzdem betrat, irgendwie und inmitten des ganzen Aufruhrs, die zauberhafte Lady Genevieve die Bühne, ein leuchtender Stern, der bereit war, „den Tag zu retten“.

In letzter Zeit war Nathaniel fast entschlossen gewesen, dass er sich selbst und sein Herz für das Wohle Brightons und Hessenbergs Unabhängigkeit opfern und Ginny heiraten müsste, wenn es denn notwendig wäre.

Die Rufe der Angestelltenkinder, die im frischen Schnee unter seinem Fenster spielten, lenkten ihn von seinen Sorgen ab. Erleichtert schob sich Nathaniel von seinem Schreibtisch weg und ging zum Fenster hinüber.

Holla die Waldfee ... Der kleine Seamus Mackinder traf die hübsche Sarah Warren mit einem fetten Schneeball. Sie jagte ihn um einen Baum herum, griff ihn an und warf ihn mit dem Gesicht voraus in den Schnee.

Gut gemacht, Mädel. Lass dich von den Jungs nicht unterkriegen.

Am liebsten wäre er jetzt mit ihnen da draußen, wollte mit ihnen lachen und vergessen, wie alleine er sich fühlte. Er hatte sich schon früher gelegentlich regelrecht isoliert gefühlt. Ganz klar abgegrenzt von seinen Freunden, als ginge er an ihrer Seite, aber auf einem anderen Weg.

Dennoch hatte es sich nie angefühlt, als würde er von außen nach innen schauen. Aber seit Papas Beerdigung hatte ihn *diese* Form der Einsamkeit getroffen. Mitsamt einem bisschen Angst.

Er war der König. Er trat in die riesigen Fußstapfen seines Vaters, Großvaters und jedes Königs aus dem Hause Stratton bis hin zu König Stephen I.

Vaters Tod machte Nathaniel zu einem Stück lebendiger Geschichte.

Das Volk sah zu ihm als seinem König auf. Aber auf wen konnte er selbst sehen? Diese nachdenkliche Frage überwältigte ihn und brachte ihn mehr und mehr auf die Knie.

Gebet war seine Rettung.

Die Kinder sprangen auf ihre Schlitten und stürzten sich den Hang hinunter ... genau, wie Nathaniel und Stephen es so oft getan hatten.

Aber es gab Arbeit zu erledigen. Die Tagesberichte, Emails wollten gelesen, Zeitungen ignoriert werden.

Nathaniel setzte sich an seinen Schreibtisch, nippte am Kaffee und überflog die Schlagzeiten des *Tageblatts* und *Hessenberg Heute*.

Sie waren eher trockene und mehr wirtschaftsorientierte Zeitungen. Nathaniel hatte Jon gebeten, ihm die *Liberty Press* und den *Informanten* nicht mehr zu bringen.

Die *Liberty Press* las sich wie ein revolutionäres Propagandablatt und der *Informant* blieb seinen Boulevard-Wurzeln treu und machte aus jeder Nebensächlichkeit einen Skandal.

Wenn es nach denen ging, wären Nathaniel und Lady Genevieve noch vor Ende des Jahres verlobt, wenn nicht gar verheiratet und selbstverständlich auch schwanger. Welche Formulierung hatte der *Informant* noch gleich benutzt? „Augen auf: Wo bleibt der Erben-Bauch?“

Abscheulich.

Jon hatte ihn jedoch darüber informiert, dass die Wettchancen inzwischen bei 50:1 stünden, dass Nathaniel Lady Genevieve vor Weihnachten keinen Heiratsantrag machen würde. Wäre er jemand, der Wetten abschloss, würde er darauf setzen.

Die Uhr auf dem Kaminsims läutete, und Nathaniel konzentrierte sich wieder auf den Weihnachtszeitplan des Palastes, dem er zustimmen musste.

Dann ging er seine Wochenplanung durch und beantwortete eine Reihe Emails, bevor er sich wieder vom Schreibtisch abstieß. Er schien nicht in der Lage, das Verlangen, da draußen im Neuschnee zu sein, abzuschütteln.

Ein schöner, energischer Spaziergang würde es sicher stillen.

Er eilte zu seinen privaten Gemächern und war sich völlig darüber im Klaren, dass die leise Unruhe in seinem Herzen größere Ursache hatte als nur die kommende Pflicht, König zu sein, oder den Wunsch, wie ein Kind im Schnee zu spielen.

Seitdem er von St. Simons Island nach Hause zurückgekehrt war, hatte er sich mit den stillen Augenblicken in seinem Leben schwergetan. Weil das die Zeiten waren, in denen er an *sie* dachte. Fünf Monate waren vergangen, seitdem er sie klatschnass am Strand stehen gelassen hatte. Und er konnte sie nicht aus seinen Gedanken verbannen. Oder aus seinem Herzen.

Susanna Truitt war in seinen Kopf eingezogen und weigerte sich, die Wohnung zu räumen. Je mehr Zeit verging, desto mehr beherrschte sie seine Gedanken.

Liebte er sie?

Das wusste er nicht. Aber spielte es denn eine Rolle? Er konnte sie *nicht* heiraten. Der Herzog von Wabash, der Cousin seines Urgroßvaters, hatte im frühen 20. Jahrhundert versucht, eine englische Lady zu heiraten und war gescheitert. Wenn er sie geheiratet hätte, hätte er seinen Titel, sein Erbe und seinen gesamten Lebensstandard verloren.

Der Herzog hatte seine Zukünftige aufgegeben. Seine Liebe für sie war nicht stark genug gewesen, ein Leben ohne Privilegien in Kauf zu nehmen.

Konnte Nathaniel alles für seine Liebe aufgeben? Oder war er seinen Pflichten mehr ergeben als ihr? Seiner Art, zu leben? Titel und Privilegien? Geld?

Aber wenn Gott ihn an diesem Punkt der Geschichte in Brighton platziert hatte, würde er Nathaniel sicher helfen, inmitten des Ganzen die Liebe zu finden.

Inzwischen informierte Jon ihn darüber, dass die *Liberty Press* und der *Informant* forderten, er solle Lady Genevieve heiraten, weil das die beste Lösung, vor allem für die beiden Volkswirtschaften, sei. Aber dieser Druck, zu heiraten, führte nur dazu, dass er Susanna umso mehr wollte.

In seinem Alltag vermied er es, über das Heiraten zu sprechen und zog es vor, seine Gefühle und Gedanken darauf auszurichten, König zu werden und zu sein. Er hatte seine emotionalen Mauern so gut er konnte dadurch verstärkt, dass er jeglichen Kontakt zu Susanna abgebrochen hatte.

Als sie den „Garten eines Königs" fertiggestellt hatte, hatte Jonathan das Projekt abgenommen und den Bonusscheck geschickt.

Den Bildern nach hatte sie hervorragende Arbeit geleistet. Obwohl er daran sowieso nie gezweifelt hatte. Nathaniel spielte mit dem Gedanken, nach St. Simons Island zu reisen, um sich den Garten persönlich anzuschauen, aber er fürchtete, sein Herz würde nie wieder nach Hause zurückkehren, wenn er das täte.

Als er in seiner Wohnung ankam, begrüßte ihn sein Butler Malcolm. „Ihr Bruder ist im Wohnzimmer."

„Gut. Er kann sich draußen zu mir gesellen." Nathaniel klopfte dem älteren Mann auf die Schulter. „Haben Sie Lust, mitzukommen? Der Schnee ist ganz frisch."

„Mir ist das Feuer lieber, Ihre Majestät."

„Das bleibt ganz Ihnen überlassen. Aber werfen Sie sich wenigstens einmal einen Mantel über und gehen Sie auf den Balkon. Weihnachten liegt in der Luft."

„Ja, Sir", erwiderte Malcolm und verbeugte sich leicht. „Ich werde Tee und Kuchen für Ihre Rückkehr bereithalten."

„Stephen?"

Nathaniel bog um die Ecke zum Wohnbereich, einem rechteckigen Raum mit Südfenstern, handgewebten Wandteppichen an den klaren, cremefarbenen Wänden und importierten italienischen Teppichen im Wohnbereich. Mit poliertem Marmor in den Fluren und der Küche. Das Design hatte er selbst entworfen ... frisch, ordentlich, männlich. Einfach.

Sein Bruder stand strumpfsockig neben dem offenen Kamin, während seine schlammigen Turnschuhe eine braune Pfütze auf den Herdfliesen hinterließen. Seine Rugbykleider waren nass und dreckig. „Wir versuchen es, Nate. Wir holen den Cup. Brighton Union ist ziemlich gut dabei."

„Und mit einem Prinzen im Flügel." Nathaniel hob die Hand und formte mit seinen Fingern das U für Brighton Union. Stephen gab sein Bestes, um es in die Nationalmannschaft zu schaffen und das Stigma zu überwinden, dass er es im ersten Jahr an der Universität nicht in die Mannschaft geschafft hatte. „Hast du Lust, im Schnee spazieren zu gehen? Die Kinder der Angestellten haben mich auf die Idee gebracht."

„Ich komme gerade erst aus dem Schnee." Er hielt ihm seine roten, kalten Hände zum Beweis hin. Stephen kommunizierte mit seiner ganzen Persönlichkeit. Mit seinen Händen, seinen Angewohnheiten, seinen Bewegungen. Sein strubbeliges dunkles Haar ließ ihn aussehen, als stünde er die ganze Zeit unter Schock. Aber im Grunde gab es keinen gelasseneren, friedlicheren Menschen als ihn.

Nathaniel ging zu seiner Schlafzimmertür. „Lass dir von Malcolm den Tee bringen, wenn du möchtest. Ich gehe eine Runde draußen spazieren."

„Du kannst ihn nicht ignorieren." Stephens Stimme klang ihm nach und fasste das in Worte, was Nathaniel nie äußerte. „Den Aufruf, Lady Genevieve zu heiraten."

„Ich kann und ich werde." Er wandte sich wieder seinem Bruder zu.

„Warum sprichst du sie nicht einfach an?" Stephen ließ sich auf die Couch fallen und zerrte seinen Rucksack auf das Sofakissen neben sich. Er wühlte darin herum, bis er eine Art Sandwich fand, das in Folie eingewickelt war. Er biss ein großes Stück ab und breitete dann die Arme über der Sofalehne aus. Er sah zu Nathaniel auf und wartete auf eine Antwort. Eine gute Antwort.

„Sie werden mich zum Gegenstand ihrer Debatte machen. Dann soll ich öffentlich verkünden, dass ich Lady Genevieve nicht liebe und sie nicht heiraten werde, um Hessenberg oder unsere Wirtschaft zu retten. Dann werden die politischen Besserwisser explodieren und mich engstirnig, eigennützig und egoistisch nennen. Ich habe so viel, sie haben so wenig. Obwohl sie selbst den Standard hier ja auch gar nicht beanspruchen wollen würden."

„Was ist mit dem amerikanischen Mädchen?"

„Welches amerikanische Mädchen?" Er hatte mit niemandem außer Jonathan je über Susanna geredet. Und auch dann nur, weil sie das Gartenprojekt fertiggestellt hatte. Er glaubte, sein Schweigen würde ihm helfen, sie zu vergessen.

„Die auf dem Foto aus der *Liberty Press.*"

„Das fünf Monate alt ist?"

Stephen schob sich die Ecke seines Brotes in den Mund, um einen weiteren gierigen Bissen zu nehmen. „Ich weiß nicht " Er kaute und redete gleichzeitig, mehr wie ein Rugbyspieler und weniger als der wohlerzogene junge Mann, den Mutter mit aller Kraft versucht hatte, heranzuziehen.

„Wenn du Hunger hast, kann ich nach Malcolm klingeln."

Er schüttelte den Kopf, aß sein Sandwich auf ... mit einem Bissen ..., und wischte sich die Krümel von den Fingern. „Ich habe Pläne für das Abendessen." Er hatte immer noch den Mund voll.

„Bist du nur vorbeigekommen, um zu fragen, wie ich mit der Presse zurechtkomme?"

„Deswegen und weil ich wissen wollte, ob der Juwelier Mamas Geburtstagsgeschenk geliefert hat."

„Heute Morgen." Nathaniel hatte eine von Papas Armbanduhren aufarbeiten lassen, diejenige, die er wiederum von *seinem* Großvater, König Leopold IV., geerbt hatte. Nachdem Papa gestorben war, hatte

Mama gesagt, die tickenden Uhren erinnerten sie an das Schlagen seines Herzens. Nathaniel dachte, die Uhr könnte sie etwas trösten.

„Hast du sie ihr gegeben? Hat sie geweint?"

„Auf ihre Art, ja. Hat mich eine Weile lang nicht angesehen. Du denkst daran, dass wir sie morgen Abend mit zu den Symphonikern nehmen, um ihren Geburtstag zu feiern? Abendgarderobe. Und keine wildgemusterten Bauchbinden."

„Steht im Kalender." Stephen griff in seinen Rucksack und warf Nathaniel ein samtenes Kästchen zu. „Mama hat mir das hier geschickt und mich gebeten, es dir zu geben."

Nathaniel fing die Schatulle mit einer Hand auf. Er brauchte nicht zu fragen, was es war. Er wusste es. Großmamas Verlobungsring. „Mama hat schon vor einem Monat versucht, ihn mir zu geben, aber ich habe abgelehnt. Ich verlobe mich nicht." Er war kurz davor, den Ring wieder seinem Bruder zurückzuwerfen, hielt aber lange genug inne, um den Deckel anzuheben. Ganze Farbspektren tanzten über Nathaniels Finger. „Königin Anne-Maries Ring."

„Mama scheint zu denken, alles, was du brauchst, ist ein bisschen Ermutigung."

„Bist du Mamas Komplize?"

Nathaniel warf das Kästchen seinem Bruder zu.

„Habt ihr euch verschworen, mich dazu zu bringen, Ginny zu heiraten?"

Der Ring war seit über einem Jahrhundert in der Familie, doch seine Großmutter väterlicherseits war die letzte gewesen, die ihn getragen hatte. Großvater König Stephen VII. hatte Großmama, Lady Isabelle, gebeten, ihn zu heiraten, als sie gerade einmal 17 Jahre alt war.

Aber genau einhundert Jahre zuvor, im Jahre 1852, hatte Lord Thomas Winthrop den Ring für Brightons letzte regierende Königin Anne-Marie anfertigen lassen.

„Verschon den Boten.“ Stephen fing die Schatulle auf und schoss sie geradewegs wieder zurück zu Nathaniel, als Malcolm den Raum mit dem Teewagen betrat. Stephen sprang auf und stürzte sich auf die Kuchen.

„Ich dachte, du hättest Pläne fürs Abendessen?“ Nathaniel stellte den Ring auf den Couchtisch. Er würde Jonathan bitten, ihn in den Tresor zurückzubringen.

„Ein süßer Kuchen ist genau das Richtige, um die Zeit bis dahin zu überbrücken.“ Er schon sich ein Teilchen im Ganzen in den Mund und griff nach dem nächsten. „Mama findet, Ginny würde eine wunderbare Ehefrau und zukünftige Königin abgeben.“

„Dann kannst du sie ja heiraten.“

„Ich? Du bist der Erbe. Mich liebt sie nicht.“

„Mich liebt sie doch auch nicht.“ Nathaniel überlegte es sich anders und platzierte das kleine Kästchen auf dem Kaminsims hinter der Uhr. Einen Ring im Wert von über 50 000 Euro warf man nicht durch die Gegend wie ein Rugby-Ei.

„Liebe? Wissen solche wie wir denn je, ob wir wirklich lieben?“

Ja. „Von deiner ganzen brillanten Logik einmal abgesehen, Steve, ich werde Lady Genevieve nicht heiraten.“

„Jemanden musst du doch heiraten. Erben zeugen Erben, führen Königshäuser fort und all das.“

„Du kannst genauso gut wie ich einen Erben zeugen.“ Die Kaminuhr schlug die Stunde. Vier Uhr. Er hatte seine Gelegenheit verpasst, im Schnee spazieren zu gehen. Nathaniel sah aus dem Fenster, wo die grauen Linien des Winterabends bereits überschatteten, was vom Tage übrigblieb. „Prinz Franz hatte keine Kinder.“

„Er ist dein Vorbild? Ich würde mal sagen, er ist der Grund dafür, warum du den ganzen Schlamassel jetzt am Hals hast. Ich sage doch nur, dass du Ginny nicht so schnell von der Liste streichen solltest.“

Nathaniel sah zu, wie sich Stephen ein viertes Küchlein nahm. Oder war es das fünfte? Er hatte keine Lust auf diese Unterhaltung.

„Stephen, hat Mama dich angestiftet, mit mir zu reden? Oder vielleicht Morris Alderman?"

„Morris? Du hast ja deinen Verstand verloren, Mann. Die Presse? Die meide ich wie die Pest."

„Ginny hat mehr Zeit damit verbracht, dich und Mama, die königliche Behörde, den Premierminister und die Presse zu umwerben, als mit mir überhaupt irgendeine Art von Beziehung aufzubauen."

„Wie viel Zeit hast du damit verbracht, sie zum umwerben?"

Er befreite den Teewagen von den letzten Kuchenstücken. „Gar keine." Nathaniel stopfte seine Hände in die Hosentaschen ... eine Angewohnheit, die er unbedingt loswerden musste, weil es als schlechtes Benehmen angesehen wurde, die Hände während Parlamentsversammlungen oder Regierungsveranstaltungen in die Hosentaschen zu stecken.

„Wenn du sie heiratest, ist das ganze Abkommen nur noch eine akademische Frage. Dann ist alles gut."

Stephen musste zu viel Zeitung gelesen haben. „Nein Stephen, dann wird es nur noch komplizierter. Wenn ich sie heirate und als Ihre königliche Hoheit, Königin von Brighton, präsentiere, ist sie nicht mehr länger nur adelig, sondern königlich. Dann muss das Parlament entscheiden, ob ihre Abstammung von Prinz Franz ausreicht, um sie am Ende des Abkommens zur Thronerbin zu machen. Sie wird Großherzogin von Hessenberg und die Königin von Brighton. Während ich lediglich König von Brighton bin."

„Du bist doch sicher nicht eifersüchtig? ‚Ich habe ein Land und Ginny hat zwei.' Sie wird ja nicht Großherzogin bleiben. Sie setzt eine Regierung ein, schafft ein unabhängiges Hessenberg und tritt vom Thron zurück. Nimmt ihren Platz hier ein."

„Bist du so naiv? Sie wird Hessenberg nie zurücklassen. Warum sollte sie auch? Da schlummert möglicherweise viel potenzieller Reichtum."

Er zuckte die Schultern. „Weiß ich auch nicht, aber Hessenberg und Brighton werden beide unabhängig. Was gibt es denn da noch zu wissen?"

Politik war nicht gerade Stephens starke Seite. „Reichlich." Diese ganze vertrackte Angelegenheit bereitete Nathaniel Kopfschmerzen. „Aber es gibt eine feststehende Tatsache. Ich will sie nicht heiraten."

Sollte er sich ein T-Shirt drucken lassen? Darauf zeigen, wenn ihn jemand fragte?

„Sie ist wundervoll, Nate. Schlau, lustig, beliebt. Sie wird die Leute hinter sich versammeln, egal, was mit dem Abkommen passiert." Jetzt, wo der Kuchen komplett aufgegessen war, kam Stephen auf Nathaniel zu. „Aber ich möchte, dass du weißt, dass du in dem Ganzen nicht alleine dastehst. Ich bin für dich da. Ich unterstütze dich."

„Dann fang doch damit an, mit der Lobhudelei auf Ginny aufzuhören." Nathaniel schlug Stephen mit einer Hand auf die Schulter und schüttelte ihn etwas, um sich seiner ganzen Aufmerksamkeit zu versichern.

Obwohl drei Jahre zwischen ihnen lagen, waren die beiden Brüder gleich groß, aber Nathaniel war breitschultrig und muskulös wie ihr Vater. Stephen war schmal und drahtig wie Mamas Vater, stark und blitzartig schnell. Nathaniel war tiefsinnig und nachdenklich. Stephen lebte an der Oberfläche und trug sein Herz auf der Zunge.

„Bist du sicher, dass das nichts mit der Amerikanerin zu tun hat?"

„Wenn du mir einen Namen nennst, einen echten Namen, dann gebe ich dir vielleicht eine Antwort. Nicht *die Amerikanerin*." Nathaniel goss sich eine Tasse Tee ein. Hier hatte er seinen Bruder ausgestochen. Er hatte keine Ahnung ...

„Susanna."

Nathaniel ließ ein Stück Würfelzucker in seine Tasse fallen. „Jonathan hat es dir erzählt?"

„Ja, wenn du versprichst, dass du ihn nicht rausschmeißt. Andernfalls nein."

„Er sollte sich um seine eigenen Angelegenheiten kümmern."

„Er macht sich Sorgen um dich. Du hast dich verändert, seitdem du aus den Staaten wieder nach Hause gekommen bist."

„Natürlich habe ich mich verändert. Unser Vater ist gestorben, und ich bin auf einmal König."

„Liebst du sie?"

„Das weiß ich nicht." Doch, er wusste es. Die Wahrheit lebte in den Tiefen seines Herzens und seines Verstandes. Er dachte, dass er mit der Zeit über sie hinwegkommen würde. In Brighton die Liebe finden würde. „Und selbst wenn, was würde das für einen Unterschied machen?" Nathaniel setzte sich mit seiner Tasse Tee. „Obwohl ich annehme, dass ich abdanken und Susanna heiraten könnte. Ich könnte den Thron von Brighton und dieses ganze Durcheinander mit dem Abkommen einfach dir überlassen. Du könntest Ginny heiraten."

„Haha, netter Versuch, alter Junge." Stephen zeigte lächelnd mit dem Finger auf ihn.

„Du könntest den Thronsaal endlich zu einer Bowlingbahn umbauen lassen, das wolltest du doch schon immer."

Stephen lachte. „Papa würde aus seinem Grab zurückkommen."

„Und mit ihm alle Könige und Königinnen, die Brighton je hatte."

„Nate, würdest du das machen? Wegen eines amerikanischen Mädchens abdanken, das du zwei Wochen lang kennst?" Stephen setzte sich vor Nathaniel auf den Couchtisch.

„Sehr verlockend, aber nein. Das kann ich Brighton nicht antun. Das kann ich Mama und der Familie nicht antun. Außerdem würde es uns in einen unglaublichen Aufruhr stürzen."

„Was ist mit deinem eigenen Aufruhr?"

„Den schiebe ich beiseite. Das tun Könige doch im Allgemeinen, oder nicht? Ihr persönliches Leben für das Gemeinwohl hintenanstellen?"

„Papa hat es auf jeden Fall gemacht." Stephen sprang auf, als die Kaminuhr wieder schlug. „Muss mich beeilen." Er warf sich seinen Rucksack über die Schulter. „Nate, wäre sie eine gute Königin? Die Amerikanerin?"

„Ich weiß es nicht. Aber ich glaube, sie wäre gut für den König, kleiner Bruder."

Einen Moment lang schaute Stephen weg. „Seltsam. Da scheinst du ein Mann zu sein, der alles hat, aber die Frau, die du liebst, kannst du nicht heiraten."

„Ich kann nicht einmal mit ihr ausgehen, um herauszufinden, ob ich sie wirklich liebe. Das wäre nicht fair." Nathaniel nippte an seinem Tee und stellte ihn beiseite. Er war kalt geworden.

„Ich habe noch ein paar Minuten Zeit, Nate." Stephen warf seinen Rucksack zurück auf die Couch. „Leih mir ein paar warme Sachen, und wir können in den Schnee rausgehen." Er machte einen Sprung zum Fenster hinüber.

„Es ist noch nicht zu spät. Die Kinder spielen noch."

„Ich glaube, ich habe die Freude an dem Gedanken verloren."

Nathaniel blickte aus dem Fenster. Jetzt schneite es wieder, dicke Flocken füllten die Schlittenspuren auf dem südlichen Rasen. Die älteren Kinder waren zu den jüngeren dazugekommen, fuhren Schlitten und warfen Schneebälle.

„Für Papa, Nate. Der guten alten Zeiten wegen."

Nathaniel sah seinen Bruder an. Er lächelte, stachelte Nathaniel mit seinem Gesichtsausdruck an. „Na gut, das Spiel läuft." Er brauchte die Kälte, eine Portion eiskalten Windes, um seine warmen Gefühle für Susanna aufzulösen.

Bevor die Uhr die halbe Stunde schlug, platzten Nathaniel und Stephen unter den überraschten Blicken der Angestellten und der Kinder durch den Südausgang des Palastes.

Mit einem Ausruf verließen die kleineren Kinder ihre Schlitten und rannten zu ihm. „Es ist Prinz Nathaniel."

„König, du Dummkopf, er ist König." Eines der älteren Mädchen rannte hinter ihren jüngeren Geschwistern her und hielt sie kurz vor Nathaniel auf, um zu knicksen. „Ich bitte um Entschuldigung, Sir."

Er beugte sich zu ihr hinunter. „Mach dir keine Sorgen."

Stephen wählte diesen Moment, um ihn mit einem Kriegsgeheul zu unterbrechen und traf Nathaniel mit einem Schneeball seitlich am Kopf. „Schneeballschlacht!"

Oh, und wie das Spiel lief. Nathaniel scharte eine Mannschaft aus zwei älteren und zwei jüngeren Jungen und allen kleinen Mädchen um sich.

Stephen hatte die anderen Kinder auf seiner Seite, zwei ältere Mädchen, ein Junge, der so groß war wie zwei, und die anderen kleinen.

Weiße Bomben flogen durch die Luft. Nathaniel zielte auf Stephen, wich seinen Schneebällen aus und reizte ihn.

In den Türen und Fenstern versammelte sich das Personal, um zuzuschauen und sie anzufeuern.

Nathaniel warf seinen letzten Schneeball, als Stephen „Attacke!" brüllte. Stephen senkte seinen Kopf und warf ihn um, indem er ihn mit der Schulter in der Brust traf.

Schnee füllte seine Ohren und glitt in seinen Mantelkragen. Oh, so kalt. Aber so gut. Er lachte, als Stephen ihn freigab und die Kinder diesmal sie beide angriffen. Nathaniel hob die kleine Ansley hoch und wirbelte sie herum.

Das Lachen, die Kälte und der Schnee, die Rufe der Kinder heilten Nathaniels Trauer um den Verlust seines Vaters. Das Lachen heilte die

Trauer um den Verlust seiner Jugend, um die Erinnerungen an Stephen und seine Eltern, um sein Leben, das sich für immer verändert hatte an dem Tag, als Papa starb. Aber am meisten lachte er um der Zukunft Brightons und ihrer Kinder willen.

FÜNFZEHN

Die Uhr in der Eingangshalle schlug Mitternacht, als Campbell ihre Gemächer betrat, müde von dem langen, aber glücklichen Abend. Wenn eine Frau schon 57 werden musste, sollte sie es mit ihrer Familie und ihren Freunden an ihrer Seite tun und indem sie eine Weihnachtssymphonie besuchte.

„Hatten Sie einen guten Abend, Ma'am?" Megan, ihre Zofe, empfing sie an der Tür.

„Ich hatte eine famose Zeit. Man kann sich nicht vorstellen, was es heißt, ein Geburtstagslied so richtig zu genießen, bis ein ganzes Orchester es gespielt hat."

„Das nehme ich an, Ma'am." Megan nahm Campbells Mantel, Hut und Handschuhe entgegen. „Soll ich Ihnen ein Bad einlassen?"

„Nein, vielen Dank. Ich denke, ich werde noch eine Weile wach bleiben. Ich bin noch gar nicht richtig müde. Sie können gehen."

Die Frau knickste und zog sich aus dem Zimmer zurück.

Ein Feuer knisterte im Kamin. Weihnachtslichter glänzten am Baum und auf allen Fenstersimsen.

Campbell schlenderte durch das Wohnzimmer und *fühlte* förmlich den Raum, den sie mit Leo geteilt hatte. Wenn Nathaniel heiratete, bekäme er diese Wohnung. Sie würde in kleinere Gemächer umziehen.

Sie hielt am ersten Fenster an. Sie vermisste Leo. Ihren Freund und Gefährten. Denjenigen, auf den sie sich stützte, der die Jungen führte und leitete. Brighton leitete. Sie leitete.

Campbell zog den durchsichtigen Store beiseite und sah zu, wie der Schnee durch den Lichtschein des Palasts trudelte. Still, friedlich, magisch. Ohne einen Ton zu machen veränderte er die Welt.

Konnte sie dasselbe für ihren Sohn tun? Konnte sie ihn in friedlicher Stille in die Zukunft führen?

Mit pflichtbewusster Gegenwart und Liebe? Oder würde sie laut sein müssen wie Leo? Energisch und laut?

Nathaniel war nicht mehr derselbe, seitdem er von St. Simons zurückgekehrt war. Sie sah es. Henry, Stephen und die Angestellten der königlichen Behörden hatten es auch bemerkt. Selbst Jacques, sein persönlicher Koch, hatte sich nach dem mangelnden Appetit und dem Gewichtsverlust des Königs erkundigt.

Er hatte Liebeskummer. Sie brauchte weder Schnee noch Premierminister oder Chefköche um darauf zu kommen. Sie war selbst einmal verliebt gewesen, damals, als nur der Gedanke an einen bestimmten jungen Mann ihr den Atem nahm.

Aber Hals über Kopf verliebt zu sein, hatte ihrem Vater nicht gereicht. Nein, er fand, Prinz Leopold sei ein angemessener Ehemann, und er hatte sich durchgesetzt, ohne Campbells Liebe für einen anderen Mann überhaupt in Betracht zu ziehen.

Es hatte viele Nächte gegeben, in denen sie ihr Kopfkissen mit ihren Tränen durchnässte und ihr Herz darum bat, ihrem Vater einen Gefallen zu tun und endlich zu kapitulieren. Aber am Ende hatte ihre große Liebe die Entscheidung für sie beide getroffen. Er hatte seine Zuneigung zurückgezogen, und ein Jahr später war Campbell Leos Braut geworden.

Es war auf Nathaniels erster Geburtstagsfeier, als ihr klar geworden war, dass sie sich in ihren Ehemann verliebt hatte. Sie sah zu, wie Leo Nathaniel auf seinem ersten Pony auf dem Palastrasen herumführte und ihr Herz fühlte sich an, als sei es eins mit seinem. Sie dankte Gott jeden Tag für diese Gnade.

Mit einem Seufzen verließ sie das Fenster und griff nach der Fernbedienung für den Fernseher. Sie fand einen Kanal, der Weihnachtsmusik spielte, streifte die Schuhe ab und streckte sich auf der Couch aus.

Sie ließ sich treiben. Wie der Schnee. Tiefer, tiefer, tiefer, friedlich.

„Mama? Bist du noch wach?"

„Ich bin noch wach, ja." Aufgeschreckt vom Bass ihres jüngsten Sohnes setzte Campbell sich auf. „Hast du den Abend genossen?" Sie bot ihm ihre Wange zum Kuss an.

„Es gab eine Symphonie in Begleitung meines liebsten Mädels. Wie hätte ich ihn nicht genießen können?" Er plumpste in Leos Ledersessel und zerrte an seiner Krawatte. „Du bist die schönste Königin in Brighton."

Wie er in seinem Smoking rosig und herrschaftlich da stand, schien ihrem jüngsten Sohn doch immer ein Hauch von Komik anzuhaften, mit seinem unbezähmbaren Haar, das zu Berge stand und ein Eigenleben zu führen schien. Dennoch ähnelte er ihrem würdevollen, noblen Vater so sehr in seinen Bewegungen und seinem Aussehen.

„Aber ich bin die einzige Königin in Brighton", erwiderte sie. „Du könntest ja sagen, ich sei die hübscheste *Mama* in ganz Brighton." Campbell nahm die Fernbedienung zur Hand, um etwas lauter zu machen. „Hark! The Herald Angels sing" war eines ihrer liebsten Weihnachtslieder.

„Du *bist* die hübscheste Mama in ganz Brighton. Aber ich bin einer von zwei glücklichen Jungs, deren Mutter nun einmal auch die hübscheste Königin ist."

„Dann hast du also getan, was deine Königin dir aufgetragen hat? Hast du Nathaniel den Ring gegeben?"

„Habe ich, aber er wird sich nicht darauf einlassen."

„Er ist so stur wie sein Vater. Mich hat er auch abblitzen lassen. Was hat er gesagt?" Jetzt war sie vollständig wach und schenkte Stephen ihre ganze Aufmerksamkeit. „Oh, Nathaniel "

„Er liebt sie nicht. Aber du kennst ihn, Mama. Mr. Perfection. Ich tippe darauf, dass er sich erst um Liebesdinge kümmert, wenn diese ganze Krönungsgeschichte erledigt ist. Vielleicht sogar erst, wenn das Abkommen durch ist."

„Das Abkommen? Dann ist es zu spät. Lady Genevieve könnte die Antwort sein. Brighton kann die finanzielle Last nicht mehr tragen."

„Oder sie könnte das Problem noch verschärfen. Mum, sie wäre Königin von Brighton und Großherzogin von Hessenberg." Er machte ein zweifelndes Gesicht. „Ziemlich heikel."

„Aber wir wären alle unabhängig. Ich glaube, der Gedanke behagt mir sehr."

„Wenn Nathaniel als König von Brighton mit der Herzogin von Hessenberg verheiratet wäre, könnte das bedeuten, dass wir nur noch mehr in die ganze Angelegenheit verstrickt wären als vorher."

„Nun, befinden wir uns nicht in einem vorzüglichen Dilemma?"

„Mama, es ist spät, und es ist dein Geburtstag. Bist du sicher, dass du über Politik reden möchtest?"

„Dann erzähl mir doch einmal, was du über das amerikanische Mädchen weißt."

Stephen wand sich aus seinem Jackett und legte es zusammengefaltet über die Armlehne eines Sessels. „Kann sein, dass er sie liebt, kann aber auch nicht sein."

„Ein hübscher Orakelspruch. Was heißt das? Kann sein, kann aber auch nicht sein?"

„Er liebt sie, aber er weiß, dass er sie nicht heiraten will. Das ist jedenfalls mein Fazit. Einmal davon abgesehen, dass sie viertausend Meilen entfernt lebt."

Campbell stand auf, sie war nun zu unruhig, um sitzen zu bleiben. „Meinst du, dass diese viertausend Meilen dazu beitragen, dass er sie umso mehr liebt?"

„Wer weiß?" Er hob den Deckel einer kristallenen Bonboniere auf dem Tisch neben ihm und wählte ein paar Pralinen aus.

„Mir kommt da ein Gedanke, Mama. Wie wäre es, wenn wir sie hierher holten?"

„Hierher? Wozu?" Campbell betrachtete ihn, die Hände in der Taille verschränkt. „Ich mag es, dass ein ganzer Ozean zwischen ihrem und Nathaniels Herzen liegt."

„Wozu? Um die Seifenblase zum Platzen zu bringen. Lassen wir ihn entdecken, dass er nicht in sie verliebt ist. Er ist in eine Idee verliebt, Mama. Eine Fantasie. Lass sie uns hierher holen und es ihm beweisen. Ihm zeigen, wie es wirklich wäre, wenn eine Amerikanerin es mit unseren Sitten und unserer Art zu leben zu tun bekäme. Ganz zu schweigen von Nathaniels Art zu leben. In seinem königlichen Alltag. Hier ist er nicht Nate Kennedy, der in Georgia Urlaub macht und sich freiwillig meldet, um Teller zu waschen oder den Müll rauszubringen. Er ist der König von Brighton, und er wird einsehen, dass sie nicht die Richtige ist, weder für ihn noch für uns. Er hat mir erzählt, dass er nicht sicher ist, ob er sie liebt, also verhelfen wir ihm zu der Sicherheit."

„Was ist, wenn er doch beschließt, dass er sie liebt?"

„Das wird er nicht, Mama, vertraue mir. Er fühlt sich zuallererst seinen Pflichten verbunden. Er ist zu verklemmt und hält sich zu sehr an die Regeln, um Unruhe zu stiften. Er wird schon auf den richtigen Weg zurückfinden. Weißt du was: Lass uns das Mädchen doch zu den Krönungsfeierlichkeiten einfliegen." Stephen grinste Campbell verwegen an und steckte sich noch ein Stück Schokolade in den Mund. Seine Zuversichtlichkeit war eine Mischung aus der seines Vaters und ihrer eigenen.

„Möchtest du dich auf Kosten deines Bruders amüsieren?"

„Niemals. Aber wie sonst können wir ihn dazu bringen, der Wahrheit ins Gesicht zu sehen? Wenn sie erst einmal hier ist, wird Nathaniel selbst Zeuge werden, wie merkwürdig es ist, sie hier zu haben, dass Brighton europäischer ist als das ganze restliche Europa zusammen.

Eine Amerikanerin wie Susanna wird unsere Sitten und Bräuche merkwürdig finden. Ausländisch. Er wird sie neben Lady Genevieve sehen, und ihm wird klar werden, dass es nicht Liebe ist, die er da fühlt, sondern dass sie ihn an seine Freiheiten erinnert. Er wird nicht genug Motivation aufbringen, um den Erlass über die Ehe anzufechten. Gleichzeitig wird Susannas Anwesenheit Ginny einen Tritt in den Allerwertesten verpassen. Ich würde sagen, sie verbringt zu viel Zeit damit, die Zuneigung von allerhand Leuten zu gewinnen ... und zu wenig Zeit mit Nathaniel. Sie könnte ihren Charme sehr viel besser beim König direkt einsetzen anstatt bei der königlichen Behörde."

„Sie ziert sich, Stephen. Sie wartet darauf, dass *er* ihr ein kleines bisschen Zuneigung zeigt. Dass *er* seinen Charme dafür einsetzt, um *sie* zu werben. Wie würde es denn aussehen, wenn sie hinter dem König herjagen würde?"

Campbell konzentrierte sich einen Augenblick auf die Musik. Ein reizendes Quartett spielte „O Holy Night". Ihr Glaube war in den Jahren von Leos Krankheit gewachsen, aber sie fühlte sich so minderwertig, wenn sie dem König aller Könige gegenübertrat.

„Ein Fingerschnipsen von ihm und sie würde angerannt kommen. Aber wenn sie auf eine andere Frau eifersüchtig wäre, könnte sie ihren olympischen Ehrgeiz darauf verwenden, Nathaniel davon zu überzeugen, dass sie es ist, die er liebt und braucht."

„Liebt er sie?"

„Er sagt nein. Er behauptet, dass sie ihn auch nicht liebt." Stephen trat zur Hausbar, die nur Diätlimonaden und Wasser enthielt. Er schraubte den Deckel einer Wasserflasche ab und nahm einen langen Schluck.

„Dann müssen wir ihm glauben."

„Möchtest du Enkelkinder, bevor du zu alt wirst, um die Windeln zu wechseln?" Stephen kam hinter der Bar hervor.

„Jetzt bist du unbarmherzig“, sagte Campbell, die sich wieder in ihren angestammten Sessel ... dem neben Leos Lieblingssessel ... setzte. „Außerdem habe ich, meine ich mich zu erinnern, *zwei* Söhne, die mir Enkelkinder schenken könnten. Und dem Thron zu einem Stratton-Erben verhelfen könnten.“

Stephen spuckte den Schluck Wasser, den er gerade hinunterschlucken wollte, aus. „Mama, bitte, wenn du deine Erwartungen jetzt auf mich richtest, dann bist du in ernsten Schwierigkeiten. Noch ein Grund mehr, Susanna hierher zu holen und die Dinge in Schwung zu bringen. Außerdem habe ich keine Verwendung für Romantik.“

Campbell bedachte Stephen mit ihrem mütterlichen Wahrheitsblick, den sie benutzt hatte, seit er ein kleiner Junge war, um seine Aufrichtigkeit zu überprüfen. „Es wäre ein grausamer Trick, wenn er sich nur noch mehr in sie verlieben würde.“

„Es ist ein Risiko, das wir eingehen müssen, aber wenn wir sie in viertausend Meilen Abstand halten und er sich weiter nach ihr verzehrt, ist das auch keine Lösung. Hast du ihn gesehen? Er hat bestimmt noch mal fünf Kilo abgenommen.“

Die Königin betrachtete ihren Sohn. Er hatte gut argumentiert ... aber könnte das Unterfangen nach hinten losgehen? Das Gegenteil dessen bewirken, was sie beabsichtigten? „Nun gut, du hast gewonnen. Sag Jonathan, er soll sie auf die Liste setzen. Erlaube ihr, eine Begleitperson mitzubringen. Sagst du es Nathaniel oder soll ich?“

„Weder noch, Mama. Wenn er Bescheid weiß, wird er sich uns gegenüber eisenhart verhalten. Er könnte Jon sagen, dass er ihren Namen wieder von der Liste streichen soll. Dann werden wir wieder keine klare Antwort bekommen. Und er auch nicht. Überraschung ist der Schlüssel.“

Täuschung beunruhigte sie. Aber Stephen hatte ein weiteres gutes Argument geliefert. „Wenn er mich fragt, werde ich nicht lügen.“

„Schön, Mama. Dann lüge nicht.“ Stephen griff nach seinem Jackett und schlüpfte wieder in die Schuhe. „Wo soll sie übernachten? Parrsons House?“

„Ganz sicher nicht. Sie übernachtet in einem Hotel. Parrsons ist für die Familie da.“ Der Landsitz der Strattons befand sich am Rande von Cathedral City, siebzig Kilometer nördlich des Palastes. „Außerdem findet dort der Krönungsball statt.“

Campbell hatte vor, während der Krönungsfeierlichkeiten selbst dort zu wohnen.

„Mama, wir wollen doch, dass er seine Gefühle für sie in Ordnung bringt. Wir wollen nicht die Boulevardpresse und die Paparazzi auf den Plan rufen. Die Presse wird in der Krönungswoche wie verrückt hinter ihm her sein. Die ganze Welt schaut zu. Das Sicherheitsrisiko wäre zu groß, wenn sie in der Stadt ist. Wie soll er sie im öffentlichen Raum treffen? Bring sie in Parrsons unter.“ Stephen hatte viel zu viel Energie für die späte Stunde. Campbell wurde müde, wenn sie ihm nur zuhörte.

„Dann müssen wir sie zum Ball einladen. Wenn sie in Parrsons ist, können wir schlecht einen großen Tanz direkt vor ihrer Nase veranstalten und sie nicht dazu einladen.“

Der Ballsaal in Parrsons House war der größte der königlichen Ballsäle. 1890 hatte König Stephen VI. ihn für die bevorstehende Krönung seines Sohnes anbauen lassen.

Stephen VI. zog das Landleben vor und hatte angenommen, dass es seinen Kindern und Enkelkindern ebenso gehen würde. Aber im beginnenden zwanzigsten Jahrhundert erschien das langsame Tempo des Landlebens skurril und rückständig verglichen mit den Reizen einer industriellen Stadt, wo Autos und das Kino die Jugend begeisterten.

„Brillant, Mama. Genau. Der Krönungsball der Farben wird der perfekte Ort sein, um sie Nathaniel vorzuführen.“ Stephen kam zur

Couch herüber und beschenkte sie mit seinem verschmitztesten Grinsen. „Wie wäre es, wenn wir das im ganz großen Stil à la König Leo arrangierten? Und sie auf alle Listen des blauen Buches setzten?“

„Und sie sich unter unsere Freunde, Familie und königlichen Besucher mischen lassen?“

„Wenn wir beweisen wollen, dass sie nicht aus dem Stoff ist, aus dem Königinnen gemacht sind, dann ja, dann präsentieren wir sie vor dem Hintergrund unserer kulturellen Elite, Mutter.“

Mutter? Er nannte sie nur Mutter, wenn es ihm sehr ernst war. „In Ordnung, aber dann musst du versprechen, dass du dich um den Scherbenhaufen kümmerst, der daraus entstehen wird.“

„Erledigt.“ Er legte die Hand aufs Herz und gab ihr einen Gutenachtkuss. „Ich werde morgen mit Jon sprechen und die Arrangements für Susannas Reise erledigen.“

„Denkst du denn, der Plan wird aufgehen?“

„So oder so.“

Genau das befürchtete sie. So oder so. Mit Nathaniel spielte man keine Spielchen. Wahrheit und Gerechtigkeit lagen ihm sehr am Herzen. Das machte ihn zu einem guten König. Aber auch zu einem, der schlecht zu manipulieren war. Der Plan konnte genauso gut gegen sie arbeiten, wie er für sie arbeiten konnte.

Die Uhr schlug eins. Campbell stellte die Musik aus, drehte das Gas ab, das den Kamin erleuchtete, und knipste die Weihnachtslichter aus. Dann ging sie erschöpft zu Bett, erschöpft davon, Pläne zu schmieden, bei denen es darum ging, das Herz ihres Sohnes bloßzustellen.

„Mama, ich mache Pause." Susanna nahm die Schürze ab und warf sie zusammengeknüllt in den Wäschesack für die Reinigung. Mama hasste es, wenn sie mehr als eine Schürze pro Schicht trug, aber Catfish war gestolpert und hatte diese hier über und über mit Barbecuesoße bespritzt.

Susanna schnappte sich die Zeitung aus ihrem Spind und ging hinaus auf die Terrasse. Tante Rue wurde unruhig. So langsam blätterte der Lack von ihrer übersüßen Südstaaten-Herzlichkeit ab.

Wie läuft es mit der Wohnungssuche, Susanna?

Tante Rue hatte auch ein bisschen etwas von Tante Buh in sich und legte den Kleinanzeigenteil gerne mal abends auf Susannas Kopfkissen. Diesen Morgen hatte sie darauf hingewiesen, dass sie ihr Haus *so schnell wie möglich* für sich haben musste, um ihm einen neuen Anstrich und neue Teppiche zu verpassen und Susannas Zimmer gründlich auszuräuchern.

Okay, das mit dem Ausräuchern hatte sie so nicht gesagt, aber so, wie sie ihre Nase gerümpft hatte, hätte sie es sagen *können.*

So, wie Susanna es sah, hatte sie drei Möglichkeiten.

Billig zu mieten. Und zwar mit einer Miete, die so niedrig war, dass die Verwalterin eines Barbecue-Restaurants sie bezahlen konnte.

Wieder zu Hause einziehen. *Schauder.*

Ein Zelt kaufen und es neben Aurora aufschlagen

Im Moment tendierte sie stark zu dem Zelt. Das könnte doch eine sehr befreiende Wirkung haben.

Susanna wählte einen Tisch in der Ecke bei der Bühne und schlug die Zeitung auf, starrte aber über den Strand, anstatt zu lesen.

Wenn sie einen freien Morgen oder Abend hatte, fuhr sie manchmal mit ihrem Fahrrad zur Christ Church, wo sie es im Gras parkte und sich selbst lang auf dem Rasen ausstreckte, um zu beten. Sie versuchte, nicht denselben Ort zu wählen, an dem sie mit Nate geredet und gebetet hatte, aber sie tat es dann doch. Jedes Mal. Weil Gott an der Stelle zu ihr sprach.

Ohne mich kannst du nichts tun.

Sie war also wieder bei ihrem „Ich habe nichts"- und „Du kannst alles haben, was ich bin"-Gebet. Das ganze bisschen, was von ihr selbst, ihren Plänen und ihrem Leben übrig war. Vielleicht ging es ja gerade darum.

Draußen auf der Veranda zog sie einen Filzstift aus ihrer Hüfttasche und kritzelte „Johannes 15" an den Rand der Zeitung. Sie hatte das Kapitel an den letzten Abenden gelesen, bevor sie zu Bett ging. Viel bessere Lektüre als die „Zu Vermieten"-Anzeigen. 'Tschuldigung, Tante Rue.

Unter Johannes 15 schrieb sie „treu bleiben, Jesus, Frucht". Sie las die Botschaft in den rotgedruckten Worten. Sie wusste nur nicht, wie sie danach handeln sollte.

Mit nichts anfangen? Check.

Eine Dezemberbrise kam vom Ozean herein und kühlte Susannas Haut, die von der Küche noch ganz warm war. Sie steckte den Deckel auf den Stift und wandte sich den Anzeigen zu.

„Was gefunden?" Die Fliegengittertür klapperte, und Mama, die sich die Hände an einem sauberen, weißen Geschirrtuch abtrocknete, betrat die Veranda.

„Sieht mir ganz so aus, als seien das die gleichen Anzeigen wie gestern." Susanna überflog die Spalten. „Vielleicht wohne ich in meinem Auto." Im Auto zu wohnen war eine Option, stand aber ziemlich weit unten auf der Liste. Vor „bei Gracie wohnen" und nach „Camping mit Aurora".

„Mein liebes Mädchen, was bist du stur." Mamas Seufzer kam aus tiefstem Herzen. „Komm einfach nach Hause und wohne bei deinem Daddy, Avery und mir."

„Bin ich denn dieses Jahr noch nicht genug gedemütigt worden?“ Sie sah zu Mama hinauf. „Ich arbeite doch wieder im Shack. Nach Hause zu ziehen würde dem Ganzen die Krone aufsetzen.“ Sie stachelte das nicht vorhandene Publikum zum Applaus an. „Und der Gewinner des ‚Verlierer des Jahres‘ geht an ...“

„Ach, du meine Güte. Du bist so dramatisch.“ Mama schüttelte das Geschirrtuch auf, faltete es ordentlich und schüttelte es wieder auf. „Viele andere Kinder wohnen bei ihren Eltern.“

„Ich bin nicht wie andere Kinder. Ich will kein Kind sein, das zu Hause lebt. Schande, du und Daddy hattet geheiratet, euch scheiden lassen und wieder geheiratet, als ihr in meinem Alter wart.“

„Da hast du vermutlich recht.“ Mama setzte sich neben Susanna auf die Bank. „Ich wusste schon, dass du deine eigene Persönlichkeit hast, als du dir deinen Weg auf diese Welt bahntest. Hast keinen Ton von dir gegeben. Du hast mich nur mit diesen großen Augen angesehen, als wäre es auch langsam an der Zeit, dass ich dich endlich hinauslasse, um zu sehen, was hier draußen so vor sich geht.“

Susanna lächelte. „Wie kannst du dich daran überhaupt erinnern.“ Sie klopfte mit ihrem Stift auf die Zeitung. Es schien, als würde in letzter Zeit jedes ihrer Gespräche mit Mama sie direkt ins Herz treffen.

„Ich erinnere mich an alles, was dich angeht, mein kleines Mädchen.“ Mama schniefte und sah weg. „Das ist vielleicht schwer zu glauben, wenn man überlegt, wie du aufgewachsen bist, aber ich habe ein mentales Fotoalbum von dir, das ich mir jeden Tag anschaue. Du warst das hübscheste, süßeste kleine Ding. Jeder, und ich meine wirklich jeder, hielt an, wenn ich dich zum Markt oder zur Kirche oder sonst wohin mitnahm. ‚Sie ist so schön‘, sagten die Leute immer. Ich musste dich irgendwann zu Hause oder bei meiner Mama lassen, wenn ich schnell etwas erledigen wollte. Du hattest große blaue Augen, die alles beobachteten, als wüsstest du genau, was vor sich ging. Rosige

Wangen, süße geschwungene Lippen und perfekte Haut. Und einen dicken blonden Haarschopf. Ich war 19 und hatte meine eigene kleine lebendige Babypuppe."

Mama tupfte sich die Augen mit dem Geschirrtuch ab. „Die blöden Zwiebeln brennen mir immer so in den Augen, dass sie mir ganz feucht werden."

Susanna gab ihr einen schnellen Kuss auf die Wange. Okay, sie liebten sich also, waren aber zu stolz oder zu feige, um sich anzuschauen und es sich zu sagen.

„Weißt du, es ist okay, dass du keinen Plan hast, Susanna. Manchmal ist es gut, wenn man das Leben einfach kommen und einen finden lässt."

„Mama, du beschreibst gerade meinen schlimmsten Albtraum."

Susanna warf ihr einen Blick von der Seite zu und faltete die Zeitung zusammen. „Aber gerade jetzt habe ich sowieso nicht viel Auswahl. Immerhin bin ich hier unter Freunden und Familie."

„Was hast du vom guten alten Nate gehört?"

„Nichts. So, wie es sein sollte. Er hat ein Leben in Brighton." Sie starrte durch die Bäume geradeaus. Sie hatte es nicht laut kundgetan, aber vor ein paar Tagen hatte sie ihn gegoogelt. Nur um zu sehen, wie es ihm so ging.

Sie hatte erfahren, dass er am 3. Januar zum König Nathaniel II. des Hauses Stratton, Regenten des Königreichs Brighton, Erzherzog des Großherzogtums Hessenberg ... bis auf weiteres und bis sich ein Erbe für das Abkommen fand ... sowie Oberhaupt des Staates und der konstitutionellen Monarchie gekrönt werden würde.

Teil seiner Pflichten und seines Treueeids war, dass er Verteidiger des Glaubens sein sollte. Der Titel gefiel ihr am besten. Verteidiger des Glaubens. Etwas, das die Welt jetzt gut gebrauchen konnte. Ein Licht inmitten der Dunkelheit.

Sie fand außerdem Bilder von Lady Genevieve, deren Schönheit und Erscheinungsbild mit dem von Catherine, der Herzogin von Camebridge, verglichen wurde.

„Susanna, hörst du mich überhaupt?" Mama tippte Susanna auf den Arm.

„Ummm ... ja, etwas wird sich finden."

Mama lachte. „Ja, etwas wird sich finden. Vielleicht solltest du Nate besuchen, mal schauen, was drüben in Brighton so los ist. Die sind doch berühmt für ihre weihnachtlichen Gärten und Läden, mit der ganzen Weihnachtsbeleuchtung und den altmodischen Weihnachtssängern und was weiß ich?"

„Mama, ich werde Nate nicht besuchen." Niemals. Nie. Sie konnte ihr Herz nicht aufs Spiel setzen. Außerdem ... man ging ja wohl kaum einfach zum Palast und klingelte an der Tür. Hallo, ist Nate zu Hause? „Ich hab mit meinem Geld Besseres vor. Zum Beispiel ein Zelt zu kaufen." Susanna sprang vom Tisch auf. „Zeit, das Abendessen vorzubereiten?"

„Ein Zelt. Susanna Jean, du wirst nicht in ein Zelt ziehen." Mama drückte sie wieder auf ihren Platz auf der Bank zurück. „Bleib noch einen Moment sitzen. Ich schicke dir ein Essen raus."

„Da-danke, Mama."

Die Küchentür klappte auf und wieder zu. Dann erregten ein Geräusch und ein Blitzen unterhalb der Terrasse Susannas Aufmerksamkeit. Piniennadeln und Herbstlaub knirschten unter unsichtbaren Füßen. Susanna stand auf und studierte den Raum zwischen den Pinien.

Manchmal kamen Essensgäste von der Strandseite her zum Rib Shack herauf, aber sie konnte niemanden sehen. Hörte keine Stimmen. Dann erhaschte sie einen Blick auf blondgebleichtes Haar.

„Aurora?"

„Du hast mich gesehen.“ Sie kam hinter einer dicken Pinie hervor.

„Dein Haar hat dich verraten.“ Oh, so frei zu sein wie Aurora. „Spielst du Verstecken?“

„Ich beobachte. Wie geht es dir?“

„Gut bis mäßig.“ Sie hielt die zusammengefaltete Zeitung hoch. „Hast du Platz für Gäste in deinem Zelt? Kann sein, dass ich bei dir unterkriechen muss.“

Aurora trat unter den Bäumen hervor. Sie trug kurze Kakihosen, ein hellgrünes Oberteil, rote Leinenschuhe und etwas, das wie ein rosafarbener Kaschmirpullover aussah. „Kleiner, kleiner Glaube.“ Sie stach mit dem Finger in die Luft. „Auf dich wartet ein Palast.“

„Ein Palast?“ Also war es mal wieder eine von Auroras verwirrten Stunden. Obwohl Susanna das Übernatürliche nie ausschloss ... diese Momente, wenn Aurora das Unsichtbare anzapfte. Sie konnte ein bisschen verdreht wirken, aber wenn man hin und wieder einen Engel oder einen Dämon sah, dann machte das schon etwas mit einem. „Ich kann mir ja noch nicht mal eine Einraumwohnung leisten.“

„Kleiner, kleiner Glaube.“ Aurora näherte sich der Terrasse und zitterte bei einem Windstoß.

„Komm herauf. Frierst du?“

Die Frau bewegte sich nicht. „Er ist dein Prinz.“

„Wer ist mein Prinz?“ Susannas Puls ging etwas schneller. „Wovon redest du?“ Wie konnte sie über Nate Bescheid wissen? Hörte sie Dinge, wenn sie mit ihrem Rad über die Insel fuhr und sich in den Wäldern versteckte?

Hatte sie über die niedrige Steinmauer und durch die Palmettopalmen gelinst, als Susanna den Garten des Sommerhauses entwarf?

„Vergiss die Schuhe nicht.“

„Schuhe?“ Susanna kam die Stufen hinunter und gesellte sich auf dem Weg zu Aurora. Rötliches Dämmerungslicht leuchtete über den letzten blauen Schimmer des Dezembertages und färbte den Himmel tief lila. „Deine Schuhe? Meine Schuhe?“

Auroras Haar musste dringend einmal gekämmt werden, aber es war sauber und gesund, wenn man von dem fast transparenten Blondton einmal absah, den sie gewählt hatte.

„Die Schuhe, Susanna. Denke daran, die Schuhe anzuziehen. Ich kann es nicht oft genug sagen. Zieh die Schuhe an.“

„Welche Schuhe?“ Susanna erinnerte sich an vergangene Gespräche mit der obdachlosen, ehemals politischen Gelehrten. Sie konnte sich an keine Unterhaltung über Schuhe erinnern, außer der an jenem Julimorgen auf dem Parkplatz vor Gages Büro.

„Schuhe des Friedens. Schuhe der Freude. Schuhe der ...“ Aurora wirbelte im Kreis, warf ihre Arme weit auseinander und lachte, während sie Abdrücke ihrer eigenen Schuhsohlen im Sand hinterließ.

„Aurora?“ Mama war auf die Veranda zurückgekehrt. „Möchtest du ein Abendessen?“ Sie stellte Susannas Teller und ein großes Glas Tee auf den Tisch.

Auroras Gesichtsausdruck wurde weicher, und die Anspannung in ihren Augen ließ nach. „Das wäre sehr schön, Glo. Kann ich es zum Mitnehmen haben? Und ein paar Gib-Brötchen extra?“ Sie zog die Nase kraus und kam ganz bis zu der Terrasse heran. „Ich wärme sie mir im 7-11 auf. Das macht die Kassierer verrückt, weil die Kunden dann alle wissen wollen, was da gekocht wird, damit sie es auch kaufen können.“

„Da freut sich Gib aber, wenn er das hört, altes Mädchen. Komm mit herein und trink einen Tee, solange ich dir dein Essen einpacke. Möchtest du Hühnchen oder Schwein?“

„Rind.“ Aurora zwinkerte Susanna im Vorbeigehen zu. „Er hat alles unter Kontrolle.“

„Wer? Der Prinz, von dem du geredet hast, oder der Herr?“

„Der Herr natürlich. Der Prinz ist genauso konfus wie du. Denk daran, dass du losgelassen hast, dass du dem Herrn gesagt hast, dass alles für ihn ist. Es wird alles gut werden."

Susanna war sich nicht so sicher. „Woher weißt du das, Aurora?"

Die Frau schloss die Augen und atmete tief. „Ich liebe den Geruch eines Barbecues aus Georgia. Es gab ein Restaurant in der K Street in DC ..." Auf einmal stand Susanna einer wohlsortierten, blitzgescheiten Hauptstadtlobbyistin gegenüber. „... die haben es geschafft, dass mir das Wasser im Munde zusammenlief, wenn ich nur vorbeigefahren bin. Aber damals hab ich mir viel zu sehr Gedanken darüber gemacht, in Größe 32 zu passen. Ich hatte nicht verstanden, dass ich in Größe 36 sehr schön aussehen kann, auch ohne mich anstrengen zu müssen, wenn ich nur alles aufgebe. Oh, aber das Barbecue war nicht halb so gut wie das, was dein Vater macht."

Susanna drückte ihrer Freundin die Hand. Sie war kalt, klamm und zitterig. „Geh rein, wärm dich auf. Hast du genug Decken in deinem Zelt? Ich habe gehört, dass es heute Nacht ganz schön kalt werden soll."

Nicht kalt genug für Schnee, Halleluja, aber unter zehn Grad auf jeden Fall.

„Ich habe sogar noch welche für Gäste über. Ich habe es ganz adrett warm und nett in meinem Bett."

Nachdem Aurora samt ihren Reimen hineingegangen war, setzte sich Susanna an ihr Essen. Sie hatte gerade einen großen Bissen von ihrem Hähnchen genommen, als Aurora auch schon mit ihrem Essenspaket und einer braunen Tüte mit Daddys Brötchen wieder herauskam.

„Bis bald, Suz."

„Nacht, Aurora."

Aurora ging über den Rasen zu einem kleinen Pinienwäldchen. Susanna sezierte ihre Backkartoffel, und als sie wieder aufsah, war Aurora verschwunden.

Ein bisschen unheimlich war sie ja. Aber faszinierend. Susanna liebte sie. Sie nahm einen Schluck Tee, als Avery mit wild leuchtenden blauen Augen durch die Tür platzte und auf Susanna zu stürmte.

„Pass auf, Aves. Jetzt habe ich fast meinen Tee verschüttet." Sie griff nach ihrer Serviette und wischte sich den bräunlichen Klecks von der Hand. „Ich dachte, du wolltest mit Mina ins Kino gehen."

Sie schüttelte den Kopf, schnappte nach Luft und hielt Susanna einen dicken Umschlag aus Büttenpapier hin, der in Rot und Gold geprägt war.

„Was ist das?" Susanna griff nach dem Umschlag, aber Avery umarmte ihn, während sie hohe, ohrenbetäubende Quietscher von sich gab.

Susanna wich vor dem Krach zurück. „Avery, hör auf."

„Wir müssen hin! Wir müssen hin!" Sie hüpfte auf und ab und wedelte mit dem Umschlag. „In meinem ganzen kurzen Leben ... hätte ich nie, nie, nie ..."

Susanna zog eine Grimasse. Mal überlegen. Homecoming oder Schulball kamen nicht infrage. In einer Woche endete die Schule vor den Weihnachtsferien, und es gab eine ganze Reihe Parties, aber warum dachte sie, Susanna sollte mitkommen?

„Suz, wir kriegen langsam zu tun."

Mama erschien im Türrahmen. „Tut mir leid, dass ich dich vom Essen wegholen muss, aber die Leute, die ihre Weihnachtseinkäufe machen, sind heute irgendwie früher dran. Avery Mae, ich dachte, du wolltest ins Kino."

Sie ließ wieder ein ohrenbetäubendes Kreischen los. „Mama, bitte, bitte, *bitte* lass mich fahren. Bitte ... bihihitte. Ich mache das Haus sauber und dein Auto, mache die Wäsche und bügle sie auch!"

„Du hasst Bügeln."

„Für den Rest deines Lebens."

„Wie wäre es mit ‚bis in alle Ewigkeit'?", fragte Susanna grinsend, nahm ihren Teller und ging hinein, dankbar, dass dieses Teenagerdrama nun vor Mama weiter aufgeführt wurde.

„Ja, ja, ja", sagte Avery. „Bis in alle Ewigkeit. Also, darf ich *bitte* hin?"

„Wohin? Heraus damit. Ich habe hier ein Restaurant zu führen. Um was geht es denn überhaupt? Übrigens, wie geht es Daddy? Ruht er sich aus?"

„Ja, ihm geht es gut. Suz, warte, du kannst da noch nicht rein gehen." Avery hielt sie an der Tür auf und bot ihr das Kuvert mit beiden Händen an. „Bitte ... Susanna ... bitte. Wenn du mich nur ein bisschen lieb hast ... sag ja."

Mama nahm Susanna das Geschirr ab und stellte es gleich neben der Tür ab. „Avery, hast du etwa Susannas Post geöffnet?"

„Ich konnte nicht anders." Sie hüpfte. Zappelte. Zuckte. „Schau dir die Umschlagklappe an. Oh, wie konnte ich ihn nur nicht erkennen?" Sie schlug sich die Hand vor die Stirn und zeigte dann auf Mama. „Du hast ihn Fettecken mit der Zahnbürste schrubben und die Klos desinfizieren lassen." Avery lachte schallend.

„Psst, Mädchen, sprichst du von Nate?"

Susanna starrte auf die Umschlagklappe und fühlte, wie vor lauter Nervosität und Vorahnung ihre Lungen beinahe den Dienst versagten. In das Leinen des Umschlags war in sattem Rubinrot eine königliche Chiffre eingeprägt ... N II R.

Avery verdarb es, indem sie mit dem Finger auf das Kuvert tippte. „Nathaniel II. Regent."

„Avery." Susanna gab ihr einen Klaps auf den Finger. „Sei jetzt mal leise. Lass mir einen Moment Zeit, bitte." Auroras Stimme hallte in ihrem Kopf wider. *Auf dich wartet ein Palast.*

„Behauptest du etwa, unser Nate, mein Tellerwäscher Nate, sei ein Prinz?"

„Er selbst höchstpersönlich, ja genau. Mama, er ist der neue König von Brighton. Er ist hier abgereist wie der Blitz, weil sein Vater gestorben war."

„Susanna, du hast kein Wort darüber gesagt!"

„Ich habe es ja nur mit Müh und Not selbst erfahren. Ich hätte nicht gedacht, dass ich noch einmal etwas von ihm höre." Jedenfalls nicht nach ihrem letzten Gespräch am Strand.

„Mach ihn auf, Suz."

Susanna öffnete umständlich das Kuvert. Ihre Hand zitterte, als sie eine dicke Karte herauszog.

Im Auftrag Ihrer Majestät der Königin,
des Premierministers und des Parlaments von Brighton,
gibt sich der Lord Chamberlain die Ehre,
Sie herzlich zu der Krönung und den Feierlichkeiten zu Ehren Seiner Königlichen Majestät
Kronprinz Nathaniel Henry Kenneth Mark Stratton
aus dem Hause Stratton, Königreich Brighton,
einzuladen. Diese finden vom 26. Dezember – 3. Januar statt.
U.A.W.G.

Ach du allerliebste Güte ... Ihr Herz schlug wild und laut in ihren Ohren.

„Mama, wenn du mich fahren lässt, brauchst du mir nie wieder ein Geschenk zu Weihnachten oder zum Geburtstag zu kaufen."

„Hör doch mal auf mit diesem ‚nie wieder'-Gerede." Mama las über Susannas Schulter und atmete dann heiß und schwer gegen ihre Haut aus. „Meine Güte, ich weiß nicht, was ich dazu sagen soll."

„I-ich auch nicht."

„Sag ja, Suz. Ja, wir können hinfahren."

„Susanna?“ Mama beugte sich vor, um ihr ins Gesicht zu sehen. „Du bist ganz blass geworden. Ich nehme an, das hast du nicht erwartet.“

„Nein.“ Jedes ihrer Gliedmaßen wurde schwach, als sie die Einladung zurück in den Umschlag schob. Das ergab keinen Sinn. Sie hatte seit seiner Abreise im Juli nichts von ihm gehört. Er hatte Jon damit beauftragt, den Garten abzunehmen. Sie hatte geglaubt, er wolle nicht mit ihr sprechen.

„Also, können wir hin? Schau mal hier.“ Avery wühlte im Inhalt des Briefumschlags herum. „‚Begleitung‘. Das bin ich. Und hier ist noch ein Schreiben, das dich einlädt, als Gast der Königin in Parrsons House zu wohnen.“ Sie faltete die Hände. „Mensch, Suz, wer bekommt denn schon eine Einladung zu einer Krönung? Keiner! Wir *müssen* da hin.“

Die Konturen und Lichter der Veranda verschwammen in der kalten Brise. Aber die Vorstellung, ihn wiederzusehen, wärmten sie durch und durch.

Was machst du da, Nate? Wie konnte sie hinfahren? Warum sollte sie hinfahren? Sie konnte nicht einmal sicher sein, dass er sie eingeladen hatte, obwohl sie es sich kaum vorstellen konnte, dass der missbilligende Jonathan ihren Namen auf die Gästeliste gesetzt hatte.

„Suz, komm schon, wir müssen ...“

„Nein, Avery, wir müssen gar nichts.“ Susanna klopfte sich mit der schweren Einladung gegen die Handfläche und drängte sich dann zwischen Mama und ihrer Schwester hindurch zur Küchentür. „Ich habe Abendessen vorzubereiten. Mama, hat Catfish das Fleisch aus dem Kühlraum geholt?“

„Das kann jetzt nicht dein Ernst sein.“ Avery verstellte Susanna den Weg zur Tür. „Wir müssen nicht hin, aber wir *sollten.* Wir wären verrückt, nicht hinzufahren. Verrückt. Nenn mir einen guten Grund.“

„Ich nenne dir drei. Ich kann es mir nicht leisten. Ich kann es mir nicht leisten. Ich kann es mir nicht leisten. Ich habe noch nicht einmal eine Bleibe, Avery. Ich schulde Blaine Jessup 1600 Dollar Büromiete, und gestern ist die Rechnung für meine neue Website gekommen. Und um ganz ehrlich zu sein, will ich auch gar nicht hin. Das ist in zwei Wochen, und wir bekommen die Einladung erst jetzt? Das ist unhöflich. Ganz offensichtlich haben wir Nachrückerplätze oder schlimmer, und noch wahrscheinlicher, ist das Ganze ein Scherz."

Konnte Mrs. Butler dahinterstecken? Die wollte ihr vielleicht eins auswischen dafür, dass sie ihre Benefizveranstaltung untergraben hatte. Oder von der gleichen Person, die Susanna mit Nate auf der Terrasse fotografiert hatte?

„Was macht das schon, wenn es unhöflich ist? Oder ein Scherz? Wir sind zur Krönung eines europäischen Prinzen eingeladen."

„Nicht, wenn es ein Witz ist, Avery." Susanna tippte gegen die Stirn ihrer Schwester. „Hallo, Holzkopf."

„Wir sind Gäste Ihrer Majestät, der Königin. Der *Köhönigihin* ... Wie kannst du nicht dorthin wollen?" Avery sprach mit dem ganzen Körper, ruckend und zuckend und mit wilden Armbewegungen. „Mama, mach, dass sie hingeht."

„Ich wüsste nicht, wie ich das anstellen sollte. Das hat schon nicht funktioniert, als sie drei Jahre alt war und jetzt, wo sie erwachsen ist, klappt es erst recht nicht." Mama sah Susanna in die Augen. *Folge deinem Herzen.* „Sie will nicht. Ich schätze, sie weiß, was sie tut. Aber mir sieht das nicht nach einem Scherz aus, Susanna." Natürlich nicht. Weil es keiner war. „Jetzt komm, Avery, hast du schon zu Abend gegessen?" Mama schob ihre Jüngste zur Küche. „Wenn du schon nicht ins Kino gehst, könnte ich dich hier gut gebrauchen."

„Suz, bitte, bitte ..." Avery hielt sich an ihr fest, während Mama versuchte, sie nach drinnen zu dirigieren. „Denk darüber nach, okay?"

Die Melodie des Rib Shack, die Musik des Atlantiks, die Lieder der Insel, erklangen um sie herum und berührten ihr Herz. Der Klang ihres Zuhauses. Ihres Trostes. Wenn sie nichts anderes mit ihrem Leben anfing, wenn das *alles* war, was Gott für sie hatte, das Rib Shack, ihre Leute, Avery, dann möge es so sein. Dann würde sie es mit ihrem ganzen Herzen leben. Mit heiliger Zufriedenheit.

Dann wurde ihr das Gewicht des Kuverts bewusst. Es *gab* mehr für sie. Sie *fühlte* es, wie ein Versprechen in ihrer Seele, das sie nicht sehen oder definieren oder mit den Händen greifen konnte, aber das sie dazu brachte, nach mehr zu streben.

Und es begann damit, nichts zu haben. Völlige Hingabe.

Sie fuhr vorsichtig mit dem Finger über Nathaniel Siegel. Dieses Versprechen war etwas, das sie mit ihren geistlichen Augen sehen musste. Die Antwort würde kommen, wenn sie sich in Gott barg. Nicht in ihrem geheimen Garten in ihrem Kleiderschrank. Nicht in einem Leben mit Adam. Nicht in ihrer Karriere oder ihrer Heimatstadt. Nicht in Nate.

In Gott.

Wie eine Flutwelle brachte ein Schluchzen ihr Herz zum Bersten, es brach ihren Willen und nahm ihr die Kraft, aufrecht zu stehen. Sie setzte sich schwer auf die Picknickbank und gab unter Tränen der Buße auch das letzte Stück ihres sturen Herzens dem Einen hin, der sie mit seinem eigenen Leben erkauft hatte.

Diese da – sie gehört mir.

Sie hörte Geräusche in der Küche und wischte sich mit dem Handrücken über die Wangen. Wenn Mama oder Avery sie beim Weinen erwischte, würde sie zig Fragen beantworten müssen.

Ein Windstoß fegte über die Terrasse und rief sie auf den Strand hinaus. Den Weg hinunter mit der wertvollen Einladung in ihren Händen und ihrem Herzen. Susanna erreichte den Strand und wandte sich nach Norden. Das rosige Gold des Sonnenuntergangs zu ihrer Linken, das tiefe Blau des Abends zu ihrer Rechten.

Sie kam an der Stelle vorbei, wo Adam ihr gestanden hatte, dass er den richtigen Ring, aber nicht die richtige Frau gefunden hatte. Sie passierte den Ort, wo Nate die rechtlichen und königlichen Einschränkungen auf sein Recht zu lieben, wen er wollte, erklärt hatte.

Sie verließ die Grenzen des Rib Shacks und den Lichtschein der Terrassenbeleuchtung.

Vielleicht ging es bei der Einladung gar nicht so sehr darum, bei der Krönung eines brightonischen Königs dabei zu sein, sondern darum, zuzugeben, dass sie all ihre Träume in eine Beziehung mit einem Mann investiert hatte anstatt in eine Beziehung mit Jesus.

Er träumte größere Träume für sie, als sie sich je hätte vorstellen können. Warum hatte sie also so lange so sehr festgehalten?

Ein Bibelwort wirbelte durch ihre Gedanken, sank tiefer und ihr Herz wurde vom Südwind gewärmt.

Wie kostbar sind für mich deine Gedanken ...
es sind unbegreiflich viele ...
zahlreicher als alle Sandkörner dieser Welt ...

Susanna blickte in den Sternenhimmel und kräuselte ihre Zehen im Sand. Sie hatte keine Ahnung davon, welche Gedanken Gott über sie dachte. Aber einen oder zwei davon zu verfolgen erschien ihr wertvoll genug, ihr ganzes Leben darauf zu verwenden.

Im letzten Licht der Dämmerung sah sie auf die Einladung. Ein Schluss, den sie für sich selbst im letzten Sommer gezogen hatte, war, dass sie Gott ganz vertrauen musste, dass sie an seine Größe glauben und ihm doch das Ergebnis vollständig überlassen musste.

Wenn sie jedoch ehrlich war, dann brachte die Einladung sie dazu, sich nach Nate und einem ganz besonderen Ausgang dieses Abenteuers zu sehnen.

Wie *konnte* sie also akzeptieren? Das hieße, dass es wieder nur um sie ginge.

Sie legte den Kopf in den Nacken, atmete tief ein und schloss Frieden mit dem Gedanken, dass Gott sie mit einer Art Wunder in den Hintern treten müsste, um sie nach Brighton zu verschiffen. Warum sollte sie es sich selbst so schwer machen? Sollte er sich darum kümmern. Er war immerhin Gott.

Und Nate? König Nathaniel II.? Mit ihm schloss sie auch Frieden. Und mit der Tatsache, dass sie ihn an jenem Julitag, an dem er so überstürzt abgereist war, zum letzten Mal in ihrem Leben gesehen hatte.

SECHZEHN

Vielleicht war der Mond daran schuld, Susanna konnte nicht schlafen. Weißes Licht schien in den frühen Mittwochmorgenstunden durch ihr Schlafzimmerfenster.

Sie strampelte die Decke weg und beschloss, aufzustehen und zu duschen. In einer Stunde würde ihr Wecker sie sowieso dazu verdonnern.

Dann könnte sie immerhin früh zur Arbeit fahren und einen Umschlag mit der halben Miete in Jessups Büro schmuggeln.

Als sie durch ihr dunkles Zimmer ging, unterbrach sie einen Lichtstrahl, der genau auf ihre Frisierkommode fiel und die königliche Einladung wie ein Scheinwerfer hervorhob. Sie war immer noch ganz im Frieden damit, nicht zu fliegen.

Obwohl Avery ihr am Vorabend stündlich in den Ohren gelegen hatte. „Bitte?“

„Nein.“

Jetzt gerade musste sich Susanna erst einmal anziehen und Kaffee finden. Ins Büro fahren und bei möglichen Kunden nachhaken.

Mit Jessup reden und um mehr Zeit für die Zahlung ihrer Miete bitten. Grauen, Grauen, Grauen.

Ihrem Webmaster die Bilder vom „Garten eines Königs“ schicken. Er brauchte die heute.

Weihnachtseinkäufe erledigen. Obwohl die dieses Jahr mager ausfallen würden.

„Suz?“, rief Gracie aus dem Wohnzimmer.

„Gracie?“ Susanna schnappte sich ihre Schuhe und zog sie aus dem Zimmer hoppelnd an. „Was machst du hier? Ist alles in Ordnung?“ Wenn ihre Freundin vor neun aus dem Bett fiel, erzählte sie der ganzen Welt, sie hätte mit den Hühnern aufstehen müssen.

„Ich habe dir was von Starbucks mitgebracht."

Kaffee. Susanna rannte in die Küche. Eine sehr niedergeschlagen wirkende Gracie saß auf einem Hocker an der Kücheninsel. „Ich glaube, ich hab's vermasselt."

„Oh, Gracie, sag's mir nicht. Ethan?" Susanna griff nach ihrem Kaffee. Mitfühlend sein konnte sie auch, wenn sie nebenher Koffein zu sich nahm. Außerdem war sie mit ihrer Freundin schon oft in dieser Situation gewesen. Ein offenes Ohr haben, zuhören und nicken. Beziehungen in den Sand zu setzen war Gracies Modus Operandi.

„Ja." Gracie ließ ihre Faust auf die Arbeitsfläche fallen und schob die Tüte mit den Gebäckteilchen zu Susanna hinüber. „Ich glaube, ich ich ..."

„Was ist hier los?" Tante Rue erschien in der Küche, die Haare zu einer Art Schlafturban aufgetürmt und mit weißem ... Zeug ... auf ihren hohen, gebotoxten Wangen. Sie steckte ihre Nase in die Starbuckstüte. „Meine Nase hat Lattes gewittert. Meine Ohren haben Mädchenschnack gehört."

Gracie hob den Kopf, betrachtete ihre Tante und stöhnte. „Oh, großartig, darf ich mich *darauf* freuen, wenn ich alt bin?"

„Alt? Beiß dir mal auf die Zunge." Rue nahm einen großen Schluck von Gracies Latte. „Wo ist mein Kaffee?"

Gracie schob ihr Teilchen und ihren Kaffeebecher zu ihrer Tante. „Ich hab sowieso keinen Hunger."

„Du hast dich doch nicht etwa verliebt?" Tante Rue biss in das Käsegebäck, als wäre es ihre letzte Mahlzeit.

Susanna grinste. Sie würde das gute alte Frauenzimmer schon vermissen, wenn sie erst einmal ausgezogen war.

„Ich wollte das nicht. Es ist einfach passiert."

Susanna hielt mitten im Trinken inne. „Du hast was?" Unerhört. Unmöglich. Sagt den Medien Bescheid.

Tante Rue tätschelte Gracies Arm. *Nur die Ruhe.* „Ist mir schon hundert Mal passiert. Mach dir keine Sorgen, du kommst schon darüber hinweg."

„Das ist es ja gerade, ich will nicht darüber hinwegkommen." Gracie lehnte sich lang über die Kücheninsel und klammerte sich an Susannas Arm, als hinge ihr Leben davon ab. „Sag mir, was ich tun soll."

„Im Ernst? Du hast dich verliebt?"

„Vollkommen."

„Nein, echt jetzt?"

„Ja, echt jetzt, und verurteile mich jetzt bitte nicht. Suz, was soll ich denn jetzt machen?" Gracie schlug mit der Faust auf den Thresen.

„Liebe ihn. Pack's an."

„Liebe ihn? Pack's an? Ist das alles, was du dazu zu sagen hast? Wie kann ich ihn *lieben*? Wir kennen uns doch erst fünf Monate. Wer verliebt sich denn so schnell? Das ist doch unmöglich. Oder? Was weiß man denn nach fünf Monaten über einen Menschen? Du hast Adam zwölf Jahre lang gekannt, und jetzt sitzt du hier um halb sieben Uhr morgens mit einer hochgradig gestörten Friseurin und einer alten Dame auf der Suche nach der ewigen Jugend und führst Frauengespräche."

„Elizabeth Grace, dass du dich verliebt hast, ist noch lange kein Grund, mich zu beleidigen."

„Hab Geduld mit mir, Tantchen, ich habe Kummer."

Susanna stellte ihren Becher auf den Tresen. „Stopp. Hör auf. Melodrama steht dir nicht. Gracie, vertrau deinem Herzen. Vertrau darauf, dass Gott auf dich aufpasst und deine Schritte lenkt."

Konnte sie über etwas predigen, das sie gerade erst selbst begriffen hatte?

All die Jahre über hatte sie gedacht, dass Gracie und sie total gegensätzlich wären, wenn es um Männer ging. Aber sie waren genau gleich. Sie hielten sich an ihren Ängsten fest anstatt an der Liebe.

Susanna mit einem Mann. Gracie mit vielen. Keine von beiden vertraute. Keine von beiden glaubte.

„Aber macht er das denn ... passt er auf mich auf?“

„Gott sagt, er denkt so viele Gedanken über dich, dass es unmöglich ist, sie zu zählen. Also, ja, ich glaub schon, dass du damit klarkommen musst, dass er auf dich aufpasst. Aber halt dich dabei nicht an mich, frag ihn selber.“

„Mädels, es ist vieeel zu früh am Morgen, um über Religion zu sprechen.“ Tante Rue schürzte die Lippen und schüttelte den Kopf, als wollte sie die Worte aus der Luft vertreiben.

„Ich rede nicht über Religion. Ich rede über Glaube, Beziehungen, Jesus. Großer Unterschied“, sagte Susanna. „Gracie, es ist okay, wenn du deinem Herz erlaubst, zu lieben. Du weißt, dass Ethan ein guter Mann ist.“

„Du dachtest, Adam sei ein guter Mann.“

„Das ist er auch, Gracie. Nur weil ihm klargeworden ist, dass er mich nicht heiraten will, macht ihn das nicht zu einem schlechten Menschen.“ Noch eine Herzenserkenntnis. Susanna seufzte.

„Was, wenn Ethan sich auch so entscheidet?“

„Erlaubst du dir vielleicht mal einen guten Gedanken? Bitte? Und du weißt, dass Adam tat, was getan werden musste. Das zeichnet ihn im Grunde nur aus. Er hat für uns beide mit einer wirklich schlechten Angewohnheit aufgehört.“

„Also ... dann war er eine schlechte Angewohnheit, mit der du brechen musstest?“ Tante Rue fing an, zu schunkeln und zu singen. „I'm addicted to you baby ...“ Ihre Stimme verstummte, als Susanna und Gracie sie anstarrten. „Ich liebe die Achtziger und werde mich nicht dafür entschuldigen.“

„Die Achtziger, die Siebziger, die Sechziger ...“

„Mach weiter so, und ich schicke dein Weihnachtsgeschenk zurück.“

„Gracie." Susanna pflückte sich die Finger ihrer Freundin vom Arm. „Lass los. Vertraue. Wenn du Ethan liebst, hör auf, das zu sabotieren. Liebt er dich?"

„Das sagt er, ja." So ein trauriges Gesicht bei der Offenbarung, dass ein Mann sie liebte.

„Dann glaub ihm. Warum sollte er dir sagen, dass er dich liebt, wenn er es nicht tut? Er hängt hier jetzt seit fünf Monaten herum und hat seine Weltumsegelung aufgeschoben, obwohl du ihm noch nicht einmal gesagt hast, dass du ihn auch liebst."

„Ich weiß, ich weiß." Mit einem Stöhnen ließ Gracie ihren Kopf nach hinten baumeln. „Weil es in dem Moment vorbei ist, in dem ich es sage. Game over. Erinnerst du dich an Hap Medina? Ich habe ihm gesagt, dass ich ihn liebe, und nicht einmal zwei Wochen später hat er Schluss gemacht. Puff. Die Jagd war vorbei. Er hatte mich ja."

„Die Liebe ist kein Spiel, Gracie."

„Chicago", sagte Tante Rue mit ein bisschen Zuckerguss und Blätterteig auf der Lippe. „Die haben das Lied gesungen. ‚Hard Habit to break'. Eine der größten Bands der Siebziger und Achtziger. Vielleicht aller Zeiten."

Gracie zeigte auf Susanna. „Keenan Kilpatrick ... ist in dem Moment abgehauen, als ich ihm gesagt habe, dass ich ihn liebe."

„Gracie, er ist abgehauen, als du ihn zur Rede gestellt hast, weil er verheiratet war."

„Das ist ja noch schlimmer, Suz. Wie konnte ich einem verheirateten Mann verfallen?"

Tante Rue leckte sich die Finger und sang weiter. Das Botox war offenbar inzwischen in ihrem Gehirn angekommen. „Ich glaube das nicht, dass die Beatles die beste Band aller Zeiten sein sollen."

„Wissen wir, Rue, du findest, es seien die Rolling Stones", sagte Gracie. „Aber Mick Jagger? Ich bitte dich."

„Er hat dich belogen", sagte Susanna.

„Mick Jagger?" Rue starrte sie mit offenem Mund an.

„Nein, Keenan."

„Mick Jagger hat Keenan belogen?"

„Meine Güte, Erde an Rue." Gracie schnippste ihre Finger.

„Ich habe Mick Jagger einmal fast bei einer Modenschau in London getroffen. Seine Frau hat gemodelt, und ich war eine junge Modepraktikantin."

Gracie zeigte Susanna ihr „Oh yeah" Gesicht und formte mit den Lippen lautlos das Wort: „Jung?"

„Ich warne dich, Gracie ... Dreckige Kohlen im Weihnachtsstrumpf. Alle beide." Tante Rue nippte an ihrem Café Latte. „Ach, das waren Zeiten."

„Können wir jetzt wieder auf mich zu sprechen kommen? Suz, woher weiß ich denn, dass Ethan mich nicht belügt? Hä? Er lebt auf einem Boot. Nach allem, was ich weiß, könnte er auch ein Serienmörder sein."

„Du hast seine Familie kennengelernt. Seine Freunde. Es ist ja nicht so, dass er in einem Vakuum lebt. Deine anderen Freunde wollten gar nicht erst Zeit mit deiner Familie und deinen Freunden verbringen. Ist Ethan auch so?"

„Er spielt mit Daddy Golf. Er liebt Mamas Küche. Sie denkt, er hätte den Mond persönlich am Himmel aufgehängt."

„Gracie, das sind gute Argumente, die für eure Liebe sprechen."

Ein schüchternes Lächeln bahnte sich den Weg auf ihr Gesicht. „Er ist schon ziemlich toll."

„Dann liebe ihn, Gracie. Süße, es ist Zeit, erwachsen zu werden."

Susanna schnappte sich ihren Kaffee und die Tüte mit ihrem Gebäck. „Ich muss los, Mädels. Muss vor Jessup im Büro sein. Gracie, wollen wir uns in der Mittagspause treffen? Dann können wir weiterreden." Sie eilte zur Tür. „Und Rue, Led Zeppelin sind die Größten."

„Zeppelin? Och nö, jetzt komm aber."

„Mittagspause ist super, Suz. Ich hab bis mittags Kunden, aber danach ..."

„Ruf mich an. Rue, bis Ende der Woche bin ich hier raus."

„Keine Hektik, Liebes."

Susanna grinste.

Klar, jetzt wo sie besänftigt war durch Süßigkeiten und Koffein. Auf der Veranda atmete Susanna tief die saubere Luft dieses schönen Morgens in Georgia ein und löschte die Emotionen der Küchenkonversation aus. Das war ihr der liebste Teil des Tages. Morgen. Sauber und frisch. Voller Erwartungen.

Susanna wollte zu ihrem Auto gehen, hielt aber auf der obersten Treppenstufe an, als sie ein paar glitzernde Schuhe entdeckte, die hübsch ordentlich nebeneinander auf dem Gehweg standen. Bezaubernde, golden-kristallene Pumps mit zehn Zentimeter hohen Absätzen und roten Sohlen, daneben ein weißer Briefumschlag.

Susanna presste sich eine Hand aufs Herz. *Sei ruhig ...*

Sie kannte diese Schuhe. Ein besonderes Design von Christian Louboutin. Sie hatte sie vor ein paar Wochen im Internet bewundert, als es wenig zu tun gab und sie den größten Teil des Tages damit verbracht hatte, im Netz zu surfen. Es war ihr einfach nur peinlich, um neun ins Büro zu kommen und um halb elf wieder zu gehen.

„Rue?", rief Susanna zum Haus und griff nach dem Umschlag.

„Ich glaube, du hast ein Geschenk bekommen."

Vielleicht von einem Designerfreund oder einem eifrigen Anfänger in der Modeszene, der gerne ihr Praktikant sein wollte.

Bestechung mit Louboutin. Das war mal was.

Aber warum standen sie auf dem Gehweg? Ohne Schachtel?

Susanna drehte den Umschlag herum und wollte Rue gerade noch einmal rufen, als sie ihren Namen las.

Sie riss das Kuvert auf und zog eine Notiz heraus, die auf die Rückseite einer Quittung gekritzelt war.

Go! A.

Susanna schoss blitzartig auf den Hof. „Aurora?“ Sie untersuchte die Baumreihe, die den Hinterhof begrenzte. „Aurora? Komm heraus aus dem Wald. Ich weiß, dass du da bist.“

Aber die nackten Bäume weigerten sich, sie preiszugeben. Verweigerten den Blick auf das weißblonde Haar.

Susanna las die Nachricht noch einmal. *Go!*

Sie hatte sich doch gerade entschlossen, nicht zu fahren. Sie hatte ihren Willen, ihr Gefühl der Größe aufgegeben, ohne irgendeine Vorstellung von dem Ergebnis zu haben, das sie erwartete. Das war echtes Wachstum für sie.

„Komm schon, Gott. *Go*? Wirklich?“

Aber war das Gott? Vielleicht war das auch einfach alles die verrückte Aurora. Aber woher wusste die denn von der Einladung? Sie hatte das Rib Shack verlassen, bevor Avery aufgetaucht war.

Susanna setzte sich auf unterste Stufe, kickte sich die Schuhe von den Füßen und zog vorsichtig die Louboutins an. Oh, Mama, nie im Leben ... ein Schuh-Wunder. Sie passten perfekt.

Sie hob ihren Fuß, um die Passform zu bewundern. Dann stand sie auf. Oh, himmlisch, einfach himmlisch. Wenn sie es nicht besser gewusst hätte, hätte sie geglaubt, sie wären für sie persönlich angepasst worden.

Susanna setzte sich wieder auf die Stufe, zog vorsichtig den Schuh aus und wühlte das Telefon aus ihrer Tasche.

„Avery“, sagte sie zum Anrufbeantworter. „Wir fahren. Keine Ahnung, wie wir das bezahlen sollen, aber wir fahren. Ruf mich an, wenn du aus der Schule kommst.“ Susanna drückte auf „Auflegen“ und atmete langsam aus. Nach diesem Anruf gab es kein Zurück mehr. Sie würde die Flugtickets bezahlen müssen und Avery bis in alle Ewigkeit in die Leibeigenschaft ihrer Mutter geben ... was angesichts einer Krönungsfeier wohl mehr als fair war ... und dann wie verrückt arbeiten, um ein paar Gartenarbeiten oder Mulch-Aufträge oder so etwas an Land zu ziehen, aber Susanna sagte ja. Selbst wenn es nur ein Straßenfest wäre, würde sie sich die Gelegenheit nicht entgehen lassen, in diesen Schuhen bei Nathaniels Krönung zu tanzen.

SIEBZEHN

Schnee rieselte durch die kristallene Luft, als der uniformierte Fahrer sich durch den schnellen Verkehr schlängelte, hupend, murmelnd, gestikulierend. „Sapperlot, die Krönungsfeierlichkeiten haben die Leute allesamt ein wenig verrückt gemacht."

Er trat aufs Gas und fädelte sich durch den Kreisverkehr, schlüpfte an einer gelben Ampel vorbei und lenkte seine Luxuslimousine durch Cathedral City.

Er hatte sie am Gate abgeholt. Von jemandem geschickt. Nathaniel? Jon? Susanna wusste es nicht. Aber er war da und hielt ein Schild mit ihren Namen hoch.

Nachdem sie dem Lord Chamberlain geantwortet hatte, hatte Susanna eine automatische Antwort mit den Details der Feierlichkeiten erhalten. Sie hatte erwartet, sich nach ihrer Ankunft ein Taxi heranwinken zu müssen, aber dieser Mann wartete auf sie.

Susanna sah aus dem Fenster. Avery hatte ihre Nase am anderen Fenster plattgedrückt. Alle paar Sekunden seufzten beide im Chor.

Von dem Moment an, als Mama und Daddy sie in Atlanta am Flughafen abgesetzt hatten, hatte Susanna diese Reise geliebt.

Ein glücklicher Zufall bei der Platzvergabe hatte ihnen ein Upgrade in die erste Klasse beschert.

Ein humorvoller Flugbegleiter. Gutes Essen. Lustiger Film.

Das Feuer in den Wolken, als die Sonne über dem Atlantik unterging und sich einem friedlichen Schlaf hingab.

Es fühlte sich einfach so an, als ginge alles in ihre Richtung. Als ob sie ein Stück dieses Versprechens in sich greifen könnte. Die Schönheit daran erkennen konnte, zu glauben, dass sie ohne Gott nichts tun konnte.

Und dann war da Avery. Schön, mutig, enthusiastisch wie sie war, genoss sie jeden Moment der Reise voller Hingabe.

Die ersten drei Stunden des Fluges hörte Susanna ihrer Schwester einfach nur beim Reden zu. Avery war klug und witzig und strahlte mehr Weisheit aus, als ihre 17 Jahre erwarten ließen.

Durch die zwölf Jahre Altersunterschied war Susanna immer ein wenig große Schwester und ein wenig Teilzeit-Mama zugleich. Gerade als Avery langsam in ein interessantes Alter kam, war Susanna erst im College, dann zum Arbeiten in Atlanta, und die ganze Zeit über war sie mit Adam zusammen.

Sie hatte nie viel Zeit damit verbracht, mit ihrer Schwester als jungen Frau Einzelgespräche zu führen. Und sie fand einen Schatz, den sie vorher nie so wahrgenommen hatte.

War das der Sinn ihrer Einladung und dieser königlichen Reise? Ihre Schwester in einem neuen Licht zu sehen? Susanna ließ ihren Blick durchs Auto schweifen, als ein Stoß eiskalte Luft sie traf. Avery hatte das Fenster geöffnet und sich bis zur Taille hinausgelehnt. „Hallo Brighton! Wir gehen zur Kröööönung! Juchuuuh!"

Gut, diese Seite hatte Avery natürlich auch. Die ausgelassene, ein wenig verwöhnte Seite. „Avery." Susanna zog an ihrer Jeans. „Komm wieder rein. Lass den Redneck in Georgia, ok?"

„Ich fühle mich, als sei ich in ein richtig echtes Disney-Märchen geraten", sagte sie zum hundertsten Mal und drückte Susannas Arm. „Danke, danke, danke."

„Die Schuhe waren der echte Zaubertrick." Ein Kuss vom Herrn. Susanna hatte sie bei sich getragen, mit an Bord genommen und unter ihrem Sitz verstaut. „Was willst du zuerst machen? Die Stadt besichtigen?"

„Einkaufen." Daddy hatte ihnen beiden am Flughafen noch Taschengeld zugesteckt.

„Ihr sollt nicht denken, dass ihr nicht bekommen könnt, was ihr wollt“, sagte er mit feuchten Augen.

Seit seinem Herzinfarkt saßen seine Emotionen ganz dicht unter der Oberfläche.

„Wir könnten uns nach Ballkleidern umsehen“, schlug Susanna vor. Zu Hause war keine Zeit mehr dafür gewesen. Selbst wenn sie gewusst hätten, welche Sorte Kleid sie hätten kaufen sollen. Und wer wollte schon ein schönes Kleid für einen achtstündigen Flug in einen Koffer quetschen?

Ihr wahrer Wunsch war es, mit der Szene vor dem Fenster zu verschmelzen. Sich in die Gebäude mit ihren Giebeln, Erkern und Türmchen einzufügen. In die Kopfsteinpflastergassen und in den Duft der Straßencafés.

Sie wollte sich die Architektur und die Gärten ansehen. Brighton war ebenso alt wie Großbritannien, eine Mischung aus britischer, preußischer und russischer Kunst, Philosophie und Formgebung. Jedes Bauwerk schien ein Stück Geschichte der alten Insel zu erzählen. Steinbauten mit Marmorstrukturen ... Kirchen, Gerichtsgebäude, Unternehmen. Dann wieder reihenweise Fachwerkhäuser. Pubs, Geschäfte, Wohnhäuser.

Bäume mit kahlen, verschneiten Ästen, um die sich Weihnachtslichter rankten, säumten die Hauptstraßen.

„Das hier ist das Modeviertel, meine Damen“, sagte der Fahrer, der sie über den Rückspiegel beobachtete. „Erledigen Sie Ihre Einkäufe hier.“

Susanna versuchte, Modeboutiquen zu entdecken. Es war der Tag nach Weihnachten, und die Fassaden waren noch für Weihnachten und schon für die Krönungsfeierlichkeiten geschmückt. Kostümierte Weihnachtssänger streiften durch die Straßen. Sie öffnete ihr Fenster, um ihnen zuzuhören und war plötzlich wie elektrisiert von der unsichtbaren, aber deutlich spürbaren Aufregung, die angesichts der Krönung in der Luft lag.

„Das ist der Wahnsinn!" Avery rutschte von ihrer Seite der Rückbank zu Susanna herüber. „Ich will in jedem Restaurant essen und jedes Geschäft besuchen."

Susanna hob genüsslich ihr Gesicht, als sie den Duft frisch gebackenen Brotes roch. „Wir sind nur fünf Tage lang hier. Lass uns uns ein bisschen bremsen."

„Uns bremsen? Ich werde die Kerze von beiden Enden her abbrennen und alles, was dazwischen liegt, auch. Wer braucht schon Schlaf? Wir können schlafen, wenn wir wieder zu Hause sind."

Die Aussicht veränderte sich, als das Auto in immer zäheren Verkehr geriet. Die Straßen wurden breiter und die Fußgänger trugen dunkle Mäntel und Überschuhe und legten einen geschäftigen Gang an den Tag. Hohe Laternen bogen sich weit oben über die Straßen. An ihren Masten waren Transparente angebracht.

N II R

Susanna hielt sein Kürzel fest im Blick und hob die Hand dem nächstgelegenen Banner entgegen, während das Auto eilig vorbeifuhr. Ihre aufsteigenden Gefühle überraschten sie. Die Ehre, die Freude, seinetwegen hier zu sein. Selbst, wenn sie ihn nicht persönlich treffen würde.

Mach dein Ding, Nate.

„Schau dir die Häuser an, Suz." Avery versuchte, durch die Fenster zu linsen. „So alt und cool. Ich liebe diese Türmchen."

„Brightons Ursprünge liegen weit in der Vergangenheit", sagte der Fahrer. „Aber vor fünfhundert Jahren hat der gute alte König Stephen I. das Inseljuwel aus König Heinrich VIII. Händen gerissen und uns unser kleines Königreich Brighton geschenkt. Sie werden die Krönungsfeierlichkeiten genießen, meine Damen."

Avery schoss vorwärts und warf die Arme links und rechts um den Fahrersitz. „Wir sind Freunde des Königs."

„So, so, sind Sie das? Kein Wunder, dass Sie in Parrsons House übernachten."

„Wissen Sie, ob es dort einen Kerker gibt?"

Der Fahrer lachte. „Das weiß ich nicht, Fräulein, aber ich bezweifle es. Parrsons ist der Sommersitz der königlichen Familie. Es ist ziemlich nett dort. War die letzten zweihundert Jahre königliche Residenz."

Avery plauderte mit dem Fahrer über Brighton und Königshäuser. Susanna zog sich innerlich zurück, in ihre Gedanken, ihr Herz und das Fortkommen durch die Stadt.

Sie liebte sie jetzt schon. Es fühlte sich an wie ein Heimkommen. Während sie sich wohl weigerte, irgendein „Ergebnis" von dieser Reise zu erwarten, erinnerten ihre hartnäckigen Gedanken sie immer wieder daran, dass Avery und sie Gäste der Königin waren.

Aber waren nicht alle Eingeladenen und Würdenträger Gäste der Königin? Es hatte nichts zu bedeuten, oder? Auch nicht, dass sie Kontakt mit Nate haben würde.

Aber es gab einen Ball. Der Ball ... Sie würde ihn beim Ball treffen. Obwohl Susannas einziges Gedankenbild zum Thema „königlicher Ball" aus Disney's Zeichentrickfilm *Cinderella* stammte. In ihrer Vorstellung waren Avery und sie die plumpen Schwestern Drizella und Anastasia Tremaine.

Vielleicht wäre es das Beste, im Verborgenen zu bleiben.

Der Fahrer gab Gas und ließ eine umspringende Ampel hinter sich. Vor ihnen erhob sich ein prächtiger steinerner Palast am Horizont.

„Ist das Stratton Palace?"

„Ja, Ma'am, hier lebt der König."

Banner wehten auf den Turmspitzen und goldene Lichter beleuchteten die Fenster. Während das Auto sich dem Schatten des Palastes näherte, durch ihn hindurchfuhr und schließlich hinter sich ließ, ruhte das Gefühl dieses Versprechens in ihrer Seele.

Einen Moment lang.

Dann hatten sie die Stadt hinter sich gelassen und glitten über schmale Landstraßen, die durch Steinmauern begrenzt waren, hinter denen sich verschneite weiße Felder, verschlafene Bauernhäuser und malerische Dörfer zeigten.

Als der Fahrer von der Hauptstraße in eine winterliche Allee einbog, drehten Susannas Nerven die Adrenalinhähne voll auf.

Würde sie auf der anderen Seite der Tür auf Nate treffen? Warum hatte er nach ihrer Antwort keinen Kontakt zu ihr aufgenommen? All ihre Fragen standen Spalier und salutierten.

Am Ende der Allee öffnete sich eine Lichtung, und ein großes Anwesen kam zum Vorschein.

„Meine Herren."

Avery lehnte sich einmal mehr aus dem offenen Fenster, um freie Sicht zu haben.

Susanna beugte sich zwischen den Vordersitzen hindurch, um besser durch die Windschutzscheibe sehen zu können. Das war ein Landhaus? Ein Sommerhaus? Für sie klang das klein und beschaulich, nach ein paar Schlafzimmern und einer Terrasse.

Parrsons war ein Palast, ein massives steinernes Herrenhaus im klassischen Sinne. Sauber und einfach mit Flügeln und Türmen und einem gut gepflegten, schneebedeckten Grundstück.

„Ein recht ansehnlicher Ort", sagte der Fahrer. „Fast 20 000 Quadratmeter, und dabei sind der Ballsaal und die königlichen Stallungen noch nicht mit eingerechnet." Der Fahrer brachte den Wagen am Haupteingang zum Stehen.

Geschwungene Steinstufen führten von der Auffahrt zu einem offenen, weiten Vorbau mit einer behauenen Brüstung.

Avery hielt ihr iPhone im Anschlag und schoss Fotos. „Mir wird gleich am ersten Tag der Speicherplatz ausgehen."

„Dann mach langsam", erwiderte Susanna und griff nach ihrer Tasche.

Zwei junge Männer in Uniform rollten einen Gepäckwagen durch die Eingangstür und eilten die Treppe hinunter, wo sie Susanna ohne ein Wort die Tasche abnahmen.

„Lakaien. Wow", sagte Avery. Klick, klick.

Die Angestellten verschwanden mit den Taschen der Frauen auf dem Wagen im Haus, und der Fahrer wünschte ihnen einen guten Tag.

Susanna griff nach Averys Hand und wandte sich den Treppen und der offenen Tür zu. „Bist du bereit?"

„Bereit." Sie zuckte und zappelte und streckte den Arm lang aus, um sie beide auf ein Foto zu bekommen.

„Okay, jetzt steck das Ding weg." Susanna ging vorwärts. „Stell nichts bei Facebook ein, bis wir wieder zu Hause sind."

„Zu spät."

„Aves ... wir kennen das Protokoll doch noch gar nicht."

Ein älterer Herr in einem Anzug mit einem Hemd mit hohem Kragen erschien in der Eingangstür. „Bitte verzeihen Sie mir, meine Damen, ich wollte Sie nicht warten lassen, aber in der Küche gab es einen Notfall." Er verbeugte sich und wies sie mit einer Geste an hereinzukommen. „Ich bin Rollins, der Hausverwalter. Sie sind Susanna." Er sah sie direkt an. „Und Avery."

„Woher wussten Sie das?" Avery knickste.

„Es ist meine Aufgabe, das zu wissen." Er lächelte. Susanna mochte ihn sofort. Er könnte eine gute Informationsquelle für sie werden. *Wer hat uns eingeladen?* „Willkommen in Parrsons. Sie brauchen nicht zu knicksen, Miss. Ich bin ein königlicher Angestellter, kein Prinz. Ihre Suite ist oben.“

„Suite?“ Avery sah Susanna an. Oha. La-di-da. Sie verwickelte Rollins in eine Unterhaltung, während sie die Stufen hinaufstieg und die Hüften schwang wie ein Flittchen aus Georgia.

Susanna jedoch wurde bewusst, wie müde sie nach der Reise war. Die Zeitverschiebung, der lange Flug, die emotionale Anstrengung, ihr Herz und ihren Kopf unter Kontrolle zu halten. Die keimende Hoffnung, dass Nate jeden Moment um die Ecke kommen könnte.

Auf halber Treppe hielt sie inne und machte sich ein mentales Bild von der Eingangshalle. Marmor, Teak, eine hohe, gewölbte Decke, Wandbehänge und Damastvorhänge. Die dramatische, glockenförmige Treppe war in die Wand eingepasst und führte um das Foyer herum auf den exponierten Treppenabsatz der oberen Etage.

Sie wollte sich an all das erinnern.

„Avery“ – sie rannte schnell hinter ihrer Schwester die Treppe hinauf – „nimmst du das alles auf? Mit dem Handy?“

Avery wirbelte herum, das Telefon vor sich. „Ich dreh einen Film.“

„Das Haus wurde vollständig aus Materialien brighton’scher Herkunft errichtet“, sagte Rollins auf dem Treppenabsatz. „Holz, Marmor, Wolle, Steine.“ Vor einer vergoldeten Tür mit kunstvollen Schnitzereien, die bis zur Decke hinaufreichte, hielt er an. Die Tür war bestimmt zweieinhalb Meter hoch. „Ihre Unterkunft, während Sie Gäste der Königin sind. Die amerikanische Suite.“

„Was?“ Avery ließ ihr Telefon sinken. „Können wir nicht in einem brighton’schen Zimmer schlafen?“

Rollins öffnete die Tür und führte sie hinein. Er war das perfekte Gegenüber für Avery, die zuerst redete und dann nachdachte. „Präsidenten von Abraham Lincoln bis George W. Bush haben hier übernachtet. Die Königin dachte, es könnte Ihnen hier gefallen.“

„Sind Sie sicher, dass Sie diesen Raum nicht für den Präsidenten brauchen?" Susanna betrat das Zimmer. Es war wie alles andere, das sie bislang in Brighton gesehen hatte. Kühn. Schön. Historisch.

„Er ist in der Stadt untergebracht. Ich hoffe, das passt Ihnen."

„Das hier ist der Oberhammer." Avery zielte mit der Kamera nach oben und unten und drehte sich langsam im Kreis.

„Rollins, bitte richten Sie der Königin unseren Dank aus."

„Ich bin mir sicher, dass Sie selbst Gelegenheit dazu haben werden. Sie wird während der Woche ebenfalls in Parrsons sein, wie auch die anderen Mitglieder der königlichen Familie."

Die anderen Mitglieder? Welche anderen? Dieses Abenteuer fing an, mehr Fragen aufzuwerfen als zu beantworten. Avery und sie wohnten mit den anderen Mitgliedern der königlichen Familie in der königlichen Sommerresidenz? Und sie hatte immer noch nichts von Nate gehört?

Das ergab keinen Sinn. Gar keinen.

Sie rang mit ihren Fragen und aufkeimenden Zweifeln, während sie Rollins durch die Suite folgte. Wohnbereich. Zwei große Schlafzimmer mit jeweils eigenem Bad. Eine Bibliothek, eine kleine Küche und Balkone mit Giebeldächern mit Blick über die Anlagen und die Landschaft.

„Es ist beschlossene Sache", sagte Avery, die sich über das Geländer des Bibliotheksbalkons lehnte. „Ich fahre nie wieder nach Hause."

Rollins lachte. „Jeder, der Brighton das erste Mal sieht, ist wie verzaubert. Besonders, wenn er es von einem Parrsons-Balkon aus sieht."

„Also, wo ist der Kerker?" Avery stützte ihre Ellbogen auf der Brüstung ab und blinzelte Rollins an, als würde sie sich bei einem ihrer Teenagertreffen gemütlich unterhalten. Rollins' Lippen zuckten beinahe unmerklich.

„Wir haben hier keinen Kerker, Miss."

„Mist."

Der Wind war kalt, und Susanna merkte, dass Avery tatsächlich etwas nachließ, also schlug sie vor, wieder hineinzugehen. Avery verschwand in einem der Schlafzimmer. Gut. Sie würde etwas schlafen müssen, wenn sie das Beste aus der Reise herausholen wollte.

Susanna ging mit Rollins zurück ins Wohnzimmer. „Entschuldigen Sie bitte, Rollins, aber wissen Sie, wer uns zu der Krönung eingeladen hat?"

„Ich nehme an, Ihre Majestät."

„Aber ich *kenne* Ihre Majestät gar nicht." Susanna biss sich auf die Unterlippe. „Vielleicht Seine Majestät, König Nathaniel?"

„Sehr gut möglich, Miss." Rollins machte sich auf den Weg zur Tür, hielt aber am Schreibtisch kurz an und reichte Susanna eine blaue Broschüre, auf deren Buchrücken N II R eingeprägt war. „Ihr Zeitplan für die Krönung und die Feierlichkeiten. Alles, was Sie wissen müssen, steht in dieser Broschüre. Bitte machen Sie sich mit den Veranstaltungen, den Kleiderordnungen und Sicherheitsbestimmungen vertraut. Die grün gedruckten Veranstaltungen sind für die allgemeine Bevölkerung zu Ehren Seiner Majestät."

Susanna blätterte vor zu den mittleren Seiten.

„Die Veranstaltungen in gelb sind Audienzen bei Seiner Majestät für Führungspersönlichkeiten aus Politik und Wirtschaft. Rot für Würdenträger."

„Und die blauen?"

„Die blauen sind privat und nur für geladene Gäste."

„Ich verstehe." Sie sah sich die grün gedruckten Veranstaltungen näher an. Morgen gab es eine Party im Veilchengarten.

„Ma'am, es steht Ihnen frei, an jeder der grünen Veranstaltungen nach Belieben teilzunehmen, aber Ihre Anwesenheit an allen blauen

Veranstaltungen wird erwartet.“ Rollins bat sie mit einer Geste, nach ganz hinten vorzublättern. „Sie werden sehen, dass morgen Abend um acht Uhr der Ball der Farben stattfindet. Es ist ihr erster blauer Termin. Sie sind Gäste der Königin, also fühlen Sie sich wie zu Hause. Abendessen gibt es pünktlich um sieben. Die Königin wird nicht anwesend sein, also gibt es keine bestimmte Kleiderordnung. Jeans und Turnschuhe sind angemessen. Wenn Sie Cathedral City oder die Geschäfte im Dorf besuchen möchten, hinterlassen Sie bitte eine Notiz auf dem Tisch im Foyer. Die Läden sind wirklich ganz reizend.“ Rollins begab sich in den Korridor und zeigte über das Geländer auf einen glänzend polierten Tisch neben der Eingangstür. „Ich werde einen Wagen für Sie bereitstellen lassen.“

„Sind Sie sicher?“ Susanna fing an, sich wie eine Bürde zu fühlen.

„Ja, ich bin dafür da, mich um Ihre Anliegen zu kümmern.“ In seiner Stimme lag nicht der Hauch eines Scherzes. „Dies hier ist der private Landsitz der königlichen Familie. Ein sehr besonderer Ort. Der König ist hier gestorben, wie auch sein Vater und sein Großvater vor ihm. Während dieser Woche werden die Mitglieder des weiteren Familienkreises hier für die Feierlichkeiten untergebracht sein. Der Krönungsball zu Ehren bedeutender Gäste wird hier stattfinden. Sie können sich völlig frei im Haus bewegen ... abgesehen vom Westflügel.“ Er ging ein paar Schritte den Flur hinauf und wies in einen dunklen Korridor, der nach rechts abzweigte. „Dort befinden sich die privaten Gemächer der Königin. Sie können sie nicht verfehlen. Das Kürzel des Königs ist auf der Wand.“

„Vielen Dank.“ Susanna strich mit der Hand über den Zeitplan. Der würde als Souvenir mit nach Hause fahren. „Wir werden noch Ballkleider kaufen müssen.“

„Wäre heute Nachmittag in Ordnung?“ Rollins zog einen kleinen Tablet-PC hervor. „Sagen wir um drei? Die meisten Läden im Dorf schließen um sechs. Ich werde für morgen früh ebenfalls einen Wagen reservieren."

„Ich danke Ihnen sehr." Unwirklich. Und in jeder Hinsicht erhaben.

„Vergessen Sie das Abendessen nicht, pünktlich um sieben. Es gibt Lammeintopf mit Rosmarin, dazu warmes Brot und Apfelkuchen."

„Das würden wir um nichts in der Welt verpassen wollen."

Zurück im Zimmer zog Susanna die Tür hinter sich zu. Sie stimmte Avery zu ... sie wollte hier auch nicht mehr weg.

Genau in diesem Moment rannte der kleine Feuerball höchstpersönlich durch die Suite, sprang und drehte sich im Kreis. „Das ist so fantastisch!"

„Ich dachte, du wärst ins Bett gegangen."

„Wer kann denn schon schlafen?"

„Ich." Susanna setzte sich auf den nächsten Stuhl und schloss die Augen. „Um drei fahren wir einkaufen."

„Echt? Super. Ich brauche ein heißes, sexy Kleid." Averys Stimme verschwand in einem anderen Zimmer. „Ich filme jeden Raum. Mama und Daddy werden es nicht glauben."

Susanna war fast eingedöst, als sie jemanden neben sich spürte.

„Gefällt es dir hier?"

Susanna öffnete die Augen. Avery kniete neben ihr. Sie hatte ihr Kinn auf Susannas Knie gestützt. „Ja, es gefällt mir. Es fühlt sich an wie Zuhause."

„Geht mir auch so."

Mit einem Ächzen schob sich Susanna aus ihrem Stuhl hoch. „Auspacken oder Nickerchen machen?"

„Besichtigungstour."

„Nickerchen machen oder *Auspacken.* Um drei fahren wir einkaufen." Susanna zeigte auf die große Standuhr in der Ecke. „Wir haben fünf Stunden."

„Denkst du, dass wir Nate sehen werden?"

„Ich weiß es nicht." Sie hievte ihre Tasche hoch und wuchtete sie in eines der Schlafzimmer. „Darüber werde ich mir nicht den Kopf zerbrechen. Ich bin mit dir hier und ich werde Spaß haben."

„Du wirst ihn schon sehen, ich meine, du *musst* ihn doch treffen, oder?"

Susanna hörte Averys Geschnatter zu, während sie auspackten – woher nahm sie nur die Energie? –, aß Kuchen und Kekse aus dem Körbchen für die Gäste, schaltete den Fernseher ein und sprang zwischen den Sendern hin und her.

Susanna versuchte sich hinzulegen, aber ein Dienstmädchen brachte Tee und Kuchen herauf, was Avery mit einem Satz auf Susannas Bett mitteilte.

Also duschte sie. Während das warme Wasser ihre müden Knochen erfrischte, betete sie und wollte dem Schöpfer glauben, dass ihre Reise einen Sinn hatte.

Sie machte einen weiteren Rundgang durch die Suite, strich mit den Fingern über die goldgeprägten, ledergebundenen Bücher in den Regalen aus Kirschholz, und trat dann auf den Balkon der Bibliothek.

Sie lehnte sich gegen die Brüstung und ließ ihren Blick bis zum Horizont über die Landschaft schweifen. Sie war kahl, aber weiß. Wunderschön im Licht des späten Morgens. Das Blau des Himmels schien tief herabzureichen.

Dort drüben war ein langgezogener roter Stall. Oder wie hatte der Fahrer noch gesagt? Die königlichen Stallungen. Zwei Männer fuhren einen Laster mit Heuballen auf den Hof.

Hinter den Stallungen gab es mehrere Spazierwege, die zum Waldrand hin führten. Susanna entdeckte einen umfriedeten Garten näher am Haus, zwischen dem West- und dem Nordflügel. Ein einzelner, winterlicher Baum streckte seine kahlen Äste schweigend über die Steinmauer, die den Garten umgab. Ein einsamer, aber dienstbeflissener Wächter.

Susannas Herz sehnte sich. Sie musste einen Blick hinter diese Mauer werfen. War es ein echter Garten oder nur ein Stück Weg von der Küche zu den Müllcontainern? War es der Garten eines Königs?

Sie liebte diesen Garten mit seinem einen Baum darin. Sie verstand solch einen Garten, so einen Baum.

„Suz." Avery steckte ihren Kopf durch die Glastür. „Eine Dame ist hier, die dich sehen möchte." Sie zog eine Grimasse. „Der ist anscheinend irgendwas sauer aufgestoßen."

„Die will mich sehen?"

Susanna kam zitternd herein, ihr war gar nicht bewusst gewesen, wie kalt ihr geworden war.

„Wer ist es?" Sie schloss die Balkontür hinter sich.

„Das weiß ich nicht, aber ... *würg.*"

Avery ging durch die Bibliothek direkt zu den Schlafzimmern und mied das Würg, das im Wohnzimmer auf Susanna wartete.

Susanna bog um die Ecke der Bibliothek und stand einer Frau mit einem verhärmten Gesicht gegenüber. Sie trug ein blau-grün kariertes Tweed-Kostüm, hatte eine Handtasche über dem Arm und stand steif und ordentlich in der Mitte des Zimmers. Ihr dunkles Haar umrahmte ihr spitzes Gesicht, ein dicker Pony überschattete ihre Augen.

„Kann ich Ihnen behilflich sein?"

„Ich bin Lady Margaret Wiggins."

Sie hielt den Rücken gerade und reckte das Kinn hoch. „Sie sind die Amerikanerin?"

Aus ihrem Mund klang *Amerikanerin* wie ein Schimpfwort. „Ich weiß nicht, was es mit *der* Amerikanerin auf sich hat, aber ich komme aus den USA, ja."

„Mein Gemahl, Lord Stanley, ist Königin Campbells Cousin."

„Freut mich, Ihre Bekanntschaft zu machen. Hören Sie, meine Schwester und ich versprechen, der Familie nicht in die Quere zu geraten."

„Dafür ist es bereits zu spät, fürchte ich."

„Entschuldigung?"

„Sie haben Leos Garten entworfen. In Georgia." Sie ging zum Fenster und zog die durchsichtige Gardine zurück. Wollte sie damit irgendetwas ausdrücken? „Seine Majestät hat mir davon erzählt." Lady Margaret warf Susanna einen Blick wie einen Dolch zu. Ihr Herz machte einen Satz. „Ich habe jedoch mehr Liebe in seinem Tonfall gehört als Gartengespräch. Ich werde es nicht zulassen, dass Sie ihm die Dinge ruinieren. Oder uns."

„Dinge ruinieren?" Susanna hob die Arme. „Ich bin eben erst angekommen." Sie vertrieb die Mattigkeit aus ihren Gedanken. Wovon sprach die Frau eigentlich? Und warum sah sie andauernd aus dem Fenster?

„Ich weiß, was Sie vorhaben."

„Gut, dann sagen Sie es mir, denn ich weiß es ganz bestimmt nicht." Das mit dem Stehenbleiben konnte sie vergessen. Susanna ließ sich in den nächstbesten Stuhl fallen.

Lady Margaret schob den Store weiter beiseite und beugte sich vor, um den zugeschneiten Rasen sehen zu können. „Sie sind ein Emporkömmling, eine, die Jagd macht auf Adlige, die sich eine Art Märchen ausgedacht hat."

„Hat Nathaniel Ihnen das gesagt?" Ihre Worte legten sich wie glühende Kohlen in Susannas Seele.

„Nein, aber ich kann es zwischen den sprichwörtlichen Zeilen lesen. Nathaniel ist zu freundlich. Aber ich weiß, wie Frauen wie Sie ticken."

„Weil Sie selber eine sind?" Sie hatte es gesagt. Zu spät, um die Worte wieder einzufangen.

„Wie können Sie es wagen ..." Lady Margaret dampfte förmlich vor Wut.

„Es wird Zeit, dass Sie gehen." Avery hatte den Raum betreten und schaltete sich in das Gespräch ein. „Wir sind hierher eingeladen worden. Aber nicht, damit wir uns von Ihresgleichen beleidigen lassen müssen."

„Ich weiß nicht, wie Sie an eine Einladung gekommen sind, aber ich warne Sie: Wenn Sie vorhaben, unseren neuen König vor Ihren Karren zu spannen, werden Sie versagen." Ihre Augen schlugen Flammen. „Darum werden wir uns schon kümmern."

„Wir?" Avery war das gute alte Mädchen in Person, die Hände auf den Hüften, Ellbogen weit zur Rechten und zur Linken, und sah sich übertrieben staunend im Raum um. „Ich sehe hier kein ‚*wir*'. Nur eine hochnäsige Lady in einem verklemmten Kostümchen."

„Das muss ich mir nicht gefallen lassen." Lady Margaret stürmte zur Tür.

„Wir uns auch nicht." Avery rannte um das Mobiliar herum, war vor der Lady an der Tür und riss sie weit auf. „Passen Sie auf, dass der Türknauf Sie nicht dort trifft, wo der Herrgott Sie ..."

„Avery!" Susanna sprang auf die Füße. Ihr war sehr nach Weinen zumute.

Lady Margaret hielt noch einmal an und bedachte Sie mit einem ätzenden Blick. „Sie können sich nicht vorstellen, was auf dem Spiel steht, sollte Seine Majestät abdanken."

„Abdanken? Es wird keine Abdankung geben. Nicht meinetwegen. Das können Sie mir glauben."

„Sie lieben ihn also nicht?"

Die Frage traf Susanna unerwartet. Sie versuchte zu sprechen, aber ihre Lippen weigerten sich, die Worte zu formen.

Nein, sag einfach Nein.

„Das habe ich befürchtet." Lady Margarets Gesichtsausdruck straffte sich. Susanna hätte eine Münze gegen die Wange schnipsen können, sie wäre daran schwungvoll abgeprallt. „Passen Sie gut auf sich auf, Miss. Das hier ist *viel* größer als Sie."

„Nein ... nein." Susanna rannte hinter ihr her und versuchte, die Tür zu öffnen, aber sie zitterte so sehr, dass sie den Knauf nicht zu fassen bekam. „Ich liebe ihn nicht."

„Suz." Averys Arme schlangen sich um ihre Schultern. „Hör nicht auf sie."

„Aber ich tue es doch nicht."

Doch, sie tat es. Sie barg ihren Kopf weinend an Averys Schulter. Um ihrer selbst willen, um der Liebe willen, die sie gefunden und verloren hatte. Weinte darum, dass sie bereit gewesen war, alles aufzugeben, obwohl sie nichts zu geben hatte.

Sie war so müde.

„Es ist in Ordnung, wenn du's tust, weißt du." Hier war sie, die tiefe Weisheit einer Siebzehnjährigen.

„Nein, ist es nicht." Susanna hob ihren Kopf, trocknete ihr Gesicht und sah sich nach einem Taschentuch um.

„Warum nicht, Suz?" Avery rollte sich auf dem Sofa zusammen. „Ich habe gesehen, wie er dich im Sommer angeschaut hat."

„Er hat mich überhaupt nicht irgendwie angeschaut."

„Doch, hat er. Als wäre er ganz und gar verliebt nämlich."

„Ich sag Mama, dass sie mit dir zum Augenarzt gehen soll, wenn wir wieder zu Hause sind."

„Susanna, warum denn nicht? Er ist wunderbar. Du bist wunderbar. Kannst du dir vorstellen, Königin zu sein? Es könnte doch wahr werden."

„Er kann keine Ausländerin heiraten. Es ist gegen das Gesetz."

„Hä, die Leute hier dürfen keine Ausländer heiraten?"

„Nein, nicht ‚die Leute'. Nur diejenigen, die in der Thronfolge stehen."

„Nate."

„Und der steht nicht nur in der Thronfolge, er sitzt ja schon so gut wie auf dem Thron."

„Also selbst wenn er wahnsinnig in dich verliebt wäre, könnte er dich nicht heiraten?"

Tränen hatten nicht auf ihrer Packliste für die Reise gestanden. „Nein, kann er nicht. Es gibt ein Gesetz. In der Vergangenheit gab es Leute, die versucht haben, das zu ändern, aber sie haben es nicht geschafft."

„Warum? Ich meine, wozu gibt es so ein Gesetz?"

„Damit Loyalitätskonflikte zwischen den europäischen Königshäusern vermieden werden. Eine Prinzessin hat bei dem Versuch, ihrem Onkel Ludwig während der französischen Revolution zu helfen, beinahe die brighton'sche Armee ausgelaugt."

„Und deswegen kann Nate dich im 21. Jahrhundert nicht heiraten?"

„Ich leg mich hin, bis der Krieg ausbricht." Aber sie bewegte sich nicht vom Fleck. Die Konfrontation mit Lady Margaret hatte sie erschöpft.

„Suz, es tut mir leid."

„Was tut dir leid?" Sie zuckte mit den Schultern. „Dass ich tatsächlich einen Prinz getroffen habe? Und wer sagt denn, dass ein Mädchen den erstbesten Prinzen heiraten muss, der ihr über den Weg läuft?"

„Jedes Märchen, das ich gelesen habe." Avery kuschelte sich an sie.

„Dann ist es ja gut, dass ich aufgehört habe, Märchen zu lesen."

ACHTZEHN

Girlanden in brillant leuchtenden Farben wanden sich aus jedem Winkel der Decke des Ballsaals. Lange, kurze, geflochtene und gewobene, in allen Farben des Regenbogens.

Der Ballsaal von Parrsons House schien förmlich abzuheben angesichts der Leichtigkeit der berühmten traditionellen brighton'schen Girlanden, einem echten Exportschlager. Sie waren für Nathaniels Vorfahren König Mark VI. erfunden worden, der sich nach etwas gesehnt hatte, das seine düsteren Stimmungen aufheitern sollte.

Die Musiker, die wegen ihres zauberhaften Gefieders ... reich verzierten, bunten Kostümen ... liebevoll die „Papageien" genannt wurden, paradierten in einer munteren Gruppe um den prächtigen, geschmückten Saal.

Der Lord Chamberlain, Graf Browne, kündigte die Gäste des königlichen Balls der Farben an, die nach und nach eintrafen. Mitglieder der Königshäuser und Würdenträger aus 75 Nationen, angetan in schneidigen schwarzen Anzügen und wunderschönen, farbenprächtigen Kleidern, traten an das Podium heran, wo Nathaniel in königlicher Aufmachung mit Mutter und Stephen stand.

Nathaniel begrüßte jeden Gast. Mehr als 600 beim Krönungsball. Das war von nun an sein Leben ... dastehen und begrüßen, Empfänge und Abendessen. Diplomatie.

Er war dankbar dafür, alte Freunde wie Prinz William und Kate, Prinz Harry und Prinz Carl Philipp begrüßen zu dürfen, bei denen er das förmliche Auftreten links liegen ließ, und die er mit überschwänglichen Umarmungen begrüßte.

Er war der erste seiner Kameraden, der König wurde. Morgen früh würden sich 7000 Gäste in der Watchman Abbey zu seiner Krönung einfinden.

Der Lord Chamberlain und die königliche Behörde hatten eine Liveübertragung über das Königreich Brighton hinaus nach Großbritannien, Amerika, Afrika, Asien und den Mittleren Osten veranlasst.

Ein großer Teil der Erde würde auf diese Weise König Nathaniel zum ersten Mal vorgestellt bekommen. Albert von der königlichen Behörde hatte von Zuschauerzahlen in Milliardenhöhe gesprochen.

Aber Nathaniel dachte nur an eine Zuschauerin. Susanna Truitt. Würde sie aufwachen, bevor der Tag begann, und den Fernseher einschalten?

Die Fläche vor dem Podium leerte sich, als er mit dem Begrüßen der Gäste zum Ende kam. Lord Browne ließ die Gäste in Gruppen zu je zwanzig Besuchern herein, sodass Nathaniel vor der nächsten Welle einmal durchschnaufen konnte.

„Geht es allen gut?" Nathaniel linste zu Mama hinüber, die ein alter Hase war, was Gästebegrüßungen anging.

„Alles bestens." Mama wechselte einen Blick mit Stephen.

Nathaniel betrachtete die beiden einen Moment lang. Keiner von beiden sah ihm gerade in die Augen. Sie hatten sich den ganzen Tag über seltsam benommen. „Was ist los, ihr beiden?"

„Nichts."

„Nate, pass auf. Lord Browne schickt die nächste Gruppe herein."

Lady Genevieve wartete in der Tür. Sie trug ein prächtiges, eng anliegendes rotes Ballkleid, das all ihre körperlichen Vorzüge hervorragend zur Geltung brachte. Sie war geübt und talentiert darin, sich zu präsentieren und posierte in dem sanften Licht, das durch die Girlanden fiel. Als der Lord Chamberlain sie ankündigte ... „Lady Genevieve Hawthorne" ... zog sie alle Blicke im Ballsaal auf sich.

Sie bewegte sich so graziös, dass es aussah, als würde sie schweben. Ein kleines „Ohhh" rauschte durch den Ballsaal.

Könnte sie seine Frau sein? Jeden Tag schwoll der Wunsch, sie zu heiraten, noch mehr an. Dazu kamen die Nachrichten über die angeschlagene Wirtschaftslage von Brighton und Hessenberg.

Es gab neue Gewinnchancen für Wetten auf eine Verlobung bis zum Ende der Woche. Dabei war es offenbar völlig gleichgültig, dass er seit Monaten nicht mehr mit ihr gesehen worden war. Nicht seit dem Staatsbankett im Oktober. Das hatte die romantischen Feuer der Presse wohl nur geschürt.

Vor dem Podium hielt sie an und bot ihre Hand dar. Eine Gelehrte, Geschäftsfrau, Schönheitskönigin und talentierte Athletin. Er könnte es schlechter erwischen, weit schlechter.

„Lady Genevieve." Er verbeugte sich und war sich bewusst, dass sie von ihm erwartete, dass er vom Podium zu ihr herunterkam, um sie zu begrüßen, wie es die Tradition in Bezug auf die Frau im Leben des Königs verlangte.

Aber wenn er sie auf diese Art und Weise empfing, würde es ein wahres Blitzlichtgewitter geben, die Spekulationen würden in ungeahnte Höhen schießen und Gerüchte wie ein Virus unaufhaltsam und schnell die Runde machen. Die Wettchancen würden eskalieren. Wenn er für sie das Podium verließe, hieße das, dass er den ersten und den letzten Tanz des Abends mit ihr tanzen würde. Das schrieb die Tradition den unverheirateten Prinzen und Königen vor.

Aber Nathaniel stand der Sinn heute Abend nicht nach Traditionen. Deswegen schüttelte er nach seiner Verbeugung Genevieves Hand, blieb auf dem Podium und sagte: „Willkommen auf dem Krönungsball der Farben."

Ginny konnte gerade noch ihr welkendes Lächeln auffrischen, bevor ein Fotograf das erste Bild schoss. Als sie am Podium vorbeiging, warf sie Nathaniel einen harten, fragenden Blick zu.

Warum hast du mich nicht gebührend empfangen?

„Du tanzt den ersten Tanz nicht mit Ginny?“, fragte Mama.

Nathaniel sah sie an. „Ich dachte, ich würde mit dir tanzen.“

„Unfug. Es gibt hier viel zu viele schöne Frauen, um eine Tradition auf mich zu verschwenden.“ Mama warf einen gezierten Blick in Ginnys Richtung, die im Schatten des Podiums wartete. „Was war denn das Problem dabei, Ginny zu wählen?“

„Nichts.“ Theoretisch. Nathaniel widmete sich wieder der Begrüßung der Gäste.

Ginny schmeichelte seinem Männerblick ... sie war schon eine Erscheinung, keine Frage ... aber sie schaffte es nicht, seinem Herzen zu schmeicheln. Selbst wenn darin nicht Susanna Truitt wohnen würde, hätte er keine Lust, darin für Ginny Platz zu schaffen.

Als er Ginny im Eingang gesehen hatte, war ihm beinahe der kalte Schweiß ausgebrochen. Irgendetwas stimmte nicht mit ihr. Irgendetwas Beunruhigendes. Könnte er sie für Brighton, Hessenberg und um des Abkommens willen heiraten? Er könnte sich selber überreden. Aber sein Bauchgefühl, die Bremse in seinem Herzen, warnten ihn, besser zu warten.

Die Dudelsackspieler, die gerade am Podium vorbeikamen, spielten eine muntere Melodie. Nathaniel machte mit beim Händeklatschen und Füßestampfen.

Der Lord Chamberlain kündigte den Premierminister an: „Seine Lordschaft Henry Montgomery, Premierminister des Königreichs Brighton“. Er paradierte alleine am Podium vorbei.

„Es ist ein großartiger Abend, Ihre Majestät.“

„Das denke ich auch, Henry. Musik, Tanz, schöne Frauen und galante Männer.“

„Oder schöne Königinnen“, ergänzte der Premierminister mit einem Blick auf Mama.

Aha, was haben wir denn hier?

Aber Mama schenkte dem Premierminister keine besondere Aufmerksamkeit.

Als Henry weitergegangen war, fing Lady Genevieve ihn ab. Eine dunkle Vorahnung beschlich Nathaniel. Sie hatte noch etwas anderes im Sinn, als ihn einfach nur zu heiraten. Er kam nur nicht darauf, was es war.

Die höfische Parade dauerte bis um acht. Dann flackerten die Lichter, und das Orchester stimmte ein letztes Mal die Instrumente.

Nathaniel war bereit, sich zu bewegen, zu tanzen, sich zu setzen, alles, nur nicht mehr stehen. Stephen sprang vom Podium, um sich nach seiner ersten Tanzpartnerin umzusehen. Eine Schar geeigneter Frauen versammelte sich um ihn. Selbst wenn er nicht als Prinz geboren worden wäre, würde sein Charme ihn zum Liebling der Damenwelt machen.

Die Lichter flackerten einmal mehr, und Nathaniel sah zum Lord Chamberlain hinüber, um festzustellen, ob er die großen Flügeltüren geschlossen und so den offiziellen Beginn des Abends angekündigt hatte. Doch noch waren sie nicht geschlossen, also ließ Nathaniel seine Blicke über die Gäste schweifen und überlegte, wer wohl für den ersten Tanz infrage kam.

Er fing Lady Hanas Blick auf, aber sie schien an einem strammen Fußballer zu hängen. Um die Wahrheit zu sagen, es wollten nur wenige der Frauen mit ihm tanzen. Und noch weniger wollten ihr Leben mit dem eines Mannes verbinden, der dafür lebte und starb, seinem Volk zu dienen. Sein Leben gehörte nicht ihm alleine. Sein Leben gehörte auch nicht der, die er liebte. Es war eine abschreckende Aufgabe, die Frau eines Königs zu sein. Was machte die starke, unabhängige Lady Genevieve also so eifrig? Besonders, wenn sie ihn nicht einmal liebte? Er sah ihr zu, wie sie mit Mitgliedern des Parlamentes sprach.

Was hast du vor, Ginny?

Er konnte sie zum Tanz auffordern und versuchen, in ihren Gedanken herumzuschnüffeln, mal sehen, ob sie sich verplappern und ihre wahren Absichten preisgeben würde. Aber nein, er konnte sich nicht dazu überwinden, das zu tun.

Mama? Er drehte sich um, um ihr seine Hand anzubieten, aber sie steckte mit Henry zusammen und schien in ein ernsthaftes Gespräch vertieft zu sein.

Das Orchester hatte mit dem Stimmen aufgehört. Der Raum hielt den Atem an und wartete darauf, dass der König seine Tanzpartnerin wählte.

Nathaniel wechselte einen fragenden Blick mit Lord Browne. Langsam fühlte er eine leichte Panik aufkommen, weil er noch keine passende Partnerin gefunden hatte. Wie passend.

Lord Browne hielt die Türen halb geöffnet, während er sich mit ein paar verspäteten Gästen unterhielt.

Lass die letzten Gäste herein, Mann, dann können wir anfangen.

Nathaniel machte einen langen Hals, um zu sehen, wer noch hereinkommen würde. Dann erblickte er eine Frau in einem rein weißen Kleid mit langem, goldenem Haar, zusammen mit einer Brünette in einem dunklen Kleid.

Ein Hauch Vertrautheit bahnte sich einen Weg durch sein Herz und lockte ihn vom Podium herunter. Wer war hinter den Türen?

„Nathaniel? Wo gehst du hin?“, rief Mama, leise und kontrolliert.

„Pardon“, murmelte er und drückte sich durch die Menge der Gäste hindurch, die dicht an der Wand standen.

Die Menge wich zur Seite. „Ihre Majestät ...“

Als er an der Tür ankam, drehte sich der Lord Chamberlain herum. „Oh, Ihre Majestät. Bitte verzeihen Sie. Wir haben noch zwei Gäste mehr anzukündigen. Dann fangen wir an.“

Susanna.

Alles hielt an. Die Stimmen, das Summen des Orchesters ... sein Herz. Schöne, reizende Susanna. Zusammen mit der allerliebsten Avery.

„Susanna ..." Er wollte sie am liebsten in den Arm nehmen und sie herumwirbeln. Stattdessen ballte er die Finger zu einer Faust und bedachte sie mit einem Lächeln. Was tat sie hier?

Sie knickste ihren bezaubernden, wackeligen Knicks, taumelte ein bisschen zu einer Seite und er lächelte, als er sich an den Tag auf der Veranda erinnerte. „Ihre Majestät."

Avery machte einen tiefen, geübten Knicks, und Nathaniel hätte fast vor Freude gejubelt. Jetzt wollte er tanzen. Feiern. Aber zuerst ...

„Tun Sie ihre Pflicht, Lord Chamberlain."

Nathaniel zwinkerte Susanna zu, bevor er sich wieder durch die Massen schwarzer Smokings und bunter Ballkleider auf das Podium begab.

Welch ein großartiger Abend das auf einmal geworden war. Wie kam sie nur hierher?

Als er auf seinem Posten angekommen war und sich zur Tür gewandt hatte, kündigte der Lord Chamberlain die letzten, aber für ihn besonderen Gäste an.

„Die Damen Susanna Truitt und Avery Truitt von St. Simons Island, Georgia, in den Vereinigten Staaten von Amerika."

Komm schon, Suz. Komm mit erhobenem Kopf herein.

Susanna glitt in den Saal. Sie trug ein traumhaftes Kleid, das an allen wichtigen Stellen gut saß. Avery in ihrem glänzenden, perlenbesetzten schwarzen Kleid nahm eine elegante Haltung ein und schritt stolz neben ihrer Schwester einher.

Susanna ging bis zum Rand des Tanzbodens und hielt dann an, sie ging nicht weiter als bis zum Rand der Besuchermenge.

Der Lord Chamberlain flüsterte ihr etwas zu und geleitete sie vorwärts. Eine glühende Röte trat ihr ins Gesicht und verwandelte ihre blauen Augen in tiefe Sommerseen, während sie auf das Podium zuschritt.

Komm schon, zeig ihnen, wer du bist. Sei mutig.

„Wer ist das?" Mama stand neben Nathaniel.

„Susanna, meine Freundin aus Amerika. Ich weiß nicht, wie es kommt, dass sie hier ist, aber ich freue mich sehr darüber."

„Aha, ich verstehe."

Alles im Ballsaal erstarrte, alle Blicke richteten sich auf die Truitt-Schwestern. Das Orchester spielte fortwährend denselben Ton und wartete darauf, den Eröffnungswalzer anzustimmen, sobald Nathaniel seine letzten Gäste begrüßt und seine Tanzpartnerin ausgewählt hatte.

Jetzt kümmerte er sich nicht mehr darum, sein Lächeln zu verstecken. Er ließ es zum Leben erwachen, als er seine Susanna und Avery begrüßte.

Die Türen des Ballsaals schlossen sich, und Nathaniel verließ das Podium, nahm Susannas Hand und sah ihr in die Augen.

„Darf ich um diesen Tanz bitten?" Ein verwundertes Raunen ging durch den Saal, als er sie auf die offene, wartende Tanzfläche führte. „Die Saiten auf den Geigen reißen noch, wenn wir sie nicht bald ein Lied spielen lassen."

„Es wäre mir eine Ehre."

Sie reichte ihm die Hand. Die Musik gab nach, als er sie in seine Arme nahm und über die Tanzfläche wirbelte. Er fühlte sich leichter als Luft und freier als ein fliegender Vogel.

Sie trug das einzige weiße Kleid in einem Meer aus Farben. Sie versuchte, nicht darüber nachzudenken, dass sie die Kleiderordnung nicht eingehalten hatte, während sie ... auf goldenen Louboutins ... in Nathaniels Armen über den Tanzboden wirbelte. Und alle sahen zu. Glotzten sie an.

Dann war da Avery, in ihrem schwarzen Etuikleid, die sich lächelnd mit erhobener Nase umsah. Ein kleines Häufchen junger Männer hatte sie bemerkt und sich ihr genähert.

Susannas Plan war gewesen, sich in den Ball einzuschleichen, nachdem die anmutige Lady Genevieve vorgestellt worden war. Nachdem sie die Blicke aller Männer und den Neid aller Frauen auf sich gezogen hatte. Nachdem der erste Walzer getanzt worden war.

Aber der Typ an der Tür, der aussah wie ein Türsteher im Kino, der Herr mit der förmlichen Stimme, hatte sie gesehen, und nachdem sie ihm ihre Namen genannt hatte, hatte er sie hereingewunken und den schönen Plan mit dem Hereinschleichen verdorben.

„Ich kann nicht glauben, dass du hier bist." Nathaniel sprach endlich mit ihr, während er sie durch den Tanz führte.

„Sollte ich kein Weiß tragen?"

Sie stand auf den Zehenspitzen in ihren Louboutins und tanzte Walzer mit dem König. „Es kommt mir nämlich so vor, als sollte ich ein munteres, buntes Kleid tragen?"

„Susanna, wie kommt es, dass ihr hier seid?"

„Ich habe eine Einladung bekommen." Sein Ausdruck bestätigte ihren Verdacht. Er wusste nichts davon. „Du hast sie nicht geschickt, oder?"

„Nein, aber ich werde die Person belohnen, die das getan hat." Sein Lächeln strahlte bald heller als der Sternenstaub, der den Ballsaal zu füllen schien. „Ich wollte anrufen ..."

„Du schuldest mir nichts, Nate."

„Ich möchte mich dafür entschuldigen, wie ich dich am Strand zurückgelassen habe."

„Dein Vater war gestorben, Nate, bitte, keine Entschuldigungen. Wenn du nicht davongerannt wärst, müsste ich mir Sorgen um deine Seele machen."

Er führte sie zur Musik. „Ich entschuldige mich auch für die Art, wie ich über den Erlass über die Ehe gesprochen habe." Er zog sie an sich und beugte seine Wange über ihr Haar. „Als wäre das dein Problem und nicht meins."

„Ich bin froh, dass du mir davon erzählt hast. Besser als zwölf Jahre zu warten ..." Sie lachte, und er fasste sie fester, lachte selbst laut auf und wirbelte sie herum.

Die Paare, die ihnen am nächsten waren, wichen ihnen mit einem „Oooh" aus.

„Ich sehe albern aus, oder? Ich verderbe das ganze Gesamtbild des Balls. Wie konnte ich bloß nicht darauf kommen, dass man zu einem Ball der Farben auch ein buntes Kleid tragen muss? Habe ich in dem blauen Buch irgendeine Fußnote übersehen?"

„Ich weiß nichts von Fußnoten, aber du siehst jedenfalls umwerfend aus." Seitdem sie sich begrüßt hatten, hatte er nicht aufgehört, ihr das Gefühl zu geben, dass er sie wertschätzte. „Farben sind kein Zwang, nur Tradition. Der Krönungsball der Farben fand zum ersten Mal in den 1850er Jahren statt, als alle zu Ehren König Mark VI. leuchtende Farben trugen. Ich bin mir aber sicher, dass Weiß völlig in Ordnung ist." Er sah sie direkt an. „Es sieht sehr schön aus in diesem Saal."

„Dann tut es mir auch nicht leid." Susanna konnte keinen Moment länger widerstehen. Sie schloss die Augen und lehnte sich bei ihm an. *Sei einfach in diesem Moment.*

Der Walzer ging zu Ende, und Nate nahm ihre Hand und führte sie an seine Brust. „Folge mir."

Er ging in langen Schritten über die Tanzfläche. Der Boden hatte dasselbe Muster wie die Flagge von Brighton. Er tauchte in die Menge der Gäste ein, schlängelte um sie herum, und führte sie zu einem dämmerigen Ausgang.

Sie umrundeten eine Wand und landeten in einer Nische, die abrupt in einer holzvertäfelten Wand endete. Ein Klopfen auf die obere rechte Ecke brachte einen hölzernen Hebel zum Vorschein. Als Nate den Hebel betätigte, tat sich in der Täfelung eine Öffnung auf.

„Eine Geheimtür? Oh, ein Mysterium!"

„Pass auf deinen Kopf auf."

Nate hielt schützend die Hand in die niedrige Türöffnung, als er sich hineinduckte.

„Das hier ist doch nicht der Tower, oder? Ab mit meinem Kopf dafür, dass ich beim Ball der Farben ein weißes Kleid getragen habe. Avery wird so neidisch sein."

„Es ist *nicht* der Tower." Nate zog sie an sich. „Ich habe dich vermisst."

In dem geheimen Zimmer hielt er sie so, dass sie sich fühlte, als sei sie ein Teil von ihm.

„Ich dich auch."

„Susanna." Er berührte ihr Kinn und wollte ihr Gesicht zu seinem anheben, aber sie wand sich aus seinen Armen.

Ein Kuss? Damit würde er ihr das Herz stehlen, garantiert, und sie befürchtete, es nie wieder zurückzubekommen.

„Was ist das denn hier für ein Zimmer?" Sie waren in einer Art Türmchen mit bogenförmigen Fenstern, Bücherregalen und einer seltsamen Mischung aus Sofas und Stühlen, Bodenlampen und Tischen. Das bernsteingelbe Licht der Außenanlagen spiegelte sich im Fensterglas und verlieh dem dunklen, kreisförmigen Raum eine romantische Aura.

„Bibliothek. Der Architekt hat ihn als ein Spielzimmer für die Kinder des Königs entworfen, aber mit der Zeit ist er zu einer Bibliothek geworden." Nathaniel betätigte einen Schalter, und im offenen Kamin sprang ein Feuer an. Ein zweiter Schalter aktivierte die Lämpchen, die in der Decke eingelassen waren, und ließ Licht über die Wände fließen.

„Oh Nate." Susanna bewegte sich zwischen den ledernen Clubsesseln zu Mitte des Raumes. Ihre kristall-goldenen Louboutins versanken bald in dem Plüschteppich. „Das ist ja unglaublich."

An der Wand zwischen den Bücherregalen hing das Porträt eines jungen Mannes in hochdekorierter Ausstattung. Er hatte die Hand auf der Schärpe und den rechten Fuß etwas vorgestellt. Sein dunkles Haar fiel in Wellen auf seine hohe Halskrause. Erheiterung schmückte seinen Gesichtsausdruck.

„Wer ist das?"

„König Stephen I. Im Alter von ungefähr 25 Jahren."

Susanna legte sich die Hand aufs Herz. Seine Augen schienen wirklich zu sein, wach, als ob er über das Zimmer wachte. Sie beobachtete. „Dein Urahn", flüsterte sie und streckte die Finger aus, um vorsichtig über den Spitze des königlichen Schuhs zu streichen. „Du siehst aus wie er."

„Findest du?" Nathaniel rüttelte an der Balkontür. „Das dumme Ding klemmt im Winter immer. Man sollte meinen, dass es bei Kälte leichter aufgeht, aber nein, nicht in diesem alten Kasten." Ein Klicken war zu hören und Nathaniel lobte sich selbst, als die Tür aufschwang. „Mich schlägst du nicht so leicht, du alte Tür."

Eine frische Kälte vertrieb die abgestandene Luft aus dem Raum. Die Flammen im Kamin beugten sich unter dem Luftzug.

Nathaniel stand nun hinter ihr, zusammen mit der schönen Bö kristallkalter Luft. Sie war glücklich. Im Frieden. Egal, wie diese Reise zu Ende gehen würde, sie wusste jetzt schon, dass sie froh war, gekommen zu sein.

„Ich sehe also aus wie er? Ich *wäre* viel lieber wie er", sagte Nathaniel. „Das Volk von Brighton hatte ihn gerade zum König erklärt, nachdem er sie von der Herrschaft der Briten befreit hatte. Stephen I. hatte sich mit seiner fröhlichen Bande aus 25 Mutigen in Brightons Nordhafen geschlichen und drei Schiffe gefangen genommen, die dort vor Anker lagen. Er schickte König Heinrich VIII. einen Brief, indem er Brightons Freiheit verlangte, sonst würde der seine Schiffe und seine Männer nie wieder sehen. Nachdem einer der gefangenen Admiräle einer von seinen Höflingen war, erklärte sich Heinrich einverstanden. Brighton wurde eine freie Nation. Das Ende der Leibeigenschaft. Ein paar Jahre später half er Hessenberg dabei, sich von Preußen loszusagen."

„Sein Blut fließt in deinen Adern."

„Ich fürchte, das ist über die Jahre ein bisschen dünner geworden." Er lachte leise und nahm sie dann in seine Arme, barg sie an seiner Brust.

Sei einfach hier, Susanna.

„Wo seid ihr untergebracht?", flüsterte er ihr ins Ohr.

„In Parrsons House." Sie drückte den Rücken durch, um ihm ins Gesicht sehen zu können. „Du hast wirklich von nichts gewusst, oder?"

„Keine Spur. Sie müssen deinen Namen vor mir versteckt haben. Ich habe dich nie auf der Gästeliste gesehen." Er ließ sie los und ging um sie herum, sodass er Auge in Auge mit König Stephen I. stand. „Morgen werde ich wegen des Mutes dieses Mannes zum König gekrönt. Er fand, die Brightonier verdienten die Freiheit. Sie sollten ihre Ernten, ihre Löhne behalten dürfen."

„Bist du nervös?" Sie war wohl dazu vorgesehen, Männer zu lieben, die an ihre Pflicht gebunden waren.

„Ein bisschen. Wir haben oft genug geprobt. Wenn wir Royals etwas gut können, dann ist es, Zeremonien zu proben." Aber als er sich zu ihr umdrehte, waren es nicht die Gedanken um seine Krönung, die sie in seinen Augen las. „Susanna ..."

Sie bewegte sich mit flatterndem Herzen von ihm weg und auf das Porträt zu. „Dein Land schätzt Freiheit, Unabhängigkeit. All das geht auf diesen Mann zurück. Er hat sein Leben aufs Spiel gesetzt, um Menschen zu befreien, die im Feudalsystem König Heinrichs VIII. so gut wie versklavt waren."

„Genau das hat er getan, ja. Den Leuten zum Wohlstand zu dienen ist Teil des königlichen Auftrags und Eides."

Seine Stimme, seine Gegenwart umgaben sie, umwarben sie. Wenn sie jetzt ihre steife Haltung aufgäbe, würde sie in ihn hineinfallen.

„Susanna." Seine Finger berührten ihren Hals, setzten sie in Brand, als er ihr Haar zur Seite strich.

„Ich sollte besser mal nach Avery sehen." Sie wirbelte zur Ausgangstür herum, denn sie wusste nicht genau, was sie sagen würde, wenn sie jetzt nicht schnell von hier verschwand. *Ich liebe dich. Heirate mich. Ich will die Mutter deiner Kinder sein.* „Was, wenn sie nach mir sucht? Die arme Aves, ganz alleine da draußen."

„Vertrau mir, da sind schon genug nette junge Männer, die sich um sie kümmern werden."

„Trotzdem, ich sehe besser nach ihr."

Kurz bevor sie nach der Klinke griff, sagte er: „Ich habe mich in dich verliebt", und folgte seinen Worten durch den Raum.

„Wa-was?" Sie hatte es in seinen Augen gesehen, aber jetzt hatte sie es auch aus seinem Mund gehört. Sie griff nach dem nächsten Sessel.

„Ich liebe dich."

„Hättest du mich nicht in Ruhe lassen können? Nur mit mir tanzen, flirten und mich wieder nach Hause schicken? Nein, du musst mir ja sagen, dass du mich liebst. Wozu soll das führen?" Kraft und Energie fuhr ihr in die zitternden Gliedmaßen. „Was soll ich damit anfangen? Es mit nach Hause nehmen und eines Tages meinen Enkeln davon erzählen? ‚Eure Oma wurde einmal von einem Prinzen geliebt'?"

„Es tut mir leid, Susanna, aber es ist wahr. Ich kann nicht mehr dagegen ankämpfen. Was ich für dich fühle ist so viel wirklicher, als dass sein Blut" ... er deutete auf König Stephen I. ... „in meinen Adern fließt. Ich habe es satt, das alles zusammenzuhalten. Du bist immer in meinen Gedanken, immer. Seit dem Tag, an dem ich dich unter dem Liebesbaum getroffen habe."

„Liebeseiche." Sie bohrte die Finger in die Polsterung.

„Als du heute Abend hereingekommen bist, hat es sich angefühlt, als wären wir nie getrennt gewesen. Fast kam es mir so vor, als habe ein Teil von mir erwartet, dass du kommst."

„Was ist mit Lady Genevieve?"

„Lady Genev – ah, du hast die *Liberty Press* online gelesen."

„Es heißt, du müsstest sie heiraten ... Eure Wirtschaft hängt davon ab." Sie ging zum Porträt des ersten Königs hinüber. „Er hat sich in eine Bucht geschlichen und Schiffe gekapert, um Brighton zu befreien. Du bist doch bestimmt ähnlich mutig."

Warum argumentierte sie gegen ihr eigenes Herz? Der romantische Glanz des Raumes verblich, und obwohl das Feuer weiter flackerte, hatte sich Dunkelheit in die Ecken und in einen Winkel von Susannas Herz geschlichen.

„Du willst, dass ich sie heirate? Ich liebe sie nicht. Ich liebe dich. Außerdem gilt Lady Genevieve kaum als eine Verwandte von Prinz Franz."

„Aber wenn du sie heiratest, wird sie Teil der königlichen Familie und erfüllt die Bestimmungen des Abkommens."

„Ich kann nicht glauben, dass du willst, dass ich sie heirate, wo ich dir doch gerade erzählt habe, dass ich dich liebe." Er seufzte und setzte sich auf die Armlehne des antiken Polsterstuhls.

„Hey, das sollte nicht so klingen, als *wollte* ich, dass du Ginny heiratest." Susanna setzte sich in den Stuhl und lehnte ihren Kopf an seinen Rücken. Fühlte etwas von der Last, die er zu tragen hatte. „Ich weiß ja gar nicht, wovon ich spreche, Nate. Es tut mir leid."

Er nahm ihre Hand und drehte sie so zu sich herum, dass sie sich ansahen. Der Wind rüttelte an den Fensterrahmen um zu sehen, ob jemand zu Hause war. Sein Blick, seine Wärme, seine Berührung ...

Sie zitterte bis in die Spitzen ihrer Louboutins.

„Es ist kalt." Susanna rieb sich die Arme. Die Hitze des Kamins blieb auf der anderen Seite des Türmchens.

„Nimm meine Jacke." Er wand sich aus seiner Smokingjacke und ging dann hinüber zu den Balkontüren, um sie zu schließen. Er blieb dort stehen und sah hinaus. „Ich vermisse Papa. Ich gehe so durch den Tag, und auf einmal fällt mir etwas ein, das ich ihn fragen wollte, wozu ich aber nicht mehr gekommen bin."

„Meine Oma hat immer gesagt, ‚Du kannst das Leben nicht durch den Rückspiegel betrachten, Süße.'"

Sein Lachen prallte an der kalten, bernsteinfarbenen Fensterscheibe ab. „Weise Frau."

„Hast du denn das Gefühl, du solltest sie heiraten?"

„Deine Oma?" Er sah zu ihr hin, als sie lachte.

„Ginny."

„Ich liege nachts wach und frage mich, ob ich will, dass später in den Geschichtsbüchern steht, ich hätte es in der Hand gehabt, einem kleinen Großherzogtum die Unabhängigkeit und meinem eigenen Land finanzielle Freiheit zu verleihen, hätte dies aber abgelehnt, weil ich mich geweigert habe, eine Frau zu heiraten, die ich nicht liebe." Er sah auf seine Füße, während er über den Boden stapfte. „Ich kann förmlich hören, wie sich meine Vorfahren im Grabe herumdrehen."

„Sie haben auch aus politischen Gründen geheiratet?"

„Absolut."

„Aber ging es nicht gerade darum in diesem Erlass über die Ehe? Um das politische Element bei königlichen Ehen auszuschließen? Würde eine Heirat mit Ginny Brighton nicht ebenfalls dagegen verstoßen?"

Er starrte sie einen Augenblick lang an. „Erinnerst du dich an die beiden Schwestern in Seenot? Die Hessenberger werden nicht als Ausländer betrachtet."

Susanna zeigte auf König Stephen I. „Hätte er um der Freiheit willen geheiratet?"

„Ich glaube, König Stephen I. hätte jede Schlacht einer Ehe gegen seinen Willen vorgezogen", sagte Nathaniel und drehte sich wieder zu den großen Fenstertüren um.

Susanna stellte sich neben ihn und zupfte ihn am Ärmel. „Tu, was du tun musst, Nate. Sei mutig."

Er sah zu ihr hinunter und nahm ihre Hand. „Wenn ich dich ansehe, fühle ich mich mutig. Wenn ich dich ansehe, sehe ich St. Simons Island im Sommer vor mir." Mit seiner freien Hand strich er ihr über das Haar. „Ich sehe eine schöne Frau, die ich vergessen wollte, und ich habe mir wirklich alle Mühe gegeben, bis sie bei meiner Krönung aufgetaucht ist."

„Hätte ich zu Hause bleiben sollen?" Sie trat einen Schritt zur Seite und entzog ihm ihre Hand.

„Nein, nein ..." Seine forschenden blauen Augen glitzerten. „Ich wünschte nur einfach, es wäre Juli und ich würde gerade an der Liebeseiche vorbeifahren."

„Würdest du wieder anhalten?" Sie fuhr sich mit der Hand über den Rock und fand das Gefühl des Seidenglanzes irgendwie tröstlich. „Wenn du wüsstest, was du jetzt weißt?"

„Aber sicher, ich würde nur keine drei Tage warten, um dich wiederzusehen."

„Zwei Ozeane und fünfhundert Jahre Geschichte liegen zwischen uns, Nate. Ich würde sagen, wenn Gott gewollt hätte, dass ich mit dir zusammen sein soll, dann wäre ich hier geboren worden. Selbst wenn Ginny und dieses Hessenberg-Durcheinander nicht Teil des Problems wären, könntest du mich rechtlich betrachtet doch immer noch nicht heiraten, oder? Hat sich das geändert?“ Er schüttelte den Kopf. Sie festigte ihre Stimme. „Und es wird sich wahrscheinlich auch nicht ändern. Ich gehe jetzt besser Avery suchen.“

Diesmal hielt er sie nicht auf, als sie sich durch die Öffnung in der Holzvertäfelung duckte und durch den schmalen Flur ging. Das goldene Glitzern ihrer Schuhe ließ sie in dem tiefen Schatten leuchten. Ihr Unterkiefer und ihr Hals schmerzten von der Anstrengung, die Tränen zurückzuhalten.

Als sie das Allegro der Violinen hörte und aus dem verborgenen Flur in den Ballsaal einbog, setzte sie ein Lächeln auf.

Der Anblick war atemberaubend. Die Dekorationen, die Musik, die Eleganz der farbenprächtigen Tänzer. Sie warf einen letzten Blick in den Flur. Kein Nate.

Es war das Beste so. Sie konnte sich nicht zwischen einen Mann und sein Land stellen. Selbst wenn es möglich wäre. Dann entdeckte sie Avery, die lachte und mit einem verschmitzten, majestätisch aussehenden jungen Mann tanzte.

Dieses Bild alleine war die Reise schon wert. Avery, die sich in einem Märchen verlor.

Susanna hielt am Rande der Tanzfläche inne und wurde sich plötzlich der scharfen, verächtlichen Blicke bewusst. Sie überflog die Schatten an der rückwärtigen Wand auf der Suche nach einem Platz, an dem sie sich verstecken und ihr Herz in Ordnung bringen konnte.

Sie liebte Nate. Dessen war sie sich sicher. Aber sein Geständnis, was Brighton, Hessenberg und Lady Genevieve anging, hatte ihr einen Einblick in seine Welt geschenkt. Und die drehte sich nicht um sie.

Eine vertraute Hand griff nach ihrer. Nate trat vor sie.

„Vielleicht können wir nicht alles haben, was wir von dieser Beziehung wollen, Susanna.“

Er führte seine Lippen an ihr Ohr und flüsterte: „Aber wir haben diesen Ball, und heute Abend bist du meine Königin."

Die brennende Gänsehaut, die sie überkam, vernichtete jede Verweigerung. Sie ließ sich von ihm auf die Tanzfläche führen und sich von ihm in die Arme nehmen, wo er sie durch den Glanz der Nacht zur Musik ihrer Herzen herumwirbelte.

NEUNZEHN

Kurz vor ein Uhr am Morgen klopfte Nathaniel an die Tür seiner Mutter. Sie öffnete in ihrem königsblauen Abendkleid. Jede Strähne ihrer kunstvoll geformten Frisur saß an ihrem Platz unter einem diamantenverzierten Diadem.

„Ich habe mir gedacht, dass du kommst." Sie wandte sich dem Raum zu und erwartete, dass er ihr folgte. „Ich habe Tee gemacht."

Nathaniel hängte sein Jackett an einen Kleiderhaken bei der Tür und zog an seiner Krawatte. „Wer hat sie eingeladen?"

„Die Amerikanerin?" Mama reichte ihm eine Tasse mit Goldrand. „Oder Lady Margaret? Hast du von ihrer Zankerei mit Lady Keri im Waschraum gehört?" Mama nahm ihre Teetasse zur Hand, schüttelte den Kopf und ließ den Teelöffel gegen das zarte Porzellan klingeln. „Sie und Stan sind wirklich die schwarzen Schafe der Familie. Sie kann so brüsk sein. Obwohl du ja heute Abend zweimal mit ihr getanzt hast."

„Mama, ernsthaft, Lady Margaret? Glaubst du wirklich, ich klopfe um diese Uhrzeit an deine Tür, um über diese alte Ziege zu reden? Susanna, Mama ... wer hat sie eingeladen?"

Mama kräuselte die Lippen. Sie war gefangen. „Wenn du es unbedingt wissen musst", sagte sie steif, abwehrend, „Stephen und ich haben sie eingeladen." Sie setzte sich und ihre Haltung drückte schweigende Missbilligung aus. Sie mied jeden Blickkontakt.

„Du und Stephen?" Entwaffnet von ihrem Geständnis setzte sich Nathaniel ebenfalls. Jonathan vielleicht. Oder Albert von der königlichen Behörde, aber Mama und sein Bruder? „Wie konntet ihr sie einladen, ohne mir Bescheid zu sagen?"

„Es war zu deinem eigenen Besten." Mama flüchtete sich hinter ihre Teetasse. Im selben Moment ging die Tür und Stephen kam herein.

Seine gepunktete Krawatte hing ihm lose um den Hals, und sein pechschwarzes Haar stand wie elektrisiert zu Berge.

„Großartiger Ball, Nate. Viele schöne Frauen." Er ließ sich über die Rückenlehne der Couch auf die Sofakissen fallen.

„Er möchte wissen, warum wir Susanna eingeladen haben." Mama schenkte Stephen ohne zu fragen eine Tasse Tee ein und reichte sie ihm. Er warf Nathaniel einen durchtriebenen Blick zu, sagte nichts, setzte sich aufrecht hin und peppte Mamas Gebräu mit einem großen Schluck aus seinem Flachmann auf, was immer das auch war.

„Weil sie dir unter die Haut gegangen ist", sagte er schließlich. „Du wusstest nicht, ob du sie liebst oder nicht. Also haben wir sie hierher geholt, damit du das herausfinden kannst."

„Stephen hat außerdem bemerkt, dass Ginny deiner Familie und deinen Freunden, ja, deinem Premierminister, mehr Aufmerksamkeit schenkte als dir. Da dachten wir, dass Susannas Gegenwart ihr vielleicht einen ordentlichen Schubs verpassen würde. Ihr klarmachen würde, dass sie zuerst dein Herz gewinnen muss und erst dann unsere."

„Du gehst davon aus, dass ich Ginnys Herz gewonnen habe, Mama."

„Susanna gehört nicht hierher, Nate." Stephen zielte mit der Fernbedienung auf den Fernseher und schaltete ihn ein. „Sie ist allerliebst und süß, das gebe ich zu. Aber eine Amerikanerin als Königin von Brighton? Das wird nicht passieren, mein Alter. Denk an Brighton und die Monarchie. Dank an mich und das Leben, das ich führe." Diesmal stürzte Stephen seinen Tee hinunter. „ Ich kann kein König sein, und eine Revolte kann ich auch nicht riskieren, zu der es sicher kommen würde, wenn du abdankst."

„Abdankung? Dein Lebenswandel?" Nathaniel stand mit seiner Tasse in der Hand auf. Aber er hatte gerade keinen Sinn für stärkenden Tee, also stellte er sie auf dem Servierwagen ab. „Das ist deine große Sorge, Stephen? Momentan glaubt Susanna sehr viel mehr an mich als meine eigene Familie. Habt ihr euch je Gedanken darüber gemacht, wie sie sich fühlt, wenn sie von eurem kleinen Trick erfährt? Oder ich? Wenn ihr sie hierher holt, um sie zu benutzen? Wozu? Wir tragen echte, lebendige, schlagende Herzen in der Brust. Wir sind keine Bauern in euren bangen kleinen königlichen Spielchen."

„Mein Sohn, es war nie unsere Absicht –"

„Ich weiß, Mama, aber ihr habt es getan." Nathaniel tigerte um die Sofalehne herum. Seine Gefühle rangen in seiner Brust.

Stephen stellte den Ton des Fernsehers ab und wandte sich an Nathaniel. „Du hast doch selber gesagt, du wüsstest nicht, ob du sie liebst."

„Also hast du dir einen hübschen Plan zurechtgelegt und Mama mit hineingezogen?" Müde, frustriert und in dem Bewusstsein, dass ihn früh am Morgen ein Wagen abholen und zu Watchmann Abbey bringen würde, hatte Nathaniel gute Lust, seinem Bruder den Hals umzudrehen. „Du kannst nicht einfach mit meinen intimsten Gefühlen spielen, Steve. Wenn ich Susanna liebe, ist das meine Angelegenheit. Nicht deine. Auch nicht Mamas. Ab morgen wird sich mein ganzes Leben unter den Augen der Öffentlichkeit abspielen. Außer dem, was hier drin geschieht." Mit einer Geste wies er auf die dreieckige Fläche zwischen sich selbst, Mama und Stephen. „Dein Plan ist übrigens nach hinten losgegangen."

Als er das hörte, schaltete Stephen den Fernseher ganz aus. Mamas Tasse klapperte auf der Untertasse.

„Vorher war ich mir nicht sicher, ob ich sie liebe. Jetzt weiß ich, dass es so ist. Und ..." Sollte er beichten? „Ich – ich habe es ihr auch gesagt."

Mama stöhnte „Das hast du nicht getan."

„Schön für dich, Nate", sagte Stephen mit einem schiefen Grinsen, das deutlich zeigte, dass er im Laufe des Abends viel zu viel Tee aufgepeppt hatte. „Wirklich, schön für dich. Weiter so, bravo."

„Du bist betrunken." Nathaniel schnappte sich Tasse und Untertasse aus Stephens Hand und stellte sie auf den Servierwagen. „Morgen früh bist du besser wieder klar im Kopf und putzmunter."

„Nathaniel." Stephen strengte sich an, um die Worte klar herauszubringen. „Unser Plan war, dich aufzuwecken. Hör auf, bei Genevieve mit angezogener Handbremse zu fahren, weil du einem Schuljungenschwarm nachhängst mit diesem amerikanischen Mädchen. Es ist doch wieder dasselbe wie mit Lady Adel."

„Ah, jetzt kommt's." Nathaniel ließ sich auf die Couch fallen. Mama hörte demütig von ihrem Sessel aus zu.

„Du hast dich seitdem nicht mehr verliebt", sagte Stephen.

„Das mit Adel ist zehn Jahre her. Ich war ein idiotischer Uni-Student. Susanna ist überhaupt nicht wie Adel. Und unsere Beziehung ist auch nicht zu vergleichen. Wenn du es unbedingt wissen musst: Ich habe nicht mehr mit ihr gesprochen, seitdem ich Georgia im Juli verlassen habe. Bis heute Abend, dank euch. Ich bin nach Hause gekommen und habe mich auf das Geschäftliche konzentriert. Und darauf, sie hinter mir zu lassen."

„Wir haben geglaubt, dass du die großen Unterschiede sehen würdest, wenn du Susanna unter deinen Bedingungen, in deinem Zuhause triffst. Dass du sehen würdest, dass sie nicht die Richtige für dich ist. Nathaniel, du bist mehr als ein König. Du bist ein Leuchtsignal für Brightons Zukunft. Die Hoffnung der Monarchie." Mama stellte ihren Tee ab. „Wenn du für die Monarchie heiratest, für Brighton und seine Zukunft, wirst du es gut machen. Die Zeit wird zeigen, dass du dich richtig entschieden hast. Du wirst in die Fußstapfen derer treten, die dasselbe vor dir getan haben. Liebe ist eine Entscheidung. Entscheide dich dafür, das zu lieben, was das Richtige für Brighton ist."

„Die dasselbe vor mir getan haben? Wie wer? Du, Mama?" Nathaniel spuckte die Worte aus, ohne über die Konsequenzen nachzudenken.

Seine Frustration und die späte Stunde ließen das Gespräch unklug werden.

„Was sagst du da, Nate?“, frage Stephen. „Mama, hast du Papa für Brighton geheiratet?“

„Wir sprechen nicht über mich.“ Sie ging ohne Teetasse und Untertasse zum Servierwagen. „Sieh zu, dass du diese Amerikanerin aus dem System bekommst, Nathaniel, und mach Ginny einen Antrag. Lass uns dein Problem mit der Königin, dem Erben und den politischen Dimensionen mit einem freudigen Anlass lösen. Finde einen Weg, sie zu lieben. Umwerbe sie. Bring sie dazu, dich zu lieben. In wenigen Stunden wirst du zum König gesalbt werden. Es wird keine Woche dauern, dann werden die Zeitungen, die Buchmacher, die Tratschblätter, unsere Freunde und Feinde uns um eine königliche Hochzeit anbetteln. Werden wir einen Erben haben? Wird das Haus Stratton weiterleben?“ Mamas stählerne, dickköpfige Seite trat zutage. „Unsere Feinde würde kaum etwas besser gefallen, als unsere Herrschaft zerbrechen zu sehen. Obwohl uns unsere Freunde, und davon haben wir viele, uns zujubeln.“

„Ich bin erst 32. Es ist noch reichlich Zeit zu heiraten.“

„Hast du vor, abzudanken? Ich will das wissen.“

„Mama, ich habe fünf Monate lang damit zugebracht, diese Krönung vorzubereiten. Warum sollte ich abdanken?“

„Du weißt, dass Stephen den Thronsaal in eine Bowlingbahn umbauen lässt, noch bevor die letzten Krönungskonfettis zusammengefegt wurden, falls du abdankst.“

Stephen bedachte seine Mutter mit einem schiefen Lächeln. „Wie schön, dass du dich daran erinnerst, Mama.“

Mama seufzte. „Nathaniel, es tut uns leid.“ Sie ging zu ihm hinüber und nahm ihn in den Arm. „Aber es stimmt nicht, dass wir nicht an dich glauben. Das tun wir. Du bist unser König.“

Als Nathaniel zu seinen Gemächern zurückgekehrt war, fand er Ginny dort vor, die auf ihn wartete.

„Ich hoffe, es ist nicht zu spät." Sie stand auf, als er eintrat, immer noch im Ballkleid. „Malcolm hat mich hereingelassen."

„Was willst du, Ginny?" Nathaniel warf seine Schlüssel auf den Lampentisch. Er war immer noch aufgebracht von der Auseinandersetzung mit Mama und Stephen.

Sie betrachtete ihn mit müden grünen Augen. Locken ihres schwarzen Haares hatten sich aus ihrer Frisur gelöst und kringelten sich um ihren Hals.

„Warum hast du mich heute Abend so gedemütigt? Der erste Tanz? Mit ihr? Meine Güte, Nathaniel, sie hat den Gästen, der Krone, dem Ball und ganz Brighton ihre Geringschätzung gezeigt, als sie dich davonschleppte, weg von deinen Gästen."

„Sie hat nichts dergleichen getan. Ich habe sie mitgenommen." Er seufzte, während er sich seine Krawatte vom Hals zog. „Darüber willst du um zwei Uhr in der Frühe sprechen? Über den ersten Tanz?" Er zeigte auf die Uhr. „Ich muss in sechs Stunden wieder auf sein, frisch und konzentriert für meine Krönung. Wenn es dir also nichts ausmacht ..." Er wies ihr die Tür.

„Doch, es macht mir etwas aus."

Sie verschränkte die Arme und stand sicher vor ihm.

„Lass uns das jetzt klären. Was fühlst du für mich?"

Hübsche Ginny. Energische Ginny.

„Warum sagst du mir nicht, was du für mich fühlst?" Er war wirklich zu müde für das alles, aber wo sie schon einmal hier war, konnten sie es auch gleich hinter sich bringen.

„Du weißt, was ich fühle." Sie richtete ihr perlweißes Lächeln auf ihn und veränderte ihre Körperhaltung. Ginny wusste schon, wie sie ihre Aktivposten am besten einzusetzen hatte. „Nathaniel, du machst dir so unheimlich viele Sorgen um so viele Dinge, wo doch die Lösung ganz einfach ist. Ich weiß, dass dieses Mädchen in Amerika mit dir befreundet war. Ich verstehe, dass sie so ganz anders ist, aufregend, frisch. Aber ich bin deinesgleichen. Ich bin Brightonierin. Ich bin die Lösung für das Abkommen."

„Entschuldige mal, aber haben wir nicht gerade noch über Liebe gesprochen? Nicht über einen Geschäftsabschluss." Nathaniel sah sich nach einer Sitzgelegenheit um, die er erreichen konnte, ohne ihr über den Weg laufen zu müssen. Aber sie stand zwischen ihm und seinem Lieblingssessel.

Hatte er nur wenige Stunden vorher Susanna gestanden, dass er sie liebte? Das ganze Gespräch in der Bibliothek fühlte sich langsam an wie ein Traum.

Sie lachte. „Liebling, erinnerst du dich an das Jahr, in dem ich im Ausland studiert und mich in den französischen Botschafter verliebt habe? Ich war so sicher, dass er für mich bestimmt war, aber du und Jon, ihr wusstet es besser. Ihr seid den ganzen Weg nach Paris geflogen, um mich aus seinen Klauen zu befreien."

„Er war ein Intrigant und Schürzenjäger." Nathaniel zog sich einen König Mark Stuhl heran und setzte sich. „Er hätte sich jeden Schilling vom Geld deines Vaters unter den Nagel gerissen."

„Aber du hast mir rechtzeitig die Augen geöffnet. Jetzt bin ich an der Reihe. Wir sind ein gutes Team, Nathaniel. Wir decken alle Punkte ab. Du bist ein Offizier des Militärs und ein Geschäftsmann, ein Botschafter, ein heller Stern in Brighton, hübsch, klug, athletisch. Ich bin eine Geschäftsfrau, eine Uni-Absolventin, eine Athletin, eine Schönheitskönigin. Wir haben eine gemeinsame Geschichte. Ich bin Brightonierin mit hessenbergischen Wurzeln. Unsere Partnerschaft wird uns in die Hallen der großen europäischen Monarchien bringen. Wir können nicht verlieren."

„Das kannst du nicht wissen, Ginny. Nur als Großherzogin kannst du Hessenberg dazu verhelfen, wieder eine unabhängige Nation zu sein. Bist du darauf vorbereitet, ihnen dabei zu helfen, ihre Wirtschaftslage wieder zu stabilisieren?"

„Ich habe schon auch etwas gelernt für meinen Business Master, Nathaniel. Ich führe ein erfolgreiches Unternehmen ..."

„Und dabei haben wir noch nicht einmal darüber gesprochen, was alles damit einhergeht, wenn die Großherzogin mit dem König von Brighton verheiratet ist. Welch einen Tumult könnte das verursachen?"

„Details, mein Lieber. Details, die wir zusammen mit unseren Regierungen regeln können. Aber das Ziel eines unabhängigen Hessenbergs wäre dadurch erreicht."

„Mit *dir* als ihrer Monarchin?"

„Ja, mit mir als ihrer Herzogin."

Ginny stand vor ihm, die Arme zu den Seiten ausgebreitet.

„Nathaniel, ich biete mich dir an, als Ehefrau, Liebhaberin, Partnerin."

Wenn er müde war, bröckelten seine Sinne und sein Verstand. Ginnys Angebot galt weniger dem Morgen und mehr dem Hier und Heute. Dem Jetzt. Seinem Bett mehr als seinem Herzen. Das Gewicht der Erkenntnis und der Verantwortung lastete schmerzhaft auf seiner Seele.

„Nathaniel?"

Schmerzen krochen ihm über den Nacken, um die Ohren herum und in die Schläfen. „Ich weiß nicht, Ginny."

„Was weißt du nicht?"

Sie kniete sich neben ihn und legte ihm die Hand aufs Knie. Er bewegte sein Bein weg.

„Weißt du, was ich denke? Die Leute von Brighton und Hessenberg werden uns umarmen." Sie stand auf, beugte sich zu ihm vor und fuhr mit ihren Händen über seine Schultern. „Es wäre ein Gewinn für alle, mein Lieber." Er fühlte sich wie ein Ertrinkender. Er erstickte. Er nahm Ginnys Arme von seinem Hals.

„Du bist bereit, einen Mann zu heiraten, den du nicht liebst? Der dich nicht liebt? Einen Mann, der eine andere liebt?"

„Was ist Liebe denn wirklich?" Ginny ließ ihre Hände von seinen Schultern hinab auf seine Brust gleiten. „Es geht um Freundschaft, Verpflichtung, eine Entscheidung. Ich kann dich lieben, Nathaniel."

Ganz genau das, was ein Mann von der Frau hören möchte, die er heiraten könnte. *Ich kann dich lieben.*

Er sah aus dem Fenster, wo der Schnee an der Außenbeleuchtung vorbeirieselte. Vielleicht würde er sich umziehen und spazieren gehen, eins werden mit der Stille des Schnees.

„Du wirst nicht glücklich sein, Ginny. Nicht, solange du nicht mit einem Mann verheiratet bist, der dich mit echter Leidenschaft liebt." Er sah sie an. „Es wird ein langes Leben werden, wenn du jeden Tag mit einem leeren Herzen aufwachst, in dem all die Dinge fehlen, die ich dir nicht geben kann."

„Mein lieber Nathaniel, kennst du mich denn so gar nicht?" Sie ließ ein Tigerlächeln aufblitzen, das ihm tatsächlich ein wenig Angst einjagte. „Ich bin so zuversichtlich, was unsere Partie angeht, dass wir am Ende des Tages echte Liebhaber sein werden. Täusch dich nicht." Sie schmiegte sich an ihn, als wollte sie ihm einen kleinen Vorgeschmack auf ihre verborgenen Talente geben.

Er schob sie weg. Platz. Er brauchte Platz. „Steckst du hinter den Artikeln in der *Liberty Press*?"

„Was? Ich kann nicht glauben, dass du mich das fragst." Sie stand auf, zog einen Schmollmund und wandte sich ab. „Morris schwärmt für mich, aber er druckt die Geschichten doch nur, um sein Blatt zu verkaufen."

„Um sein Blatt zu verkaufen?“ Er neigte sich zu ihr. „Was hast du ihm versprochen für den Fall, dass ich dich tatsächlich heirate?“

„Du bist müde. Ich werde diese Frage nicht mit einer Antwort würdigen.“

„Hör auf, auszuweichen, Ginny.“ Nathaniel hielt ihre Hand fest, als sie zurückweichen wollte. „Welchen Deal hast du mit ihm gemacht?“

„Nathaniel, hör dich doch mal reden. Du bist misstrauisch und gereizt. Aber wenn du es unbedingt wissen willst, ich bringe die Macht der Medien und der Presse mit. Du willst, dass die Monarchie das 21. Jahrhundert übersteht? Dann brauchst du mich. Du *willst* mich auf deiner Seite.“ *Aha, die Teufelin zeigt ihr Gesicht.* „Aber falls du abdankst, um diese Frau zu heiraten oder eine Gesetzesänderung erzwingst oder zu lange an deinem Junggesellenstatus festhältst, wird die Presse über dich herfallen. Hessenberg wird nicht unabhängig sein und ebenfalls über dich herfallen. Die Krone wird so gut wie verloren sein. Das Erbe der großen Könige von Brighton wird schmählich enden, während du daneben stehst und Wache hältst.“

„Wie ich sehe, hast du alles hübsch durchdacht. Was springt für dich dabei heraus?“

Ihr Lachen klang boshaft in seinen Ohren. „Königtum, Nathaniel. Königtum. Das kommt fast der Unsterblichkeit gleich.“

„Aber wenn ich dich nicht heirate, wird mich die Presse zu Tode hetzen? Meine Regierungszeit einen langsamen, schmerzhaften Zeitungs- und Cyber Space-Tod sterben lassen?“

Ginny beugte sich über ihn und umrahmte ihn mit ihren Armen, indem sie die Hände rechts und links auf den Lehnen abstütze. „Du hast ein Jahr.“ Sie fuhr abrupt zurück, schnappte sich Handtasche und Mantel und ging zur Tür. „Ein Jahr.“

„Drohst du mir?“

„Sicher nicht. Es wäre schrecklich unproduktiv, einen König zu bedrohen. Ich informiere Sie nur, Eure Majestät. Die Presse wird dir dein Antrittsjahr schenken, betrachte es als Flitterwochen. Genug Zeit, das Abkommen zu seinem Ende zu bringen." Sie warf die Tür ins Schloss, als sie ging.

Eine kalte Brise fuhr durchs Zimmer. Wie betäubt fiel Nathaniel nach vorne und barg das Gesicht in den Händen.

Herr, schenke mir Weisheit.

Malcom zeigte seine Gegenwart an.

„Ihr Schlafgemach ist vorbereitet, Sir."

„Vielen Dank." Nathaniel knöpfte sein Hemd auf, während er zu seinem Schlafzimmer ging. Seine Gedanken waren wirr und schienen sich in seinen eigenen Herzmuskeln zu verfangen.

Er liebte Susanna.

Er liebte Brighton.

Er verachtete Ginny.

Mehr als je brauchte er die Gegenwart und die Gnade des Allmächtigen.

Ein Platzanweiser führte Susanna und Avery den Mittelgang hinunter zum Altar der atemberaubenden, uralten Watchman Abbey.

„Dieser Ort ist beeindruckend, Suz", sagte Avery und hielt ihr Smartphone parat.

„Beeindruckend in jeder Hinsicht."

Susanna studierte das Kreuzrippengewölbe und die Strebebögen, die aus poliertem Stein gemacht waren, die auf Hochglanz polierten hölzernen Details und die Bogenfenster, die mit religiösen Bildern und Szenen aus der Geschichte Brightons bemalt waren. Von der

Auferstehung Christi über die Krönung von König Stephen I. bis hin zur Küstenschlacht im Zweiten Weltkrieg.

Immer mehr wurde ihr die Heiligkeit dieses Tages bewusst. *Nathaniel war ein König dieser Erde.* Das Gefühl der Größe meldete sich in ihrer Seele. Der außergewöhnliche Gott war anwesend. Das Göttliche berührte spürbar die Erde.

Susanna blinzelte die Tränen weg, als die schrumpelige Lady Margaret mit ihrem missmutigen Mann, Lord Stanley, sich in ihrer Reihe zu ihnen gesellte und sie böse ansah.

Susanna zupfte an Averys Ärmel. „Lass uns nach hinten gehen."

„Nix da. Das sind Superplätze."

„Wir sind doch nicht im Kino."

„Ein Grund mehr, hier sitzen zu bleiben. Wann kommen wir denn je wieder so nah an eine Krönung heran?"

Susanna zog eine Grimasse. Sie kämpfte die Tränen weg. Sie dachte an das Gefühl des Versprechens in ihrem Inneren, während Avery ihren Platz einnahm, als säße sie in der ersten Reihe bei einem Michael Bublé-Konzert. Aufregend, ganz bestimmt, aber doch nicht so *ganz* dasselbe.

Die Krönung war eine Mischung aus all dem, was das Leben schön machte, Kirche, Hochzeiten, Babys, erste Küsse und ja, ein Platz in der ersten Reihe bei Michael Bublé.

„Aves." Mit einem tragenden Flüstern kniff Susanna sie erneut.

„Hör auf damit." Avery riss ihren Arm weg und legte ihn schützend um ihren Oberkörper.

„Erkennst du diese Leute? Das sind Adelige und Leute aus den Königshäusern, Ehrengäste vom Ball. Ach du Schreck." Susanna zeigte vorsichtig auf die Bank in der linken Ecke. „Da drüben ist unser Präsident."

„O-M-G, wo?" Avery stand auf, setzte sich dann grinsend wieder und verkeilte sich regelrecht mit der polierten Bank. „Wir sitzen zwischen

Prinzen und Präsidenten. Du müsstest mich schon aus diesem Sitz heraussprengen."

„Lady Margaret sitzt gleich rechts von mir." Susanna neigte leicht ihren Kopf und hielt sich die Hand abschirmend ans Gesicht. „Das ist doch wohl Dynamit genug, oder?"

Avery hatte am Vorabend auf dem Weg zu ihrer Suite noch einmal ausführlich darüber gemeckert, wie sich die Lady auf so unhöfliche Weise bei Susanna vorgestellt hatte.

Aber Susanna hatte nur ungefähr jedes hundertste Wort gehört. Sie war voll damit beschäftigt gewesen, ihren Abend mit Nathaniel noch einmal Revue passieren zu lassen.

Avery warf Lady M., wie sie zu nennen pflegte, einen scharfen Blick zu. „Ich werde hier trotzdem nicht weggehen. Wir haben den ganzen Abend mit diesen Leuten zusammen getanzt. Sie mögen uns."

„Du bist zu sehr wie deine Mama." Susanna sah aus dem Augenwinkel zu Lady M. hinüber. Die starrte steif geradeaus. Schön, dann würden sie eben in aller Stille nebeneinander sitzen.

„Danke. Die wird stolz sein, wenn sie das hört."

Susanna seufzte. Aves hatte recht. Sie hatten sich gestern ganz wunderbar und nahtlos in die Menge eingefügt. Sie öffnete das geprägte Programmheft der Krönungszeremonie, aber Szenen des letzten Abends schlichen sich vor ihren Augen über die Seiten.

Nathaniel hielt an seinem Entschluss fest und behandelte sie den ganzen Abend wie eine Königin ... wie *seine* Königin. Susanna fühlte sich wertgeschätzt und besonders. Er tanzte durchaus gelegentlich mit anderen, doch jedes Mal, wenn er das tat, sicherte er Susanna einen Tanz mit einem Prinz, einem Grafen oder einem Lord. Aber wenn sie beide miteinander tanzten, hielt er sie, als ob sie dazu bestimmt sei, in seinen Armen geborgen zu sein. Unter vier Augen lachten und flüsternden sie miteinander, dass es nur so prickelte.

Er stellte sie seinen Freunden vor und hatte dabei den Arm um sie gelegt. Sie knickste ihren wackeligen Knicks vor Prinz William und Kate, behauptete sich aber während der Unterhaltung. Sie brachte die Herzogin sogar zum Lachen und dazu, zu sagen: „Ich bin auf Susannas Seite."

Unwirklich. Magisch. Nicht von dieser Welt. Und vorbei.

Gestern Abend konnten sie noch so tun, als gäbe es ein „für immer" für sie, aber das Morgenlicht brachte Wahrheit und Wirklichkeit. Sie war *die* Amerikanerin. Die bürgerlichste unter den Bürgerlichen. Eines königlichen Prinzen nicht würdig.

In drei Tagen ging der Flieger nach Hause, und es würde keinen Blick zurück geben. Sie konnte sich nicht vor Gottes Angesicht in Nathaniels Schicksal einmischen.

Außerdem: Was hatte sie denn schon, das sie an den königlichen Tisch mitbringen konnte? Ihre ach so tollen Fähigkeiten als Landschaftsarchitektin? Ihr unglaubliches Talent im Umgang mit Menschen? Dass sie zwölf Jahre lang mit einem Mann zusammen gewesen war, den sie nicht einmal liebte? Und das auch noch mit einem erschreckenden Maß an Zufriedenheit. Ihre Fähigkeiten, Pläne zu machen.

Oder ihre Meisterschaft im Kellnern und darin, im Rib Shack den Laden zu schmeißen?

Einen Großen mit Süßem, Pommes, Grünem und Zimtäpfeln.

„Da ist Prinz Colin." Avery stieß Susanna den Ellbogen in die Rippen und erhob sich, um einem Prinzen in den Zwanzigern zuzuwinken, einem Cousin des Königs und nachrangiges Mitglied des Hauses Stratton, der in einer der vordersten Reihen saß.

Schlank, aristokratisch und mit der gesunden Gesichtsfarbe eines Menschen, der sich gerne im Freien aufhielt, brachte Susanna beinahe dazu, in Ohnmacht zu fallen, als er Avery zuzwinkerte.

„Lass mich nie wieder aufwachen", sagte das kleine Schwesterchen, das auf die Bank zurücksank und sich zufächelte.

„Aufwachen? Ich dachte, du wolltest gar nicht erst schlafen."

„Ruhe", zischte Lady Margaret und fasste sich vorwurfsvoll an die Hutkrempe. „Die Krönung beginnt."

Susanna rutschte ein paar Zentimeter ab und duckte sich unter der Rüge und dem Meer aus Hüten weg, in dem Avery und sie saßen ... und erinnerte sich daran, dass sie vollkommen hutlos waren.

Niemand hatte etwas von Hüten gesagt! Susanna konnte nur hoffen, dass sie die heilige Abtei oder Nates Familie nicht brüskierten.

Als um Punkt zehn Uhr der Wagen vorgefahren war, um sie zur Krönungszeremonie abzuholen, traf Rollins Susanna mit einem erstaunten Blick an der Treppe zu Parrsons House.

„Stimmt etwas nicht?" In zwei kurzen Tagen war er so etwas wie eine Vertrauensperson für sie geworden.

Er räusperte sich und neigte den Kopf in Richtung Lady Margarets gefiederter Kappe. Sie brauchten Hüte? Panik. Aber nachdem sowieso keine Zeit mehr war, um noch welche zu kaufen, fuhren sie eben zur Krönung, unhöflich und baren Hauptes.

Der ich-fühl-mich-wohl-in-meiner-Haut Avery fiel das kaum auf. In solchen Momenten zeigte sich der Unterschied in ihrer Erziehung ganz besonders.

Susanna war zielbewusst und wachsam, als sei sie ständig auf der ... nun, Hut.

Avery war lebhaft, zuversichtlich, leidenschaftlich und außerordentlich vertrauensvoll. Schön. Ein tiefstehender Mond in einer der lauen Nächte Georgias.

Hier also saß Susanna nun ohne Kopfbedeckung unter der reich geschmückten Kuppel, die Szenen aus dem Leben der Heiligen zierten, als ein Knabenchor das Lied „Jesu, Joy of Man's Desiring" anstimmte und eine königliche Garde sehr präzise auf den Altar zu marschierte. Sie trugen Banner mit den Wappen brightonischer Ritter.

Gänsehaut kroch ihr über den Körper und übers Herz. Die Macht der Orgel und das Crescendo der perfekten Stimmen steckten ihr Herz an.

Die fehlenden Hüte waren vergessen. Oder die Tatsache, dass Schwesterchen Avery zwar mit denselben Eltern, aber in einem anderen *Elternhaus* aufgewachsen war. Vergessen die Schönheit eines tiefen Georgiamondes.

Sie war hier, um zu sehen, wie ein Mann vor Gott und den Menschen zum König gekrönt wurde. Alles andere verblasste. Sie schloss die Augen. *Sei bei Nate, Jesus.*

Das Lied verklang, eine himmlische Krone aus Text und Tönen, die ihnen von Gottes Hand zärtlich hinuntergereicht wurde und sie allesamt salbte.

Die Stille bewegte die Luft. Die Türen des Narthex öffneten sich, und die Gemeinde erhob sich. Nathaniel, der einfache weiße Hosen und ein Hemd trug, wurde vom Erzbischof und einigen Priestern hereingeführt. Seine Augen waren aufmerksam und streng nach vorne gerichtet.

In Susannas Brust schlug ihr Herz einen Purzelbaum.

„Das ist so ergreifend", flüsterte Avery und hängte sich mit dem Arm bei Susanna ein.

„Ich weiß, ich kann kaum atmen."

Der Erzbischof nahm seinen Platz neben dem Thron ein und stand neben einem knienden Nathaniel. Von den Seiten der Abtei glitten ferngesteuerte Kameras langsam und lautlos über die Versammlung.

Susanna warf einen Blick auf das Programm, als sie angewiesen wurden, sich zu setzen. Eine Prozession aus Adeligen in blauen Gewändern kam durch die Seite der Abtei herein. Sie trugen die

Reichsinsignien und die Artefakte, die zu dem alten brightonischen Krönungsritual gehörten.

Susanna beobachtete Nathaniel mit flatterndem Herzen. Ihre Gedanken überschlugen sich. Was fühlte er? Was dachte er? Ihre Adern pulsierten vor Sorge und Aufregung um ihn. Was für ein göttliches Privileg, an der Seite der Könige dieser Erde zu stehen.

Auf ein Handzeichen des Erzbischofs hin erhob sich Nathaniel. Mit starker, ruhiger Stimme wiederholte er seine Eide und schwor den Völkern von Brighton und Hessenberg sein Leben und seine Loyalität.

Er schwor, Brightons Gesetze, Traditionen und Denkmäler zu erhalten und zu verteidigen, sie gegen Feinde im Inneren und im Ausland zu verteidigen, das Gute aller Menschen zu suchen, den Glauben zu verteidigen und dem Herrn in jeder Hinsicht zu dienen, er gelobte König Stephen I. Treue, der das Königreich dem Herrn, seinem Heiland, verschrieben hatte.

Ihre Tränen drangen in die Ebenen und Täler ihres Herzens. *Oh, Nathaniel, du bist dazu berufen, Herrscher von Brighton zu sein.* Freude erfüllte sie. Er musste seinen königlichen Lauf laufen. Er musste den Lauf gut vollenden. Selbst wenn das bedeutete, dass sie nie Teil seines Lebens sein würde.

Der Erzbischof sprach griechische und lateinische Worte, las Bibelverse vor und betete mit dröhnender Ernsthaftigkeit für den König und dafür, dass dieser auf dem Wege Gottes, der Kirche und des brightonischen Gesetzes bleiben möge.

Als seine Stimme verstummte, legte er eine Robe um Nathaniels Schultern. „Der Mantel der Könige."

Dann setzte er die hohe, schwere, mit Edelsteinen besetzte goldene Krone auf seinen Kopf. Der Erzbischof rief die Gemeinde dazu auf, voller Freude auszurufen: „Lang lebe Nathaniel, König des Königreichs Brighton."

Gemeinsam mit allen anderen erhob Susanna die Stimme. „Lang lebe Nathaniel, König des Königreichs Brighton."

„Lasset uns zusammen ein Wallfahrtsgebet sprechen." Der Erzbischof erhob seine Hände vor der Versammlung und lud sie ein, dem Herrn Ehrfurcht zu erweisen, indem sie sich hinknieten und für Nathaniel beteten. Die Abtei selbst schien sich zu verbeugen, als sich die Gäste auf die Knie begaben. Susanna wollte sich mit ihnen hinknien, aber sie stand da wie angewurzelt.

Weil die Hüte und Köpfe ihr nicht mehr die Sicht versperrten, konnte sie nun König Nathaniel II. in all seiner Pracht sehen. Mit seiner mit Edelsteinen verzierten Krone und seinen leuchtenden königlichen Gewändern.

Er nahm ihr den Atem. Er war ein König unter den Menschen. Ein König im Himmel. Sie *fühlte* seine Bestimmung, und das schien ihre Sehnsucht danach, ihr eigenes Schicksal zu kennen, gleichermaßen zu schüren und zu besänftigen.

Als er den Kopf zum Gebet neigen wollte, veränderte Nathaniel seine Körperhaltung und sah in den Kirchenraum. Im Bruchteil einer Sekunde fingen seine Augen ihren Blick auf und luden sie ein, den Moment mit ihm zu erleben.

Sie legte sich die Hand aufs Herz. *Ich bin bei dir.* Ein sehr leises Lächeln zuckte in seinen Mundwinkeln, als er den Kopf zum Gebet senkte. Gerade rechtzeitig für die ersten schwermütigen Worte des Erzbischofs: „O Herr des Himmels und der Erde ..."

„Suz, warum stehst du?", sagte Avery mit einem rauen Flüstern und riss an Susannas Hand. „Knie dich hin."

Sie ließ sich auf die Kniebank fallen. Sich von der Pracht und der Märchenhaftigkeit des letzten Abends und des heutigen Tages hinreißen zu lassen, war dumm. Fantasien und Träume würden wohl kaum ihre Freunde sein, wenn sie nach Hause zurückgekehrt war.

Hatte sie die Lektion nicht von Adam gelernt?

Sie betete für Nathaniel, legte ihre Gebete gemeinsam mit dem Bischof und den anderen Gästen der Krönung in die himmlischen Schalen.

Aber oh, sie konnte sich nicht helfen. Sie linste noch einmal zu Nate hinüber. Er kniete, hatte sich ganz nach vorne gebeugt und die Stirn auf den Altarteppich gelegt. Die Krone hatte er abgenommen und neben sich auf den Boden gestellt. Ein weiterer Bischof in edler Robe betrat die Kanzel, um zu beten. Er warf einen neugierigen Blick auf Nate, doch der König hob nicht einmal den Kopf.

Nachdem die Gebete beendet waren, nahmen die Gäste ihre Plätze wieder ein und stimmten in das Lied des Chors mit ein. Der Erzbischof beugte sich über Nathaniel und berührte Nathaniels Schulter. Einen angespannten Augenblick lang bewegte dieser sich nicht, dann stand er auf, düster, mit einer Haltung, die den heiligen Mann fast aus der Fassung zu bringen schien. Er begab sich zur Kanzel und las Psalm 21, während der Bischof die Krone wieder auf Nathaniels Kopf platzierte.

„Herr, über deine Macht freut sich der König, ja, wie sehr jubelt er über deine Hilfe!“

Danach kamen die Treueeide der Königswitwe und Seiner königlichen Hoheit Prinz Stephen. Sie knieten und schworen, König Nathaniel ergeben zu sein.

Einer nach dem anderen legten der Premierminister, die Oberhäupter des Senatorenhauses und des Unterhauses ihre Treueeide ab, gefolgt von weiteren Mitgliedern der königlichen Familie und den Oberhäuptern der brightonischen Adelshäuser, und später von dem Gouverneur und den Führungspersönlichkeiten Hessenbergs.

Als die letzte Bibelstelle gelesen und das Abschlussgebet gesprochen war, wurde die Stille der Abtei von einem Tusch und einem Ruf zerrissen: „Hier haben wir Nathaniel II., König von Brighton!“

Das *Halleluja* aus Händels „Messias" explodierte förmlich in der Abtei. In Susanna. Herrlich!

Im hinteren Teil der Kirche schwangen die vergoldeten Türen des Heiligtums auf und durchfluteten das Kirchenschiff mit Licht. Der Erzbischof führte König Nathaniel, seine Mutter und seinen Bruder durch die jubelnde und rufende Menge entlang des Mittelgangs und dem wartenden Tag entgegen.

„Gott schütze König Nathaniel und alle seine Nachkommen."

Susanna hielt jeden Moment in ihren Gedanken und ihren Gefühlen fest, nahm jedes Detail in sich auf, skizzierte, malte, atmete die Beschaffenheit, den Anblick und die Geräusche in ihr inneres Skizzenbuch.

Sie wirbelte zu Avery herum.

„Fotografierst du das?"

Diese warf Susanna den Arm um die Schulter und richtete die Kamera ihres Smartphones auf sie beide. „Wir sind bei Nates Krönung! Juchuuu!"

Avery *war* eben doch ein tiefer Mond in einer lauen Nacht in Georgia. Sie existierte einfach nur in der Gegenwart, ohne jegliche Einschränkung.

Die Gäste verließen die Abtei, lachten, plauderten und schmiedeten Festpläne für den restlichen Tag.

Susanna hatte gehofft, Nate würde ihr beim Gehen einen Blick schenken, aber er blieb konzentriert und sah nach vorne.

Besser so. Wirklich. Sie würde lernen müssen, mit der Wahrheit umzugehen. Von hier an gab es nichts weiter zu tun, als ein bisschen Sightseeing mit Avery zu unternehmen und dann nach Hause zu fahren.

Sie hatte heute noch von einem weiteren Farbcode für den Zeitplan erfahren ... dank Rollins. Purpur, und zu diesen Veranstaltungen waren sie nicht eingeladen. Ein Essen gefolgt von einer Vorstellung des königlichen Symphonieorchesters von Brighton am Abend.

Susanna wischte den sanften Kuss der Enttäuschung weg. Es war gut so. Avery und sie hatten massenhaft Pläne. Eine Stadtrundfahrt in Brighton City und mindestens drei der grün markierten Straßenpartys mit Essen und Livebands, das klang einfach großartig.

Bei einer davon trat eine Sängerin auf, die Avery glühend verehrte: Christina Jensen.

Am Ende des Mittelgangs traten Susanna und Avery endlich in den frischen Sonnenschein Brightons hinaus. Prinz Colin stieß sich von der Mauer der Abtei ab, wo er gewartet hatte. Er lächelte strahlend, als er Avery sah.

„Hast du frei? Ich dachte, ich könnte dich ein bisschen in Brighton herumfahren. Falls deine Schwester nichts dagegen hat."

„Hat sie nicht."

Avery wirbelte zu Susanna herum, die das Herzklopfen ihrer kleinen Schwester förmlich in ihren Augen sehen konnte. „Oder?"

„Nein, nein, natürlich nicht." Die Gesellschaft eines hübschen jungen Mannes übertrumpfte jederzeit die Pläne einer Schwester. Dieses Mal auf jeden Fall. Colin betrachtete Avery wie ein sehr durstiger Mann. „Pass bitte gut auf sie auf. Sie ist Daddys Liebling." Susanna versuchte, ihm einen elternhaften Blick zu schenken.

„Ja, Ma'am. Bei meiner Ehre."

Er errötete leicht und fuhr sich mit einer Geste übers Herz. Und weg waren sie, machten Pläne, wollten erst Avery nach Parrsons fahren, damit sie sich dort umziehen konnte, und dann Colins' Freunde zum Tee treffen.

Vielleicht war es ja Avery, die nach Brighton gekommen war, um mit einem Prinzen zusammenzukommen. Nicht Susanna. Als sie zusah, wie ihre Schwester ging, wie die Sonne sich in ihrem goldbraunen Haar fing, da wünschte Susanna ihr das Glück der ganzen Welt. Wünschte ihr einen Prinzen, falls das Gottes Wille war. Aber Nathaniel wollte sie für sich selbst behalten.

Avery hielt am Fuß der Treppe kurz an und sah zurück. Sie lächelte und winkte, aber ein Anflug von Sorge zeigte sich in ihrem Gesicht. *Bist du okay?*

Mir geht's gut. Susanna scheuchte sie mit einer raschen Handbewegung weiter.

Die Stufen der Abtei waren jetzt bis auf ein paar Nachzügler leer. Susanna atmete tief aus und merkte plötzlich, dass sie am Verhungern war.

Vielleicht konnte sie die Küche von Parrsons House plündern. Die Angestellten hatten den Morgen frei, um die Krönung zu genießen, aber sie hatte gehört, dass Häppchen vorbereitet worden waren. Ihr gefiel der Gedanke, alleine in Parrsons zu sein und ihre Erinnerungen zu ordnen. Vielleicht würde sie sich auf einen Streifzug begeben und herausfinden, was sich außer diesem einsamen Baum hinter der Gartenmauer befand.

„Miss Truitt?" Ein junger Mann erschien plötzlich zu ihrer Rechten, verbeugte sich und hielt ihr einen versiegelten Umschlag hin. „Von Seiner Majestät."

„Seiner Majestät? Nathaniel?"

„Ja, Ma'am, seiner Majestät König Nathaniel."

Der Umschlag brannte in ihrer Hand, und Susanna sehnte sich schmerzlich danach, ihn zu öffnen, aber sie wartete, bis ihr Wagen eingetroffen war und sie vorsichtig durch die feiernde Menge fuhr, bevor sie ihn vorsichtig aufriss.

Wenn sie wieder weinen musste oder wenn eine erneute Enttäuschung auf sie wartete, dann wollte sie sich lieber hinter getönten Scheiben verstecken können.

Ihre Finger zitterten, als sie die kurze, handgeschriebene Nachricht las.

Heute Abend um neun. Sei bereit.

Sie lächelte, kuschelte sich in den Ledersitz und drückte Nathaniels Nachricht an ihr Herz.

ZWANZIG

Parrsons Haus lag ruhig und friedlich im klaren, sehr kalten Schein des vollen Mondes. Neuer Schnee war gefallen, während sie nachmittags eingekauft und anschließend ein Nickerchen gemacht hatte. Der Wind formte die flüchtigen Schneehügel zu weichen pudrigen Bergen.

Susanna öffnete ihre Zimmertür vorsichtig und linste durch den Spalt, während sie ihren neuen roten Wollmantel zuknöpfte. Die Luft war rein. Keine Lady Margaret. Sie war mit Lord Stan-the-Man vom Lunch zurückgekehrt und hatte sich lauthals darüber beschwert, dass sie nicht zum Festessen, zum Empfang des Parlamentes oder der Symphonie eingeladen worden waren.

Wenn sie Susanna dabei erwischte, wie sie sich davon schlich, würde Lady M. wissen wollen, wohin sie ging, und Susanna war schon im Kindergarten eine schlechte Lügnerin gewesen. Nicht gerade eines ihrer Talente.

Sie würde klein beigeben. Beichten. Alles ausplaudern. *Ich treffe mich mit Nate.*

Halb vermutete Susanna, dass die Frau einen Weg finden würde, ihr die Schuld dafür zu geben, dass sie ausgeschlossen worden war von den königlichen Veranstaltungen, die an diesem Nachmittag stattfanden, wie auch immer die aussahen. So machten das bittere Leute. Zeigten mit dem Finger auf andere und gaben ihnen die Schuld. Dinge zu verschleiern war eine Taktik, um sich vor ihren eigenen Schwächen und Verletzungen zu verstecken.

Mit einem letzten suchenden Blick nach Lady M. schloss Susanna die Tür der Suite leise hinter sich und schlich sich auf Zehenspitzen unter dem herrschaftlichen goldenen Licht der Wandleuchten den Flur hinunter.

Avery hatte vorhin angerufen und Susanna aus ihrem Nickerchen aufgeweckt. Gott sei Dank. Sie hatte vergessen, den Wecker in ihrem Handy zu stellen, und hatte beinahe zu lange geschlafen, um sich noch hübsch zu machen. In ein paar Minuten würde Nate hier sein.

Wegen des vielen Schnees hatte Colin Avery zum Abendessen seiner Familie mit zu sich nach Hause genommen. Er hatte seine Mutter, Prinzessin Louisa, ans Telefon geholt, um Susanna zu versichern, dass ihre kleine Schwester in guten Händen war. Im Hintergrund waren Musik und Lachen zu hören gewesen.

Susanna stellte sich vor, dass Gott selbst sich Zeit nahm, um diese Woche zu einer besonderen Zeit für Avery zu machen. So war Gott doch, oder? Er träumte große Träume für diejenigen, die er liebte.

Aber was träumte er wohl für Susanna? Und hatte er etwas damit zu tun, dass sie sich jetzt die Treppen hinunterschlich, um Nate zu treffen?

Susanna hielt sich am Geländer fest, das immer noch mit Weihnachtsschmuck verziert war ... duftenden Tannengirlanden und roten Schleifen. Sie nahm an, sie würde im Foyer oder im Empfangszimmer auf Nate warten und aus dem Fenster schauen.

Als sie die letzte Stufe genommen hatte, entdeckte sie eine Notiz auf dem Mahagonitisch.

Susanna, Seine Königliche Hoheit verspätet sich um 30 Minuten. Er lässt um Entschuldigung bitten.

Oh, okay. Also dann ... Sie sah sich um, steckte den Zettel ein und hoffte, dass Lady M. diesen Schatz noch nicht entdeckt hatte.

Susanna vergrub die Hände in den seidenen Taschen ihres Mantels und schlenderte aus dem Foyer ins Esszimmer, wo ihr aus der Küche der Duft von ziehendem Tee und Zimt in die Nase stieg.

Ihr Magen knurrte. Sie folgte dem Klang der Stimmen und dem Klappern der Töpfe.

„'n Abend, Miss." Rollins glitt von dem Hocker, auf dem er saß, und stand auf, während er sich eine Serviette aus dem Hemdkragen zog. „Möchten Sie vielleicht eine Kleinigkeit zu Abend essen?"

Die Köchin und die Hausmädchen hielten in ihrer Arbeit inne, sahen sie an und warteten auf ihre Antwort. Knurrender Magen hin oder her, sie würde nichts essen können, solange ihr Leute zusahen und sie bedienten. *Sie* war doch die Kellnerin, die Architektin, die sich um einen Klienten kümmerte.

„Nein, nein, bitte ... Mir geht es gut. Ich hatte Stimmen gehört?"

Rollins atmete aus und setzte sich wieder auf seinen Hocker. Die anderen gingen wieder an ihre Arbeit. „Wir sind gerade von einer Feier im Dorf zurückgekehrt. Agatha erzählte uns von der neuesten Reality-TV-Sendung im Fernsehen. Sind Sie sicher, dass Sie nicht doch einen Happen essen wollen, Ma'am?"

„Die Muffins riechen wirklich sehr gut."

Die Köchin wurde munter, schnappte sich das Muffinblech und kam durch die altertümliche Küche aus rotem Backstein auf Susanna zu. Dabei ging sie am Herd vorbei, der zwar aussah wie der ursprüngliche holzbefeuerte Ofen, inzwischen aber modernste Technik aus edlem rostfreiem Stahl beherbergte.

„Bitteschön, Miss." Sie knickste und bot ihr das Blech und einen Teller an. „Rollins erzählt nette Dinge über Sie."

„Rollins war sehr nett zu meiner Schwester und mir." Sie lächelte dem Butler zu, der errötete, und wickelte einen Muffin in eine Serviette. „Die hier riechen ja köstlich."

„Ich bin Agatha."

„Schön, Sie kennenzulernen, Agatha." Sie gestikulierte zur Tür. „Ich würde mich gerne etwas umsehen. Ist das in Ordnung?"

„Aber sicher, Ma'am." Rollins hielt ihr lächelnd die Tür auf, er sah sie weichherzig an.

Am Ende des Flurs biss Susanna in den warmen, süßen Zimtmuffin und warf erst einen Blick in den Wäscheraum, dann in die Bibliothek.

Parrsons House war ein Labyrinth aus Winkeln, Fluren und Gängen. Sie fand einen schmalen Korridor, betrat ihn und kam am anderen Ende wieder heraus, wo sie das Kürzel des Königs am Türrahmen vorfand: L V R.

Rollins hatte sie ausdrücklich darauf hingewiesen, dass dieser Bereich privat war.

Aber was befand sich am Ende des Korridors? Susanna vermutete, dass der Weg zu dem umfriedeten Garten führte.

Dreh um. Halte dich an die Regeln. Aber gerade, als sie sich umdrehte, wehte ein Luftzug durch den Flur, und sie entdeckte einen Lichtstreif, wo eine Tür eine Handbreit offen stand.

Sie schob sich das letzte Stückchen Muffin in den Mund und schlich die steinerne Passage entlang. Sie schloss den obersten Mantelknopf, schob die Tür vorsichtig auf und zischte den Scharnieren ein „Pssst" zu, als diese knarrten.

Der Garten. Der geheime Garten.

Susanna duckte sich durch die Tür und nahm den Anblick in sich auf. Im hellen Licht des Vollmonds lag die schneebedeckte, kahle Landschaft gespenstisch schön vor ihr und eroberte ihr Herz im Handumdrehen. Wie überall in Brighton kam es ihr auch hier vor, als sei schon einmal hier gewesen. Ein eisiger Windstoß fuhr über die Mauer und schüttelte seufzend etwas Schnee von den schneebedeckten Ästen des Baumes.

Trotz einer kleinen inneren Stimme, die zur Vorsicht mahnte – *Du solltest nicht hier sein!* –, ließ Susannas Staunen sie weiter in den Garten hineingehen, und sie trat durch eine breite Schneise, die das Mondlicht in die nächtlichen Schatten warf. Außer dem Schnee und den weißen Wehen an der Wand erschien der Garten leer und unbeaufsichtigt.

Eine steinerne Bank stand unter dem Baum, als wartete sie auf einen Gefährten, und Susanna erkannte den Geist, der um sie herumwirbelte. Es war derselbe, dem sie auf dem Gelände der Christ Church begegnete. Gelassen. Heilig.

Sie setzte sich auf die Bank und strich mit der Hand über die Winterrinde des Baumes.

War er uralt und legendenumwoben wie die Liebeseiche? Sehnte er sich nach dem Frühling? Danach, dass unter seinen Blättern die Liebe neue Blüten schlagen würde?

Mit einem Seufzen lehnte sie sich gegen den Baumstamm und wärmte sich die Hände in den Manteltaschen, während die Brise ihr ins Gesicht biss und an den losen Enden ihrer Haarsträhnen zupfte. Sie liebte einen verschlossenen Garten. Sie verstand die Bedeutung dieses umfriedeten Ortes. Er war geheim und nur für einen gedacht.

Den Baum.

So sollte es auch mit dem Herrn sein. Eingemauert. Verschlossen. Nur für den Einen bestimmt. Den Baum. Aber sie hatte andere Dinge, fremde Dinge, hereingelassen und Wurzeln schlagen lassen. Die Sorgen des Lebens. Sie hatte versucht, ihre ganze Welt sicher und geborgen zu machen, durchgeplant, obwohl es in Wirklichkeit keine echten Garantien gab.

Außer der einen.

„Es tut mir leid, Herr. Ich habe so getan, als ginge es um mich und darum, was ich will –“

„Entschuldigung, was machen Sie hier?“

Susanna sprang hoch. Ihr Herz, das gerade zur Ruhe gekommen war, schreckte auf. Die Königin stand in der Öffnung der schmalen, niedrigen Gartentür.

„Ma'am." Sie knickste und ging dann denselben Weg, den sie gekommen war, wieder zurück zur Tür. „Es tut mir leid, ich habe auf Nate ... Nathaniel ... den König, gewartet." Sie rang um Worte, stotterte und fand keinen Trost darin, die Hände in die Taschen zu stopfen. „Die Tür ... war nur angelehnt. Ich hätte sie sonst nie gesehen. Ich wusste nicht, dass noch jemand anderes hier war."

„Das hier ist ein privater Garten."

„Ich wollte nicht hier eindringen." Sie wäre gerne geflohen, aber das ging nicht. Sie war eingemauert, und die Königin blockierte den einzigen Weg nach draußen.

„Ich habe Sie eingeladen. Zu der Krönung." Die Königin bewegte sich vorwärts. Ihre Füße wirbelten etwas Schnee auf. Sie trug Jeans und einen dicken gestrickten Rollkragenpullover, dazu kniehohe Stiefel mit Fellbesatz. Sie schien entspannt und zwanglos. „Ich wollte, dass Nathaniel einsieht, dass Sie nicht die Richtige für Brighton sind, nicht die Richtige für ihn."

„Ich habe nie gesagt, dass ich das wäre, Ma'am."

„Warum sind Sie dann gekommen? Ich hatte meine Gründe, Sie einzuladen. Sie müssen Ihre gehabt haben, um zu kommen."

„Es waren dieselben wie Ihre, ob Sie es glauben oder nicht. Ich wollte mir selbst beweisen, dass Brighton nichts für mich ist. Nicht, dass ich allzu viel darüber nachgedacht hätte, aber ich wollte Nate, ähm, ich meine ..."

„Nathaniel."

„Ja, Nathaniel, ich wollte ihn hinter mir lassen. Ich habe nicht geglaubt, dass ich mich in ihn verliebt hatte ..." *Halt die Klappe.* Aber es war zu spät. Der Gesichtsausdruck der Königin verhärtete sich. Susanna hatte zu viel gesagt. „Und ... meine kleine Schwester ..." War es auf einmal wirklich so warm geworden im Garten? Die Hitze stieg unter ihrem Mantel auf, kroch über ihren Körper und den Hals hinauf.

„Avery bat mich, zu kommen ... sie hätte mir nie verziehen ... die Einladung auszuschlagen."

„Sie glaubten nicht, dass Sie sich in ihn verliebt hatten?"

„Nein, ja, genau ..." Könnte sie nicht bitte entlassen werden? Susanna nahm an, dass ein wahnsinniger Hechtsprung zur Tür, bei dem sie gezwungen wäre, die Königin von Brighton gegen eine Mauer zu werfen, möglicherweise missbilligt werden würde. „Bin ich nicht. Hab ich nicht. Genau."

„Sie sind nicht verliebt?"

„Nein." Sie schüttelte den Kopf. „Ganz bestimmt ... *nicht.*" Sie log gerade die Königin an. „Es tut mir leid, Ihre Majestät. Ich habe Sie gerade angelogen. Ich liebe ihn." Die Wahrheit richtete ihre zusammengesunkenen Schultern auf. „Ich liebe ihn."

„Ich verstehe. Und weiß er davon?"

Susanna schüttelte den Kopf. „Ich wüsste nicht, was das bringen sollte."

„Weise Frau. Wissen Sie, selbst wenn das Gesetz Nathaniel es erlauben würde, eine Ausländerin zu heiraten, würde ich Sie nicht gutheißen. Und der Premierminister ebenso wenig."

Susanna studierte die Frau einen Augenblick lang, überprüfte ihren Tonfall, ihre Absicht. Sie begrüßte die kalte Luft, die ihre Beine umwehte.

„Wenn es das Gesetz erlauben würde, sollte Nathaniel entscheiden, wen er liebt oder nicht, nehme ich an."

Die Königin lächelte und rubbelte sich die Kälte von den Armen. Oder vielleicht vertrieb sich auch Susannas scharfzüngige Antwort. „Sie kennen meinen Sohn, nicht wahr. Ja, er ist sehr entscheidungsfreudig. Er wird sich seine Braut aussuchen. Und es gibt eine perfekte Kandidatin für ihn genau hier in Brighton."

„Lady Genevieve."

„Aha, Sie haben also von ihr gehört. Ich nehme an, er wird ihr binnen vierzehn Tagen einen Heiratsantrag machen, jetzt, wo die Krönung vorbei ist."

„Als ich Nathaniel kennengelernt habe, wusste ich nicht einmal, dass er ein Prinz war. Er war einfach nur ein wunderbarer, freundlicher Mann, der immer dann aufgetaucht ist, wenn ich jemanden brauchte. Als er sich freiwillig meldete, um in unserem Restaurant auszuhelfen, wusste ich immer noch nicht, dass er ein Kronprinz war. Dann habe ich sein Gesicht auf einer Münze gesehen."

„Er ist ein Chamäleon, mein Großer." Das Lächeln der Königin scherzte mit dem Mondlicht. „Er macht nichts lieber, als die Ärmel aufzurollen und mit den Leuten zusammenzuarbeiten. Das wird ihn zu einem guten König machen."

„Das – und sein Charakter", sagte Susanna. „Ich habe es heute gesehen, Ma'am, bei der Krönung. Er ist dafür geboren. Das ist seine Bestimmung."

Die Haltung der Königin entspannte sich ein wenig. „Dann wissen Sie, was hier auf dem Spiel steht. Wenn er ..."

„Hallo?" Nathaniels hübsches Gesicht erschien in der Türöffnung, und Susanna verankerte ihre Hacken in dem kalten Boden, um sich selbst davon abzuhalten, zu ihm hinzurennen. Er sah sportlich aus und sexy, trug eine Feldjacke, Stiefel und Jeans. „Will ich überhaupt wissen, was ihr beiden hier draußen macht?" Er betrachtete erst seine Mutter, dann Susanna.

„Warum bist du nicht bei der Symphonie?"

„Ich bin gegangen. Hab in der Pause die Flucht ergriffen."

Nathaniel sah Susanna an, und ihr Herz flammte auf. „Die Krönungsfeierlichkeiten dauern noch drei Tage. Da muss ich mich nicht gleich am ersten Abend ermüden. Außerdem möchte ich mit meiner Freundin aus Amerika plaudern." Er ging um seine Mutter herum, um Susanna zu begrüßen, und gab ihr einen leichten Kuss auf die Wange. „Wie ich sehe, hast du Papas Garten gefunden."

„Er ist unglaublich. Erinnert er dich nicht auch an das Gelände der Christ Church?"

„Doch, auf jeden Fall." Er ließ seinen Blick über die Umgebung schweifen. „Papas alter Garten. Der erste Garten eines Königs."

„Was meinst du damit, der *erste* Garten eines Königs?", fragte die Königin.

„Susanna hat den Garten auf St. Simons den ‚Garten eines Königs' genannt ... noch bevor sie von meinen königlichen Angelegenheiten wusste." Nathaniel nahm Susannas Hand. „Mama, hab noch einen schönen Abend."

„Wohin geht ihr beide? Nathaniel, wo ist Liam?" Die Frage der Königin folgte ihnen den Korridor hinunter in die helle, warme Eingangshalle.

„Er hat einen lang verdienten freien Abend." Nathaniel führte Susanna aus dem Haus hinaus zu einem Cabriolet mit offenem Verdeck, das im Leerlauf auf sie wartete.

„Du hast noch andere Sicherheitsoffiziere. Nathaniel, du sollst nicht alleine ausgehen."

„Mach dir keine Sorgen, Mama." Nathaniel öffnete Susannas Tür. „Ich kann auf mich aufpassen." Dann beugte er sich vor und flüsterte in Susannas Ohr: „Ich konnte den ganzen Tag über nicht aufhören, an dich zu denken."

Sie strahlte über das ganze Gesicht, als er die Tür schloss. Sie war definitiv in die falsche Richtung unterwegs. Aber gerade jetzt konnte sie sich nicht dazu überwinden, sich darüber Gedanken zu machen. Mit Nathaniel alleine zu sein war alles, was jetzt zählte.

Susanna kuschelte sich in dem Zweisitzer zurecht, dick eingemummelt in eine wollene Reisedecke, wie sie eigentlich auf Kutschfahrten gebräuchlich war, und fuhr in wehmütiger Stille mit Nathaniel durch die Nacht.

Er griff nach ihrer Hand. „Ist dir kalt? Das hier ist das Nächstbeste zu einer Fahrt in einer offenen Kutsche, das mir eingefallen ist, ohne die Stallungen aufzuscheuchen. Ich wollte dir die Landschaft im Licht der Sterne zeigen."

„Mir geht es gut." Sie kuschelte sich tiefer in ihre Decke, die Augen schwer vor Frieden. Die Nachtluft strich ihr über das Haar und verwirrte die Strähnen mit eisigen Fingern.

„Schlaf mir jetzt nur nicht ein."

„Mir ist nur so friedvoll zumute." Susanna blinzelte ihm aus halb geschlossenen Augen zu.

Sein Herz schlug Purzelbäume. Liebe. Minute für Minute verliebte er sich mehr.

Er drückte ihre Hand und ließ sie dann los, um das Lenkrad fester zu umgreifen und Gas zu geben. Als er um die Kurve fuhr, schnitt er die kopfsteingesäumte Böschung der Landstraße an. Der Sportwagen segelte um die Biegung, glitt geschmeidig über das Auf und Ab der Straße.

Er liebte es, frei durch Brightons Landschaften zu jagen, wo nur die Wahrheit in seinem Herzen ihn lenkte. Keine königliche Be-hörde. Kein Premierminister. Kein Abkommen. Keine Paparazzi. Keine Fernsehkameras. Keine politischen Verflechtungen. Nur der Wind, der durch die Sterne zu pfeifen schien und die Frau, die er liebte, an seiner Seite. Er warf einen Blick auf Susanna. Das gold-grüne Leuchten des Armaturenbretts unterstrich die Konturen ihres Gesichts. Sie hatte sich zurückgelehnt, als sei sie schon hundert Mal mit ihm unterwegs gewesen.

Nicht ein einziges Mal hatte sie gefragt: „Wohin fahren wir denn?“ Sie vertraute ihm. Bisher hatte er nie darüber nachgedacht, wie viel Vertrauen ihm eigentlich bedeutete. Vertrauen *von* der Frau, die er liebte. Vertrauen *in* die Frau, die er liebte.

In dem kleinen Fach über dem Schalthebel klingelte sein Handy. Das Display erleuchtete den kleinen Raum zwischen dem Armaturenbrett und den Sitzen. Er sah auf den Bildschirm. Mama. Vermutlich rief sie an, um noch einmal ihre Argumente vorzubringen. Das Telefon verstummte und hörte auf zu leuchten. Unmittelbar darauf begann es wieder zu klingeln. Susanna griff danach und reichte ihm das Gerät.

„Geh ran“, sagte sie, sanft, leise. „Du bist der König, Nathaniel. Benimm dich auch so.“

Er nahm das Telefon, und sie steckte die Hand schnell wieder unter die Wolldecke. „Soso, jetzt fällst du mir also in den Rücken.“ Ehrlich. Er brauchte eine Frau, die ehrlich war.

Nathaniel tippte mit seinem Daumen auf die Bildschirmoberfläche. „Hallo.“ Es war der Premierminister, der Mama in ihrer Ermahnung unterstützte, was die Sicherheitsoffiziere anging, und außerdem politische Nachrichten zu berichten wusste.

„Es gab einen kleinen Aufstand in Strauberg. Sie lehnen den König ab und verlangen Hessenbergs Unabhängigkeit, Abkommen hin oder her.“

„Ist jemand zu Schaden gekommen?“

„Menschen wurden nicht verletzt, nein, aber es gab einigen Sachschaden.“

„Ist meine Anwesenheit gefordert?“

„Nein, aber –“

„Können wir das morgen früh besprechen?“

„In Ordnung.“

„Vielen Dank, Henry.“

Das Telefon wurde dunkel und schwieg. Ganze zehn Sekunden lang. Dann rief Jonathan an.

„Wo bist du?"

„Ich nehme mir etwas Zeit für mich."

„Mit Susanna? Nathaniel, wenn das herauskommt –"

„Es wird nicht herauskommen." Nathaniel beendete den Anruf und warf das Handy auf das Armaturenbrett. Es kam ihm vor, als habe er sie gerade verleugnet, und das fühlte sich nicht gut an. „Heutzutage ist die Technik ein echtes Ärgernis."

„Du hast dir die Suppe eingebrockt, jetzt musst du sie auch auslöffeln."

Er sah sie an und lachte. „Wie tiefgründig. Du findest immer einen Weg durch das Chaos, oder?"

„Durch das Chaos anderer Leute, ja. Durch mein eigenes? Nicht so richtig."

„So ist's doch immer. Es ist leicht, den Splitter im Auge des Bruders zu sehen und den Balken in unserem eigenen Auge gar nicht zu bemerken." Nathaniel schaltete herunter, als das Licht des Dorfes über dem Horizont sichtbar wurde.

Susanna setzte sich auf, atmete tief ein und zog sich die Decke bis zum Kinn hoch. „Hmmm, hier riecht es ja wunderbar. Was ist das?"

„Krapfen. Die ähneln amerikanischem Gebäck, sind aber ganz luftig und leicht." Nathaniel ließ den Wagen langsam durch die ruhigen, verlassenen Straßen rollen. „Es tut mir leid, die Läden sind alle geschlossen, aber die Bäcker arbeiten hart."

„Ich werde morgen herkommen und einen Krapfen essen."

Die Lichter verloschen im Rückspiegel, und Nathaniel fuhr weiter nach Norden, schaltete, surfte auf der Welle aus Asphalt, bahnte sich einen Weg durch die verschneiten Wiesen. Sein Herz summte im Gleichklang mit dem Motor, als Susanna ihre Hand auf seine legte.

„Ich habe es heute gesehen, Nate. Du bist der richtige Mann für den Posten. Du bist ein König. Gott hat dich berufen, nicht die Menschen."

Nathaniel führte ihre Hand zu den Lippen. „Deshalb brauche ich dich bei mir."

„Du brauchst mich nicht. Der Herr hat dir alles gegeben, was du brauchst, um erfolgreich zu sein."

„Aber du ermahnst mich wie sonst keiner."

„Dann hast du mich eben. Genau hier. Genau jetzt."

Ein Schatten der Realität fiel auf Nathaniels Freude. Genau hier, genau jetzt, aber nicht für lange. Das war es doch, was sie in seine Seele flüsterte. In wenigen Tagen schon würde sie aufbrechen, und dann war er ohne sie König.

Sein Herz verweigerte sich dem Gedanken. Er musste dringend Abhilfe schaffen. Aber was, wenn er das tat und sie sich dann weigerte, nach Brighton zu ziehen? Ein Umzug würde enorme Veränderungen mit sich bringen und sie entwurzeln.

Als ein rustikales Gebäude mit einem hohen, schmalen Kirchturm in Sicht kam, verlangsamte er das Tempo, nahm die Straße nach links und lenkte den Sportwagen auf die geschotterte Auffahrt. Die Räder knirschten über die Kieselsteine. Susanna warf die Decke zur Seite und versuchte, ihr Haar zu entwirren.

„Wo sind wir?"

„St. Stephen‘s Chapel, benannt nach dem Heiligen, nicht nach dem König. Aber Stephen I. hat sie 1550 bauen lassen."

Nathaniel parkte neben dem dicken Stamm eines hochgewachsenen Baumes, der den Schnee förmlich auf seinen Ästen zu balancieren schien.

„Ich glaube, ich bin seit meiner Ankunft hier nicht mehr aus dem Staunen herausgekommen." Susanna machte sich daran, aus dem Auto auszusteigen.

„Warte, warte ..." Nathaniel hastete um das Heck des Wagens herum. Seine Füße glitten auf schneebedecktem Eis aus, er rutschte seitwärts und knallte mit seiner Hüfte gegen den Kofferraum.

„Geht es dir gut?" Susanna reckte den Hals, um nach ihm zu sehen.

„Außer meinem Stolz ist alles unverletzt, ja." Er machte vorsichtig einen Schritt nach vorne. Dann noch einen. Sein Fuß rutschte weg, aber er fing sich, indem er sich schnell mit der Hand über dem Rücklicht abstützte. „Rutschige Angelegenheit heute Abend."

„Fast schon prophetisch, was meinst du?"

Er sah sie böse an. „Ja, und jetzt bin ich deprimiert." Er lachte leise und tastete nach dem Türgriff. „Milady."

Sie nahm seine Hand und knickste. „Mylord."

Er nahm die Decke, die sie benutzt hatte, und führte sie in die Kapelle.

In dem kleinen Eingangsbereich suchte Nathaniel nach Kerzen. „Sie waren doch früher immer ... genau ... hier ... In dem Fach unter der Bank des Platzanweisers." Seine Finger umfassten die dicken wächsernen Kegel. „Ach, hier sind sie ja."

„Es gibt keine Elektrizität?", fragte sie.

„Nicht in den letzten 450 Jahren." Nathaniel gab drei Kerzen an Susanna weiter und nahm dann selbst auch drei. Er riss ein Streichholz an und hielt die Flamme an jeden der bereits benutzten Dochte.

Die flackernden Flammen verdrängten die Dunkelheit, und er konnte Susannas Augen sehen. Er liebte ihre Augen. Sie sprachen mehr zu ihm als Worte.

Er wollte sie halten, sie küssen, aber er hatte sich selbst versprochen, dass er den Abend nicht aufdringlich wollte.

Obwohl der Duft ihrer Haut, der die Luft in dem kleinen Raum erfüllte, seinem rasenden Herzen nicht guttat. Wenn er nur die paar Millimeter Entfernung zwischen ihnen überwand, könnte er sich vorbeugen und ihre Lippen schmecken und die Schuld für seine Kapitulation der Enge, dem Kerzenschein, vielleicht auch der Kälte oder dem Mondlicht geben, das durch die Buntglasfenster hereindrang.

Sie lächelte.

Oh, Susanna. Sein hungriges Herz polterte.

Er räusperte sich. „Wollen wir?" Er führte sie mit ihren drei flackernden Flammen durch die Tür, die nicht größer war als ein breitschultriger Mann, in das Heiligtum.

Im selben Moment bedauerte er die Entscheidung, sie alleine hierherzubringen. Zuzulassen, dass ihr Gesicht und ihre ganze Peron eine Liebe in ihm weckten und nährten, die eine einfache Freundschaft nicht zufriedenstellen konnte.

Susanna erhob ihre Kerzen und drehte einen kleinen Kreis, um den einfachen, rustikalen Bau mit seinen grob behauenen Bänken und trockenen, breiten Bodendielen in Augenschein zu nehmen.

„Schön, sehr schön."

Nathaniel betrachtete die Kapelle mit ihren Augen. Die Zeit hatte an Stein und Holz genagt, aber der Duft des Räucherwerks, das dem König aller Könige dargeboten worden war, hing im Gebälk und erhielt das Heiligtum.

„König Stephen I. wurde hier getraut", sagte er, während er die Decke vor dem Altar ausbreitete. Die Flammen der Kerzen bewegten sich in seinem Atem. „Widmete seine Kinder hier dem Herrn." Er klopfte auf den flachen, schmucklosen waagerechten Balken, der über die Betbank gelegt war. „In Anwesenheit seiner Adelsleute."

„Ich würde gerne einfach hier sitzen und hören, lauschen, ob der Raum seine Geheimnisse preisgibt."

Susanna stieg zum Altar hinauf und von dort weiter auf die kleine Bühne und blickte in das Schiff des Kirchleins. Sie hob die Kerzen etwas höher und betrachtete die Balken und die Fenster, die Plätze der

Bischöfe und des Königs, den Chorraum. „Es ist, als ob ihre Lieder und ihre Gebete immer noch hier sind."

„Vielleicht liebe ich diesen Ort deshalb so sehr." Nathaniel steckte seine Kerzen in die hölzernen, wachsbefleckten Kerzenständer, die Susanna am nächsten waren. „Komm hier herüber." Er setzte sich auf die Decke und richtete das Polster des Altars so ein, dass sie sich mit dem Rücken dagegen lehnen konnten.

Mit einem zufriedenen Seufzer ließ sie sich neben ihm nieder.

„Bist du froh, dass du gekommen bist?"

„Ja." Sie bedachte ihn mit einem strengen Blick aus ihren blauen Augen. „Aber ich werde auch wieder gehen müssen."

„Erinnere mich nicht daran. Ich habe Spaß." Ob im Tageslicht, bei Kerzenschein oder bei voller Beleuchtung im Ballsaal, sie fesselte ihn. „Du warst so schön heute in der Abtei, wie du da standst, während sich alle niederbeugten. So selbstbewusst. Du warst wie ein Leuchtsignal für mich." Er zuckte mit den Schultern. „Als ich dich gesehen habe, wurde mir klar, worum es eigentlich geht. Nicht darum, hohle Worte zu wiederholen, die die Könige vor mir aufgesagt haben, sondern das zu akzeptieren, wofür ich geboren wurde. Für Gott, für die Menschen."

„Es wurde auch langsam Zeit, Nate."

„Du hast mir geholfen, die Wahrheit zu verstehen."

„Du wusstest das doch schon. Du wolltest es nur nicht akzeptieren. Ich hatte überhaupt nicht vor, heute stehenzubleiben. Ich war einfach nur in dem Moment gefangen."

„Ich musste beinahe lächeln."

„Ich weiß."

Sie klopfte mit der flachen Hand auf den Holzboden. „Ich bin froh, dass du es nicht getan hast. Ich wäre vielleicht geplatzt. Es war so viel Freude an diesem Ort, wo man doch so ernst sein sollte."

Er sagte nichts, sondern legte seine Hand über ihre und drückte sie.

„Du hast großartig ausgesehen da oben, weißt du", sagte sie, „so herrschaftlich und majestätisch. Du warst genau da, wo du hingehörst."

Er setzte sich so hin, dass er ihr geradewegs ins Gesicht sehen konnte. „Wenn ich also der König von Brighton bin ... das weißt du, das weiß ich ... warum bin ich dann so unglaublich verliebt in dich?"

„Du spinnst ja –" Sie lachte, aber ihre Stimme zitterte und stockte.

„Ich meine es ernst, Susanna."

„Übrigens lassen Daddy, Mama und alle anderen zu Hause schön grüßen." Sie wechselte schnell das Thema, stand auf und ging weiter. „Ich glaube, Mama wird eine Tafel aufhängen: ‚König Nathaniel II. von Brighton hat hier die Toiletten geputzt.'"

Er lachte. „Ich fühle mich geehrt. Gute Idee. Ich vermisse sie alle. Wie geht es denn deinem Vater, wie verläuft die Heilung?"

„Er arbeitet wieder. Aber Catfish hat viele von seinen Aufgaben übernommen. Mama lässt ihn nur noch die Soßen und die Brötchen machen."

„Ein lobenswertes Unterfangen. Ich will immer noch sein Rezept für die süße Grillsoße. Und Gracie? Wie läuft's mit dem Segler?" Über ihr Zuhause zu reden erdete ihn. Er glaubte, dass es sie auch beruhigen würde.

„Sie liebt ihn. Kannst du das glauben?" Sie ließ sich auf der Kante einer der vorderen Bänke nieder.

„Ich habe den Segler ja nur ein paar Mal gesehen, aber er schien mir sehr entschlossen, ihr Herz zu gewinnen."

„Sie war ebenso entschlossen, dass das nie passieren sollte."

„Aber sie ist gescheitert?"

Susanna nickte lächelnd. „Das beste Scheitern, das es gibt. Sich nicht verlieben zu wollen, aber dann ..." Das Licht in ihren Augen wurde matter. „Wir reden schon wieder über die Liebe."

„Wirst du es so machen wie Gracie? Wirst du dich weigern, dich zu verlieben?"

„Da gibt es nichts zu verweigern, Nate. Wir hatten ein paar Momente in Georgia, zwei Leute inmitten großer Veränderungen. Einer, der einen Schritt zurücktut, einer, der nach vorne geht. Ist dir je in den Sinn gekommen, dass du nur deshalb Gefühle für mich entwickelt hast, weil du mich nicht haben kannst?“

„Das Gefühl kenne ich. Es ist zwanghaft. Verzehrend. Macht blind. Aber das ist es nicht, was ich für dich fühle.“ Er setzte sich zu ihr auf die Bank. „Fünf Monate lang habe ich mich gezwungen, dich nicht zu kontaktieren. Ich habe versucht, nicht an dich zu denken. Ich wollte mein Leben ohne dich weiterleben. Aber egal, was ich tue, die Wahrheit will erkannt sein. Ich liebe dich.“

„Nate, das ist verzehrend und macht gleichzeitig blind.“ Susanna ging auf eines der Fenster zu, die vom Mondlicht dämmrig erleuchtet waren. „Adam sagte, dass ihm und mir die Vorstellung von uns beiden besser gefiel, als wir uns beide gefielen. Er hatte recht. Ich bin mir nicht sicher, ob hier nicht wieder dasselbe vor sich geht.“

„Ich will ja nicht unhöflich sein, aber gib mir bitte nicht Adams Ratschläge weiter. Und übrigens hast du ja wohl eine ziemlich hohe Meinung von dir, wenn du glaubst, dass ich dich nur liebe, weil ich dich nicht haben kann.“

„Eine hohe Meinung von mir?“ Sie ging wieder zu ihm zurück. Ihre Absätze klangen hart auf den Bodendielen. „Wer hat denn hier einer Frau, die er gerade einmal zwei Wochen lang kannte, erklärt, dass er sie nicht heiraten könne?“

„Ich. Das leugne ich ja auch gar nicht. Ich fand, du solltest das wissen.“

„Und dann davon reden, dass hier jemand eine hohe Meinung von sich hat.“

„Jon hat mich gedrängt. Er dachte, du könntest dir das Falsche zusammenreimen.“

„Weil ich die Bierschubse bin, die jedem einigermaßen gut aussehenden Typen verfällt, der ein bisschen mit ihr flirtet?"

Das lief überhaupt nicht so, wie er sich das vorgestellt hatte.

„Er wusste, dass ich für dich schwärmte."

Ihr Atem hing neblig in der kühlen Luft des Heiligtums. „Willst du mal was Neues hören, Nate? Ich habe kein Interesse daran, dich zu heiraten. Du bist ziemlich cool, und ich verbringe gerne Zeit mit dir, aber heiraten? In Brighton leben? Es ist eiskalt hier. Und der ganze Schnee? Ich würde die Wärme und den Strand vermissen."

„*Danke* für dieses Gespräch. Das wird mich helfen, mein Herz wieder auf Spur zu bringen." Die Kerzen flackerten und brachten die Schatten durcheinander, die um sie herum über die Wände huschten.

„Gut." Sie wich von ihm zurück und kehrte zu der Decke zurück. „Du bist irgendwie selbstzentriert, weißt du."

„Du doch auch. Es steht dir nicht, die verletzte Frau zu spielen. Du versteckst deine Stärke. Das schuldest du wohl Adam."

„Hey, lass ihn aus dem Spiel."

„Ich mache nur eine Beobachtung." Nathaniel gesellte sich auf der Decke zu ihr. Sein Herz war hellwach und brannte in seiner Brust.

„Spiegel, Spiegel, Freundchen. Diese ganze ‚Oh, ich glaube nicht, dass ich König sein kann'-Nummer ist dir zu Kopf gestiegen. Ich habe dich heute Morgen da oben gesehen und du hast ausgesehen, als ob du schon seit Jahren König wärst. Als ob du dich ziemlich wohl fühlst. Als ob du dafür geboren wurdest."

„Warum bist du immer noch auf St. Simons und versuchst, eine Firma zu gründen? Warum gehst du nicht von dort weg? Gehst zurück nach Atlanta oder nach Birmingham oder New York? Du bist eine talentierte Architektin. Was ist aus deinem Traum geworden, in einem der großartigsten Gärten der Welt zu arbeiten?"

„Zu spät."

„Nur, wenn du aufgibst."

Sie verschränkte die Arme vor ihrem Körper und schirmte sich ab. „Ich werde darüber nachdenken." Dann sah sie ihn forschend an. „Du solltest darüber nachdenken, Lady Genevieve zu heiraten. Das könnte für alle das beste sein."

„Lass sie aus der Sache raus."

„Ich sag's ja nur."

„Schön, Susanna. Ich habe verstanden. Du bist sauer, weil ich dir gesagt habe, dass ich dich liebe." Aber er würde seine Worte nicht zurücknehmen wollen. Er würde sie wiederholen, wenn er nicht genau wüsste, dass ihm das eine Tracht Prügel einbringen würde.

„Ich bin sauer, weil du mir das gesagt hast, obwohl du ganz genau weißt, dass du in der Angelegenheit sowieso nichts tun kannst."

„Und was, wenn ich könnte? Du hast klar gemacht, wo du stehst. Du würdest mich sowieso nicht heiraten."

„Bin ich froh, dass wir das geklärt haben." Sie wischte sich ein bisschen Nichts von der Jeans und zog dann einen Zipfel Decke über sich.

In der Stille ebbte die Spannung zwischen ihnen ab. Nathaniel legte seinen Kopf gegen das Altargeländer. Sollte er sie zurück nach Parrsons bringen? Es aufgeben, Zeit mit ihr zu verbringen?

„Ist es toll, zur königlichen Familie zu gehören?" Als er zu ihr hinübersah, sah er, dass sie ihn anstarrte; das flackernde Kerzenlicht spiegelte sich in ihren Augen.

„Toll?" Er hatte sich lange nicht mit der Frage beschäftigt. „Ich weiß es nicht ... Ja, ich denke schon. Ich kenne es ja nicht anders. Aber ich bin mir schon bewusst, welche Privilegien und welchen Reichtum das mit sich bringt. Es ermöglicht mir viele gute Dinge. Außerdem lebe ich mit den gewichtigen Erwartungen, die dazu gehören, und einer Jahrhunderte alten Geschichte. Es ist gleichzeitig tröstlich und verstörend, zu wissen, wo ich herkomme und wohin mein Weg mich führen wird. Wohin er meine Kinder und deren Kinder führen wird."

„Wirst du immer noch Nate Kenneth sein?"

„Wenn ich verreise, sicher. Ja."

„Wirst du dich Kandidatinnen für ein Rendezvous als Nate oder als König Nathaniel vorstellen?"

Wollte sie wirklich darüber reden? „Kommt darauf an. Wenn ich sie unter einer Eiche mit einem Plattfuß kennenlerne?"

„Lass das ... Ich meine es ernst."

„Mit einem König verheiratet zu sein, ist kein leichtes Leben. Immer in der Öffentlichkeit. Jede Bewegung wird überwacht und analysiert. Wusstest du, dass Unternehmen die königliche Kaufkraft in ihren Jahresbudgets berücksichtigen?"

„Oh, damit könnte ich nicht umgehen." Sie saß ihm im Schneidersitz gegenüber, ihre Haltung feuerte ihn an.

„Natürlich könntest du das." Er lächelte und war dankbar dafür, dass das Gespräch die Richtung gewechselt und die Spannung zwischen ihnen abgebaut hatte. „Einmal fand ich eine bestimmte Marke bei Pullovern gut, und die Firma war auf einmal weltweit gefragt. Die Frau des Königs wird dieselbe Macht in Händen halten. Von dem Druck und den Erwartungen, dass ein Thronfolger zur Welt gebracht werden soll, mal ganz abgesehen."

„Das ist mal Druck." Susanna zog sich die Kante der Wolldecke über die Schulter.

„Aber vor allem will das Volk seinen König glücklich und liebend sehen. Es unterstützt Ehe und Familie, Liebe und Hingabe in der gesellschaftlichen Struktur."

„Ich werde für dich beten. Werde ich wirklich."

„Wir sind in der St. Stephen's Chapel. Kannst du hier und jetzt beten?" Ihre Gebete für ihn auf dem Gelände der Christ Church hallten immer noch in ihm nach. „Nächste Woche habe ich eine ganze Reihe Treffen wegen Hessenberg und dem Abkommen. Und der Druck zu heiraten, wird noch größer werden."

„Si-sicher." Susanna berührte sein Knie mit der Hand. Nathaniel schloss die Augen und schickte seine Konzentration himmelwärts, obwohl jeder Teil von ihm sie am liebsten in den Arm genommen hätte.

Susanna begann ein langsames, klares, leises Lied.

Yes, he loves us,
oh, how he loves us.

Nathaniel stimmte mit ein, und gemeinsam sangen sie für den wahren König von Brighton, dem Einen, der der Herr ist über Himmel und Erde.

EINUNDZWANZIG

Helles Licht fiel auf Nathaniel. Er bewegte sich, war kalt und steif, aber behaglich, wollte gerne weiterschlafen. Ein warmer Körper lag an ihn angekuschelt. Er griff hinter sich und legte die Hand auf die hohe Kurve einer weiblichen Hüfte.

Susanna. Er schoss hoch. „Suz."

Sie hatten bis spät in die Nacht hinein geredet. Über Leben und Liebe, darüber, wie es war, aus königlichem Hause und aus den Südstaaten zu stammen. Die beiden Lager waren anscheinend gar nicht so weit auseinander. „Suz." Er schüttelte sie sanft an der Schulter.

Sie schoss ebenfalls hoch und stieß sich den Kopf am Altar. „Autsch, Herrschaftszeiten." Sie bestrafte das dunkle Holz mit einem Klaps und versuchte dann, ihre Füße aus dem Durcheinander der Decke zu entwirren. „Lass mich los, du dummes Ding." Ihre Worte stiegen als kristallene Wölkchen in der eiskalten Luft auf.

„Du bist nicht gerade ein Morgenmensch, hab ich recht?" Er setzte sich auf und glättete sein wildes Haar, das in alle Richtungen abstand.

„Nein, aber noch weniger gefällt es mir, wenn ich mir den Kopf stoße." Sie besah sich das Morgenlicht, das blass durch die Fenster schien. „Wie spät ist es? Sind wir eingeschlafen? Klar. Wir sind eingeschlafen. Wir müssen los. Deine Mama wird mich hassen."

„Susanna, ich bin ein erwachsener Mann. Ich kann tun, was ich will." Er kämmte sich mit den Fingern das Haar und hob die Wolldecke auf. „Sie wird dich nicht hassen."

Bis auf eine waren alle Kerzen abgebrannt, und aus den Kerzenhaltern waren wächserne Stalaktiten gewachsen. Nathaniel beugte sich vor und löschte die letzte Flamme mit einem dünnen, kalten Pusten.

„Tun, was du willst? Willst du mich veräppeln?" Entschlossenheit ließ das Blau ihrer Augen noch mehr leuchten. „Du kannst doch nicht einfach abhauen und den Leuten nicht sagen, wo du bist, Nate? Wie konnten wir nur die ganze Nacht verschlafen? Wir müssen los ... Du musst los.“ Sie ging forsch den Mittelgang hinunter und ihr langes Haar schwang so energisch hin und her, dass es aussah, als wollte es sagen: „Ja, genau. Was sie gesagt hat.“

„Ich werde einfach Jon anrufen.“ Nathaniel klemmte sich die Decke unter den Arm und rannte hinter ihr her. Oh, seine Schlüssel. Er rannte zurück und schnappte sie sich vom Geländer des Altars. „Es ist gut. Alles ist gut. Mach dir keine Sorgen, Liebes.“

Sie hielt in der Tür zum Eingangsbereich an. „Wie kannst du nur so ruhig sein? Sie werden nach dir suchen. ‚König verschwindet am Abend nach seiner Krönung.‘ Es sieht so aus, als ob ... du weißt schon ...“ Sie wurde blass, als sie in Richtung ihres Betts vor dem Altar wies. „Als hätten wir miteinander geschlafen.“

„Geschlafen. Ja. Nicht mehr. Du machst dir solche Sorgen.“ Er würde lachen, wenn sie nur nicht so ernst wäre. Und süß. „Wenn ich gebraucht worden wäre oder sie sich Sorgen gemacht hätten, hätten sie angerufen. Niemand hat angerufen. Ich beweise es dir.“ Er klopfte suchend seine Taschen ab. „Mist, wo ist mein Handy?“

„Nun?“ Sie wartete mit verschränkten Armen und klopfte nervös mit dem Fuß auf den Boden.

„Ich muss es im Auto gelassen haben.“ Mit wachsender Besorgnis schob er sich an ihr vorbei zur Tür hinaus. „Ich dachte, es hätte keiner angerufen, weil sie mich in Frieden lassen wollten.“

„Wir sind tot.“

Nathaniel hielt in der Tür an. „Wir sind *nicht* tot. Ich hätte nicht gedacht, dass du so eine Pessimistin bist.“ Seine Augen suchten ihre. „Aber wenn wir sterben müssten, wäre das so schlimm? Wir hatten einen reizenden Abend.“

Sie schob ihn durch die Tür. „Geh und hol dein Telefon.“

„Ich bin froh, dass wir hierhergekommen sind", sagte er und versuchte, seine Frustration abzuschütteln ... einerseits die darüber, dass er sein Telefon im Auto vergessen hatte, andererseits darüber, dass Susanna ihm den Zugang zu ihrem Herzen verwehrte. „Das ist mein Lieblingsort in ganz Brighton."

„Ich bin auch froh, dass wir hierhergekommen sind. Es ist eine schöne Kapelle."

Schneegestöber begrüßte Nathaniel, als er auf sein Auto zuging. „Es schneit ja schon wieder."

Susanna rutschte auf der untersten Stufe aus und stolperte den Schotterweg hinunter.

Nathaniel drehte sich zu ihr um, fing sie in seinen Armen auf, fand sein eigenes Gleichgewicht wieder und hielt sie eng an sich gedrückt.

„Susanna?"

„Nate, wir sind nicht alleine." Sie zeigte hinter ihn und er wirbelte herum, als eine Armee, ja, ein ganzes Bataillon aus Fotografen hinter einer Mauer aus schwarzen Geländewagen und Motorrollern auftauchte. Die Kameras feuerten los, rattattattatt, und Nathaniel hielt Susanna immer noch in seinen Armen, als hätte jemand in einem Film das Bild eingefroren.

„Wie haben sie uns gefunden?" Sie stieß sich von ihm ab.

„Steig in mein Auto." Nathaniel ergriff ihre Hand und schirmte sie von der digitalen Feuerbrigade ab. Wie konnte er das nur vergessen? Der marktschreierische antike MG war ein Geschenk seines Großvaters zu seinem 16. Geburtstag gewesen. Früher hatte er ihn auf Oldtimer-Treffen vorgestellt.

„Ihre Majestät, ist das die Amerikanerin? Die sich in der Abtei nicht hingekniet hat?"

„Sind Sie ein Liebespaar?"

„Was ist mit dem Erlass über die Ehe?"

„Weiß Lady Genevieve davon, dass Sie bereits eine Geliebte haben?"

„Geliebte?" Susanna trat den Fotografen entgegen. „Hey, ich bin Niemands Geliebte!"

„Susanna, bitte." Er fasste sie am Arm. „Füttere die Schakale nicht noch."

„Ich werde sie keine Lüge glauben lassen." Sie wandte sich der Menge wieder zu. „Ich bin nur eine Freundin."

„Eine Freundin?" Sie lachten hämisch. Jeder einzelne von ihnen. „Eine Freundin für eine Nacht? Ein letzte Runde Spaß, bevor es wieder nach Hause geht, wo Sie dann Ihren Freunden erzählen, dass Sie es mit dem König von Brighton getrieben haben?"

„Nein!" Im blassen Licht des Morgens leuchteten ihre Wangen glutrot.

„Steig ins Auto, Suz. Ermutige sie nicht noch." Aber der kleine Sportwagen war eingeschneit. Nathaniel fing an, Eis zu kratzen und die Schneehügel wegzuschaufeln.

„Aber die denken sich sonst was aus."

„Susanna. Bitte." Sie musste unbedingt auf ihn hören. „Wenn du dich verteidigst, gießt du nur Öl ins Feuer."

„Ich bin eine Freundin, einfach nur ein Freund. Das ist mehr, als ich von Ihnen behaupten kann!"

„Susanna ... Schaufeln, bitte." Nathaniel war dankbar dafür, dass der Schnee weich und pudrig war. Er hätte das Verdeck geschlossen, wenn er gestern Abend gewusst hätte, dass er einschlafen und die Nacht hier verbringen würde.

„Wir haben die Nacht in Andacht und Anbetung verbracht."

„Andacht und Anbetung?" Eine Lachsalve brach aus den Reihen der Fotografen hervor. „Ist das Ihr Ernst? Sie erwarten, dass wir glauben, dass Sie zusammen *gebetet* haben?"

Susanna begann energisch, das Auto vom Schnee zu befreien.

„Ein Haufen Fieslinge."

„Ich habe dich gewarnt, dich nicht mit ihnen abzugeben." Nathaniel schaufelte schneller. Die Bewegung wärmte ihn auf und verdrängte die Kälte, weckte aber gleichzeitig seine Sorgen.

Er war mit seinem neu erwachten Glauben bislang nicht sehr in die Öffentlichkeit gegangen. Diese Männer würden sich schwer damit tun zu glauben, dass Nathaniel die Nacht mit irgendjemandem in Andacht und Anbetung verbracht hatte, ganz zu schweigen mit einer schönen Frau.

„Ihre Majestät, haben Sie einen Kommentar zu den Explosionen heute Morgen?"

Er hörte auf zu schaufeln. „Heute Morgen?"

„Haben Sie es noch nicht gehört?" Ein rotwangiger Mann sah hinter seiner Kamera hervor.

„Nein, noch nicht." *Schon wieder?* Nate riss die Fahrertür auf, ließ sich in den Sitz fallen und startete den Motor. „Steig ein."

Susannas Sitz war immer noch größtenteils mit Schnee bedeckt, aber sie sprang hinein und knallte die Tür zu, als Nathaniel auch schon im Rückwärtsgang auf die Straße schoss, mitten durch die Fotografen, die wie eine Schar Hühner zur Seite flatterten.

Die Straße war frei, und Nathaniel fuhr eilig in Richtung Parrsons. Die Luft, die über die Windschutzscheibe strich, war beißend kalt.

Er schaute auf sein Telefon. „30 entgangene Anrufe."

„Es tut mir leid, Nate."

„Es ist nicht deine Schuld."

„Für die wird es meine Schuld gewesen sein. Deswegen wollen sie ja nicht, dass brightonische Könige ausländische Frauen heiraten. Sie stehlen ihre Zuneigung."

Er sah sie aus dem Augenwinkel an. Sie hatte recht. Sie hatte seine Zuneigung gestohlen. „Die Jungs geben einen Dreck auf meine

Zuneigung." Als er den kurvigen Teil der Straße hinter sich gelassen hatte, wählte Nathaniel Jonathans Nummer.

„Bin auf dem Weg nach Parrsons."

„Nein, lass das. In Parrsons wimmelt es nur von Presse. Wo warst du? Die königlichen Wachen sind alarmiert."

„Was? Aber Mama wusste, dass ich mit Susanna unterwegs war."

„Aber wo? Du bist nicht wiedergekommen."

„Meine Güte, Mann, die Fotografen haben mich gefunden. Willst du mir erzählen, dass meine eigenen Sicherheitsleute nicht dazu imstande waren? Ich war in St. Stephen's."

„Die *Liberty Press* hat ihre Titelseite mit einem vollen Bild aufgemacht, halb du, halb Susanna. Es sieht ganz danach aus, als würdet ihr euch während der Krönungsgebete heiße Blicke zuwerfen. Was fiel ihr denn ein stehenzubleiben?"

„Was war das mit der Explosion heute Morgen?" Er sah zu Susanna hinüber. Sie saß steif und blass da. Er musste sie in die Wärme bringen. Und in Sicherheit.

„Eine kleine Bombe. Hat ein leeres Gebäude gesprengt. Nur wenige Minuten später haben wir eine Nachricht von einer Gruppe hessenbergischer Freiheitskämpfer bekommen, die das Ende des Abkommens verlangen. Die Presse bringt eine ganze Menge wilder Spekulationen heute Morgen. Alles Mögliche, dass du angeblich Lady Genevieve mit voller Absicht ignorierst, um Hessenbergs Unabhängigkeit zu verweigern. Andere rufen nach einer Revolte. Manche sagen, du würdest abdanken wollen."

„Triff mich in einer Stunde in meinem Büro. Und sag den Wachen, sie können wegtreten." Er beendete den Anruf, als gerade das erste Dorf am Horizont auftauchte.

„Ich werde dich hier absetzen, Susanna. Die Presse ist in Parrsons eingefallen."

Ihre Augen glitzerten. „O-okay.“

„Das ist nicht deine Schuld.“ Nathaniel nahm die erste Straße rechts, dann die erste links, immer noch in vollem Tempo. Schließlich hielt er in einer Lieferantengasse. Er ließ den MG im Leerlauf vor der Laderampe der Bäckerei Horch stehen, vor den neugierigen Augen der Presse geschützt. „Das sind einfach die Medien, die tun, was die Medien nun mal tun. Nichts, mit dem wir nicht umgehen können.“

„Ist jemand verletzt worden?“ Sie stieg zitternd aus und schüttelte sich den Schnee vom Mantel.

„Jon wird mich briefen, aber ich glaube nicht. Henry sagte gestern Abend, dass niemand verletzt wurde. Susanna, das hier hat nichts damit zu tun, dass ich für eine Nacht verschwunden bin. Das sind Dissidenten, die nur irgendeinen Weg suchen, das Abkommen zum Scheitern zu bringen. Einen Weg, sich von der Monarchie zu befreien.“

„Es wird noch schlimmer werden, wenn unsere Bilder an die Öffentlichkeit kommen.“ Kälte und Erregung färbten ihre Wangen rot.

„Lass sie ihr Schlimmstes tun. Wir haben nichts falsch gemacht.“

„Aber wir haben den Anschein geweckt, als hätten wir etwas falsch gemacht. Die Leute verlassen sich darauf, dass du das Richtige tust. Dass du deine eigenen Begehrlichkeiten und deinen Willen beiseite lässt. Und das gilt nur für den Alltag. Aber du musst noch dazu mit diesem politischen Schlamassel fertigwerden, das es notwendig macht, stellvertretend für Millionen Menschen das Richtige zu tun. Wenn du ihr Vertrauen verloren hast, hast du auch die Menschen verloren. Dann hast du die Fähigkeit verloren, sie zu beeinflussen. Also, ja, dann haben wir etwas falsch gemacht.“

Angesichts dieser unverblümten Darstellung der Wahrheit atmete er heftig aus. „Ich sollte dich in meinem Kronrat haben.“

„Du solltest los.“ Sie ging hinter dem Auto herum. „Soll ich da reingehen?“ Sie zeigte auf die Hintertür der Bäckerei.

„Da bist du sicher. Horch macht die besten Krapfen in Brighton." Nathaniel griff nach der Tür. „Ich beauftrage Rollins damit, dir einen Wagen zu schicken, wenn sich die Lage etwas beruhigt hat."

„Denkst du, Avery geht es gut?"

„Wenn sie bei Tante Louisa ist, dann ja. Ich bitte Rollins, sich nach ihr zu erkundigen." Er betrat die warme, duftende Bäckerei. Der Laden war leer bis auf den rotwangigen Besitzer hinter dem Tresen.

„Zwei Kaffee und was auch immer Sie an frischen Krapfen da haben", sagte Nate. „Meine Freundin wird noch eine Weile hierbleiben." Er reichte dem Mann einige Banknoten hin. „Bitte sehen Sie zu, dass sich gut um sie gekümmert wird. Wenn sie mehr bezahlen müssen sollten, begleiche ich die Rechnung, wenn der Fahrer kommt, um sie abzuholen."

Der Besitzer winkte die Geldscheine zur Seite. „Es ist eine Ehre, Ihre Majestät. Ich bin froh, dass es Ihnen gut geht. Ich habe im Radio gehört, dass Sie vermisst werden." Der Bäcker warf einen Blick auf Susanna. „Ich werde mich um Ihre Freundin kümmern."

„Diskretion ist eine Tugend, Herr Horch."

„Ja, Sir." Er bückte sich und holte eine zusammengefaltete Liberty Press unter dem Tresen hervor.

Susanna reckte sich um Nathaniel herum. Die erste Seite war in zwei Bilder aufgeteilt. Oben links blickte Nathaniel unter seiner Krone hervor, die Andeutung eines leisen Lächelns auf den Lippen. Dann eine diagonale Linie und Susannas Abbildung unten rechts auf der Seite. Stehend, den Blick den aus leuchtenden blauen Augen konzentriert auf den Altar gerichtet, mit offenem, blonden Haar, das ohne Kopfbedeckung auf ihre Schultern fiel, die kniende Gemeinde um sie herum.

Sie sah hingerissen aus. Verzaubert.

„Sind Sie das, Miss?"

„Ja“, sagte Susanna, schwach, resigniert.

Die Schlagzeile feuerte die Leser noch an:

Das Haus Stratton verfällt ausländischer Liebe

Die Überschrift über der angerissenen Story in der Seitenspalte fragte:

Könnte diese Frau die Dynastie zu Fall bringen?

„Ach herrje ... Nate, das ist lächerlich.“ Susanna wandte sich ab, die Hand an der Stirn. „Ich habe noch niemals einen Ameisenhaufen zu Fall gebracht, geschweige denn eine königliche Dynastie.“

Nathaniel faltete barsch die Zeitung zusammen und reichte sie über die Ladentheke zurück. „Ein Ehrenorden ist für Sie drin, wenn Sie die Fotografen abhalten.“

Herr Horch zeigte sich empört, als er Nathaniel den Kaffee und die Tüte mit den Krapfen gab. „Orden hin oder her, Ihre Majestät, bei mir ist sie sicher.“

„Ich wollte Sie nicht beleidigen, Herr Horch.“

Nathaniel reichte einen der Kaffeebecher an Susanna weiter. „Ich muss los.“

Er hastete zur Hintertür und hielt dann kurz an. „Ich hasse es, dich hier so zurückzulassen.“

„Mir geht’s gut.“ Sie winkte ihn weiter. „Geh schon.“

Er zögerte, sehnte sich danach, sie in den Arm zu nehmen und sie zu küssen. Verflixt, wenn er schon wegen einer Indiskretion angeklagt wurde, dann könnte er doch wohl genauso gut Nutzen daraus ziehen, oder nicht?

Stattdessen nickte er Horch zu. „Guten Tag.“

Draußen kratzte er den letzten Schnee von seinem Sitz und setzte sich, brachte den Motor auf Touren und drehte die Heizung auf. Begierig danach, endlich auf seinem Weg zu sein, ließ er das Auto bis zum Ende der Gasse rollen. Am Ende der niedrigen Häuserreihe mit den kleinen Geschäften nahm er einen Schluck Kaffee und legte den Gang ein.

Die Straße war frei. Nathaniel schoss auf die Hauptstraße in Richtung Cathedral City und ließ ein großes Stück seines Herzens im herrlichen Duft der Bäckerei Horch zurück.

Campbell warf die *Liberty Press* auf den Stapel Zeitungen neben ihrem Stuhl. Ein schöner erster Tag in der Presse für ihren Sohn, den König. Sein ernster, würdiger Krönungsmoment ruiniert von der barhäuptigen Amerikanerin, die nicht kniete, als sie dazu aufgerufen wurden, sondern dastand und Nathaniel anstarrte wie ein Schulmädchen beim Tanz.

Die Königin studierte das Bild noch ein letztes Mal. Es hatte nicht unbedingt geholfen, dass das Morgenlicht durch die Fenster der Abtei gefallen war und die Amerikanerin so ausgeleuchtet hatte, als sei sie eine Art Engel auf Erden.

Die *Liberty Press* beschuldigte die Krone ja schon beinahe, ein Komplott zu schmieden, um das Gesetz zu brechen. Der *Informant* hatte eine Überschrift gebracht, die nur eine Spekulation äußerte.

Der Engel des Königs. Wer ist diese Frau?

Mit ruhiger Hand schenkte sich Campbell eine Tasse Tee aus der königsblauen Teekanne mit Goldrand ein. Es war schon viele Jahre her, aber Nathaniel war kein Neuling auf dem Gebiet der Skandale und Schlagzeilen in den Boulevardnachrichten.

Campbell fügte ein Stück Zucker und ein Tröpfchen Sahne zu ihrem Tee, stand auf und ging mit Tasse und Unterteller in der Hand zum Fenster. Wie viele Tassen Tee hatten ihr schon beim Nachdenken über das Leben beigestanden? Tausende? Nachdenklich betrachtete sie das königliche Porzellan, das schon seit Jahrhunderten den Königinnen des Hause Stratton gehörte.

Welche Weisheit birgst du, Teetasse?

„Leo, schaust du von da oben zu?" Campbell sehnte sich danach, dass ein Sonnenstrahl durch den kalten, schiefergrauen Himmel brechen möge. „Er ist verliebt, Leo. Aber er kann sie nicht haben. Wenn du den Herrn darum bitten würdest, ihm Weisheit zu schenken ..." Ihr kleines Lachen ließ die Scheibe beschlagen.

Er war so mutig und kontrolliert gewesen, dass sie ihren Mann oft mit seiner Ankunft im Himmel geneckt hatte.

Leo, wirst du den Herrgott bitten, von seinem Thron aufzustehen, wenn du für deinen Gerichtsspruch vor ihn trittst, und ihm dafür danken, dass er ihn all die Jahrhunderte für dich warm gehalten hat?

Vielleicht mach ich das, Campbell, vielleicht.

Wenn sie damals gewusst hätte, was sie heute über Liebe und Heirat wusste und darüber, wie es war, das Leben mit einem Kronprinzen, einem König, zu teilen, dann würde sie ...

Es genau so wieder machen. Selbst die ersten Jahre des Durcheinanders und des Herzschmerzes, als sie ihr Herz im wahrsten Sinne des Wortes Stück für Stück wieder zusammensetzen und lernen musste, einen Mann aus Überzeugung und nicht aus einem Gefühl heraus zu lieben.

„Nathaniel ist nicht du, Leo. Er ist auch nicht ich." Campbell ging um die Couch herum zum Kamin. „Er ist sein eigener Mensch und lebt in einer sehr anderen Zeit als du und ich. Es kommt mir vor, als sei Brighton hundert Jahre in der Zeit nach vorne gesprungen, seitdem dein Vater meinen Vater um meine Hand für seinen Sohn gebeten hat."

Ein leises Klopfen erklang an ihrer Tür und Rollins erschien. „Lady Genevieve möchte Sie besuchen, Ma'am."

„Welch schöne Überraschung." Campbell wandte sich zur Tür und nickte Lady Genevieve zu, die knickste. „Tee?"

„Bitte." Ginny zog ihre Handschuhe aus und legte ihren Mantel ab und gleichzeitig damit auch jeglichen Anschein von formeller Wohlanständigkeit.

Campbell beobachtete sie, während sie ihren Tee einschenkte. Eine Tiger-Lady, die Frau. Wusste, wie man das Spiel spielte, wie sie ihren Willen bekam.

„Haben Sie die Zeitung gesehen?" Ginny wies mit ihrer Handbewegung auf das Exemplar, das zuoberst auf dem Stapel lag. „Sie beleidigt die Monarchie, Campbell. Erscheint unangemessen gekleidet bei der Krönung und bleibt stehen, während sich alle anderen hinknien." Sie schnappte sich die Zeitung. „Flirtet während der Gebete mit dem König. Es ist skandalös. Hätten sie sie nicht *noch* mehr wie eine Fee aus Grimms Märchen aussehen lassen können?"

„Das Ganze scheint Sie etwas aus der Ruhe zu bringen." Campbell reichte Ginny ihren Tee und nahm dann ihren Platz ein. „Sie sind doch sicher nicht eifersüchtig."

„Eifersüchtig? Weswegen?", spöttelte die, ließ die Liberty Press wieder auf den Stapel fallen und setzte sich neben Campbell. „Sie ist keine Bedrohung für mich."

„Warum haben Sie ihn dann nicht überzeugt?"

„Ihn überzeugt? Wovon? Mich zu heiraten? Haben Sie je erlebt, wie Nathaniel etwas tat, das der Rest der Welt von ihm wollte? Keine Sorge, ich habe alles unter Kontrolle. Wir haben erst kürzlich ein wenig geplaudert ... nach dem Ball."

„Geplaudert?" Campbell hatte ebenfalls nach dem Ball mit ihm geplaudert. „Worüber?"

„Lassen Sie uns nur sagen, dass wir zu einer Übereinkunft gekommen sind."

So denn. Campbell lehnte sich lächelnd zurück. „Wie lange wird es dauern, bis ich meine Enkelkinder im Arm halte?"

„Höchstens zwei Jahre."

Campbell hob die Augenbrauen. „Zwei Jahre?" Wenn er ihr noch heute einen Antrag machte, würde es sechs Monate dauern, um die Hochzeit zu planen, und weitere ein oder zwei Monate, um ein Kind zu empfangen, wenn Ginny im Schwangerwerden ebenso gut war wie in allen anderen Dingen. „Wagen Sie es bloß nicht, außerhalb der Ehe schwanger zu werden."

„Niemals. Es geht hier genauso sehr um meinen Namen, meine Krone, meinen Ruf wie um seinen und den des Hauses Stratton." Ginny nippte an ihrem Tee. „Haben Sie die Nachrichtensendungen heute Morgen gesehen?"

„Nur die Zeitungen." Wollte sie diese Frau für ihren Sohn haben? Als Schwiegertochter? Sie schien sich ihrer selbst so bewusst. So von sich eingenommen.

„Eine Gruppe Fotografen hat Nathaniels Auto heute Morgen oben bei St. Stephen's Chapel entdeckt. Sie warteten, bis er herauskam. Was er schließlich auch tat. Mit ihr. Sie wird bereits als seine amerikanische Geliebte bezeichnet."

„Gnade." Campbell blieb die Luft weg. Ihre Hand zitterte, als sie ihre Teetasse auf dem Tisch neben sich abstellte. „Was in aller Welt?"

„Keine Sorge, ich hab es im Griff." Ginnys Lächeln brachte der Königin keine Beruhigung. „Morris und seine Leute wandten sich an mich, als die ersten Bilder hereinkamen. Ich habe ihnen versichert, dass Susanna nur eine Freundin von ihm sei, ein Mädchen ohne Belang und keine Bedrohung für Brighton oder Hessenberg. Der König und ich bewegen uns auf festem, sicherem Boden."

„Aber Sie bewegen sich nicht auf festem, sicheren Boden. Und wer hat Sie autorisiert, im Namen des Königs zu sprechen? Die königliche Behörde ist für den Umgang mit den Medien da."

„Campbell, die Medien sind auf mich zugekommen. Wer sollte Nathaniels romantischen Dummheiten besser decken als ich?" Als Ginny aufstand, stand Campbell ebenso auf. „Das Abkommen hängt davon ab, dass ich Königin werde. Das weiß jeder."

„Das Abkommen hängt von einem Abkömmling aus der Linie des Großherzogs ab."

„Ich bin dann wohl das, was dem am Nächsten kommt." Sie lachte ein helles, zwitscherndes Lachen. „Die anderen haben dem Thron entsagt und sich über ganz Europa verstreut. Mich zu heiraten ist die beste Lösung. Sie wissen, dass das wahr ist, Campbell."

„Es ist eine Lösung, obschon ich sie ganz sicher nicht als perfekt bezeichnen würde. Und für Sie bin ich immer noch *Ihre Majestät* oder *Ma'am*, gute Frau. Kommen Sie nicht so impertinent und arrogant in mein Zuhause. Ich habe Brighton mein Leben lang gedient, und ich nehme es sehr genau mit jedem Aspekt seiner Gesetze, seiner Allianzen und seiner Verantwortlichkeiten."

„Ich wollte keineswegs andeuten –"

„Was genau wollten Sie denn dann andeuten? Das nächste Mal, wenn die Zeitungen Sie anstelle der königlichen Behörde kontaktieren, verweigern Sie bitte jeglichen Kommentar."

„Sie kennen mich, Camp –Ma'am. Ich habe Jahre damit verbracht, Beziehungen mit Morris und seinesgleichen aufzubauen."

„Als Sie noch in Ihren stinkenden Windeln herumgekrabbelt sind, habe ich Tee mit Morris Alderman getrunken." Campbells Argwohn wuchs. Sie hatte diese Seite der Lady bislang noch nicht wahrgenommen. „Was haben Sie getan, Ginny? Was haben Sie den Medien denn nun erzählt?"

„Was ich getan habe? Ich habe Ihre Monarchie gesichert, das habe ich getan. Ihr närrischer Sohn ist mit einer amerikanischen Bürgerlichen abgezogen. Sie wird uns alle ruinieren. Also bin ich der Presse in die Bresche gesprungen. Ich habe es für Sie getan, für Nathaniel."

„Sie meinen, für sich selbst."

„Ja, für mich auch. Und wenn schon? Ich bin die Richtige dafür, Königin zu sein. Immerhin haben Sie selbst auch dafür geheiratet, eines Tages Königin zu sein, oder nicht?" Ginny hatte die Meisterschaften in List und Durchtriebenheit gewonnen.

Zorn schärfte Campbells Sinne. So eine hässliche Seite der schönen Lady Genevieve. „Nehmen Sie meine Ehe mit Leo nicht in Ihre Manipulationsstrategie auf. Sie wissen ja nicht, wovon Sie reden."

„Folgendes weiß ich sicher, Ma'am." Ginny stellte ihren Tee ab. „Wir leben nicht mehr in einer Zeit, in der die Monarchie so verehrt wird, wie es einmal war. Den Respekt der Leute muss man sich verdienen. Der Palast muss genauso sehr eine PR-Firma sein wie eine Monarchie. Mit Nathaniels Charme und Führungsqualitäten und meiner Beliebtheit und Erfahrung in PR-Angelegenheiten können wir das Haus Stratton zu einer der stärksten Monarchien Europas machen. Wir können Brighton und Hessenberg regieren. Was ist denn schon, wenn ich mich ein wenig eingemischt habe? Sie würden es ebenso machen. Es war zum Wohle aller. Sagen Sie mir, was würden Sie tun, wenn diese Ausländerin ankäme und behauptete, sie sei schwanger von Nathaniel und damit das ganze Land blamieren würde?"

Campbell japste empört nach Luft.

„Seien Sie nicht naiv, Ihre Majestät. Machen Sie sich auf etwas gefasst, denn eine solche Behauptung wäre der erste Nagel im Sarg, in dem die Krone zu Grabe getragen wird."

„Aber soweit ich weiß, muss man immer noch Sex haben, um schwanger zu werden." Eine Stimme mischte sich von der Tür her in das Gespräch ein. „Es wäre also unmöglich, einen Anspruch auf ein Kind der Liebe zu erheben."

Campbell richtete ihre Aufmerksamkeit auf die Tür, während Ginny herumwirbelte. „Entschuldigung, aber das hier ist eine private Unterhaltung."

Rollins stand mit Susanna in der Tür. „Ma'am, sie bat darum, mit Ihnen sprechen zu dürfen. Ich war so frei, Sie zu Ihren Gemächern zu begleiten."

„Ich danke Ihnen, Rollins. Susanna, kommen Sie doch herein." Campbell ging um die Stühle herum, um ihren neuen Gast zu begrüßen. Platz da, *Lady* Ginny.

„Vielen Dank, aber ich wollte nicht stören. Ich war ..." Sie hatte den Blick gesenkt. „Das ganze Durcheinander tut mir leid."

Ihre demütige Haltung berührte Campbell. Sie sah aus, als bräuchte sie dringend eine Dusche und frische Kleider. „Bitte kommen Sie, setzen Sie sich, trinken Sie eine Tasse Tee. Sie sehen ganz durchgefroren aus."

„Vielen Dank, Ma'am, aber nein danke. Ich muss ... mich frisch machen. Haben Sie meine Schwester gesehen, Avery?"

„Nein, habe ich nicht."

„Ich werde sehen, ob Rollins Colin anrufen kann." Susanna gestikulierte zur Tür. „Ma'am, ich wollte mich für die Einladung bedanken. Es war uns eine echte Ehre. Wir werden es nie vergessen."

„Das nehme ich doch stark an", sagte Ginny. „Schau dir den ganzen Ärger an, den du ..."

„Lady Genevieve", sagte Campbell. „Seien Sie still." Die Frau nahm sich zu viel heraus. Wagte es, einen Gast in Parrsons House und damit die Königin zu beleidigen.

„Ich wollte nie respektlos sein oder Schaden anrichten. Nate und ich Ich hatte nie vor, der Familie Kummer zu machen." Susanna knickste und ging langsam rückwärts zur Tür. „Ich wollte nur ... wollte nur ..."

„Ach du lieber Himmel", donnerte Ginny ihr entgegen, „du bist in ihn verliebt, oder?"

Höllische Ginny. Sie könnte sich ein paar Scheiben von der Demut dieses Mädchens abschneiden.

Susanna sah auf. „Bist du denn in ihn verliebt?", fragte sie, stark und ruhig, obwohl ihr Kinn zitterte.

„Ich glaube kaum, dass dich das etwas angeht." Ginny verhöhnte sie mit einem verschwörerischen Blick zu Campbell, als seien sie in derselben Mannschaft.

Und plötzlich waren sie das nicht mehr. Campbell verlor ihre Leidenschaft dafür, Lady Genevieve als zukünftige Königin zu sehen. Die Frau scherte sich weder um ihren Sohn und das Haus Stratton noch um ihr Land. Sie dachte nur an sich.

„Dann gehen meine Gefühle dich wohl auch nichts an", erwiderte Susanna.

Campbell gluckste. Ginnys Blick wurde eisig.

„Wann werden wir denn wohl hören, dass du schwanger bist?"

„Ginny!" Campbell brannte vor Scham. Sie schämte sich für sich selbst und für ihre Landsmännin.

„Hey." Susanna drang in Ginnys persönlichen Raum ein. „Wenn du Nate nur ein bisschen kennen würdest, dann wüsstest du es besser und würdest ganz sicher nicht so eine Vermutung anstellen." *Gute Show, Susanna. Gib's ihr.* „Du behauptest, dass du ihn kennst, aber du kennst ihn nicht. Du behauptest, dass du ihn heiraten willst, aber –"

„Was weißt du denn schon über meine *Behauptungen*?" Ginny funkelte und sprühte vor Wut.

„Die hast du doch in der Presse lang und breit erzählt."

Campbell lachte laut auf, als sie sich setzte. Sie hatte Lady Genevieve noch nie sprachlos und rotgesichtig gesehen. Das war besser als ein Abend im königlichen Theater. *Weiter so, Susanna, zeig der Lady, wie der Hase läuft.*

„Wenn du nur halb so viel Energie darauf verwendet hättest, Nathaniel zu zeigen, dass dir etwas an ihm liegt, dann müsste er sich vielleicht nicht so überwinden, sich dazu zu entschließen, dir einen Antrag zu machen." Susanna trat zurück, kniff die Lippen zusammen und sah betreten drein.

„Was weißt du denn schon, du dummes Ding?" Ginny trat geradewegs auf Susanna zu und schien kurz davor, sie am Mantelkragen zu packen.

Aber die Amerikanerin wich nicht aus. Campbell biss sich auf die Zunge, um nicht laut „Touché!" zu rufen.

Susanna rückte Ginny näher. „Ich weiß, dass er ein Ehrenmann ist und das Richtige tun wird. Aber was ist mit dir?"

Ginny beruhigte sich etwas, lächelte und verschränkte die Arme. „Ich werde mich nicht in diese Debatte hineinziehen lassen."

Campbell beugte sich in ihrem Stuhl nach vorne, die Teetasse fest im Griff, und wartete auf Susannas Antwort.

Aber sie sagte nichts weiter, sondern drehte sich nur zu Campbell und knickste. „Ma'am, ich werde mich nicht dafür entschuldigen, dass wir die Einladung angenommen haben, aber es tut mir aufrichtig leid, dass meine Anwesenheit so viel Wirbel verursacht hat. Ich hatte auch nicht vor, stehen zu bleiben, als sich alle anderen hinknieten. Und die Sache mit dem Hut ...?"

„Liebe Susanna", sagte Campbell, „Sie waren sehr erfrischend."

„Erfrischend?", kreischte Ginny.

„Ich bin nicht hier, um Nathaniel eine Falle zu stellen oder die königliche Familie zu beschämen."

„Nein, aber nein, natürlich nicht."

Campbell stand auf und stellte ihre Teetasse beiseite.

„Und trotzdem bist du gestern Abend mit ihm durchgebrannt und hast ihn von seinesgleichen weggestohlen“, sagte Ginny. „Von seinem Volk.“

Susanna warf Ginny einen Blick über die Schulter zu. „Entschuldige mal, aber ich rede gerade mit Ihrer Majestät, der Königin.“

Campbell tippte sich mit den Fingerspitzen an die Lippen und unterdrückte ein Lächeln. Also darum liebte Nathaniel sie.

„Wie gesagt, es war einfach eine Ehre, eingeladen zu sein.“ Susanna sah Campbell geradeheraus an. „Sie sollten stolz auf ihn sein, Ma'am.“

„Ja, ich glaube, das bin ich.“

Als Susanna den Raum verließ und die Tür vorsichtig hinter sich schloss, flackerte ein Blitzlicht der Erkenntnis durch Campbells Verstand. Sie erinnerte sie an eine Frau, die sie vor langer Zeit gekannt hatte. Vor über 30 Jahren. Eine Frau, die ihr seitdem und bis heute abhanden gekommen war.

Sie selbst.

„Sie dürfen nun gehen, Ginny.“

„Sie können sich doch nicht ernsthaft auf die Seite dieser Frau stellen.“

„Sie dürfen nun *gehen*.“ Campbell nahm sich ihren Tee und ging zum Fenster. Könnte sein, dass sie heute etwas Gartenarbeit erledigen musste. Nicht zwischen den eingefrorenen Mauern des Palastes, sondern zwischen den alten, Efeu bedeckten Mauern ihres eigenen Herzens.

ZWEIUNDZWANZIG

„Auf den Tisch damit, meine Herren. Henry? Seamus?“ Nathaniel stand in der Debattierloge des Parlaments, einem Vorzimmer zu den Parlamentssälen, wo sich die gegnerischen Fraktionen mit den Sprechern des Ober- und des Unterhauses trafen, um ihre Anliegen auszudiskutieren.

„Also ich würde sagen, eine Nacht mit der Amerikanerin hat das Ergebnis vieler Stunden diplomatischer Verhandlungen zerstört, Ihre Majestät.“ Hessenbergs Gouverneur, Seamus Fitzsimmons, kaute auf dem Mundstück seiner auf Hochglanz polierten Pfeife herum.

„Sie ist *eine Freundin*.“ Zum hundertsten Mal. Nathaniel ging auf und ab in dem sehr männlich wirkenden Raum mit der Wandtäfelung aus dunklem Holz, Ledersesseln, einem Billardtisch und Spirituosenvitrinen.

Heute sollte er eigentlich seine Krönung feiern. Stattdessen war er in der Schwitzstube mit seinem Premierminister und dem Gouverneur von Hessenberg und musste seinen guten Namen verteidigen.

„Haben Sie Morris Aldermans Artikel über den Erlass über die Ehe gesehen?“ Sir George, Leiter des Oberhauses, hielt die *Liberty Press* hoch. „Er stellt fest, dass das ein sehr gutes Gesetz ist, das uns zweihundert Jahre lang gut gedient hat. Er argumentiert sehr gut dafür, dass es wichtig ist, dass die Monarchen nur Leute aus Brighton heiraten. Und er argumentiert auch dafür, dass Hessenberg seinen benötigten königlichen Abkömmling bekommt, wenn Sie Ihre Langzeitliebe Lady Genevieve heiraten ... das sind seine Worte, nicht meine, Nathaniel ... und dass dadurch das Abkommen zum Ende gebracht werden könnte.“

„Ich habe ihn gelesen.“ Nathaniel rieb sich mit dem Handrücken über die Augen. Er hätte seinen letzten Groschen darauf verwettet, dass Ginny hinter all dem steckte. Nachdem er den Artikel gelesen hatte, hatte er sich vor den Spiegel gestellt und geübt, wie er ihr einen Heiratsantrag machen würde.

Ginny, würdest du mir die Ehre erweisen?

Lady Genevieve, möchten Sie mich heiraten?

Hey, komm, wollen wir das Ganze nicht einfach hinter uns bringen?

Aber er konnte es nicht. Seine Liebe für Susanna war zu stark. Trotz ihrer Erklärung, dass sie ihn niemals heiraten würde, liebte er sie. Seine Strategie sah momentan so aus, dass er sich Zeit geben wollte, um über sie hinwegzukommen.

Es war jetzt zehn Stunden her, dass er aus der St. Stephen's Chapel heraus in das Blitzlichtgewitter hineingetreten und in Tratsch, Spekulationen und politische Debatten verwickelt worden war.

Nathaniel drückte sich die Hand an der Stelle auf die Brust, wo der Schmerz, weil er sie vermisste, immer noch brannte.

„Wir haben Glück gehabt, dass bei den Explosionen gestern Abend und heute Morgen niemand verletzt wurde", sagte Henry, „und die Leute setzen die Feierlichkeiten fort. Wir haben Order gegeben, die Anzahl der Patrouillen heute Abend zu verdoppeln, Nathaniel."

„Es sind nur die hessenbergischen Nationalisten, die sich für die Befreiung einsetzen." Seamus steckte seine Pfeife von einem Mundwinkel in den anderen. „Die sticht der Hafer, alter Junge."

„Was schlagt Ihr vor?"

„Halten Sie sich von der Amerikanerin fern, Nathaniel." Henry stöpselte die Bourbonflasche zu.

„Ernsthaft? Ihr denkt, dass sich die Randalierer dadurch besänftigen lassen, dass ich Susanna Truitt aus dem Weg gehe?"

„Rebellen, Klatschmäuler ..." Henry kam zu ihm herüber und sah ihn direkt an. „Egal. Hier geht es um die zukünftigen Regierungen beider Länder. Emotionen, die hundert Jahre lang unter Verschluss gehalten wurden, steigen an die Oberfläche. Uns steht sicher noch mehr Ärger ins Haus." Er warf Seamus einen Blick zu. „Lassen Sie uns den Schaden so gut es geht in Grenzen halten."

„Dass Hessenberg ein Teil Brightons wird, ist nicht neu. Wir wissen seit 60 Jahren, dass wir Prinz Franz' Familie aus den Augen verloren haben. Und trotz der wirtschaftlichen Schwierigkeiten, in die uns das bringt, wird es höchstwahrscheinlich zu einer Provinz werden."

„Aber in den letzten zehn Jahren hat sich dieses hundertjährige Abkommen zunehmend altmodisch und überflüssig angefühlt." Henry liebte es, um Argumente um der Argumente willen zu bringen und zu debattieren.

„Sag das dem Europäischen Gerichtshof."

„Es ist ein reiches Land, Nathaniel." Seamus paffte Rauchkreise, die über seinem Kopf zerrannen. Er sah aus wie ein Nikolaus in Tweed. „Wenn wir es nur wieder auf den richtigen Weg bringen."

„Ja, aber es gerät doch immer wieder in finanzielle Schwierigkeiten, die dann Brightons Wirtschaft beschädigen."

„In jedem Fall müssen wir uns darauf vorbereiten", Henry zog die Augenbrauen hoch, „dass Hessenberg zu einer permanenten Provinz wird, Ihre Majestät. Die EU wird unsere Kreditwürdigkeit herabstufen, wenn wir unsere beiden Staatshaushalte zusammenlegen."

„Es kann sein, dass uns keine Wahl bleibt, Henry." Nathaniel rüstete sich innerlich dafür, dass einer der Männer das Gespräch wieder auf Ginny bringen würde. Das wollten sie alle ... zwei Nationen.

„Nun, wenn Sie vorhaben, König zu sein, dann seien Sie auch ein König. Führen Sie. Seien Sie nicht wischiwaschi." Henrys Ermahnung überraschte Nathaniel. „Keiner mag Royals, die wischiwaschi sind."

„Nun gut. Sie wollen Entschlossenheit? Dann verkünden Sie, dass Hessenberg zur Provinz werden wird."

Henry zog die Augenbrauen hoch. Wieder. „Aber überstürzen müssen wir die Dinge nun auch nicht gerade."

Ah, endlich zeigte er Flagge. „Sie wollen also, dass ich Ginny heirate?“

Seamus runzelte die Stirn und senkte seine Pfeife.

„Stimmt etwas nicht, Seamus?“, fragte Nathaniel. Seamus war ein Hessenberger der alten Schule, und seine Jahre im politischen Betrieb von Brighton-Hessenberg hatten ihn für den Provinz-Gedanken zugänglich gemacht. Aber als er sich nun mit der harten Realität konfrontiert sah ...

„Ich habe nie geglaubt, dass Sie Lady Genevieve heiraten sollten, um das Abkommen in trockene Tücher zu bekommen.“ Er klopfte seine Pfeife in dem kristallenen Aschenbecher aus. „Ich habe immer geglaubt, es würde noch jemand auftauchen, der uns den Hals rettet. Aber nun, da Henry seine Meinung geäußert hat, könnte es sein, dass ich es mir noch einmal überlege.“

In diesem Moment wurden Nathaniels Gedanken und Gefühle klar und deutlich, standen schlagartig in Reih und Glied. Kein Herumspielen mehr mit der Idee, er könnte Ginny heiraten. „Es tut mir leid. Ich habe angedeutet, ich sei bereit, Ginny zu heiraten, aber, so leid es mir tut, das ist nicht der Fall.“

Seamus seufzte tief. Sein riesiger Brustkorb hob sich und senkte sich.

Nathaniel beschloss, sich mit Jonathan zu treffen und einen letzten heldenhaften Versuch mit ihm zu diskutieren, eine Nichte oder einen Neffen von Prinz Franz zu finden.

Irgendwo auf der Welt musste es eine oder einen geben.

In der Zwischenzeit ...

„Was können wir tun, um den Erlass über die Ehe zu ändern?“, fragte Nathaniel.

„Was?“ Die Frage traf Henry gänzlich unerwartet.

„Nichts können wir tun.“ Seamus paffte nun wieder seine Pfeife. Ein menschlicher Kamin. In einem Raum ohne Fenster.

„Seamus, bitte, die Pfeife.“ Nathaniel wedelte den Rauch weg.

„Bitte um Entschuldigung, Ihre Majestät, aber ohne sie kann ich nicht denken."

„Nathaniel, wenn Sie den Erlass über die Ehe angreifen, wird die Presse Sie zum Tee servieren."

„Da reden wir über Gesetze, die ihre Sinnhaftigkeit verloren haben. Alle sind dafür, ein eisenhartes, hundert Jahre altes Abkommen auszusetzen oder zumindest endlich zu einem guten Ende zu bringen, aber wenn es um einen zweihundert Jahre alten Erlass über die Ehe geht, werden Sie zimperlich. Die Welt hat sich seit 1792 doch noch viel mehr verändert als seit 1914."

„Die Presse wird es Verrat nennen, mein guter Junge", sagte Seamus.

Henry fügte hinzu: „Oder Schlimmeres. Man wird nach dem Ende der Monarchie rufen."

„Henry, wer wird nach dem Ende der Monarchie rufen, weil wir ein Gesetz ändern, das nur mich und meinesgleichen betrifft? Lasst die Thronerben heiraten, wen sie wollen, solange es keine erheblichen Bedenken gibt."

„Manche sagen, dass es völlig ausreichende Bedenken dagegen gibt, eine Ausländerin zu heiraten", sagte Seamus.

„Dann lasst die Leute zu Wort kommen, wenn und falls das passiert."

„Wenn und falls?"

Henry zog die Augenbrauen hoch und setzte sich in den nächstbesten Ledersessel. Das ausgesessene Material knarzte und ächzte. „Es nimmt Einfluss auf Brighton, wen du heiratest, Nathaniel. Deshalb ist das Gesetz überhaupt erst entstanden. Du kannst nicht jemanden heiraten, der unserer Souveränität Schaden zufügen könnte."

„Und ich bin mir ziemlich sicher, dass Hessenberg das als Trickserei betrachten würde, Nathaniel", sagte Seamus „Es wird nur Öl ins Feuer der Dissidenten gießen. Brighton ändert ein Gesetz, dass ihnen zugute kommt, nicht aber Hessenberg."

„Es wird nach Machtmissbrauch aussehen", sagte Henry. „Der Rest von *uns* armen Normalsterblichen muss sich an die Gesetze halten und Stellvertreter wählen, um unsere Sache zu vertreten, aber nicht die Royals."

„Sind Sie sicher, dass Sie sich nicht doch vielleicht vorstellen könnten, Lady Genevieve zu heiraten?" Seamus räusperte sich und bewegte seine Pfeife wieder einmal von einem Mundwinkel in den anderen.

„Macht doch die Augen auf. Sie intrigiert, schmiedet Ränke. Sie steckt doch hinter dem allermeisten Dreck, den die Presse schreibt."

„Sie würde eine gute Königin abgeben", erwiderte Seamus und zeigte nun offen seine Unterstützung für Ginny.

„Wirklich? Eine Intrigantin und Ränkeschmiedin?"

„Sie wären nicht der erste Stratton, der zum Wohle des Königreichs heiratet."

Henry schenkte sich noch einen Whisky ein.

„Oh? Und was heißt das nun wieder?"

Henry sah zu Seamus hinüber, dann zu Sir George, der dem Gespräch schweigend und nachdenklich gefolgt war. „Es bedeutet, dass die Liebe zum Königreich die Liebe des Herzens überwindet."

Nathaniel beobachtete Henry, der an seinem Drink nippte. Der Premierminister war brillant, vielschichtig und nuanciert.

„Ich kann es nicht tun."

„Nathaniel, trotz dieser kleineren Proteste ist Ihre Krönung mit einer ganzen Menge guten Willens aufgenommen worden", sagte Sir George. „Ich unterstütze Ihren Gedanken, den Erlass über die Ehe zu revidieren, aber lassen Sie uns eine Weile damit warten, bevor der König mit seinem Kronrat in Parlament marschiert."

„Warten worauf?"

„Auf das Ende des Abkommens."

„Auf das Ende des Abkommens? Das ist noch ein Jahr hin, Sir George." Eine Menge Zeit für Ginny, ihr Schlechtestes zu tun. Nathaniel ging zum Ende des langen, rechteckigen Zimmers. Warum gab es hier nur keine verflixten Fenster?

„Nathaniel, würde diese Amerikanerin Sie denn heiraten, wenn Sie sie fragten?", fragte Henry und nahm der Unterhaltung den Mantel der Höflichkeit.

Er trat vor das Porträt seines Vaters und seines Großvaters. „Sie sagte, sie würde das nicht tun, nein."

„Warum also diese unnötige Aufregung?"

Weil er Susanna nicht glaubte. Weil er eine Chance wollte, sie zu umwerben und sie umzustimmen. „Weil ich meinen Kindern, sollte ich je welche haben, wünsche, dass sie heiraten können, wen sie lieben."

„Sie denkt an Brighton, selbst wenn Sie es nicht tun", sagte Sir George.

„Es ist eine ernste Angelegenheit, wenn man eine Nation vom Erdboden verschwinden lässt, Nathaniel." Seamus fuhr damit fort, die Rolle des angenehmen Politikers abzulegen. „Die Geschichtsbücher werden uns, werden *Sie* dafür in Erinnerung behalten, dass Sie Hessenberg die Unabhängigkeit geschenkt haben. Ihm ermöglicht haben, eine souveräne Nation zu bleiben."

„Ich sage es jetzt klipp und klar. Ich werde Ginny nicht heiraten. Selbst wenn ich Susanna nicht nachgehen kann. Ich liebe sie nicht."

„Was hat Liebe damit zu tun, eine Nation zu befreien?"

Seamus war so beiläufig, so pragmatisch.

Weil sein Herz nicht auf dem Spiel stand. Vielleicht hatte Ginny auch ihn umworben. Wie Henry und Mama. Und ihm eine beträchtliche Belohnung versprochen für den Fall, dass sie Großherzogin werden würde.

„Liebe hat alles damit zu tun, eine Nation zu befreien, Seamus."

Der Raum wurde still. Die Argumente waren vorgebracht worden und hatten versagt.

„Ich danke Ihnen für Ihren Rat, meine Herren." Nathaniel ging erschöpft zur Tür, bereit, endlich etwas zu essen. „Es *ist* eine ernste Angelegenheit, eine Nation vom Erdboden verschwinden zu lassen, Seamus. Das wird ein trauriger Tag in Hessenberg werden, das kann ich Ihnen sagen. Aber es ist eine noch viel ernstere Angelegenheit, einen Mann zu bitten, aus seinem eigenen Herzen zu verschwinden."

Durch die Tür und den Flur hinunter klapperten seine Sohlen durch das marmorne Zwischengeschoss unter den Kristalllüstern. Liam fiel hinter ihm in Gleichschritt.

Während Nathaniel die großzügige Treppe hinuntertrabte, sah er nach der Zeit. Zehn Minuten nach sechs. Rollins hatte inzwischen einen Wagen zu Susanna geschickt. Sie war zurück in Parrsons, aber er würde sie vor seiner Abendrunde durch die Straßenfeste nicht sehen können.

Er würde es irgendwie hinbekommen, sie später am Abend zu treffen. Er sehnte sich fast schmerzhaft danach, sie zu sehen.

Am Fuß der Treppe wartete Jon mit einem wissenden Grinsen. „Nathaniel, ich habe heute Nachmittag einen interessanten Anruf von Tanner Burkhard bekommen." Jonathan fiel ebenfalls in Gleichschritt mit Nathaniel, der auf den Haupteingang des Parlamentsgebäudes zu strebte. „Es ging um das Abkommen."

„Erzähl weiter." Tanner war Hessenbergs Kultusminister und ein früherer Studienkollege von Nathaniel und Jonathan.

„Tanner Burkhard hat im selben Jahr wie ich das Abkommen an der juristischen Fakultät studiert. Für ihn ist das Ganze zu einer Art Hobby geworden. Als er sich in die ganzen wissenswerten Kleinarbeiten des Abkommens eingearbeitet hat, ist er auf einen alten Militärgeistlichen namens Yardley Prather gestoßen."

„Yardley Parther. Hat der nicht Gottesdienste auf dem Campus abgehalten, als wir an der Universität waren?“ Nathaniel eilte zu dem wartenden SUV. Der Rundgang durch die Straßen begann in einer Stunde, und er wollte vorher zu Abend essen. „Er war damals schon alt. Er muss auf die Hundert zugehen.“

„Er ist 94, und Nathaniel“, sagte Jonathan, der an der Beifahrertür des Wagens angehalten hatte, „sein älterer Bruder Otto war als Zeuge bei der Unterzeichnung des Abkommens dabei.“

Nathaniel trat zur Seite, als Liam ihm die Tür öffnete und sah Jon mit zweifelndem Blick an.

„Und wir hören erst jetzt etwas darüber? Komm schon, Mann, meint Tanner das ernst?“

„Offenbar hatte der alte Kamerad Geheimhaltung geschworen, aber er hatte etwas angedeutet, als Tanner ihn am Jahrestag des D-Day über das Leben in Brighton nach dem Ersten Weltkrieg interviewte. Yardley ist wohl ein bisschen ins Reden gekommen und hat etwas über ‚das Abkommen‘ und ‚die geheime Prinzessin‘ gesagt.“

„Die Prinzessin? Meinst du, er könnte wirklich etwas wissen?“, fragte Nathaniel. „Können wir mit ihm sprechen? Ist er in der Nähe? Ist er bei Verstand?“

„Er lebt in einer Seniorenresidenz im Norden der Grafschaft Haybryer. Ich habe mit ihm einen Termin für morgen früh vereinbart. Er ist hellwach, Nathaniel.“ Jonathans Augen strahlten. „Er hat mir erzählt, dass sein Bruder Otto von Nathaniel I. und Prinz Franz auf Geheimhaltung eingeschworen worden waren. Aber bei einer festlichen Angelegenheit hat er wohl zu tief ins Glas geschaut und Yardley etwas gebeichtet. Den hat er dann wiederum zur Geheimhaltung verpflichtet. Der alte Mann hat nie einer Seele etwas davon erzählt. Aber jetzt, wo das Ende des Abkommens naht, ist er bereit, seine Geschichte zu erzählen.“

„Ich begleite dich." Mit wachsender Hoffnung klopfte Nathaniel Jonathan auf die Schulter.

„Das kannst du nicht, dein Zeitplan für morgen ist voll bis oben hin, Nathaniel. Es ist der letzte Tag der Krönungsfeierlichkeiten. Tanner und der Prozessanwalt, der für das Abkommen zuständig ist, kommen mit."

Warum die Regierungen diese Nachforschungen nicht längst angestellt hatten, überstieg Nathaniels Wissen. Eine Aufgabe, die irgendwo in den Abläufen verloren gegangen war? Es war richtig und angebracht, den wahren Erben von Prinz Franz zu finden und sich nicht mit der Fälschung abzugeben, die ihr Bestes tat, den König von Brighton zu manipulieren.

Vor dem Parlamentsgebäude zog der ausklingende Tag den Schleier der Nacht über Cathedral City. So hatte sich Nathaniel seinen ersten Tag als König nicht vorgestellt, aber die Übernachtung in St. Stephen's und die Bombenattacke hatten einen medialen Sturm ausgelöst.

Als er in das Auto stieg, erklang in der Ferne das Knattern von Feuerwerkskörpern. Eine Band fing an zu spielen. Der Glanz einer Party im Stadtzentrum drängte die Dunkelheit zurück. Eine weitere Nacht voller Krönungsfeierlichkeiten stand bevor.

„Liam, können wir einen Sicherheitsbeamten nach Parrsons schicken, der Susanna und Avery später am Abend abholt?", fragte Nathaniel.

„Jon, wie geht es ihr? Ich nehme an, sie ist sicher nach Parrsons zurückgekehrt."

Jon und Liam tauschten einen Blick.

„Was? Verheimlicht nichts vor mir."

Jonathan drehte sich in seinem Sitz um und sah Nathaniel an. „Sie ist weg", sagte er. „Rollins hat angerufen. Susanna und Avery sind heute Nachmittag zum Flughafen aufgebrochen."

„Liam“, Nathaniel tippte dem großen Mann auf die Schulter, „fahr zum Flughafen.“

„Nathaniel“, sagte Jon, dessen Augen vor Sorge trauriger aussahen als sonst. „Lass sie gehen. Lass dieses ganze Durcheinander los. Sie ist doch vermutlich längst weg.“

„Das will ich mit meinen eigenen Augen sehen. Liam, zum Flughafen.“

„Sie reist ab, ohne dir Auf Wiedersehen zu sagen, Nathaniel. Was sagt dir das? Tu es nicht ... Ein neuer Fall von Lady –“

„Adel?“

„Das Ganze noch einmal. Schau nicht so ... Du weißt, dass ich recht habe.“

„Nein, du hast nicht recht“, antwortete Nathaniel verärgert, warf sich gegen seine Rückenlehne und starrte aus dem Fenster in den Nachthimmel. Hatte Jon recht? War Susanna einfach die Lady Adel dieses Jahrzehnts? War er dazu verdammt, sein Herz immer an eine Frau zu verlieren, die ihn nicht liebte? Und sich inmitten des Ganzen zum Narren zu machen?

„Nathaniel, es stellt ein Sicherheitsrisiko dar, wenn du jetzt zum Flughafen fährst. Liam?“

„Dem muss ich zustimmen.“

„Sie ist ja abgereist, ohne mir ein Wort davon zu sagen. Ich nehme an, das sagt mehr als tausend Worte.“ Nathaniel sah seinen Berater mit gerunzelter Stirn an. Sein Herz war schwer und traurig. „Du hast dieser Tage viel zu oft recht.“

Jon sah nach vorne und schüttelte den Kopf. „Es tut mir leid, Nathaniel. Ich weiß, dass sie dir viel bedeutet hat.“

Ja, egal. Er schloss die Augen, atmete tief und versuchte sich, auf die bevorstehende Nacht zu konzentrieren, auf seine Verantwortung, auf seine Pflicht Brighton gegenüber.

„Stratton House, Liam. Ich würde gerne vor dem Rundgang durch die Straßen essen und mich umziehen."

Während Liam den Wagen durch die vollgestopfte, festliche Stadt nach Hause lenkte, betrachtete Nathaniel die Feierlichkeiten durch sein Fenster.

Gläser wurden zu seinen Ehren erhoben. Musik und Tanz feierten ihn. Aber es erschien im alles so weit weg wie die Sterne und der Mond.

Wussten sie unter dem Deckmantel ihrer Fröhlichkeit, dass sein Herz im Begriff war zu brechen?

Morgen Abend sollte die große Krönungsparade stattfinden. Er würde ... alleine ... in einer weißen, goldverzierten Pferdekutsche durch eine Stadt voller Menschen, die ihm Gutes wünschten, zum Palast fahren.

Am Tag danach würde das Leben wieder seinen gewohnten Gang nehmen, und Nathaniel würde sich an seine Pflichten gewöhnen. An ein Leben ohne Susanna Truitt.

DREIUNDZWANZIG

Susanna trug die goldenen Louboutins, als sie Parrsons House verließ und ins Taxi stieg, während sie durch die Sicherheitsschleuse am Flughafen ging und durch den langen Korridor zu ihrem Gate nach Hause.

Brighton nach Atlanta. Neun Stunden. Und die ganze Zeit trug sie die magischen, *dämlichen* Schuhe. Eine Erinnerung daran, dass man niemals an Märchen oder die wilden Träumereien einer halbverrückten Obdachlosen glauben sollten. Selbst wenn diese Millionärin war.

„Du siehst lächerlich aus." Avery hatte die Ellbogen aufgestützt und zeigte auf die Schuhe.

„Seh ich aus, als ob mich das stört?" Susanna schlug die Beine über, zeigte ihren rechten Schuh in seiner ganzen Gloria aus Kristall und Glitzer vor und wippte mit dem Fuß, während sie durch eine Zeitschrift blätterte.

„Was ist, wenn dich jemand erkennt?"

Susanna zupfte an der Krempe des großen Hutes, den sie im Souvenirgeschäft am Flughafen gekauft hatte. „Unter einem Hut vermutet mich keiner."

„Ich glaub das einfach nicht." Avery stand auf und klatschte sich mit den Händen gegen die Beine. „Colin sagte, er würde uns hierher bringen, wenn es tatsächlich Zeit zum Abflug wäre. Aber nein, jetzt sitzen wir hier den ganzen Tag wie bestellt und nicht abgeholt."

„Es tut mir leid, aber wir müssen hier weg, bevor es noch schlimmer wird." Beim Packen hatte Susanna den Fernseher eingeschaltet und herausgefunden, dass sie Gegenstand einer Fernsehsendung war. *Madeline & Hyazinth* ließen sich lang und breit über „die Amerikanerin" aus und zeigten wieder und wieder das Video von der Krönung, wo

Susanna stand, anstatt zu knien, und blendeten immer wieder Bilder von heute Morgen ein, wie sie vor St. Stephen's Chapel in Nathaniels Armen lag.

„Er wollte mich auf einen Ausritt mitnehmen", schmollte Avery und trat gegen Susannas Stuhl.

„Du reitest doch gar nicht."

„Wenn ich auf einem Brett stehen und eine unvorhersagbare Welle reiten kann, werde ich wohl noch mit einem Pferd fertigwerden."

„Aves." Susanna blätterte das Heft zu. „Wir fliegen nach Hause. Hör auf zu jammern."

Mit einem Seufzen ließ Avery sich wieder auf ihren Platz fallen und lugte durch ihr kastanienrotes Haar zu Susanna. „Wir haben doch wirklich in einem Märchen gelebt, oder nicht? Nur einen Moment lang."

„Einen Moment lang", sagte Susanna, „obwohl ich nie für Märchen oder diesen ganzen Prinzessinen-Schnickschnack zu haben war. Ich wollte einfach die wahre Liebe finden. Den einen."

„Jetzt hast du eben einen echten Prinzen gefunden."

„Aber nicht die wahre Liebe. Nicht *den* einen."

Avery setzte sich auf und fasste Susannas Unterarm fest an. „Du bist so eine üble Lügnerin. Du liebst ihn doch."

„Tu ich nicht und ich habe ihm auch gesagt, dass ich ihn nie heiraten würde."

„Hast du nicht ... Susanna, jetzt komm, er liebt dich doch."

„Was macht das denn für einen Unterschied, Avery?" Susanna beugte sich zu ihrem Ohr vor. „Er kann mich nicht heiraten." Die Tränen, die sie so lange zurückgehalten hatte, fingen brodelnd an zu fließen. „Ich habe Gott gesagt, ich würde überall hingehen, alles für ihn tun, alles sein, was er von mir will. Aber ich werde nicht hierbleiben und ein noch größeres Durcheinander verursachen. Mach dich meinetwegen über mich lustig, aber nicht über ihn." Sie tupfte sich die Wangen mit dem Handrücken. „Er hat das nicht verdient."

„Oh, Suz." Avery legte ihren Arm um Susanna und legte ihre Wange an ihre Schulter. „Du liebst ihn, nicht wahr?"

„Und nicht, weil er ein Prinz ist."

„König."

„Egal."

Eine Unruhe ein paar Gates weiter unterbrach die Unterhaltung der beiden Schwestern. Susanna sah den Durchgang hinunter. Eine Ansammlung aus Männern mit Kameras bewegte sich auf ihr Gate zu. Sie drängelten aneinander vorbei und kämpften um einen Platz in der vordersten Reihe, drängten gegen den Strom der Reisenden, die zu anderen Gates oder zur Gepäckausgabe unterwegs waren.

„Paparazzi", sagte Avery.

Susanna rückte den Hut zurecht. „Nimm deine Sachen. Langsam. Keine schnellen Bewegungen. Setz deine Kapuze auf."

Sie hatte gerade den Rucksack aufgesetzt, als sie den Ruf hörte. „Da ist sie!"

Ein Chor aus stapfenden Schuhen hallte im Durchgang, als die Fotografentruppe zum Angriff überging. Der Mann an vorderster Front überrannte ganz einfach eine Frau samt Gepäck.

„Aves, lauf, lauf, lauf." Susanna hielt ihren Hut fest und spurtete los. Ihr Körper war bald doppelt so schnell wie ihre Füße in den Louboutins mit ihren glatten Sohlen.

„Da ist der Aufzug." Avery rannte vor, mitten durch eine Horde Kinder, die alle die gleichen königsblauen T-Shirts trugen.

„Suz, mach schnell." Sie zwängte sich durch die Schiebetür, die gerade im Begriff war zu schließen, und hielt die Lichtschranke auf.

Susanna schlüpfte hinein und ließ sich gegen den Handlauf des Fahrstuhls fallen. Japsend versuchte sie, zu Atem zu kommen.

Langsam, ganz langsam ... schlossen sich ... die Türen.

„Susanna?“ Ein Fotograf hob die Kamera und der Kameraverschluss klickte gerade, als sich die Lifttüren schlossen.

„Oh, du lieber Himmel.“ Susanna glitt an der Wand hinunter. Ihre Beine verweigerten ihr den Dienst. „Ich kann nicht atmen.“

Mit einem Klingeln hielt der Aufzug an, und bevor sie sich sammeln konnte, öffnete sich die Schiebetür erneut und gab den Blick auf ein weiteres Bataillon aus Fotografen frei.

Avery drückte den „Schließen“-Knopf, wies die Fotografen mit der anderen Handfläche ab und schmetterte ihnen ein tiefes „Lassen Sie uns in Frieden“ entgegen. Dann kniete sie sich neben Susanna. „Weißt du was? Wir gehen zu unserem Gate zurück. Vergessen die da draußen ganz einfach. Was können Sie schon mit dir machen? Außerdem kannst du nicht vor allem davonrennen, Suz.“

„Wegrennen? Ich? Ha.“ Jetzt wurde sie lebendig. „Wann renne ich schon weg? Ich bin doch diejenige, die bleibt. Erinnerst du dich? Adam? Zwölf Jahre?“

„Bei ihm ging es doch gerade darum, vor deiner Vergangenheit davonzulaufen, vor deinen Ängsten, die du aus den ganzen Streitereien zwischen Mama und Daddy mitbekommen hast.“

Susanna zog eine Grimasse. „Woher hast du denn diese wahnsinnige Weisheit?“

Avery tippte sich gegen die Schläfe. „Hier. Ich habe recht, und das weißt du auch.“

„Ich renne nicht vor Nate weg. Ich fliege einfach nur nach Hause. Er kann sowieso nicht mit mir zusammen sein, und ich mache die Dinge nur komplizierter für ihn, wenn ich hierbleibe.“

„Du machst die Dinge komplizierter, indem du wegrennst.“ Der Lift hielt mit einem Ruck an und brachte Susanna und Avery an den Anfangspunkt ihrer Flucht zurück.

So sehr sie auch glaubte, dass sie ein Kontrollfreak war, der Veränderung hasste, so sehr verabscheute Susanna Konfrontation. Sie hasste Schmerz. Sie rannte. Ging in Deckung. Versteckte sich in dunklen, kleinen Kleiderschränken, die sich in magische Gärten verwandelten.

Avery nahm ihre Hand, als der Fahrstuhl anhielt. „Bereit?"

„Bereit." Susanna drückte die Finger ihrer Schwester. „Danke."

„Bis wir zu Hause ankommen, bin ich dank Facebook das beliebteste Mädchen der Schule oder vielleicht sogar im südlichen Georgia."

„Wir können es genauso gut richtig machen." Susanna riss sich den Hut vom Kopf, wuschelte sich durchs Haar und trat aus dem Fahrstuhl, als die Türen sich geöffnet hatten.

Die Fotografen fielen über sie her.

„Susanna, sind Sie in den König verliebt?"

„Haben Sie die Nacht zusammen verbracht, Susanna?"

„Bekommen Sie ein Kind der Liebe?"

Gemeinsam mit Avery schlug Susanna eine Schneise durch die Menge zu ihren verlassenen Plätzen. Die Fotografen, die das Geschehen weiterhin digital dokumentierten, hörten nicht auf, ihre Fragen zu rufen.

„Werden Sie zurückkommen, Susanna?"

„Suz, ist das Ihr Spitzname?"

„Was halten Sie von Lady Genevieve?"

Aber Susanna setzte sich dort, wo sie ihre Taschen zurückgelassen hatten, und antwortete nicht. Das hatte sie heute Morgen gelernt. *Füttere die Schakale nicht noch.*

„Susanna, wie wäre es mit einem Lächeln?"

Genug. Susanna stellte sich auf ihren Stuhl und sah von hoch oben auf die Fotografen herunter. „Wir wollen bitte einfach nur in Ruhe auf unseren Rückflug warten."

„Wann werden Sie den König wiedersehen?"

„Kommt er, um sich von Ihnen zu verabschieden?"

„Wie haben Sie beide sich kennengelernt?"

„Pssst."

Die Frau auf dem Stuhl neben Susanna zupfte sie an ihrer Jeans.

„Wer sind Sie denn eigentlich?"

Ja, wer genau war sie denn eigentlich? Niemand. Ein Mädchen aus einer Kleinstadt im südlichen Georgia. Die Jesus liebte. Die Nate Kenneth liebte.

Ihre 15 Minuten Berühmtheit waren vorbei.

„Okay, alle miteinander ..."

Die Kameras surrten und klickten, überall Blitzlichter. „Erst einmal vielen Dank dafür, dass Sie meiner Schwester und mir einen Herzinfarkt verpasst haben. Haben Sie jemals versucht, auf Louboutin-Hacken zu rennen?"

Die Fotografen lachten. Passagiere gingen langsamer und stießen zu der Menschenmenge dazu.

„Ich bin Niemand. Ich habe keinerlei Ansprüche oder Interessen. Ich war die Landschaftsarchitektin Ihres Königs und habe den Garten seines Vaters auf St. Simons Island neu gestaltet. Wir haben uns angefreundet. Seine Mutter und sein Bruder haben mich zu der Krönung eingeladen. Ich bin gekommen. Ich habe mir das Ganze angeschaut. Ich fliege wieder nach Hause. Ende der Geschichte."

Susanna setzte sich ihren Hut auf und ließ sich wieder auf ihren Stuhl fallen. Wenn sie jetzt bitte einfach alle gehen und sie alleine lassen würden. Sie war müde, ausgelaugt und bereit, nach Hause zu fliegen.

„Eine letzte Frage, Suz."

Ein hagerer Fotograf beugte sich mit einem freundlichen Lächeln zu ihr hinunter. „Was halten Sie denn nun von unserer großartigen saphirblauen Insel?"

Sie seufzte. Die Antwort auf diese Frage war leicht. „Sie ist einer der schönsten Orte, die ich je gesehen habe." Sie sah aus dem Fenster, in der Ferne waren der goldene Glanz der Lichter von Cathedral City zu sehen. „Es hat sich angefühlt wie zu Hause."

Teil 3
Der Heiratsantrag

VIERUNDZWANZIG

Die Welt war still bis auf das Rauschen der Brandung, als Susanna auf ihrem Brett auf die Küste zusteuerte. Ein Südseesturm vor der Küste wühlte den Atlantik auf, mahnten die Wellen. Sie war seit zwei Stunden aus Brighton zurück. Am frühen Morgen waren sie aus New York in Atlanta gelandet.

Avery hatte Daddy und Mama umarmt, wie ein Wasserfall geredet und war dann mitten im Satz auf dem Sofa eingeschlafen.

Aber Susanna war unruhig. Belastet. Sie hatte ihren Neoprenanzug angezogen und sich ihr Brett geschnappt. Während des Fluges hatte sie keinen Moment lang geschlafen, aber sie wusste, dass sie nur mit aufgerissenen Augen an die Decke starren und sich fragen würde, was *er* wohl tat, wenn sie sich jetzt hinlegte.

Die Heimreise hatte ihr eine entsetzliche Frage ins Herz gebrannt: War sie zu früh abgereist? Hätte sie warten und sich verabschieden sollen?

Die Welle unter ihr wurde weicher und brach, während sie Susanna an den Strand trug. Sie ließ das Brett in der Strömung treiben und blieb aufrecht stehen, bis sie durch das flache, kalte Wasser bis auf den schlüpfrigen Grund des Ozeans sank.

Sie stieg wieder auf das Brett, setzte sich rittlings darauf und paddelte im stetigen Auf und Ab der Welleng nach Nordosten. Richtung Brighton.

Rückblickend fühlte sie sich wie eine Art Drama-Queen ... und ja, das schlechte Wortspiel mit „Queen“ kam ihr sehr gelegen ..., wie sie sich beim ersten Anzeichen von Ärger aus dem Staub gemacht hatte.

Aber was hätte sie anders machen sollen? Sie hatte sich die morgendliche Szene vor St. Stephens wieder und wieder vor Augen geführt, bis ihr Kopf schmerzte, und sie war jedes Mal zum selben Schluss gekommen. Sie hätte nichts anders machen können. Außerdem hatte *sie* ja auch nichts mehr von *ihm* gehört, nachdem er sie in dieser Bäckerei abgesetzt hatte.

Warum also sollte sie ihre überstürzte Abreise betrauern?

Sie schöpfte eine Handvoll Wasser und wusch sich die Hitze des Zweifels aus dem Gesicht. Das Wasser lief ihr in die Augen, und sie blinzelte das Brennen weg. Doch das salzige Brennen kam gar nicht vom Ozean, sondern von ihren eigenen Tränen.

Sie surfte bis zum Gezeitenwechsel und bis der Sturm in den Wellen weniger spürbar war. Es war Zeit, nach Hause zu gehen. Zeit, weiter zu machen. Zeit, zu essen und den ersten Tag vom Rest ihres Lebens anzugehen. Neues Jahr. Neuer Anfang.

Die Auffrischung des Versprechens.

„Ich habe nichts, Herr. Ich stehe dir hundertprozentig zur Verfügung."

Mama empfing sie in der Küche, als sie nach Hause kam. Avery schlief nach wie vor auf dem Sofa im Wintergarten. Ihre glänzenden Strähnen flossen wie Lava über den braunen Mikrofaserstoff.

„Hab Spaghetti gemacht. Hunger?", sagte Mama.

Susanna schlenderte durch die Küche, hob den Topfdeckel, schnupperte und griff dann nach einem Teller. „Wer passt auf das Shack auf?"

„Daddy, Catfish und Bristol. Wie war das Surfen?" Mama trat vorsichtig hinter sie. „Setz dich hin, ich mache das für dich fertig."

Susanna zog einen Barhocker vor und setzte sich auf die Kante, das Kinn auf den Händen aufgestützt. Ihre Augen fielen ihr fast zu.

„Es tut mir übrigens sehr leid, Susanna." Mama stellte den Teller vor sie und reichte ihr eine Gabel. „Ich habe italienisches Brot im Ofen aufgebacken."

„Klingt gut." Sie nahm die Gabel und stach sie in den Haufen Spaghetti. „Ich wusste ja, worauf ich mich einlasse, als wir losgeflogen sind. Nate ist König. Er ist mit seinem Land verheiratet."

„Ich meinte gar nicht Nate, Suz. Obwohl mir die Sache mit ihm auch leid tut." Mama stellte ihr ein Glas Eistee hin und holte dann einen langen Brotlaib aus dem Ofen. „Ich meinte, es tut mir leid, wie du aufgewachsen bist."

„Mama, bitte –"

„Dein Daddy und ich, wir waren so jung, dass wir dachten, wir würden einander kennen. Aber das war gar nicht so."

„Okay, gut. Das ist Vergangenheit." Susanna stürzte ihren Tee hinunter. Hatte sie nicht schon genug auf dem Herzen, ohne in ihre Vergangenheit herzumzugraben, um ein Loch für Mamas Lasten zu schaufeln?

„Ich weiß, dass das vorbei ist, aber das nimmt es mir nicht ab, mich dafür zu entschuldigen. Dich um Vergebung zu bitten." Mama schnitt eine dicke Scheibe Brot ab und reichte sie samt der Butter an Susanna weiter.

„Wir haben dir Unrecht getan. Und das haben wir nie wieder gut gemacht. Dann ist Fräulein Wunderwas da drüben auf der Couch eingetroffen, und wir hatten das Gefühl, wir könnten noch einmal neu anfangen."

Susanna rieb sich mit der Hand über das Gesicht. „Müssen wir jetzt darüber reden?" Oder überhaupt?

„Ich weiß, dass du deshalb so lange mit Adam zusammengeblieben bist. Ein freundlicher, stabiler Kerl, gut aussehend, schlau, hat sich gekümmert, war verlässlich. Einer der wenigen guten Männer."

„Mama, was hat dich denn dazu gebracht, über all das nachzudenken?" Susanna wickelte die dünnen Spaghetti auf und schob sie in ihren Mund.

„Weil ... Na ja, ich habe mir eben Gedanken gemacht, während ihr beiden Mädels weg wart. Ich habe dir nie gesagt, dass es mir leidtut, Susanna. Mein Stolz, nehme ich an. Es ist schwer, sein Kind anzuschauen und sich einzugestehen, dass man etwas falsch gemacht hat. Aber jetzt sage ich es. Ich habe dir Unrecht getan. Ich war keine gute Mama, als mich mein Mädchen am meisten gebraucht hat, und das bricht mir das Herz."

Das salzige Brennen in Susannas Augen war hier in Mamas Küche noch viel nerviger als draußen auf dem Surfbrett. „Ist schon okay."

„Ich habe dich von dem Augenblick an geliebt, als ich dich zum ersten Mal gesehen habe. Dein Daddy auch. Unsere Probleme hatten nie mit dir zu tun."

„Ich weiß." Sie wusste es wirklich. Ehrlich. Aber die Mauern, die sie gebaut hatte, während sie sich in ihrem Kleiderschrank versteckte, waren mit unvergänglichem emotionalem Zement gebaut.

„Du kannst also loslassen. Hörst du mich?"

„Loslassen?" Susanna schnitt etwas Butter ab und verstrich es auf dem warmen Brot. „Was loslassen? Adam? Meine einbeinige Firma?" Sie ließ alle zehn Finger zappeln. „Puff. Weg damit."

„*Dich selbst* loslassen. Du bist sicher. Hör auf, dich zurückzuhalten."

„Wovon redest du eigentlich?" Sie war zu erschöpft, um mit Mamas reinem Wein fertigzuwerden. Mal davon abgesehen, dass es ein bisschen unheimlich war.

„Hast du diesem Prinz gesagt, dass du ihn liebst?"

„Dem König? Nein. Auch nicht, als er noch ein Prinz war. Warum sollte ich das tun?"

„Weil du ihn liebst."

„Er lebt viertausend Meilen weit weg, und er kann mich dem Gesetzt nach nicht ... ach, vergiss es. Mama, Nathaniel ist eine schöne Erinnerung. Vorbei. Erledigt. Können wir bitte eine Weile nicht mehr über die Sache reden? So für die nächsten zwanzig, dreißig Jahre. Und bitte ..." Susanna seufzte, als sie zu ihrer Mama aufsah. „Bitte mach keine Familienlegende daraus. Und häng auch kein Schild im Restaurant aus, ‚König Nathaniel II. hat hier die Toiletten geputzt.'"

„Also bitte, das würde ich doch niemals tun. Jedenfalls würde ich die Toiletten außen vor lassen." Mama setzte sich auf den Hocker neben Susanna. „Liebt er dich?"

„Können wir nicht wieder darauf zurückkommen, wie ihr mir als Kind Unrecht getan habt? Was ist aus dem Gespräch geworden?"

„Das ist doch dasselbe. Du hast dein Herz gründlich zugeschlossen, als du klein warst, und jetzt bitte ich dich darum, es wieder aufzuschließen."

„Ich habe Adam geliebt. Was sagst du dazu?"

„Sicherheit, die High School-Quarterback-Krankheit. Du hast den ersten Jungen geliebt, der in deine Richtung geschaut hat. Und du liebes bisschen ...", Mama griff mit beiden Händen in die Luft und schüttelte die Fäuste „... du hast dich daran festgehalten. Komme, was da wolle."

„Also, und dann habe ich doch losgelassen."

Susanna hielt die offene Hand hoch. „Ich würde sagen, ich habe mich ganz gut davon erholt, dass er ‚den richtigen Ring, aber nicht die richtige Frau' gefunden hat."

„Ja, das stimmt, und ich bin stolz auf dich. Sieh einfach nur zu, dass du dein Herz auch ganz aufmachst." Mama griff nach Susannas anderer Hand und bog ihre Finger auf. „Du kommst mir immer noch so angespannt vor. Wenn du Nate liebst, musst du es dir selbst eingestehen, bevor du weitermachen oder heil werden kannst."

Tränen liefen ihr über die Wangen. *Oh, Mama.*

„Du bist schön, Susanna. Bevor du all das ergreifen kannst, was Gott für dich vorbereitet hat, musst du deiner alten Mama und deinem

Daddy vergeben und dir selbst eingestehen, dass du Nate liebst. Und noch viel mehr, dass Jesus dich liebt."

„Mama –"

„Du bist so wunderschön in meinen Augen und in den Augen deines Daddys. Wir haben dich früher immer aus deiner Wiege geholt und dich zwischen uns in unser Bett gelegt, nur damit wir dich ansehen konnten." Mama strich mit der flachen Hand über Susannas Haar. Das war etwas, dass Susanna tausende Male beobachtet hatte, bei Avery, aber sie konnte sich nicht daran erinnern, dass Mama es je bei ihr getan hätte. „Ich habe sehr wohl gesehen, wie Nate dich ansah. Er liebt dich."

Susanna fiel ihr um den Hals und zerbrach innerlich. Sie ließ die Vergebung hinaus und die Wahrheit hinein.

„Ich – ich vergebe dir, Mama. Und Daddy. Ich habe euch doch schon lange vergeben."

„Ich musste das hören. Und du musstest das sagen." Ihre eigene Beichte machte Mamas Stimme ganz weich.

„Und Jesus liebt mich."

„Das tut er. Und Nathaniel."

„Ja, ich liebe ihn." Susanna umarmte Mama ganz fest und barg ihre Last das erste Mal in ihrem Leben an ihrer Mutterbrust. „Ich liebe ihn. Es tut nur so schrecklich weh."

Abgeschlossen. Susanna drehte am Knauf ihrer Bürotür und versuchte den Schlüssel noch einmal. Aber er passte nicht mehr. Sie donnerte mit der Faust gegen die Tür. „Hallo?"

Sie ging die Außentreppe hinunter und durch die Hintertür. In der Küche roch es nach frisch gebrühtem Kaffee und irgendetwas mit Zimt. Im Flur vor Jessups Büro hielt Bonnie, seine Assistentin, sie auf.

„Er ist in einer Besprechung."

„Ich habe ihn gerade vom Parkplatz hereinkommen sehen, Bonnie."

„Wie kann ich dir helfen, Susanna?"

„Ich bin aus meinem Büro ausgesperrt worden." Sie hielt ihren Schlüssel hoch. „Was ist hier los?"

„Das Schloss wurde ausgewechselt."

„Weil?"

„Weil deine Miete seit 60 Tagen überfällig war."

„Unmöglich. Ich habe eine Woche vor Weihnachten bezahlt." In der letzten Minute war noch ein Auftrag hereingekommen, mitsamt einem Scheck für eine Anzahlung.

Bonnie öffnete die mittlere Schreibtischschublade. „Dein Scheck ist geplatzt." Sie reichte Susanna einen Umschlag. „Hier ist die Kündigung und eine Kopie des Schecks."

„Geplatzt?" Susannas Lebenslust ging unter, als hätte jemand die Füße in Beton gegossen und sie im Hafen versenkt. „Aber wie konnte er denn platzen?"

„Susanna, ich weiß ja nicht, wie du deine Geschäfte führst, aber wir hier bezahlen unsere Rechnungen zur Zeit, und wir erwarten das auch von anderen." Bonnie saß mit einem hochnäsigen Ausdruck auf ihrem hageren, übertrieben geschminkten Gesicht hinter ihrem Schreibtisch. „Integrität und Ehre sind Grundwerte unserer Arbeit." Sie schob den Behälter mit den Kugelschreibern von einer Seite ihrer Vase mit künstlichen Blumen darin zur anderen.

„Integrität und Ehre? Aha, ich verstehe schon." Susanna tippte sich mit der gummierten Seite des Umschlags gegen die Fingerspitzen. „Daran arbeiten Jessup und du also spätabends? Ehre und Integrität?

Wenn seine Frau glaubt, er würde für einen wichtigen Fall eine Nachtschicht einlegen?"

Hinter Bonnies Augen explodierte eine Bombe. Sie sprang auf die Füße. Ihr schmales, zimperliches Gesicht war ein roter Feuerball. „Raus hier." Sie zeigte auf die Tür. Ihre Lippen waren zu einer festen, roten Linie zusammengekniffen.

„Ich brauche meine Büroausstattung, meinen Computer." Vielleicht hätte sie ihre Beobachtung doch für sich behalten sollen. „Bonnie, ähm, das hätte ich nicht sagen sollen." Sie hatte weder Wahrheit noch Tatsachen in der Hand, nur Vermutungen und ihre eigene Bitterkeit, die sie versüßten. „Ich hab einfach ... Also, es tut mir leid."

„Ist schon in Ordnung. Ich nehme an, jeder hat mal einen schlechten Tag." Bonnies schmallippige Miene entspannte sich ein bisschen.

„Oder ein schlechtes Jahr."

„Deine Sachen sind in der Abstellkammer neben der Küche."

Tatsächlich war ihre gesamte Büroeinrichtung in den dreieckigen begehbaren Schrank gestopft worden. Susanna fand ihren zusammengeklappten Schreibtisch und ihren Stuhl darüber in eine Ecke gezwängt, wo sie beängstigend wackelig über ihrem neuen, noch nicht abbezahlten iMac schwebten.

Ein ganzes Leben schien in den fünf Tagen, in denen sie weggewesen war, vergangen zu sein. Plötzlich war sie wieder zurück in der zerbrochenen Zeit, in der sie übers Eis schlidderte und versuchte, herauszufinden, was der Herr mit einem Mädchen, das nichts besaß, vorhatte.

Susanna setzte sich auf den Boden und zog murmelnd ihre Tastatur aus einem vollgestopften Karton.

Sie loggte sich in ihr Bankkonto ein. Tatsache, lauter rote Fähnchen. Was war mit dem Scheck passiert, den sie eingezahlt hatte? Susanna startete ihr Emailprogramm, um zu sehen, ob JacDel Homes irgendetwas darüber schrieben, was auf ihrer Seite los war.

Die abgestandene Luft der Abstellkammer klebte förmlich an ihren feuchten Wangen. Susanna streckte einen Fuß aus und schob die Tür auf, sodass Licht herein und die heiße Luft hinaus konnte.

Die Erklärung kam ein paar Emails weiter unten auf der Liste. Von JacDel Homes.

Susanna, wir haben beschlossen, nun doch in eine andere Richtung zu gehen. Wir kündigen den Vertrag und setzen die Zahlung aus. Wir schicken Ihnen einen neuen Scheck über das Ausfallhonorar.

Sie schlug mit dem Hinterkopf gegen die Wand. Eine andere Richtung? Das ergab keinen Sinn. JacDel war auf sie zugekommen. Sie hatten ihr den Auftrag mit einem Festhonorar angeboten, und sie hatte akzeptiert.

„Hey, Jesus, dein Mädchen hier unten weiß nicht, was gerade los ist."

Sie stand wieder auf und ging den Flur hinunter zurück zu Jessups Büro, wo sie einmal mehr von Bonnie aufgehalten wurde. „Wenn ich ihm das Geld bis heute Abend bringe, kann ich dann mein Büro wiederhaben?" Sie würde klein beigeben und Mama und Daddy fragen müssen.

„Ich fürchte nicht."

Bonnie könnte auf ihr einfältiges Grinsen Patent anmelden. Das Beste auf ganz St. Simons Island. „Er hat es bereits an seinen Neffen weitervermietet. Der ist auch Landschaftsarchitekt."

Perfekt. Susanna fing an, durch den Korridor zurückzugehen. Alles, was heute noch fehlte, war ...

„Adam?"

Er stand im Foyer und sah in seiner Arbeitsuniform mit der Mütze in den Händen ordentlich und makellos aus.

„Hey, Suz." Er lächelte schüchtern und vorsichtig. „Deine Mama hat gesagt, ich würde dich hier finden."

„Wie geht es dir?"

„Gut, gut. Können wir reden?“ Er wies auf den Ausgang. „Vielleicht bei einem Kaffee?“

„Ich bin gerade mitten drin in einer, äh, Sache.“ Sie zeigte auf die Tür der Abstellklammer. „Muss arbeiten.“ Auf dem Boden. Eines Schranks.

„Kann ich dir helfen?“ Adam machte einen Schritt und versuchte, einen Blick zu erhaschen. Der würzig-erdige Duft seiner olivfarbenen Haut stieg ihr in die Nase und weckte Erinnerungen an ihn. An sie beide.

„Ich glaube, ich habe mich in dich verliebt, weil du immer so gut gerochen hast.“ Sie lachte leise.

Adam trat zurück, zog eine Grimasse und grinste dann. „Du hättest mal in den Gräben in Afghanistan bei mir sein sollen.“

Sie lehnte sich mit verschränkten Armen an die Wand. „Ich habe gehört, du hast dich verlobt.“

„Ja, Sheree.“ Er studierte die Hartholzdielen und nickte. „Hasst du mich?“

„Dich hassen? Nein.“ Sie ging auf ihren begehbaren Schrank zu, und er folgte. „Aber du hast zwölf Jahre meines Lebens.“ Sie hielt an und zeigte auf ihn. „Behandle sie gut.“

„Ich wollte dich nie verletzen, Suz. Ich hätte dich anrufen sollen, nachdem du den Strand verlassen hattest. Aber du hast immer deinen Freiraum gemocht.“

„Hilf mir mal, die Sachen hier zu meinem Auto zu tragen, ja?“ Sie machte die Tür weit auf.

„Ziehst du aus?“

„So ungefähr.“ Susanna hob den Karton mit ihren Schreibwaren und Kram hoch und guckte Adam an, der sich den Stuhl angelte. „Du siehst glücklich aus.“

Er nickte unbeholfen. „Bin ich auch.“

Röte kroch über seine Wangen.

„Es ist schon okay, Freundchen, du kannst ja wohl glücklich sein mit der Frau, die du heiraten willst." Susanna kickte mit dem Fuß die Küchentür auf. Jetzt mal ganz ehrlich? Sie freute sich für ihn. Wirklich.

Sie beluden ihr Auto mit ihrer Büroausstattung und rangen solange mit ihrem Drehstuhl, bis er irgendwie auf dem Rücksitz Platz fand. Dann lehnte sie sich mit ihm gegen die grüne Fahrertür und ließ zu, dass die Brise ihr das Haar zerzauste und ihr Herz gründlich durchpustete.

„Du wirst immer jemand Besonderes für mich sein. Immer", sagte er.

„Adam, als du mit mir Schluss gemacht hast, wusste ich, dass du recht hattest. Ich wollte es nur nicht zugeben." Sie sah ihm forschend in die Augen. „Ich weiß, dass es dir schwergefallen sein muss, es mir zu sagen."

„Ich habe mich einen Monat lang richtig krank gefühlt."

„Aber frei."

„Ja, frei." Er trat gegen einen Klumpen sandiger Erde. „Wer hat dir erzählt, dass ich heirate?"

„Gage und Gracie."

„Ach klar, natürlich."

Adam lachte, und seine perfekte Haut spannte sich über seine perfekten Gesichtsknochen. „Mit den beiden kann man keine Geheimnisse haben."

„Ich habe auch jemanden kennengelernt."

„Wirklich?" Adam betrachtete sie einen Augenblick lang. „Der Gute kann sich glücklich schätzen."

„Aber er lebt in Europa und ..." Sie atmete tief ein und stärkte ihr Herz. „Es ist eine lange, komplizierte Geschichte."

„Du wolltest doch schon immer in den Gärten Europas arbeiten. Es gibt doch nichts, was dich hier hält." Adam stupste sie mit seinen Worten und mit einem scharfen Stoß seines Ellbogens in ihre Rippen an. „Warum fährst du nicht?"

„Ja, stimmt." Sie seufzte und fühlte, wie ihr die Tränen brennend in die Augen stiegen. Sie hatte immer geglaubt, sie würde irgendwann mit den Flügeln schlagen und wegfliegen.

„Mom und Dad machen heute Abend eine kleine Party für Sheree und mich. Ich würde mich sehr freuen, wenn du vorbeikommen würdest. Hallo sagen. Sheree kennenlernen."

Susanna sah zu ihm auf. „Das klingt gut. Ich würde sie wirklich gerne treffen." Ehrlich. Gerne.

„Gut, gut." Er trat einen Schritt zurück, zögerte, dann ging er entschlossen auf sie zu und küsste sie auf die Wange. „Du siehst gut aus."

„Du auch. Bis ... bis bald, Adam." Susanna eilte wieder nach drinnen, bog um die Ecke bei der Küche zu ihrem Lagerraum und zog die Tür hinter sich zu.

Sie sank auf den Boden, zog die Beine zur Brust und ließ die Schluchzer ihre Stirn auf die Knie drücken. Sie weinte um die Vergangenheit, die Gegenwart und die unbekannte Zukunft.

Weinte um Adam. Um Nate. Darum, dass sie ihr Büro verloren hatte. Weinte um das Loslassen und darum, dass sie die Wahrheit eingestehen musste. Sie liebte Nathaniel. Um den Mut, einen Teil von sich zu entdecken, den sie noch nie vorher wahrgenommen hatte.

Ein leises Klopfen an der Tür brachte sie dazu, aufzusehen. „Ja?" Sie tupfte sich mit dem Handrücken das Gesicht ab. „Wer ist denn da?"

Als niemand antwortete, drehte Susanna am Türknauf und öffnete die Tür. Eine kalte Flasche Cola Light, ein Glas mit Eiswürfeln und ein Schokoriegel standen auf einem kleinen Tablett. Mit einem Lachen zog sie die Tröster herein und schloss die Tür.

„Du bist schon in Ordnung, Bonnie", flüsterte sie, schraubte die Flasche auf und nahm einen Schluck. „Du bist schon in Ordnung."

FÜNFZUNDZWANZIG

Zwei Monate später, im März

„Hast du die Zeitung von heute Morgen gesehen?" Jon warf eine Ausgabe der *Liberty Press* auf den Schreibtisch. Das bunt bedruckte Papier unterbrach die Strahlen der Sonne, die jetzt um neun Uhr durch die Fenster fielen.

Nathaniel sah von seinen Tagesmeldungen auf. Die Schlagzeile über einem klaren, schönen Bild von Ginny in einem maßgeschneiderten Hosenanzug, die Schulkinder in Hessenbergs Hauptstadt Strauberg umwarb, spekulierte „Lady Genevieve Hawthorn, Herzogin der Herzen".

„Eins muss ich ihr lassen. Sie arbeitet an dieser Sache wie ein echter Champion."

„Sie ist heute Nachmittag um vier bei *Madeline & Hyacinth Live!* auf Sendung."

„Angenommen, mir wäre so daran gelegen, sie zu heiraten ... ist ihr denn nicht klar, dass dieses ganze Agitieren dann alles noch viel schwieriger machen würde?"

„Dann ist es ja gut, dass du nicht vorhast, sie zu heiraten."

„Vor ein paar Monaten hast du mich noch dazu gedrängt, genau das zu tun."

„Das war, bevor sie ihre dunkle Seite gezeigt hat."

Nathaniel betrachtete seinen Berater nachdenklich. „Wir kennen ihre dunkle, kontrollierende, manipulative Seite doch seit der Uni. Tu nicht so überrascht."

„Aber sie hatte ihre Klauen bislang nie gegen uns eingesetzt, Nathaniel. Übrigens haben wir herausgefunden, wie die *Liberty Press* an das Foto von Susanna und dir gekommen ist." Jon setzte sich und schob Nathaniel eine braune Aktenmappe zu. „Du wurdest auf Facebook markiert."

„Ich habe ein Facebook-Profil?", fragte Nathaniel überrascht.

„Du hast eine Fan-Seite. Wir verfolgen die Aktivitäten darauf, einfach, um zu sehen, was die Leute so schreiben. Du bist ziemlich beliebt. Die Betreiberin ist eine Frau aus Brighton. Verheiratet, Kinder. Es ist alles unschuldig genug. Aber eine Besucherin bei der Benefizveranstaltung der Butlers hat die Seite gefunden und das Foto von dir und Susanna darauf geteilt. Sie und ihre Familie waren an dem Abend, als du und Susanna auf der Terrasse gesessen habt, im Rib Shack."

„Wo kann ich diese Seite finden?" Nathaniel setzte sich an seinen Computer und öffnete den Browser.

„Nathaniel, ich habe Neuigkeiten."

Er wandte sich um und sah, wie Jon sich zu ihm vorbeugte und auf die Aktenmappe klopfte. „Es gibt einen Hessenberg-Erben."

„Es gibt einen ..." Nathaniel riss die Mappe auf. „Wirklich, alter Freund? Es gibt einen Erben? Wen?"

Er blätterte durch die Seiten und wog ab, was die Offenbarung bedeuten mochte.

Noch vor wenigen Monaten hatte er Hoffnung geschöpft, nachdem er das erste Interview gelesen hatte, das Jonathan und Tanner mit Yardley Prather geführt hatten. Aber einen Erben zu finden hatte sich als mühsam erwiesen, und immer wieder hatte der internationale Amtsschimmel gewiehert.

Yardleys älterer Bruder hatte der Signierung des Abkommens beigewohnt. Prinz Franz war mehr für Feste als für Militärstratgien zu haben gewesen, aber der gewiefte Großherzog wusste immerhin genug über Abkommen, um seinen eigenen Erben, wer auch immer er oder sie sein mochte, dazu einzusetzen, das Land nach dem Ende des Abkommens zurückzuerben.

„Jon, hier steht nichts Neues drin", sagte Nathaniel, der die alten Informationen überflog und nach neuen suchte.

„Lies weiter."

Prinz Franz war nach Schweden geflohen, wo er 1944 im Alter von 76 Jahren verstarb.

Yardley Prather glaubte, er sei an gebrochenem Herzen gestorben.

Was vom Hause Augustin-Sachsen übriggeblieben war, zerbrach unter dem Gewicht zweier Weltkriege. Artefakte und Aufzeichnungen waren durch deutsche Boden-Boden-Raketen im Zweiten Weltkrieg zerstört worden.

„Wo ist nun also dieser Erbe?" Nathaniel überflog die Seiten des Berichts.

Jonathan nahm das Dossier und blätterte zur letzten Seite vor. „Hier." Er reichte Nathaniel die Akte zurück. „Lady Alice Stephanie Regina."

„Nach dem Krieg nach New York umgezogen. Verheiratet mit einem britischen Flieger, der 1945 fiel." Nathaniel schüttelte den Kopf. „Diese Familie war wirklich mit Tragödien vertraut."

„Alice hatte genug vom Krieg und wagte den Sprung über den großen Teich nach Amerika."

Zum ersten Mal in zwei Monaten erlaubte Nathaniel seinem Herzen zu hoffen. Echte Hoffnung. „Wie sicher können wir sein, was das Ganze angeht?"

„Ich habe Mitarbeiter darauf angesetzt, Akten zu durchwühlen, die in Räume eingeschlossen waren, die wir vergessen hatten. Sie haben in London drüben angerufen, Geburts-, Heirats- und Sterbeurkunden in London und New York überprüft. Die amerikanische Rechtsanwaltskanzlei, die wir beauftragt haben, hat eine Akte zu einer Alice Edmunds gefunden, die am 13. August 1946 in New York angekommen ist, aber dort endet die Spur."

„Gute Arbeit." Nathaniels Lächeln schwebte auf den weißen Wolken seiner Hoffnung. „Ich wusste es, alter Freund. Ich wusste es. Wir werden einen Erben finden."

„Freu dich nicht allzu früh. Es kann immer noch sein, dass wir niemanden aus der Erblinie des Großherzogs finden. Es kann sein, dass Alice gestorben ist oder nicht wieder geheiratet hat."

„Sag das nicht nicht. Wir werden ihre Urgroßenkelin finden." Er schlug grinsend die Hände zusammen. „Lass uns Lady Genevieve zum Tee einladen, wenn wir es ihr sagen."

„Wir? Du. Dem Feuersturm will ich mich nicht aussetzen."

„Feuersturm? Das wird ein glücklicher, heller Tag werden, Jon. Komm schon. Erzähl mir nicht, dass du vor Ginny Angst hast."

„Schreckliche Angst sogar, jetzt, wo ich ihr wahres Gesicht kenne."

Nathaniel betrachtete seinen Berater und Freund. „Was denkst du jetzt von Susanna?"

Der Mann nahm das Dossier. „Dass ich mir wünsche, sie wäre in Brighton geboren worden."

Nathaniel kehrte in seine Wohnung zurück und atmete den wundervollen Duft von Jacques guter Küche ein.

„Malcolm, rieche ich da etwa Knödel?"

„Das Lieblingsessen Seiner Majestät." Nates Butler tauchte aus der Küche auf. „Neuer Schnee heute Abend, Sir. Ich dachte mir, warme Knödel würden Ihnen Freude machen. Jacque sah das auch so."

„Sie sind zu gut zu mir." Nathaniel drehte sich um, als er ein Klopfen an der Tür hörte. Er griff nach der Türklinke und winkte Malcolm zu, er solle sich wieder um seine Aufgaben kümmern.

Ginny stand auf der anderen Seite der Tür. „Hallo, Nathaniel." Mit einem langen Schritt in ihren Stiletto-Absätzen überquerte sie die Türschwelle.

Malcolm ging schnell wieder in der Küche in Deckung.

„Ginny. Was führt dich hierher?" Nathaniel lockerte seine Krawatte. Papa hatte die königliche Behörde damit geehrt, jeden Tag eine Krawatte zu tragen, aber Nathaniel hatte seinen ersten Arbeitstag als König mit einem offenen Kragen angetreten. Dann hatte er sich hinter den Schreibtisch gesetzt, wo die Könige vor ihm ... seine Vorväter ... gesessen hatten. Unmittelbar darauf hatte er nach Jonathan geläutet und ihn gebeten, ihm eine Krawatte zu bringen.

„Jetzt sind es zwei Monate. Ich finde, ich habe bewiesen, dass ich die Wahl des Volkes bin." Ginny ging vom Foyer ins Wohnzimmer und drapierte sich so in einem Sessel, dass ihre halbdurchsichtige Bluse ihre weiblichen Vorzüge zur Geltung brachte.

„Ich wusste nicht, dass wir uns in einem Wettkampf befinden."

„Nathaniel, du denkst einfach nicht nach." Sie klang mehr wie eine Firmenchefin als wie eine zukünftige Liebende. „Wir können ein Kraftwerk sein, die Speerspitze einer starken, ausdauernden Monarchie."

„Ich denke, dass ich das auch ohne dich schaffe."

„Denkst du?"

„Ich weiß es."

„Du weißt es? Hörst du dich selbst eigentlich reden? Du hast kein Selbstvertrauen. Du brauchst mich, um dich deiner zu versichern, dich daran zu erinnern, wer du bist."

„Du willst Selbstvertrauen sehen?"

„Ja, zum Donnerwetter, ja." Sie ging zu ihm hinüber und beugte sich vor. Ihr süßliches Parfüm überlagerte ihre wahre Identität. „Zeig mir etwas Mut. Heirate mich."

„Es liegt kein Mut darin, eine Frau zu heiraten, die ich nicht liebe und die mich nicht liebt. Klingt sehr feige in meinen Ohren."

„Nathaniel." Sie trat an ihn heran und fuhr ihre List hoch. Ihr langes, glattes Haar floss wie ein reichhaltiges Öl über ihre Schultern. Nathaniel trat aus ihrer Reichweite heraus. „Pass auf, so wird es laufen. Du heiratest mich, erklärst mich zu Königin Genevieve von Brighton und Großherzogin von Hessenberg. Und kurz bevor das Abkommen endet, reichen wir die Scheidung ein."

„Scheidung?"

„Ja, mein Liebling, das hässliche Sch-Wort."

„Ich heirate dich nicht mit der Absicht, Scheidung einzureichen. Ich bin das Oberhaupt der Kirche, der Verteidiger des Glaubens, Ginny. Mal davon abgesehen, dass das eine dumme Idee ist."

„Hör mir zu. Das ist eine Win-Win-Win-Win-Situation. Kurz bevor das Abkommen endet, werden wir einen furchtbaren Streit haben. In der Öffentlichkeit. Ich könnte mir sogar vorstellen, einer Affäre zu erliegen und mich von dir am Ohrläppchen hinauswerfen zu lassen." Sie breitete die Arme in einer dramatischen Geste aus. „Du verlangst die Scheidung. Die Presse wird dir zustimmen." Sie senkte die Stimme. „Ich weiß, dass ich die *Liberty Press* dazu bekommen kann, dir zuzustimmen. Die anderen Zeitungen werden nachziehen. Und schon bist du vom Haken. Du nimmst mir den Titel Ihrer Königlichen Majestät Genevieve, aber ich behalte den Titel der Großherzogin. Wenn dann das Abkommen endet, werde ich die legitime königliche Erbin sein und das Land meiner Vorfahren erben. Es wird alles hübsch ordentlich und gesetzeskonform sein. Ich werde den Gouverneur, Seamus Fitzsimmons, darum bitten, Premierminister zu sein und eine Regierung zu bilden." Ah, also warb sie wirklich um Seamus. Premierminister, hm?

„Wie lange schmiedest du schon an diesem Plan?"

„Was stimmt denn bloß nicht mit dir, Nathaniel?“ Verzweiflung explodierte in ihrer Stimme. „Der Plan ist perfekt. Jeder bekommt, was er will. Ein unabhängiges Hessenberg und Brighton muss nicht mehr die Last der hessenbergischen Wirtschaft tragen.“

„Und du steigst auf in den königlichen Rang.“

„Ja, ich steige in den königlichen Rang auf. Verklag mich doch.“

„Du weißt, dass wir uns nicht scheiden lassen können, solange der Erzbischof und das Parlament nicht zustimmen.“

„Sie werden dich nicht zwingen, mit einer Ehebrecherin zusammenzubleiben.“

„Du hast dir das alles zurechtgelegt, nicht wahr?“

Seine Wut verwandelte sich in Mitleid. „Du baust alle in deine Intrigen ein und denkst, wir werden mitspielen. Aber ich kann mich selbst und das Volk nicht anlügen. Und ich kann ganz sicher nicht vor Gott stehen und einen Schwur leisten, den ich nicht beabsichtige zu halten.“

Die Verzweiflung in ihren Augen wurde zu einem tosenden Feuer. „Eine Großherzogin. Ich. Ihre Königliche Hoheit, Königin Genevieve, Großherzogin von Hessenberg. Durch einen dummen Zufall in der Geschichte, durch Krieg und die zerstörten Aufzeichnungen meines lieben verstorbenen entfernten Cousin, Prinz Franz, bin ich an der Reihe, eine Frau auf der Bühne der Großen dieser Welt zu sein. Eine Großherzogin, wo es doch so etwas heute kaum noch gibt.“

„Bist du so auf Titel fixiert? Ginny, du kannst die Welt von dort aus verändern, wo du heute stehst. Mit deiner Familie, deiner Firma, deinen karitativen Unternehmungen. Du brauchst dafür keine Großherzogin zu sein. Kein Greifen nach der Macht. Du wirst nicht Fürstin, Kaiserin, Königin, Machthaberin, Bestimmerin über alle sein. Du wirst die Dienerin von Millionen Menschen sein. Das ist wirklich ziemlich abschreckend, das kann ich dir sagen.“

„Sie werden mich lieben." Etwas, das nicht von dieser Welt schien, leuchtete in ihren Augen auf, und es fuhr Nathaniel eiskalt in die Knochen. Sein Geist bäumte sich auf.

„Ginny, wenn der Herr dich dazu berufen hat, auf dem Thron Brightons zu sitzen, wird er dich dorthin bringen. Aber das wird nicht durch mich geschehen." Nathaniel ging zur Tür und hielt sie seinem Gast auf. „Hab noch einen guten Tag."

Sie wich zurück, steif, feindselig, die Augen schmal vor Zorn. „Ich habe dich gewarnt."

„Und ich warne dich." Ruhig. Fest. Selbstbewusst. Er sah ihr in die Augen, und sie knickte ein.

„Du bist ein Narr, Nathaniel." Sie schnappte sich ihre Tasche und stürmte zur Tür, wo sie ihn mit einem letzten Blick rügte.

„Ein Narr, sagst du? Warum würdest du mich dann heiraten wollen? Einen Narren."

Sie stieß einen kleinen, frustrierten Schrei aus und torkelte den Flur hinunter. Nathaniel schloss sanft die Tür und ließ sich dann in seinen Lieblingssessel fallen. Der Austausch hatte sich irgendwie gut angefühlt. Stärkend. Es war weit besser, einer intrigierenden Isebel entgegenzutreten, als ihr zu huldigen.

Er zog sein Telefon aus der Hosentasche und rief Henry an. Die Konfrontation mit Ginny hatte ihn ermutigt. Wenn er der König werden sollte, der er werden wollte, dann musste er zuerst zu dem Mann werden, der er sein wollte.

SECHSUNDZWANZIG

St. Simons Island

Die Märzsonne schickte Strahlen aus Chiffon von ihrem azurblauen Himmel herunter und vergoldete das spanische Moos, das von der knorrigen alten Eiche herunterhing. Im Schatten der Eiche lag Opas alte Garage, ein allein stehendes Gebäude mit einer Schiebetür und Ölflecken von dem alten Plymoth.

Das Nachmittagslicht mit seiner ganzen Wärme erreichten kaum den Rand des Betonbodens. Im Schatten saß Susanna an ihrem Computer und arbeitete zum Summen des ächzenden Deckenventilators.

Daddy hatte ein Internetkabel aus dem Haus ihrer Großeltern verlegt. Wie eine dünne blaue Schlange wand es sich über die rückseitige Veranda, die Kante der Auffahrt, die Ölflecke auf dem Betonboden der Garage und hinein in ihren iMac.

„Craig Hobbs, bitte“, sprach Susanna in ihr Telefon und stützte die Ellbogen auf ihrem Schreibtisch auf, während sie die Wand aus gelochten Hartfaserplatten musterte.

Sie hatte als Kind hier gespielt, hatte sich hinter das Lenkrad in Opas Wagen gesetzt und so getan, als würde sie den Ocean Boulevard hinunterfahren und den Wind in den Haaren spüren, während sie brummende Motorgeräusche in ihrer Kehle machte. Sie hatte sich in der alten Garage sicher gefühlt, weit weg von Streit und Geschrei, das zu Hause lauerte. Hinter dem großen Lenkrad war sie frei und entschied selbst über ihr Schicksal.

„Ja, Mr. Hobbs.“ Sie setzte sich aufrecht hin, als der Direktor von Drapper Clothing das Gespräch aufnahm. „Mein Name ist Susanna Truitt. Ich bin eine Landschaftsarchitektin auf St. Simons Island, Georgia.“

„Falls Sie wegen des Landschaftsgestaltungsprojekts anrufen: Die Abgabefrist für Angebote ist seit zwei Tagen vorbei."

„Ja, Sir, das weiß ich, aber ich habe gehört, dass Remington zurückgezogen hat, daher dachte ich ..."

„Wissen Sie, wie viele Angebote wir erhalten haben? Eins weniger wird unsere Entscheidung nur beschleunigen."

Susanna sprang auf und schob ihren Stuhl in die rostige alte Kühlbox, die ungefähr aus dem Jahre 1960 stammte. „Ich arbeite kostenfrei."

„Kostenfrei?" Er lachte. Aber das war kein Lachen, das das Herz einer verzweifelten Frau wärmte. „Haben Sie die Pläne gesehen? Wir bauen eine Fabrik und Büros, das ist ein Multi-Millionen-Projekt."

„Ja, Sir." Ihre Freundin von Remington & Co., die ihren Sitz in Atlanta hatten, hatte am Vorabend angerufen und ihr den Tipp mit dem Projekt gegeben, und auch dabei waren die Worte „Multi-Millionen-Dollar-Projekt" gefallen. Nicht mehr. Nicht weniger. „Ich werde die Design-Arbeit kostenfrei erledigen. Ich werde eine Mannschaft erster Güte nach Atlanta bringen und das Projekt doppelt so schnell erledigen wie die meisten Firmen. Sie bezahlen den Lohn der Arbeiter und das Material."

Stille. Dann ein langer Seufzer. „Warum sollten wir Sie beauftragen, Miss –"

„Truitt. Susanna Truitt."

„... wenn wir uns die Besten leisten können?"

„Ich *bin* die Beste, mit Verlaub." Oh, wow, schönen guten Tag auch, die Herren Keck und Frech. Nehmt euch einen Stuhl und beteiligt euch am Gespräch. Verzweiflung produzierte zuversichtliche Geschäftspartner.

„Ich weiß nicht, was ich jetzt dazu sagen soll, Miss Truitt." Kein Lachen diesmal. Keine Belustigung.

„Mr. Hobbs, bitte hören Sie mir zu. Ich kann das. Es macht mir nichts aus, kostenfrei für Sie zu arbeiten und genau das zu beweisen. Ich weiß, dass Sie Pläne für eine weitere Fabrik haben." *Danke, Forbes.* „Mit Entwürfen für Einzelhandelsgeschäfte. Ich möchte Ihre Landschaftsarchitektin sein."

„Miss Truitt, ich bewundere Ihre Einstellung, aber wir haben feste Abläufe für die Wahl unserer Anbieter. Ich denke, ich werde mich fürs Erste an den Plan halten."

„Das verstehe ich gut, Mr. Hobbs." Susanna ging an den Rand der Garage und hielt einen ihrer Füße in die Sonne. „Ich bin selber eine Frau, die sich an Pläne hält. Aber ich habe erst kürzlich gelernt, dass das Leben doch recht eintönig ist, wenn wir nicht hin und wieder einen Sprung wagen, ein Risiko eingehen. Unserem Bauchgefühl vertrauen."

„Und wie läuft das für Sie, Miss Truitt?"

„Ziemlich übel, wenn Sie es unbedingt wissen müssen. Mir wurde zweimal in fünf Monaten das Herz gebrochen, aber wenn ich es noch einmal tun müsste, würde ich es wieder wagen. Und das ist eine riesengroße Beichte für mich. Tun Sie es mir gleich, Mr. Hobbs, lassen Sie los, ändern Sie den Plan", sie hielt den Hörer unter ihr Kinn und festigte ihre Stimme, „und entdecken Sie, was da draußen sonst noch ist. Selbst wenn es nur ein neuer Teil Ihrer selbst ist, ist es das wert."

Er antwortete nicht, sondern seufzte nur. Susanna lehnte sich an die ausgeblichene, rote Wand der Garage und hakte die Finger in die Taschen ihrer Jeans ein. *Kommen Sie schon, Mr. Hobbs. Lassen Sie es darauf ankommen.*

Sie stellte sich den Gründer und Firmenchef an seinem Schreibtisch vor, wie er in seinem Chefsessel saß, in einem Pullover und Kakis, die Finger an den Nasenrücken gelegt und sich wohl fragte, warum seine Sekretärin ihm den Anruf einer Verrückten durchgestellt hatte. „Wie ich schon sagte, Miss Truitt. Ich bewundere Ihre Einstellung. Aber –"

Das demütigendste Wort der menschlichen Sprache. *Aber.*

„Unsere Prozesse und Pläne funktionieren sehr gut. Wir sind ein aufstrebendes Unternehmen. Ich kann jetzt nicht damit anfangen, Sprünge zu wagen, ohne nach rechts und links zu schauen."

„Aber sind Sie nicht genau dadurch dorthin gekommen, wo Sie jetzt stehen? Etwas wagen? Es darauf ankommen lassen?"

„Ja, aber es gibt für alles die richtige Zeit und den richtigen Ort. Eine übereifrige Landschaftsarchitektin zu beauftragen, gehört gerade jetzt nicht dazu." Er ergänzte noch ein paar freundliche Durchhalteparolen, dass eine junge Frau mit ihrem Grips und ihrer Entschlossenheit es sicher weit bringen würde. Als er sich verabschiedet hatte, kehrte Susanna an ihren Schreibtisch zurück. Der Wind verfolgte sie, blätterte durch ihre Papiere und zupfte an ihrem Haar.

Sie drückte die Finger gegen ihre Augen und zwang die aufsteigenden Tränen dorthin zurück, wo sie hergekommen waren.

„Kann ich dir eine Cola Light ausgeben?"

Susanna blickte auf und sah Gage, der durch das weit offene Garagentor hereinkam und eine kalte Limonadenflasche in der Hand hielt.

„Hat dir deine Mama nicht beigebracht, dass man sich nicht an Leute heranschleicht?"

Sie nahm die angebotene Cola und drehte den Deckel auf.

„Anschleichen? Das Garagentor ist sperrangelweit offen. Hast du mein Auto nicht gehört?" Gage zeigte auf seinen Wagen, der in einem Lichtfleck geparkt war, während er um ihren Schreibtisch herumging und sich auf die alte Kühlbox setzte.

„Ich war beschäftigt. Habe gearbeitet." Susanna bückte sich, um die Blätter aufzuheben, die der Wind vom Tisch gefegt hatte.

„Das sehe ich." Gage zeigte auf ihren Bildschirm. „Solitär ist ja auch eine zeitraubende Angelegenheit."

„Bist du hierhergekommen, um mich zu quälen? Gibt's nicht irgendwo eine kleine süße Katze, die du ärgern kannst?"

„Wie lange bist du denn schon in diesem Luxusquartier?"

„Zwei Monate."

Er pfiff. „Und, Geschäfte?"

„Geht dich nichts an."

„Geht mich nichts an?" Sein Lachen holte ihr Lächeln an die Oberfläche. „Wie alt sind wir denn, in der dritten Klasse?" Betont lässig nahm er einen Schluck aus seiner Colaflasche. „Geht mich nichts an?"

„Mrs. Caller. Okay ... Ich habe einen Auftrag von Mrs. Caller angenommen."

Gage lachte laut und schlug sich mit der freien Hand auf den Oberschenkel, dann versuchte er, sein Lachen mit der Faust zu verdecken. „Ich wusste nicht, dass du so verzweifelt bist."

„Verzweifelt? Sie ist eine nette, gut zahlende ..." Oh, wem wollte sie denn etwas weismachen? Susanna lachte, stöhnte dann und barg den Kopf in den Händen. „Ich habe die Pläne für ihren Frühlingsgarten zehnmal geändert. Zehnmal. In zwei Wochen. Ich habe schon Geld verloren und wir haben noch nicht einmal angefangen."

„Zehnmal? Mädchen, ich bin beeindruckt. Es gab eine Zeit, in der dich eine einzige Veränderung die Wände hochgejagt hätte. Und jetzt schau dich an ... in deinem schicken Büro ... mit deinem eigenen Internetkabel ..."

Er lehnte sich nach hinten, um das blaue Kabel zu tätscheln, das mit ihrem Computer verbunden war.

Sie gab ihm einen Klaps auf die Hand. „Lass das. Ich habe es gerade zum Laufen gebracht." Dann kippelte sie mit einem weiteren Seufzer auf ihrem Stuhl zurück. „Ich versuch's so gut ich kann, Gage."

„Was ist mit dem Prinzen passiert?"

„Der ist König geworden."

Nachdem Avery erst ihr ganzes Krönungsabenteuer auf Facebook dokumentiert hatte, kannte die ganze Insel die Wahrheit über Nate Kenneth. Die Zeitung hatte einen Artikel gebracht, in dem sie die unbezwingbare Mrs. Butler zitierten: „Anders als die Truitt-Mädchen habe ich versucht, Diskretion zu wahren und meinen lieben Cousin die Insel in aller Ruhe besuchen zu lassen."

Lieber Cousin, mein liebes bisschen ... Sie hatte ihn nur für sich haben wollen.

Sie sah in Gages mahagoniebraune Augen. So ganz anders als Nathaniels hellblaue Irise, die den gleichen Farbton wie Berggipfel im Winter hatten.

„Und?", sagte er.

„Es gibt kein *und*, Gage. Er ist König geworden und lebt sein Leben. Ich lebe meins."

Er beugte sich vor zu ihrem Gesicht und sah sie aus schmalen Augen eindringlich an. „Mit Mrs. Caller?"

„Ja, mit Mrs. Caller." Susannas Magen rumorte, und sie hatte auf einmal Heißhunger auf Schokolade. „Sie wird mir hundert Dollar zusätzlich für meine Mühen geben."

Gage lachte viel zu leicht, viel zu laut. „Susanna, setz dem Trauerspiel ein Ende, komm zurück und arbeite wieder für mich."

„Du hast doch diese tolle Landschaftsarchitektin, hast du das vergessen? Miss La-di-da."

„Ich habe ihr gekündigt."

„Du willst mich veräppeln." Jetzt war es an ihr, einen betont lässigen Schluck aus ihrer Cola zu nehmen. „Das ist schon ein schönes Kuddelmuddel mit uns beiden."

„Ja, mit uns beiden." Ein rosiger Schimmer überzog seine hohen, schmalen Wangen. „Ich dachte, wir könnten zusammen ein Kuddelmuddel machen. Bei der Arbeit." Er ging zu der Kühlbox hinüber und tat so, als interessiere er sich für das rostige alte Ding. „Außerhalb der Arbeit." Er klopfte auf den Deckel der Kühlbox. „Funktioniert das?"

„Da ist lauter Cola light und Barbecuesoße drin." *Außerhalb der Arbeit?*

Sie betrachtete ihn mit gesenkter Stirn. „I-ich weiß nicht. I-ich meine, Daddy hat sich so viel Arbeit damit gemacht und das Internetkabel über den Rasen verlegt. Ich habe einen Ventilator." Sie zeigte nach oben. „Und den Kühlschrank."

Er starrte in das Licht des Tages, das von dem Garagentor umrahmt wurde. „Du fängst bei deinem alten Gehalt plus zehn Prozent an. Ich gebe dir einen Bonus für jeden Auftrag, den du durchführst. Du kannst die Hälfte aller Kunden haben, die du mitbringst, solange du Profit machst." Endlich sah er sie wieder an.

„Wenn ich Kunden mitbringen könnte, bräuchte ich nicht für dich zu arbeiten, Gage."

„Ich habe den Ruf. Naja, ich baue mir einen auf. Du brauchst nur ein paar Aufträge, Suz. Brauchst ein bisschen Anschub. Du wirst sehr gefragt sein."

Er pulte am Etikett der Limonadenflasche herum. „Und das andere, das können wir ja langsam angehen lassen. Mal gucken, wie es läuft, verstehst du. Adam ist weitergezogen, der Prinz ist König, und ich bin auf einmal der glücklichste Mann der Welt, der die schönste Frau, die ich je gesehen habe, vor sich sitzen hat. Frei." Er hielt ihren Blick einen Moment lang. „Sie erinnert mich an ein Feld nach einem Frühlingsregen."

„Gage." Das war das Netteste, das er je zu ihr gesagt hatte. Und mit Abstand das Poetischste. Sie hatte nicht gewusst, dass er dazu in der Lage war. Und in dem Moment konnte sie mit ihm mitfühlen, wie er sich dem Ganzen aussetzte und sein Herz vor sie hinlegte. Sie bewunderte ihn dafür. Aber es stand nicht in ihrer Macht, irgendetwas damit anzufangen. „Ich kann nicht für dich arbeiten *und* mit dir ausgehen."

„Dann bist du gefeuert."

„Ich bin ja noch nicht einmal wieder eingestellt." Sie ging zu ihm und zog freundschaftlich an seinem Arm. „Ich glaube, ich bleibe am besten hier in meiner alten Garage." *Versteh, was ich dir damit sagen will.*

„Ich werde dich gut behandeln."

„Ich erinnere mich, wie du in der elften Klasse Willa Lund jeden Tag Blumen mitgebracht hast, bis sie deine Einladung zur Homecoming Parade angenommen hat. Du warst ausdauernd." Susanna klopfte ihm auf die Schulter. „Jedes Mädchen wollte deine Freundin sein."

„Aber ich wollte dich. Bevor Adam überhaupt wusste, dass es dich gab."

Sie sah zu ihm auf. „Davon hast du nie was gesagt."

Er zuckte mit den Schultern. „Ich war zu feige, um mit dir zu sprechen, geschweige denn, dich um eine Verabredung zu bitten. Was hätte ich tun sollen, wenn du Nein gesagt hättest?" Gage nahm ihre Hand. „Komm und arbeite für mich. Wir werden Stone & Truitt sein, eine tonangebende Firma hier im Süden. Ganz klare Geschäftsbeziehungen, offen und ehrlich, rein geschäftlich. Wenn mit der Zeit mehr passieren sollte, dann –", er klopfte mit seiner Stiefelspitze auf den gesprungenen Betonboden, „dann werden wir sehen, wohin das führt. Du bist eine großartige Landschaftsarchtitektin. Aber das wird keiner herausfinden, solange du in einer alten Garage arbeitest."

Das war nicht *der* Plan. Gebrochenes Herz. Garagenbüro. Zögerliche Karriere. Exfreund. Prinz. König. Gage Stone. „Lass mich darüber nachdenken, okay? Ich ruf dich an."

Er nickte ihr ernst zu und lächelte dann. „Lass Mrs. Caller nicht allzu viele Veränderungen machen. Sie ist einfach nur einsam, Susanna. Reich, aber einsam."

„Ich weiß." Sie mochte Mrs. Caller. Susanna hatte viel gemeinsam mit der alten Georgiaschönheit.

Sie begleitete Gage zur Schwelle der Garage und winkte ihm nach, als er sein Auto startete und rückwärts die Auffahrt hinunterfuhr. „Fahr nicht über mein Kabel."

Zurück am Schreibtisch trank Susanna ihre Cola light aus und überdachte seine Einladung, oder besser: Einladungen, Plural, und bewegte sie in ihrem Herzen.

Könnte sie mit Gage ausgehen? Es war jetzt zwei Monate her, dass sie bei der Krönung gewesen war, und sie hatte seitdem keinen Mucks von Nate gehört. Aber sie dachte jeden Tag an ihn.

Sie wartete auf die ersten Neuigkeiten über einen Heiratsantrag an Lady Genevieve oder eine andere Lady aus Brighton. Oder Neuigkeiten, dass eine gute Lösung für das Ende des Abkommens gefunden worden war.

Sie griff auf ihr Touchpad und rief im Internet die Seiten der Tageszeitungen aus Brighton auf. Als sie das letzte Mal nachgesehen hatte, hatte Lady Genevieve Schulkinder aus Hessenberg umworben. Die Vorhersagen für eine königliche Hochzeit blühten.

Gages Liebesangebot erinnerte sie daran, wie sehr sie Nathaniel vermisste. Wie sehr sie ihn liebte. Himmel hilf, sie liebte einen Mann, der viertausend Meilen entfernt lebte.

Wieder und wieder malte sie sich ihre wenigen privaten Momente zusammen aus, so, wie man ein Lieblingslied vor sich hinsummt. Aber die Bilder hatten angefangen auszubleichen, hatten etwas von ihrem Einfluss auf ihr Herz eingebüßt. Ihre Erinnerung an seine schöne, makellose Stimme verblasste langsam und manchmal klang er doch sehr wie Daddys Südstaatennäseln.

Als die *Liberty Press* sich über ihrem Bildschirm ausfaltete, rüstete sich Susanna innerlich, während sie sich in Brightons Welt wagte.

Sie schloss ihre Augen halb und spannte den Magen an, weil sie eine dicke fette doofe Schlagzeile erwartete:

Verlobt!

Dann, *dann*, würde sie endgültig loslassen und ihr Herz davon überzeugen können, dass es an der Zeit war weiterzuziehen. Er kam nicht, um sie zu holen. Sie waren die falschen Menschen zur falschen Zeit. Oder vielleicht die richtigen Menschen zur falschen Zeit. Aber *falsch* war jedenfalls der ausschlaggebende Faktor in der ganzen Gleichung.

Aber es gab keine Verlobungsschlagzeile. Sie atmete tief durch. *Komm schon, Nate, bring es hinter dich. Verlob dich endlich.*

Aber warum dachte sie überhaupt an ihn? Ein Mann, ein netter Mann, ein gut aussehender Mann, ein erfolgreicher Mann wollte sie. Sie liebte Gage nicht, aber sie würde lernen können, ihn zu lieben, oder? Liebe war doch immer noch Entscheidungssache, oder?

Susanna stieß sich vom Schreibtisch ab und presste sich die Handballen gegen die Stirn. Acht Monate, nachdem sie mit Nathaniel im Garten der Christ Church gebetet hatte, hatte sie immer noch ... nichts.

„Herr, ist es das, was du für mich hast? Gage? Ziehe ich um? Bleibe ich auf der Insel? Kannst du bitte Nathaniel aus meinem Herzen hinauswerfen?"

Sie tat so, als würde sie ihn aus ihrer Brust zerren. Tat so, als würde sie das Gefühl des Versprechens, das sie jeden Tag mit sich herumtrug, wegwerfen. Sie dachte an den grünen Rasen der Christ Church. Gott hatte etwas für sie. Das wusste sie einfach. Wie sollte sie also darauf stoßen? Wie sollte sie Tag für Tag leben und darauf vertrauen, dass er für das Ergebnis verantwortlich war?

Sie schnappte sich ihre Handtasche und ging zu ihrem Auto. Sie hielt an und japste nach Luft, als sie die goldenen Louboutins, die sie ganz nach hinten in ihren Kleiderschrank geworfen hatte, nachdem sie aus Brighton zurückgekommen war, auf der Kante des Garagenbodens stehen sah. Sie glitzerten im Sonnenlicht.

„Aurora!“ Susanna hob die Schuhe auf und rannte auf den Rasen. „Wo bist du? Aurora. Komm wieder her. Du musst damit aufhören. Wie bist du an meinen Schrank gekommen?“ Mama! Sie hatte sie womöglich hineingelassen.

Die obdachlose Frau ging von der hinteren Veranda her über den Rasen in Richtung des Waldes hinter dem Haus und winkte mit beiden Händen. „Der Prinz kommt.“

„Aurora, bitte, hör auf mir Schuhe zu bringen!“ Susanna hielt die Louboutins hoch. „Und nicht mehr über Prinzen sprechen.“

„Der Prinz kommt.“ Sie hielt am Waldrand an. Ihr gebleichtes Haar glänzte in der Sonne wie gesponnene Seide.

„Komm wieder her. Ich weiß, dass du nicht verrückt bist. Sag mir, wovon du sprichst.“

„Er kommt. Renn keiner anderen Liebe hinterher. Renn keiner anderen Liebe hinterher.“

„Ach du liebe Güte. Aurora, das ergibt keinen Sinn, er kommt nicht. Er kommt nicht. Es ist schon zu lange her. Er liebt mich nicht.“ Die Worte schallten laut heraus, hart, kalt, gefroren in der warmen Inselluft und für einen kurzen Moment konnte ihr Herz die Worte vor sich sehen. Die Wirklichkeit spüren.

Vielleicht konnte sie *jetzt* mit ihrem Leben weitermachen.

Mai

Er war nervös. Nervöser als je zuvor. Nervöser als am Krönungstag im Januar, als eine überirdische Ruhe ihn die ganze Zeit gestärkt hatte.

Aber das hier? Wenn er verunglückte und verbrannte, würde er keine zweite Chance bekommen.

An den meisten Tagen war es sehr gut um seine Zuversicht bestellt. Immerhin ging er auf dem Weg, der ihm vorbestimmt war, einen, den er als von Gott geführt angenommen hatte. Nicht von Menschen.

Aber heute präsentierte er dem Ober- und dem Unterhaus seinen eigenen Ratsbeschluss. Den ersten, den ein königlicher Machthaber seit einhundertundzwei Jahren einbrachte.

Während er im Beratungszimmer auf Henry wartete, klopfte er auf die Tasche seines Jacketts. Die kleine Schachtel prallte gegen seine Hüfte. Königin Anne-Maries Ring.

Als er heute Morgen das Haus verlassen wollte, war ihm eingefallen, dass er ihn auf dem Kaminsims versteckt hatte, und er hatte ihn sich in die Tasche gesteckt. Lord Thomas Winthrop, der den Ring entworfen hatte, war für seine Hingabe an Königin Anne-Marie bekannt. Nathaniel wollte *dieses* Erbe gerne mit in den Plenarsaal nehmen. Dann fiel ihm auf dem Weg zum Wagen der formelle Name der Königin ein.

HRH Königin Anne-Marie Victoria Karoline Susanna.

Er lächelte, als Henry hereinkam. „Na, du siehst ja zuversichtlich aus.“

„In Wirklichkeit bin ich etwas nervös. Ich habe über etwas gelächelt, das mir gerade zufällig eingefallen ist ... eine glückliche, unerwartete Erinnerung. Aber was das andere angeht, bin ich ein ziemliches Nervenbündel.“ Er wandte seinen Blick zu den Geräuschen außerhalb des holzvertäfelten Raumes. Ohne Fenster war ihm das Zeitgefühl verloren gegangen.

„Du wirst es gut machen. Sie kommen gleich zu der gemeinsamen Versammlung herein.“ Henry hielt vor dem Barschrank an. „Magst du ein Schlückchen?“

Er erhob sein Glas.

„Wann hast du mich je ‚ein Schlückchen’ nehmen sehen?“

Henry gluckste. „Gut gesagt, Ihre Majestät.“ Er sah auf seine Hände. „Keine Notizen?“

„Ich habe es auswendig gelernt. Ich wollte nicht zugeknöpft wirken.“ Er wedelte seine nervösen Anspannungen mit den Fingerspitzen weg. „Ich will aufrichtig sein.“

Nathaniels Präsentation heute würde nicht nur ihn, sondern auch die nachfolgenden Generationen betreffen. Generationen, über die er keine Kontrolle haben würde. So, wie seine Vorfahren keine Kontrolle über ihn hatten, aber ihrem König, ja, *ihrem König*, vertrauten, während seiner Zeit in Brightons Geschichte die richtigen Entscheidungen zu treffen.

„Du bist immer aufrichtig, Nathaniel. Du wirst es gut machen. Du hast in deiner kurzen Karriere doch schon dutzende Reden gehalten.“

„Keine war so wichtig wie diese hier.“ Jetzt wünschte er, er hätte seine Rede für die heutige Versammlung ausgedruckt. Sie bedeutete so viel. Was, wenn er seine Argumente ungeschickt vorbrachte? Er wandte sich zu Henry. „Hast du den offiziellen Ratsbeschluss vorbereitet?“

„Ja, das habe ich.“ Henry trank seinen Bourbon aus und stellte sein Glas auf einen Servierwagen. „Nathaniel, die Mitglieder verstehen, dass die Krone diese Sache nicht auf die leichte Schulter nimmt.“

„Ich würde mich besser fühlen, wenn das nicht allein zu meinem Vorteil wäre. Wenn ich einen Antrag zum Wohle des Volkes vorbringen würde. Stattdessen will ich etwas, das nur mich und die meinen betrifft.“

„Dann gib alles.“ Henry klopfte ihm auf die Schulter. „Deine Vorfahren und das Parlament schienen vor zweihundert Jahren keinen Kummer zu haben, dir und den deinen die Einschränkungen aufzuerlegen, die der Erlass über die Ehe mit sich bringt."

„Du hast nie gesagt, ob du der Sache zustimmst."

„Ich bin mir ziemlich sicher, dass ich das nicht tue." Sein Premierminister war also nicht mit ihm einig. „Es könnte die Monarchie angreifbar machen."

„Aus diesem Grund haben wir Bedingungen und Auflagen festgelegt", sagte Nathaniel.

„Dann bring den Ratsbeschluss zur Abstimmung", sagte Henry. „Bist zu bereit, das Ergebnis zu akzeptieren, egal, wie es ausfällt?"

„Das bin ich. Ich habe seit ihrer Abreise nicht mit Susanna gesprochen. Ich habe keine Garantie dafür, dass sie mit mir sprechen würde, selbst wenn das Gesetz geändert wird. Von Heirat ganz zu schweigen. Sie hat mir geradeheraus ins Gesicht gesagt, dass sie mich nicht heiraten will. Ich bin keine leichte Wahl für eine Frau. Ich komme mit der Last eines ganzen Königreichs auf meinen Schultern."

„Wenn sie dich liebt –"

„Das hat sie auch nie gesagt."

„Und du ziehst das hier trotzdem durch?"

„Ja." Er war zu der Überzeugung gekommen, dass es das Richtige war.

„Liebe ist nichts für die Matten oder die Zartbesaiteten, nicht wahr?"

„Henry, liebst du meine Mutter?", fragte Nathaniel, schnell, ohne groß nachzudenken.

„Bitte um Verzeihung, Ihre Majestät?" Er griff nach seinem Bourbonglas auf dem Serviertablett, überlegte es sich dann und stellte es wieder ab.

„Liebst du meine Mutter? Einfache Frage."

„Außerdem ziemlich persönlich und direkt." Henry starrte Nathaniel an und sah dann weg, sah sich in der Debattierloge um, ging um die Sessel herum und überlegte, wo er sitzen wollte.

„Tust du's?"

„Ja. Schon sehr lange."

„Warst du ihre erste Liebe? Vor meinem Vater?" Nathaniel entspannte sich etwas, vergrub die Hände in den Hosentaschen und lehnte sich gegen die Mahagoniewand.

„Dann hat sie dir davon erzählt?"

„Nicht direkt. Ich habe es mir zusammengereimt."

„Wir haben uns nach der Universität kennengelernt. Deine Mama war zu ihrer Zeit ein ziemlicher Rebell. Sie ist der Gesellschaftssaison aus dem Weg gegangen und hat stattdessen in einer Teppichfabrik gearbeitet, hat es abgelehnt, zum Debütantinnenball zu gehen. Ich habe sie verehrt, bin ihr zu einer ihrer Gedichtlesungen gefolgt. Wir haben in den Siebzigern viele Gedichte gelesen. Ich habe mich verliebt. Bei ihr hat es ein paar Monate gedauert, aber sie ... Nun, wir hatten vor zu heiraten. Aber ihre Eltern hatten andere Pläne. Ein Prinz sollte es sein, kein Arbeitersohn, der Jurist werden wollte."

„Du hast meinen Segen, sie zu umwerben. Als ihr Sohn und als dein König."

Der Premierminister von Brighton lief rot an. „Vielleicht, wenn meine Amtszeit vorbei ist."

„Warum warten?", fragte Nathaniel. „Wenn du sie nach all den Jahren immer noch liebst, warum musst du dann warten? Es ist ein Geschenk. Nimm es an."

„Ich glaube, da predigst du dir selbst sehr viel mehr als mir."

Nathaniel lachte, spürte einmal mehr seine Nerven und zog sein Taschentuch aus der Tasche, um sich den Schweiß von der Stirn zu tupfen. „Was denkst du, wie Hessenberg auf den Beschluss reagieren wird?"

„Die Repräsentanten werden sich deine Argumentation und den Beschluss anhören und entsprechend abstimmen. Es ist nicht nötig, über ihre Reaktion zu spekulieren."

Nathaniel warf einen Blick auf sein Telefon. „Ich geh besser in das Talarzimmer."

Henry nickte. „Ich sehe dich in der Kammer."

Im Flur warf Nathaniel einen Blick über das Geländer des Zwischengeschosses in die Kammer, aus der bereits das Gemurmel der Abgeordneten zu hören war. Die Mitglieder kamen gerade an und nahmen ihre Plätze ein.

Aber wo war Jon? Er hatte versprochen, um halb hier zu sein. Er war zu spät. Die Informationen, die er mitbrachte, würden die erste Hälfte von Nathaniels Rede stützen. Informationen, über die Nathaniel noch nicht einmal Henry in Kenntnis gesetzt hatte.

Jons Ermittlerteam hatte eine Frau in Florida gefunden, die eine wahre Nachfahrin von Prinz Franz zu sein schien. Seine Urgroßnichte.

Obwohl es seltsam schien. Ein Mitglied der königlichen Familie von Hessenberg, das inkognito in Amerika lebte? Aber sie war die Urenkelin von Alice Edmunds.

Im Talarzimmer fand Nathaniel Jon, der aufsprang, als Nathaniel eintrat. „Regina Beswick. Oder sollte ich sagen, Prinzessin Regina Beswick." Er reichte Nathaniel die braune Aktenmappe, die durch die Informationen der letzten zwei Monate nun beträchtlich angeschwollen war.

„Beswick? Ihr Name ist Beswick?" Er überflog die letzte Seite des Dossiers, bevor er es Jonathan zurückreichte. Der Aufseher des Talarzimmers wirkte reichlich verschnupft darüber, dass Jon sich in seine Pflichten eingemischt hatte.

„Wir gehen den Details natürlich noch auf den Grund, aber ich bin mir ziemlich sicher, dass wir die Prinzessin haben."

Nathaniel boxte in die Luft. „Ich wusste es doch, dass da draußen irgendwo ein Erbe ist." Er hörte sich Jonathans Zusammenfassung an, während der Aufseher Nathaniel mit seiner Robe und seiner Krone ausstattete.

Etwas Mut, viele Gebete und der Erbe Hessenbergs war gefunden worden. Es war ein guter Moment, König zu sein. Und ein schöner Tag, um für das Recht zu kämpfen, die Frau heiraten zu dürfen, die er liebte.

Der Scheinwerfer über dem Podium leuchtete auf Nathaniel hinunter. Seine Hände wurden ruhiger, während er den langen schmalen Raum voll noblem Leder, Kirschholz und in Brighton geschlagenem Stein in Augenschein nahm.

„Sie sehen alle ebenso verängstigt aus, wie ich mich fühle", begann er, und die Kammer füllte sich mit unterdrücktem Lachen. Eine federleichte Berührung fuhr über Nathaniels Kopf. Ein Gefühl, das er seit seiner Kindheit kannte. Eine Berührung, von der er glaubte, dass sie von Gottes Flügelspitze stammte.

„Meine Damen und Herren der Kammer, liebe Mitglieder des Oberhauses und des Unterhauses, ich danke Ihnen für Ihr Kommen heute.

Der Erlass über die Ehe von 1792 entstammt einer Zeit, in der die Königshäuser Europa regierten. Als unsere Vorväter und ...mütter aus Gründen der Macht und des Besitzes zu Ehepaaren vereint wurden.

Ihre Ahnen, ebenso wie die meinen, nahmen die Angelegenheit in die Hand und beschlossen den Erlass über die Ehe.

Das war, nachdem Prinzessin Paulette von Lothringen fast unser Militär zerschlagen hatte, indem sie ihrem Onkel Ludwig half, Napoleon zu bekämpfen. Unser Parlament hat zusammen mit der Krone angeordnet, dass sich kein Mitglied des Königshauses außerhalb Brightons verheiraten darf.

So ist es seit über zweihundert Jahren unsere Gepflogenheit."

Die Kammer äußerte ein harmonisches, kurzes „Hurra", wie es ihre Tradition war, wenn sie mit dem Redner übereinstimmten.

„So wie es sein sollte." Eine einsame, aber kraftvolle Stimme durchdrang das „Hurra".

Schweißperlen traten auf Nathaniels Stirn. „Dennoch hat sich die Geschichte verändert." Seine Stimme hielt stand, während er die Kammer musterte, um ein visuelles Stimmungsbild zu bekommen. „Europas Königshäuser sind gefallen. Republiken und Demokratien sind an ihre Stelle getreten.

Aber wir halten fest an unserer konstitutionellen-monarchischen Regierung als einem System der Gewaltenteilung, basierend auf den Gesetzen unseres Landes und unserer Art, zu leben.

Wir arbeiten Hand in Hand, Sie und ich, die Krone und das Parlament. Wir sind Partner. Diener des Volkes.

Aber Ihnen, meine Damen und Herren, steht es frei, Ihren Lebensweg zu wählen. Besonders, wenn es um Liebesdinge geht.

Ich werde nicht so weit gehen und mich hier hinstellen und darüber jammern, was für ein trauriges Leben ich führe, weil ich König bin."

Gelächter klang ihm entgegen.

„Aber vielleicht kann ich Ihr Mitgefühl für den Gedanken gewinnen, dass es mir nicht frei steht, zu heiraten, wen ich liebe. Ich habe mein Leben und mein Herz dem Königreich Brighton geweiht. Ich werde ihm dienen, wie es sein soll. Aber, meine lieben Freunde, ich bin heute hier, um darum zu bitten, den Erlass über die Ehe zu reformieren."

Mehrere Buhrufe hallten durch den Raum.

Nathaniel umfasste die Kanten des Rednerpultes. Hatte er keinen Widerstand erwartet? „Ich bitte für mich und für die, die nach mir kommen. Ich übergebe Ihnen den Ratschluss des Kronrats HRC 143, demnach der Kronprinz oder die Kronprinzessin die Person heiraten darf, die sie lieben, einheimisch oder ausländisch.

Ihre Monarchen werden Ihnen besser dienen, wenn sie mit der Person verheiratet sind, die sie lieben. Ich bitte Sie, meine Landsleute, nicht darum, den Erlass über die Ehe von 1792 abzuschaffen, sondern ihn zu reformieren. Lassen Sie uns einen neuen Bund der Liebe schreiben. Einen, in dem das Wohl Brightons und das der Krone zusammenkommen."

Nathaniel hob das Kinn und studierte einmal mehr den Raum. Hatte er ihre Aufmerksamkeit? Versteinert lächelnde Gesichter starrten ihn an, und ihre Beschwingtheit darüber, den König hier zu haben, war verschwunden.

Zu seiner Rechten bewegten sich einige Repräsentanten. Tuschelten miteinander.

„Zuletzt wollte ich Ihnen noch eine frohe Kunde mitteilen, die ich erfahren habe, kurz bevor ich diese heiligen Hallen betreten habe. Im Staate Florida wurde eine Erbin von Prinz Franz aufgetan." Der Raum wurde unruhig. „Meine Mitarbeiter haben die letzten Monate unermüdlich gearbeitet und sind jeder Spur nachgegangen, bis sie die Nichte des Großherzogs gefunden hatten. Wir werden sie kontaktieren, dass eine verdienstvolle Nation auf ihr Schicksal wartet." Er hielt lächelnd inne. Die Repräsentanten Hessenbergs waren auf den Beinen, aufgeregt und konzentriert. „Ich bin mir sicher, sie wird unsere inbrünstigsten Gebete brauchen."

Er dankte ihnen, verbeugte sich und verließ die Kanzel. Sein Herz hämmerte, als er die Kammer verließ. In Stille.

Er hatte getan, wozu er gekommen war. Und zum ersten Mal, seitdem er beschlossen hatte, diese Änderung vorzuschlagen, spielte die Reaktion des Parlaments keine Rolle.

Er würde die Angelegenheit dem Gott überlassen, dem er vertraute.

Jon fiel mit ihm in Gleichschritt, als er zum Talarzimmer ging. „Gut gemacht, Sir, gut gemacht."

„Das werden wir sehen."

Dann hörte er es. Das Grollen, die Unruhe, die Rufe und die stampfenden Füße. Und ein weltbewegender, einstimmiger Chor: „Hurra!"

Es hatte schon seinen guten Grund, warum sie das Gärtnern Leo überlassen hatte. Er wusste genau, was er tat. Sie nicht.

Campbell setzte sich zurück auf die Knie, schob sich den Sonnenhut aus der feuchten Stirn und betrachtete die Unordnung, die sie mit ihrer Schaufel angerichtet hatte. Die Frühlings-Vergissmeinnicht, die sie zu Leos Ehren gepflanzt hatte, konnte man ... naja, getrost vergessen.

Sie hatte den königlichen Gärtner, Sir Pine, um Rat gebeten, der angeboten hatte, nach Parrsons hinauszufahren und sich höchstselbst um den umfriedeten Garten zu kümmern, aber Campbell bestand darauf, dass sie diese Pflicht selbst erfüllen musste.

Das hier war Leos Garten, sein privater Rückzugsort, und sie wollte ihn nicht nur einer einfachen Aufsichtsperson überlassen. Er brauchte Pflege. Ihre Pflege.

Außerdem brauchte sie eine Ablenkung. Besonders heute. Heute präsentierte Nathaniel seinen Ratschluss dem Parlament. Den ersten seit 102 Jahren. Sie war nervös, um seinetwillen.

War sie mit seinem Vorgehen einverstanden? Campbell war sich nicht sicher. Das alte Gesetz vermittelte ihr ein Gefühl der Sicherheit. Geschützt vor ausländischen Einflüssen durch die Ehe. Doch ihr Mutterherz wollte ihren Sohn glücklich sehen. Sie mochte Susanna. Bewunderte sie. Unter anderen Umständen hätte sie seine Wahl gelobt.

Also sollte sie vielleicht ihre Ängste und ihr Misstrauen loslassen.

Sie erhob sich von ihren Knien und setzte sich auf die Steinbank unter dem Baum. Campbell zog ihre Handschuhe aus, nahm den Hut ab und ließ sich von der Frühlingsbrise abkühlen, die durch die Äste wehte.

Jetzt, wo die Krönung vorbei war und der erste Jahrestag von Leos Tod nahte, fühlte sie sich unruhig. Als ob das Leben sie rief, aber sie wusste nicht, wozu oder wohin.

„Wie ich sehe, machst du ein Päuschen?"

Campbell lächelte Henry an. Er war ein willkommener Anblick. „Ich kann diese Vergissmeinnicht einfach nicht weiter quälen."

„Rollins hat mir verraten, dass du hier bist." Henry setzte sich neben sie auf die Bank und bedeckte ihre Hand mit seiner. „Du kannst stolz auf deinen Sohn sein. Er hat es großartig gemacht."

Trotz der Fremdheit seiner intimen Berührung zog sie die Hand nicht weg.

„Und?"

„Der Ratsschluss ist durchgekommen."

„Oh, Henry!" Sie fasste seine Hand fester. „Ist er also abgereist, um sie zu sehen?"

„Er hat die Neuigkeiten verhältnismäßig ruhig aufgenommen. Hat Jon angesehen und gesagt, ‚Ich seh dich in meinem Büro'. Also weiß ich nicht, was er vorhat. Er behauptet, sie habe gesagt, sie würde ihn nicht heiraten. Habe nie gesagt, dass sie ihn liebe. Aber die Dinge verändern sich in Brighton, Campbell. Es ist eine neue Ära, ein neuer Tag."

„Darum geht es, nicht wahr?" Campbell beobachtete, wie zwei Rotkehlchen von Ast zu Ast hüpften und einander zuzwitscherten. „Sie wird eine prächtige Königin sein, oder? Wenn sie Nathaniel nimmt."

„Ich finde, wir haben bereits eine prächtige Königin." Henry drückte ihre Hand. War es Absicht, dass er sie unverwandt ansah? Sie errötete unter seinem Blick. „Aber die Amerikanerin?"

„Susanna."

„Ja, natürlich ... Susanna wird eine prächtige Frau für unseren König, wenn sie ihn denn nimmt, wie du sagst. Wenn er um sie wirbt."

„Ich bin nicht mehr *die* Königin, Henry."

„Ja, ich weiß." Henrys Augen blieben weiter unverwandt auf sie gerichtet. „Wir sind in unserer Jugend nicht zum Zuge gekommen, Campbell."

„Henry ... "

Sie entzog ihm ihre Hand, stand auf und ging aus dem Schatten in die Sonne. „Weißt du irgendetwas über Vergissmeinnicht?" Sie schaute mit zusammengekniffenen Augen ins strahlende Licht. „Ich glaube, sie bekommen zu viel Sonne."

„Das einzige Vergissmeinnicht, das mich kümmert, ist, dass ich dich auch nach 35 Jahren nicht vergessen kann." Henry griff nach ihrer Hand, und sie fühlte sich schwach. „Campbell Stratton, Ma'am, was machst du mit dem Rest deines Lebens?"

Sie presste ihre zitternde Hand auf ihre bebenden Lippen. Ihr Herz brachte ihre Worte durcheinander und sie wehrte sich nicht, als er sie zurück auf die Bank zog und sie in die Arme schloss.

„Nimmst du mich?"

„Ich-ich weiß es nicht." Sie hatte Jahre damit zugebracht, die Erinnerungen an ihre erste Liebe zu begraben. Damit, ihr Herz, ihr Alles, Leo zu schenken.

„Ich weiß es nicht?"

Er lachte leise. „Das reicht mir." Er küsste sie auf die Wange und stand auf. „Campbell Stratton, wie sehen denn dann deine Pläne für das Abendessen heute aus?"

„Ich habe nichts Besonderes vor."

„Würdest du dann mit mir essen?"

„Das wäre ganz reizend."

Er verbeugte sich und ging rückwärts. „Ich komm um sieben vorbei."

Sie stand auf und sah ihm nach. Die Dinge veränderten sich wirklich in Brighton. Sie veränderten sich in ihr.

Mit einem weiteren Blick auf die Vergissmeinnicht fiel sie auf die Knie, begann, den Boden zu bearbeiten und begoss ihn mit ihren Tränen.

SIEBENUNDZWANZIG

„Tut mir leid, dass ich zu spät dran bin, Mama." Der Sand, den sie an den Sohlen vom Parkplatz mit hereingeschleppt hatte, knirschte auf dem Küchenboden unter den hohen Hacken ihrer Pumps, als Susanna in das Rib Shack hetzte. Sie stopfte ihre Aktentasche in ihr Spindfach und zog sich die Anzugjacke aus. „Einer der Kunden hat abgesagt, aber wir konnten noch jemand anderen reinquetschen. Ich glaube, der wird uns nehmen. Gage regt sich so furchtbar auf, wenn ich meine Dienste kostenlos anbiete, aber ich glaube, das ist einfach der beste Weg, um sich einen Kundenstamm aufzubauen."

„Ich hab das ganze Fenster voller Bons. Komm in die Gänge." Mama sah nicht von ihrer Arbeit an der Vorbereitungsstation auf.

In dem winzigen Klo zog Susanna die eine Uniform aus und die andere an. Von der freien Wirtschaft in die Dienstleistungsgesellschaft. Nachdem sie eine Woche lang als Gages Partnerin gearbeitet hatte, stellte sich langsam so etwas wie Routine ein. Eine Routine, von der sie sich vorstellen konnte, dass sie den Rest ihres Lebens damit zubringen konnte.

Okay, *nicht* den Rest ihres Lebens. Das nächste Jahr. Nur ein Jahr. Sie würde ihr Portfolio ausbauen und dann weitersehen. Sie hatte angefangen, ihren Appetit für Langzeitpläne etwas zu drosseln.

Sie hatte sich selbst und Jesus versprochen, dass sie sich zu nichts verpflichten und es ihm überlassen würde, wie er den Garten ihres Lebens gestalten wollte und wie die Frucht dieses „Versprechens" aussehen sollte, das sie immer noch in ihrem Herzen fühlte.

Reverend Smith nannte so einen Plan „arm im Geiste" zu sein. Demütig zu sein und gleichzeitg voller Erwartungen an Jesus.

Mit den Büroklamotten auf einem Kleiderbügel stürzte Susanna aus dem Waschraum und nahm Mamas Platz am Fenster ein.

„Es ist Familien-Barbecue-Abend ... Auf geht's, Leute." Hinter den Kulissen die Leute herumzukommandieren nahm die Härte aus dem Widerspruch, den sie den ganzen Tag geschluckt hatte. Oh, wenn Gage nur wüsste, wie oft sie am liebsten Einwände gegen seine Pläne geäußert hätte.

Miteinander auszugehen würde für sie beide nie funktionieren. Selbst wenn sie romantische Gefühle für ihn hegen würde ... was nicht der Fall war.

Susanna schnappte sich die Tickets, die wartend im Fenster hingen und ging an die Arbeit. „Catfish, ich brauch zwei Familienplatten mit Pulled Pork und eine mit Hühnchen. Los geht's, wir hängen hinterher. Daddy, sind die Pommes heiß? Ich will hier keine kalten Pommes durch mein Fenster gehen sehen!"

„Heißer als der Sand im Juli, kleines Mädchen." Daddy zwinkerte ihr zu. „Ich werd dich so vermissen."

Sie starrte ihn an. „Mich vermissen? Warum? Wo gehst du hin? Catfish, wir brauchen einen Caesar und einen Haus. Daddy, nimmst du Mama endlich mit auf die Safari nach Afrika, von der sie immer redet?" Sie nahm einen Teller von Catfish entgegen und legte zwei Kekse dazu. „Tisch Neun kann raus. Ab dafür, Bristol."

„Meine Güte, Mädchen, denkst du denn, sie würde fahren, wenn ich das buchen würde? Sie redet von Vermont immer noch, als sei es gestern gewesen. Diese Frau ist ein Urlaubskamel." Daddy versuchte, sich mit der Schulter über die Augen zu wischen.

„Daddy? Was ist los?" Sie eilte um den Arbeitstisch herum, um nachzusehen. „Geht es dir gut? Es ist doch nicht dein Herz, oder?"

„Mir geht es gut."

Er klopfte sich auf die Brust.

„Meine Pumpe pumpt fröhlich vor sich hin. Ehrlich gesagt ist sie sogar ziemlich glücklich, die Pumpe."

„Was ist denn dann los?“ Susanna schaute Mama an. Irgendwas lag in der Luft, weil Mama Daddy nicht herumkommandierte und Daddy nicht zurückkommandierte. „Was sagt ihr mir denn alle nicht?“

„An die Arbeit, Susanna. Ich weiß auch nicht, was der alte Mann da redet. Gib, wie sieht's mit den Keksen aus? Die backen sich nicht selbst.“

„Bin dabei, Weib. Lass mich einfach machen. Ich backe die Dinger im Schlaf.“

„Dann schlaf weiter.“ Mama weigerte sich, Susanna anzusehen.

„Mama?“

„Suz, wenn wir hier einen Stau kriegen, lasse ich dich mit den ganzen Reklamationen fertigwerden.“ Sie sortierte bezahlte Bons auf einem Arbeitstisch. „Ich bin dann im Büro.“

Susanna war eben mit den Bestellungen gerade fertig und füllte die Salatbehälter auf, als Bristol hereinkam und verkündete, sie würde das Fenster übernehmen.

„Du machst Pause.“

„Was für eine Pause denn?“ Susanna bewegte sich nicht, als Bristol versuchte, sie von ihrem Platz wegzuschieben. „Ich hab's im Griff, Bristol. Geh wieder raus.“

„Du machst Pause.“ Bristols Hüfte traf Susanna in den Hintern und pfefferte sie ans andere Ende des Unterschranks. Sie hatte ganz schön Pfeffer dafür, dass sie nur aus Haut und Knochen bestand.

Susanna warf einen Blick ins Büro. „Ich mache Pause?!“

„Nehm ich an, ja.“ Mamas Hand flog nur so über die Rechenmaschine, mit der sie die bisherigen Beträge zusammenrechnete.

Die Gleichung, die so gar keinen Sinn ergab, war die, dass sie eine Stunde, nachdem sie recht rüde in den Ablauf hineingeboxt worden war, Pause machen sollte. Dass Mama „nehm ich an, ja“ sagte und die Tatsache, dass die gute Frau ihr immer noch nicht in die Augen geschaut hatte.

„Mama, was läuft hier?"

„Suz, mach Pause. Du nervst mich wie ein zweijähriger Werwiewas."

„Suz?" Avery stürmte atemlos und windzerzaust durch die Hintertür und rief sie mit schriller Stimme.

„Aves." Susanna ahmte ihre hohe Tonlage nach. „Arbeitest du auf der Terrasse? Ich dachte, Tina sei da draußen."

„Komm schon, wir müssen los." Avery überwand den Raum zwischen ihnen in ein-zwei-drei Schritten und hängte sich bei Susanna ein.

„Los? Wohin?" Das verflixte Mädel war nicht mehr dasselbe, seit sie aus Brighton zurückgekehrt waren. Prinz Colin hatte ihr an ihrem Geburtstag den allerschönsten Blumenstrauß geschickt ... sogar in die Schule. Diese Geste machte sie in den Augen aller zu einer Prinzessin und versiegelte ihr Herz gegen alle Avancen, die ihr ein normal sterblicher Junge je machen könnte.

„Du musst was sehen."

„Noch ein Blumenstrauß von Prinz Colin?"

„Pssst." Zur Hintertür hinaus, über die Terrassenstufen runter zum Strand. Susanna trabte neben ihrer Schwester her, während ihr Herz in ihrer Seele Staub aufwirbelte und ihre Gedanken einen dunklen Weg einschlugen.

Nathaniel? War er hier? Nein, natürlich nicht. Würde er ...

Die Erschütterung ihrer Vorahnung ließ Susanna durch den Strandhafer und die Palmettopalmen auf den Strand schießen. „Nathan..." Sie hielt an. „Colin. Hallo." Die Energie in ihren Adern ging schlagartig verloren und ließ sie schwach zurück. Sie zwang ihre Beine dazu, halbwegs stabil zu bleiben, um nicht auf dem Sand in sich zusammenzusinken.

„Hallo, Susanna." Colin bot ihr eine stabilisierende Hand an. Seine Stimme klang so sehr wie die von Nathaniel.

„Überraschung“, sagte Avery, die die Arme hoch und weit ausgebreitet in die Luft reckte. „Bist du nicht überrascht, Suz? Wir wollten dich überraschen.“

„Sehr, ja ... überrascht.“ Zitternd versuchte sie, alleine zu stehen, aber der Sand, der sich unter ihren Füßen bewegte, erschwerte die Übung. „W-was bringt dich denn hierher, Colin?“

„Semesterferien an der Universität. Ich dachte, ich inspiziere mal die Insel und sehe mir an, welche Schönheit Onkel Leo und Nathaniel so gefesselt hat.“ Er wies auf Avery. „Und dieses Fräulein hier wollte ich auch besuchen, mal gucken, was sie dieser Tage so macht.“

„Wohnst du im Sommerhaus?“

„Ja, es ist ganz nett dort. Dein Garten ...“ Er pfiff und übertrieb es ganz offensichtlich mit seinem Kompliment. „Sehr schön. Tante Campbell würde ihn lieben.“

„Sie sollte dich das nächste Mal begleiten.“ Susanna nahm einen tiefen Atemzug von der frühlingshaften Luft, aber nichts schien ihre Enttäuschung darüber zu kühlen, dass Nathaniel nicht am Ende des Weges wartete.

Aber sie selbst hatte das ja an dem Abend in St. Stephen's Chapel klargemacht. Sie würde ihn nicht heiraten. Sie war abgereist, ohne sich zu verabschieden, und sie hatte ihm nie ihre Liebe gestanden.

„Colin, lass uns Daddy und Mama begrüßen. Und kann ich dann bitte mit dir vor meinen Freunden angeben?“ Avery wechselte einen fragenden Blick mit Susanna, als sie ihren Prinzen den Weg zur Terrasse des Rib Shack hinaufzerrte.

„Nur wenn du mich mit der berühmten Barbecuesoße deines Vaters gefügig machst“, sagte er und warf Susanna ebenfalls einen prüfenden Blick zu. „Bei jeder Mahlzeit, die wir in Brighton zusammen gegessen haben, hat sie lang und breit von der berühmten Soße eures Vaters erzählt.“

„Esst heute Abend das Pulled Pork", sagte Susanna, die ihnen nachsah. „Das ist wirklich sehr zart und saftig."

„Aber – *wie* wäre es, wenn wir zuerst einmal die Insel erkunden?"

Colin breitete seine Arme aus, als sei er gerade über eine abenteuerliche, spaßige Idee gestolpert. „Ich habe noch nicht besonders viel Hunger." Er klopfte sich auf den Bauch. „Wir können später zu Abend essen." Er sah sich die Terrasse an. „Es scheint ziemlich voll zu sein, Aves-Schatzi."

Aves-Schatzi? Ein Kosename. Susanna verspürte eine schmerzhafte Sehnsucht. Verschwinde, *Eifersucht, das ist deine kleine Schwester, die da Hand in Hand mit einem Prinzen geht, der sie liebt.*

„Ja, was für eine tolle Idee."

Avery hörte auf, Colin den Pfad entlangzuzerren. „Suz, kannst du Colin und mich über die Insel fahren? Das Verdeck bei deinem Auto öffnen und ..."

„Meine Schlüssel sind in meinem Spind." Susanna machte sich auf den Weg zur Terrasse. Sie hatte zu arbeiten.

Zweifel klopften leise an die Tür ihres Herzens. Hatte sie richtig gehandelt, als sie Nathaniel sagte, „niemals, egal wie"? War es richtig abzureisen, ohne sich zu verabschieden?

Wenn sie sich hinter dem Servicefenster verschanzte, konnte sie es eine Weile aushalten, den Tränen nahe zu sein und einiges an Gefühlen sortieren, während sie den anderen Anweisungen zubellte.

„Bitte, Susanna, begleite uns", sagte Colin.

Nein, nein, nein. Susanna atmete aus und schloss die Augen. Es war so gut gelaufen mit ihrem „Nichts-Plan", bis Colin aufgetaucht war.

„Drei sind einer zu viel", sagte sie. „Ihr beiden fahrt los. Amüsiert euch." Mrs. Caller winkte Susanna aus der Ecke auf der entgegengesetzten Seite der Terrasse zu. Gerade heute hatte sie dem 17. Entwurf ihrer Gartenpläne zugestimmt.

„Ja, Suz, komm mit. Du kennst die Geschichte der Insel so viel besser als ich." Avery rannte die Stufen zur Terrasse hinauf und schnitt Susannas Weg zur Küche ab.

„Avery, ich arbeite. Ich kann nicht fahren. Wir sind pickepackevoll heute Abend."

„Ich hole deine Autoschlüssel. Colin, magst du was trinken? Eine Cola oder einen Eistee?"

„Tee klingt gut."

„Southern Sweet natürlich." Avery flirtete. *Meine Herren ...*

„Wenn du ihn für mich zubereitest, dann ist er genauso süß wie ich ihn mag."

„Oh, bitte." Susanna rollte mit den Augen und atmete aus. „Ich glaube, ich habe gerade ein Luftloch erwischt." Sie schob Avery aus dem Weg. „Ich hol die Schlüssel. Wenn du da reingehst und Mama dich sieht, kommst du nicht wieder heraus."

In Wirklichkeit wollte sich Susanna im Waschraum verstecken und in ein Knäuel Klopapier heulen. Colins Gegenwart weckte all ihre vergrabenen, unmöglichen Gefühle für Nathaniel.

„Du denkst, ich wüsste nicht, wie ich mich reinschleichen kann, ohne dass sie mich sieht?" *Pffpppt.* „Bleib hier, Suz. Ich bin gleich wieder da." Avery sauste in die Küche und kehrte mit Susannas Handtasche zurück, ohne Wellen zu schlagen, ohne dass ein „Hey du da!" von Mama zu hören gewesen wäre. „Aves, ich fahre nicht mit." Susanna wühlte ihre Schlüssel hervor. Sie war sich sicher, dass Mama jeden Moment in der Tür stehen und nach ihr, wenn nicht gar nach Avery, suchen würde. Sie würde sich fragen, was um Himmels Willen mit der Hilfe passiert sei und noch etwas bezüglich Lohnkürzungen hinzufügen. „Hier." Sie klatschte gerade ihre Schlüssel in Averys Handfläche, als Mickey mit seinem Banjo und seinem Gitarrenkoffer ankam.

„Susanna."

„Mickey."

Avery schob die Schlüssel zurück zu Susanna. „Komm schon, du vertrödelst doch nur Tageslicht. Bald wird's dunkel."

„Susanna, bitte, für mich?" Prinz Colin benutzte seine heißblütige, prinzenhafte Stimme. Ganz und gar ungerecht.

Sie wurde weich. „Mama dreht durch."

„Ich geh schnell und sag ihr Bescheid." Avery flitzte davon. Wieder einmal.

War heute Vollmond? Susanna duckte sich, um unter dem Dach der Terrasse hindurch zu sehen und untersuchte die dämmerigen Fäden, die sich durch die knospenden Äste webten, auf eine Spur Mondlicht.

„Sie hat sehr viel Energie", sagte Colin voller Zuneigung zu Susanna.

„Ja, das hat sie."

Jeden Moment würde Mama in der Tür auftauchen. Nie im Leben würde sie Susanna an einem Abend wie heute freigeben.

„Lasst uns fahren." Avery kam selbstgefällig herausmarschiert. Sie hatte zwei große Gläser in den Händen. Eins für Colin, eins für sie.

„Du machst Witze. Mama lässt mich fahren?" War die Welt verrückt geworden? Daddy mit seinen feuchten Augen. Mama mit ihrem Ausweichen. Und jetzt befreite sie ihre beiden Mädchen von ihren Freitagabendpflichten. „Okay, was läuft hier?"

„Ähm, Colin ist hier. Das läuft."Avery war zu munter, zu fröhlich. „Er wollte die Sehenswürdigkeiten sehen?"

„Fliegst du vor morgen wieder ab, Colin? Wenn du das nämlich nicht tust, können wir die Tour auch morgen machen. Es soll schönes Wetter geben. Wir können den ganzen Süden Georgias abfahren, wenn du möchtest."

„Er will die Liebeseiche sehen." Avery verschränkte ihre Finger mit Susannas Fingern und zog sie zum Auto.

„Die Liebeseiche?" Dieses ganze Geturtel ging ihr auf die Neven.

„Colin, willst du wirklich die Liebeseiche sehen?" Das ergab keinen Sinn. Susanna zielte mit der Fernbedienung auf ihr Auto und schloss auf. Sie bewegte sich in stummer Ergebenheit, während ihre aufgewühlten Gedanken versuchten, sich einen Reim darauf zu machen, was hier eigentlich los war.

„Nimm den Hebel da drüben, Colin", sagte Avery. „Runterziehen. Jap. Gut, und jetzt das Verdeck zurückschieben."

„Einen neunhundert Jahre alten Baum?", sagte er zu Susanna. „Ja, den würde ich gerne sehen."

„Und woher weißt du überhaupt von der Liebeseiche?" Nadelstiche der Erkenntniss begannen, ihren Geist zu beschießen. Irgendetwas war hier los. Irgendetwas. Auf jeden Fall.

Stell dir bloß nicht vor, was, Suz. Bloß nicht.

„Avery hat mir davon erzählt. Als sie in Brighton war."

„Und du willst sie sehen? Jetzt?"

„Warum nicht? Lasst uns diesen berühmt-berüchtigten Baum besuchen."

Colin lächelte strahlend und übertrieben fröhlich.

„Ja, okay." Susanna ging zur Fahrerseite herum und ignorierte den Knoten in ihrem Magen. Colin war hier. Sie sollte sich entspannen und seine Gegenwart genießen. Einfach nur Averys Freude zu sehen war es doch wert, ihren eigenen Herzschmerz zu sehen.

Ihre Schwester würde eine Prinzessin werden. Die Vorstellung schlug mit den Flügeln und breitete sich in Susannas Herz aus.

Sie wollte sich gerade ans Steuer setzen, als Avery hinter sie trat und nach den Schlüsseln griff.

„Wie wäre es, wenn ich fahre? Du kannst auf dem Rücksitz Reiseleiterin sein. Wir fahren dich herum."

Colin kam dazu und schob den Sitz zurecht, damit Susanna nach hinten klettern konnte. „Mylady."

„Reiseleiterin auf dem Rücksitz. Dann fahrt ihr besser dorthin, wo ich euch hinschicke. Biegt ab, wenn ich das anordne." Sie ließ sich mit einem Seufzer in den Sitz fallen. Wenn sie bei klarem Verstand wäre, würde sie in dem Moment, in dem Avery rückwärts aus der Parklücke setzte, aus dem Auto springen und wieder an die Arbeit gehen. Zum wirbelnden Wahnsinn. Zum Normalzustand. „Aves, warum fahr ich mit, wenn ich nicht selbst fahre?"

„Weil du unsere Reiseleiterin bist." Avery, wirklich. Manchmal war sie unerträglich.

„Und unsere Anstandsdame."

Susanna zog die Augenbrauen hoch und lehnte sich zwischen den Sitzen nach vorne, um Colin genau anzusehen. „Ihr braucht eine Anstandsdame?"

Herr, das kannst du nicht von mir verlangen. Liebeseiche? Oberflächlich betrachtet schien es so einfach. Zwei junge Leute auf der Insel herumfahren und sie dann zu einem uralten, sagenumwobenen Baum bringen, der die Geheimnisse seiner Liebenden barg.

Aber das war ihr Baum. Dort hatte sie Nate Kenneth getroffen. König Nathaniel. Eine Vorahnung schickte ihr Schweißperlen auf die Stirn und blühte unter dem kühlen Strom der Frühlingsbrise auf. Als Avery Richtung Christ Church fuhr, tippte Susanna ihr auf die Schulter.

„Fahr mal ran." Sie musste nachdenken, beten, sich mit dem Gesicht ins Gras legen und jedes letzte bisschen Hoffnung darauf, dass Nate wegen ihr kommen würde, ersticken.

Das war es, was sie quälte. Die Erkenntnis, dass sie seit Januar den Atem angehalten hatte und sich fragte, ob er zu ihr kommen würde.

Noch bevor Avery den Motor ausgemacht hatte, sprang Susanna über das Heck. Ihre Gliedmaßen waren schwach und wackelig. Gleich hinter der Steinmauer rannte sie über das weiche, kühle Gras und brach mit der Stirn voraus auf dem Rasen zusammen.

Sie lag der Länge nach im Gras. Sie hatte die Arme über dem Kopf ausgestreckt. Die scharfkantigen Grashalme kitzelten ihre Augenlider und ihre Nasenspitze. Und so ließ sie alles heraus.

„Ich dachte, Nathaniel würde am Strand warten. Das habe ich gedacht. Wirklich. Ich habe mir vorgestellt, wie es sein könnte, und ich habe mich geirrt. Ich habe mich so dermaßen geirrt. Aber, Herr, ich vermisse ihn."

Sie hämmerte mit den Fäusten ins Gras. „Ich liebe ihn."

Das Geständnis sprang ihr von den Lippen auf den Boden und hinein in ihr eigenes Herz. Es war das erste Mal, dass sie die Wahrheit aus ihrem eigenen Mund hörte.

„Ich liebe ihn, Herr. Ich liebe ihn."

Eine dicke Träne tropfte auf den nächstgelegenen Grashalm, aber mit jedem Atemzug erfüllte sie mehr Frieden. Der Wind strich durch die Bäume. In der Ferne schlug eine Autotür. Stimmen. Schritte, die auf dem Backsteinweg knirschten.

Hatte Gott darauf gewartet? Auf ihr Eingeständnis? Was war, wenn die Antwort auf „Herr, ich habe nichts. Ich tu alles was du willst" lautete, Nathaniel zu lieben?

Aber das war doch unmöglich? Einen Mann zu lieben, der sie niemals lieben konnte.

„Suz?" Averys kleine Stimme erinnerte sie an Avery als kleines Mädchen, das sich nachts in ihr Zimmer schlich und darum bettelte, in ihrem Bett zu schlafen.

„Ja?" Das Gras dämpfte die Stimme.

„Geht es dir gut? Wir müssen nicht fahren. Ich wollte dich nicht so durcheinanderbringen. Es ist wegen Nate, stimmt's? Du vermisst ihn." Avery strich sanft über Susannas Kopf.

„Ja, das tu ich." Susanna drückte sich vom Boden hoch. „Mir geht es gut. Ich musste nur eben klarkommen." Avery und Colin betrachteten sie besorgt. „Prinz Colin, herzlich willkommen auf St. Simons. Es ist mir eine Freude, Ihre Reiseleiterin zu sein."

„Susanna, im Ernst, Avery hat recht. Wir können auch morgen fahren. Vielleicht hast du recht. Bei Tageslicht und so." Er sah Susanna an. „Aves-Schatzi, wir haben nur an uns gedacht."

„Ja, ich weiß. Suz, lass uns zum Shack zurückfahren."

„Spinnst du? Mama hat uns beide ziehen lassen? Das ist ein monumentaler Moment. Außerdem ist die Insel wirklich schön bei Sonnenuntergang." Susanna warf einen Arm in die Luft. „Zur Liebeseiche. Wo alle wahren Liebenden ihr Schicksal finden." Sie wackelte wild mit den Augenbrauen. „Wer weiß, was dich noch erwartet, mein allerliebstes Schwesterherz."

Das Gesicht des Teenagers lief krebsrot an. „Suuuz!"

„Prince Street." Avery zeigte auf das Straßenschild, als sie abbog, und drosselte das Tempo. „Bitteschön, Colin. Deine Straße."

„Und der Baum? Geradeaus?"

„Noch ein Stück weiter vorne." Avery warf einen Blick nach hinten zu Susanna. „Geht es dir da hinten gut?"

„Bestestens."

Susanna hatte sich endlich entspannt und genoss Averys Späße. Sie half ihr, sich vor Prinz Colin von ihrer besten Seite zu zeigen. Nachdem sie eine kleine Runde über die Südspitze der Insel gedreht hatten und auf den Leuchtturm hinaufgeklettert waren, überquerten sie den Damm und fuhren zu dem alten Baum in Brunswick. „Mein Haar sieht aus, als hätte mich eine Windhose erwischt, aber was soll's."

Wer war sie, Susanna Truitt, dass sie entscheiden wollte, welche

Schwester hier den Prinzen gewann? Die ganze Geschichte mit der Krönung hatte immerhin einem der Truitt-Mädchen eine Rolle in einem Märchen eingebracht. Dem besseren von beiden noch dazu.

„Du ... willst du eine Bürste oder so?“ Avery streckte sich aus, um sie im Rückspiegel zu betrachten.

„Eine Bürste? Auf dem Weg nach Hause kommt sowieso wieder alles durcheinander.“ Susanna tippte Colin auf die Schulter. „Da ist der Baum.“ Warum leuchtete der? Sie griff nach dem Überrollbügel und zog sich hoch. „Da, wo die ganzen weißen Lichter brennen.“

Hunderte davon, ja, tausende, glitzerten in der samtschwarzen Nacht.

Das Cabrio glitt langsam in einen Aufwind, die ihnen die Klänge eines Streichquartetts entgegentrug.

Auf halbem Weg die Prince Street hinunter fing eine Reihe Kerzen an, die die Straße bis zur Ecke der Albany Street ... und bis zum Baum hin ... säumten.

Susanna packte Averys Schulter, während sie die Allee hinunterkrochen.

„Avery?“

„Ja?“

„Was ist hier los?“

Schweigen.

„Colin?“

Ebenfalls Schweigen.

Susanna saß auf dem eingeklappten Verdeck und ließ sich über das Heck des Autos gleiten. Während sie nebenher joggte, schaute sie durch die flackernden Lichter zum Baum.

Sie hatte keine Gedanken. Konnte sich keinen Reim darauf machen. Sie verspürte nur einen sehr starken Drang, zum Licht hinzulaufen, hin zur Fülle der Liebeseiche.

Dann trat *er* hinter dem knorrigen alten Baumstamm hervor. Gut aussehend und majestätisch in seinem gebügelten weißen Hemd und seinen Bluejeans. Das dunkle Haar fiel ihm lose ums Gesicht.

„Nathaniel." Jetzt rannte sie richtig. Die Absätze ihrer abgetragenen Arbeitsclogs schlugen weich auf den harten Asphalt. „Nathaniel." Als sie den Baum erreicht hatte, sprang sie ihm in die Arme.

„Susanna." Er wirbelte sie herum und hielt sie dabei so fest, dass sie nicht mehr sagen konnte, wo sie endete und er anfing.

„Ich habe dich so vermisst."

„Ich habe dich vermisst." Er legte ihr seine Hände ums Gesicht und fuhr ihr sanft mit den Daumen über die Lippen. „Es tut mir leid, dass ich mich so lange nicht gemeldet habe, so unendlich leid."

„Nein, nein, es ist okay. Natürlich hast du dich nicht gemeldet. Ich bin ohne ein Wort abgereist. Ich habe dir gesagt, ich würde dich nicht heiraten. Aber ich habe mich geirrt. Ich würde es tun, ich würde es tun. Wenn du könntest. Ich bin so froh, dass du hier bist." Sie warf ihm die Arme um den Hals und weinte an seiner Schulter. „Ich liebe dich. Ich liebe dich. Ich kann's nicht ändern. Egal wie, ich liebe dich, selbst wenn du nicht ..."

„Hey, Liebes, hey." Er befreite sich aus ihren Armen und ging einen Schritt zurück. Er hielt ihr Gesicht in den Händen und Freude glänzte in seinen Augen. „Du hast mir meine Mission gerade sehr viel einfacher gemacht."

„Welche Mission?" Sie machte sich keine Gedanken um ihre Tränen oder nassen Wangen.

„Dich zu sehen. Aber ich habe etwas Zeit gebraucht, um die Dinge vorzubereiten."

„Dinge? Welche Dinge?" Hatte sie nicht gerade erst mit dem Gesicht voraus im Gras gelegen und dem Herrn gesagt, dass sie loslassen wollte? War *das hier* die Frucht davon, loszulassen? Nathaniel zu sehen wirbelte den Schlick am Grunde ihrer Seele auf. Dabei hatte sie gedacht, ihre Gebete hätten sich dort abgesetzt.

„Das hier." Nathaniel hüpfte zum Baum zurück und zog eine Schriftrolle aus einer Ledertasche.

Mit viel Tamtan entrollte er die Rolle, räusperte sich und las in seiner herrlichsten Bassstimme vor. „‚Wir, das Parlament des Königreichs Brighton", ... er beugte sich zu ihr ... „das ist meine Version, weil die offizielle Variante voller Amtssprache ist, aber ich kann dir versichern, dass alles seine Gültigkeit hat und offiziell ist."

„Offiziell?" Das Stottern ihres Herzens klang in ihren Worten durch.

„‚... verfügen gemeinsam mit der Krone und dem Hause Stratton einen neuen Bund der Liebe im Rahmen des Erlasses über die Ehe von 1792 und räumen König Nathaniel II. und seinen Nachkommen hiermit und von jetzt an das Recht ein, die Person ihrer Wahl zu heiraten, solange die Krone, der Premierminister und der Kronrat nicht widersprechen.'"

Zuckungen verankerten Susanna an dem Ort, wo sie stand und nahmen ihr den Atem.

„‚Vor diesem Hintergrund erklären wir unser großes Einverständnis mit Miss Susanna Truitt' ... das haben sie wirklich gesagt, Susanna, das habe ich nicht hinzugefügt ... ‚von St. Simons Island, in Georgia, in den Vereinigten Staaten von Amerika.'" Nathaniel senkte die Schriftrolle und sah sie an. „In Nathaniels Gedanken." Er kniete auf ein Knie nieder. „In Nathaniels Herz."

„Nathaniel, w-was machst du?" Das Quartett, das auf Klappstühlen auf der linken Seite der Einmündung der Prince Street in die Albany Street saß, hob seine Bögen. Nachbarn traten aus den Häusern, kamen von ihren Veranden herunter.

„Susanna Truitt, ich weiß nicht, was du wirklich fühlst. Oder ob dir der Sinn danach steht, einen König zu heiraten. Aber ich liebe dich, ich kann nicht aufhören, an dich zu denken, und ich möchte mein Leben mit dir verbringen." Er zog eine hölzerne Schmuckschatulle aus seiner Jeanstasche. „Es ist unfair, dich darum zu bitten, dein Zuhause, deine Freunde und deine Familie, dein Land, dein Recht auf Privatsphäre und deine eigene Karriere, deine Wünsche hinter dir zu lassen, aber ich frage dich trotzdem: Willst du mich heiraten?"

Was sagte er da? Die Brise, die durch die Äste der Liebeseiche strich, musste seine Worte verwirbelt haben.

„Willst du mich heiraten?"

Sie hielt die Hand vor den Mund und trat einen Schritt zurück. Ihre ganze Welt bebte.

„Kein Mann wird dich mehr lieben als ich. Ich kann ohne die Frau, die ich liebe, kein guter König sein. Ohne dich. Du hast einmal gesagt, wenn wir füreinander bestimmt wären, wärst du wohl in Brighton geboren worden oder ich in Amerika, aber ich möchte deiner Theorie respektvoll widersprechen. Wir sind füreinander bestimmt. Du bist die Richtige für mich, für Brighton. Gott erweitert die Grenzen einer Nation, verändert ihre DNA, indem er uns aufrichtige Seelen wie dich schenkt. Durch die Liebe des Herzens eines Königs. Brighton braucht dich. Ich brauche dich. Aber die Frage, die immer noch bleibt, ist, ob ich der Richtige für dich bin? Brauchst du mich und willst du mich?"

Susanna fiel auf die Knie und suchte seinen Blick. „Das tu ich. Ich bekomme dich einfach nicht aus meinem Herzen. Ich habe es versucht, oh, ich habe es so sehr versucht."

Worte schmeckten am besten, wenn sie mit der Süße der Tränen gemischt waren.

„Ich habe Angst vor all dem. Aber ich liebe dich." Sie lachte leise, und auf einmal wurde ihr klar, wie wild sie aussehen musste. Sie strich ihr windzerzaustes Haar glatt. „Jetzt weiß ich, warum mich Avery gefragt hat, ob ich mir die Haare bürsten will."

„Er ist vor das Parlament getreten, Susanna." Jonathan kam hinter einem dunklen Geländewagen hervor, der mit den Schatten verschmolz. „Er hat sie angefleht, dass sie den Erlass über die Ehe reformieren sollen. Er hat seinen Ruf, seine Glaubwürdigkeit riskiert. Es war das erste Mal seit über einem Jahrhundert, dass ein König einen Ratsschluss in das Parlament eingebracht hat."

„Jon, bitte, alter Junge, ich glaube, ich kann selbst um sie werben."

Jonathan grinste und verbeugte sich leicht.

„Seine Liebe für dich hat unsere Nation verändert, Susanna. Hat mich verändert."

„Susanna." Nathaniel öffnete das Kästchen. Der Juwel im Inneren fing das Licht der kleinen weißen Lämpchen ein und warf einen Regenbogen über Susanna und den Fuß der Liebeseiche. Er nahm ihr den Atem, fing ihr Herz ein. „Der hier gehörte der letzten regierenden Königin von Brighton, Anne-Marie."

„I-ich könnte nicht ... Er ist unglaublich." Sie hatte niemal zuvor etwas Ähnliches gesehen. Ein ovaler Diamant mit einem rosa Kern, der von kleineren Diamanten, Saphiren und Rubinen umkränzt war.

„Lord Thomas Winthrop hat ihn für sie entworfen. Sie waren in Brighton für ihre Liebe bekannt. Dann hat ihn mein Großvater meiner Großmama Isabella geschenkt." Nathaniel nahm ihre Hand. „Aber ich glaube, Königin Anne-Marie Victoria Karoline Susanna würde es sehr gefallen, wenn du ihn trägst."

„Susanna?"

„Ja, und du hast mir noch nicht geantwortet. Willst du mich heiraten? Meine Königin sein?"

„Dich heiraten?" Sie wollte die Frage gar nicht wiederholen, aber sie fühlte sich so überwältigend an.

„Mich heiraten."

„Dich heiraten?" Sie konnte nicht aufhören, zu zittern.

„Susanna Jean." Eine scharfe, aber wohlbekannte Stimme traf sie wie eine Faust am Hinterkopf. „Hör auf, ihn hinzuhalten. Sag ja."

„Mama?" Susanna sprang auf die Füße und wirbelte herum, nur um Daddy, Mama, Avery, Gracie und Ethan auf diversen Motorhauben sitzen zu sehen. „Guckt ihr mir etwa bei meiner Verlobung zu?"

„Herrschaftszeiten, jetzt konzentrier dich endlich auf den Mann, der da vor dir kniet." Mama rang die Hände.

„Suz" ... Nathaniel schnappte sich ihre Hand und stand auf ... „wenn du eine Weile darüber nachdenken möchtest, dann verstehe ich das. Es ist ja alles etwas plötzlich."

„Glaubst du, dass ich das kann? Dich heiraten, eine ... Königin sein?" Das Wort kam ihr nur schwer über die Lippen. „Kann ich das hinbekommen, was nötig ist?"

„Daran habe ich keinen Zweifel. Sonst wäre ich ... nicht hier. Ich brauche dich, Suz. Brighton braucht dich. Ich würde dich nicht in diese Position erheben, wenn ich nicht an dich glauben würde."

„Was ist mit Hessenberg, Lady Genevieve, dem Abkommen?"

„Meine Güte, du stellst eine Menge Fragen, während das arme Herz eines Mannes bald in seiner Brust zerspringt."

Er küsste sie auf die Stirn. „Wir haben eine Erbin von Prinz Franz gefunden."

„Wirklich?"

„Eine Amerikanerin. Regina Beswick."

„Eine Amerikanerin?" Sie grinste. „Sieht fast so aus, als ob Amerika in die Nordseestaaten einmarschiert."

„Was sagst du da?"

Susanna liebte den Blick in Nathaniels Augen, als ihm klar wurde, was sie gesagt hatte. Sie zupfte an seinem Hemd. Jetzt konnte genauso gut sie einmal ihren Spaß haben. „Ich würde Ja sagen, Nate, aber ich habe Gott gesagt, es müsste schon schneien in Georgia, bevor ich mich je wieder verliebe. Oder das zugebe.“ Sie wandte ihr Gesicht dem Nachthimmel zu und hielt die Handflächen hoch. „Gut fünzehn Grad und kein Schnee.“

„So, das ist es also? Kein Schnee, keine Verlobung?“ Er ging schwermütig und ernst rückwärts zum Baum zurück.

Susanna betrachtete ihn einen Moment lang und fragte sich, wie weit sie es damit wohl treiben konnte.

„Ja, genau. Kein Schnee, keine Verlobung.“ Sie warf einen Blick auf ihre Familie. Aßen die etwa Popcorn? Ach du liebe Güte ... Zurück zu Nathaniel. Sie verschränkte ihre Arme. „Ja, mein Lieber, es muss schon schneien.“

„Ich war mich nicht sicher, ob du mich soweit herabsetzen würdest, aber ...“ Er zog an einer Kordel und lächelte, als eine sanfte Wolke aus Styroporkügelchen von den höchsten Ästen der Liebeseiche herunterschwebte.

„Ach du ...“ Sie hielt ihre Hände hoch, während sie sich langsam unter den wirbelnden weißen Flocken drehte. Sie bedeckten ihr Haar, ihre Schultern, die Spitzen ihrer Wimpern, und füllte ihre Augen mit Tränen.

„Sie haben nie gesagt, dass es echter Schnee sein müsse, Mylady.“

„Nein, das hab ich nicht, glaube ich.“ Sie sah ihn an. Ihr Herz lief über, und die Liebe drang in ihren Verstand, ihren Willen und ihre Gefühle. Er hatte das für sie getan, um ihr Herz zu gewinnen.

Sie brauchte keinen Kunstschnee oder einen Heiratsantrag unter einem uralten Baum, um zu begreifen, dass Gott diesen Mann in ihr Leben gebracht hatte.

Am Morgen hatte sie Gott gesagt, dass sie nichts hatte und dass er sie auf jede Reise schicken konnte, die er für notwendig hielt. Susanna verstand inzwischen, dass der Herr schon die ganze Zeit Nathaniel im Sinn gehabt hatte.

„Susanna Truitt, bitte, du bringst mich um. Willst du mich heiraten? Wie oft muss ein König denn fragen?"

„Ja, Nathaniel II. aus dem Hause Stratton!" Sie warf ihm ihre Arme um den Hals. „Ich werde dich definitiv, sicher, auf jeden Fall, einhundertprozentig heiraten und deine Schneekönigin sein."

„Gott sei dank." Er atmete aus, hob sie hoch und wirbelte sie herum, während das letzte bisschen Kunstschnee sich flüsternd über sie legte.

Die Zuschauer brachen in Jubelrufe und Pfiffe aus.

„Ich liebe dich, Susanna-Schatz."

„Ich liebe dich auch, Nathaniel. Ich liebe dich auch."

Er setzte sie ab und legte die Hände um ihr Gesicht. Er strich mit den Daumen über ihre Wangen und besiegelte den Moment mit ihrem ersten Kuss. Zärtlich, aber leidenschaftlich.

Susanna hatte Märchen, Traumprinzen oder Rittern auf edlen Rössern nie viel Glauben geschenkt, aber sie hatte immer an die eine, wahre Liebe geglaubt.

Und heute und für immer hielt er sie in seinen Armen.